封印再度

講談社文庫

封印再度

WHO INSIDE

森 博嗣

講談社

目　次

WHO INSIDE

by

MORI Hiroshi

1997

PAPERBACK VERSION

2000

精神の重要さをあまりに注意・強調すれば、形式無視という結果をきたす。「一角」様式と筆触の経済化もまた、慣例《コンベンショナル》的な法則から孤絶するという効果を生ずるのである。普通なら一本の線、一つの塊《マス》、平衡翼《バランシング・ウイング》を予期するところにそれがない、しかもこの事実が予期せざる快感を心中に喚びおこすのである。それはあきらかに短所や欠陥であるにもかかわらず、そうは感じられない。事実、この不完全そのものが完全の形になる。いうまでもなく、美とはかならずしも形の完全を指していうのではない。この不完全どころか醜というべき形のなかに、美を体現することが日本の美術家の得意の妙技《トリック》の一つである。

(鈴木大拙／北川桃雄訳／禅と日本文化)

登場人物

香山家の人々

香山風采《かやまふうさい》……画家

香山林水《かやまりんすい》……画家、風采の息子

香山《かやま》フミ……林水の妻

香山多可志《かやまたかし》……林水の息子

香山綾緒《かやまあやを》……多可志の妻

香山祐介《かやまゆうすけ》……多可志の息子

香山《かやま》マリモ……林水の娘

吉村益雄《よしむらますお》……使用人

月岡邦彦《つきおかくにひこ》……フミの弟、病院の職員

その他の人々

儀同世津子《ぎどうせつこ》……雑誌記者

犀川創平《さいかわそうへい》……N大学工学部建築学科・助教授

国枝桃子《くにえだももこ》……N大学工学部建築学科・助手

浜中深志《はまなかふかし》……N大学工学部建築学科・大学院生

西之園萌絵《にしのそのもえ》……N大学工学部建築学科・３年生

鵜飼《うかい》……愛知県警・刑事

片桐《かたぎり》……愛知県警・刑事

深澤《ふかざわ》……岐阜県警・刑事

西之園《にしのその》 捷輔《しようすけ》……愛知県警・本部長、萌絵の叔父

諏訪野《すわの》……西之園家の執事

佐々木睦子《ささきむつこ》……愛知県知事夫人、萌絵の叔母

第１章　鍵は壺のなかに

〈Searching for the Bull〉

1

　新幹線の十六号車からプラットホームに降りた彼女は、コーヒーの空き缶をごみ箱に投げ捨て、溜息をついてから、重いバッグを左の肩で二度跳ね上げた。不必要に暖房の利いた車内は暑かった。もちろん禁煙車ではないので、空気も悪い。だから、ホームの冷たい空気が、洗いたてのバスタオルのように心地良かった。

　同じ車両から降りたのは十人ほどで、皆、足早に彼女を追い抜いていく。地味なコートを着たビジネスマン風の男たちばかりだ。彼らは一様に振り返り、彼女を見た。きっと、派手なコートを着ているせいだろう、と彼女は少し満足する。

　それにしても重いバッグ……。

　どうしていつも、こんなに重たくなってしまうのだろう。

もういい加減に手慣れても良さそうなものなのに……。

荷造りの手際の悪さにかけては、おそらく自分の右に出るものはいない、と（その表現の不適切さは充分心得ていたが）彼女は思う。しかたがない。母もそうだったのだ。例外なく、悪いところばかりが母親ゆずりだ、と諦《あきら》めてもいた。

ホームから見える駅裏の広場は、ひっそりと静まり返っていて、動いているのは看板のネオンだけだった。道路の向こう側のビルの屋上には、〈生活創庫〉と書かれた黄色地に黒文字の大きな看板がのっている。自分のこのヘビィ級のバッグこそ、ずばり生活倉庫ではないか、と彼女は思った。気の利いたそのフレーズに苦笑して、口もとに当てた片手に温かい息がかかる。

なんといっても一番重いのは、一眼レフのカメラとレンズ。それは彼女の仕事道具である。

レンズってどうしてこんなに重いのだろう？

中身までガラスが詰まってなくちゃいけないものなのか。

その他のものは、大した重量ではない。ただ、それらが集まって、いつもこの重さになってしまう。どれも、どうでも良いようなものばかり。つまり、どうでも良いような彼女の生活の沈殿物といえる。たとえば、誰かの結婚式でもらった三段の折りたたみ傘（これは以前に濡れた状態で畳んだままにしていたために少し錆びている）とか、衝動買いした携帯ステーショナリィグッズ（デザインは気に入っているが、旅先でこれらが実際に活躍したことなど一度もない）、地図、時刻表、小型の辞書、ウォークマン、ノートパソコン、裁縫道具の類である。ようするに、捨てられないもの。置いてこられないもの。何かの役に立つかもしれない。もし置いてきたら、その日にも必要になって、悔しい思いをすることになる。そんな幻想を抱かせるものたち。きっと、新しいバッグでも買わないかぎり、立《た》ち退《の》いてくれないのに違いない。

このままどんどんバッグの中に溜まってしまい、ついには、自動車のスクラップの山のように、一塊《ひとかたまり》になってしまいそうな気さえする（実際に付着しているものもあるくらいだ）。彼女の周辺には、そんな沈殿物が沢山あった。

そもそも、代《か》わり映《ば》えのしない毎日の生活で、鮮明に浮かび上がってくるような、目を見張るようなものには、彼女は滅多《めった》にお目にかかったことがない。

ホームから階段を下りるときには、もう周囲には誰もいなくなっていた。下から、生暖かい空気が鰻《うなぎ》のようにぬるぬると上がってくる。生きているものに限られるが、彼女はぬるぬるしたものが大嫌いだ。

たった今、乗ってきた新幹線が、東京から那古野《なごの》まで来ることのできる最後のひかりである。頭上のデジタル時計を見ると十一時四十分。こんな深夜でも駅はまだ眠っていない。明るい色の制服を着た無表情な作業員が、階段の途中の小さなドアから現れて、大きなプラスティックのコンテナを引きずっていった。

改札口の外に、久しぶりに会う友人の笑顔が見えたときには、少々救われた。

友人は手を振っている。自由な右手で銀縁のメガネを直し、彼女は友人に微笑《ほほえ》み返す。それから、コートのポケットに入れていた乗車券を出すために、重いバッグを一旦床に置いた。彼女が駅員にそれを手渡して、改札口を通り抜けるまで友人は待っていてくれた。

「こんばんは」友人は目を細めて上品な声で言う。それは本ものの、生まれついての上品さだった。

「お久しぶりぃ……、西之園《にしのその》さん」彼女はもう一度、バッグを肩から降ろした。「こちらは暖かいわね……。ああ、重い。文鎮《ぶんちん》が沢山紛《まぎ》れ込んだのね、きっと……」

「儀同《ぎどう》さん、メガネ……、似合いますね」

「うん……、お世辞ありがとう。実はね、コンタクトをなくしちゃって……。それも出がけによぉ。もう、まいったわぁ……。おかしいでしょう？　台無しよね。本当に……。せっかくお洒落してるのに。これで、四回目かなぁ。コンタクトってさ、高いのほど、なくなりやすくできてるじゃない……。なくしたときに探しにくいものベストスリーに入るわ。だって、これって、キーホルダみたいなもの、付けておけないもの。そうでしょう？　ねぇ、西之園さん……。ベストスリーのあとの二つは何だかわかる？」

「さあ、何かしら……」友人は小首を傾《かし》げて目を丸くする。「自信と……、信仰ですか？」

「いやぁねぇ。違うわよ。仕事と恋人よぉ……。貴女《あなた》、本当に現代に生きてる人?」儀同は溜息をついて再びバッグを持ち上げた。

「仕事と恋人か……」友人は真剣な表情で頷《うなず》いた。

「車、どっちかな?」

「こちらです」

儀同は友人の後について歩きだしながら、独り言のように呟《つぶや》く。「自信と信仰か……。なるほどねぇ。西之園さんらしい答だね。うん。かなわないわ、貴女には……」

儀同世津子《せつこ》は、赤いコートを着てきた。サンタクロースのような赤ではなくて、灰色の混ざった艶消《つやけ》しの赤だ。ブーツも少し赤みがかかったグレィでコーディネートしてある。どちらも、ボーナスで買ったばかりのもの。今日がデビュー戦だった。高い洋服を買うときには、定食屋でつい天麩羅《てんぷら》定食を注文してしまうように、決まって派手な色を選んでしまうのが世津子のパターンである。男たちを彼女の方に振り返らせるという機能に関しては不足のない色ではあるが、どうしてそんな機能が必要なのか、ときどき彼女は悩む。

ところが、儀同の前を歩いていく友人、西之園萌絵《もえ》は、もっと目を引くファッションだった。ずっと洒落ている。萌絵のコートはオレンジとベージュの大きな市松《いちまつ》模様のツートーンで、袖《そで》は左右で色が異なっていた。どう見ても、世津子のコートの何倍もしそうな高級感がある。細い白地のコールテンのズボンはカジュアルでさりげなくて、なんとも上品な白さだったし、一番のポイントは、バックスキンを淡いピンクに染めたお揃《そろ》いの靴と帽子。萌絵の後ろ姿は少年のようで、男の子にだけ許されたロイヤルな優雅さが、高価な香水か、それともＵＦＯの電磁バリアのように、彼女の全身をすっかりと包み込んでいるみたいだった。

儀同は、自分と友人のファッションの比較を諦めることにした。そう、基《もと》が違うのだからしかたがない。こういった気持ちの切り替えは素早い方だ。

「西之園さん、その帽子と靴、どこで買ったの？」それだけは、きいておきたかったので、世津子は尋ねた。

「あ、これ、もらったんです」萌絵は立ち止まって振り向く。「先週がお誕生日だったの」

「誰から？　創平《そうへい》君じゃあ……ないわよね？」

「そうだったら良いのだけど」肩を少し上げて、萌絵は答えた。

「いいわね……。お揃いよね……」そう言いながら、世津子は、一ヵ月まえの自分の誕生日を思い出そうとした。確か、仙台に出張の日だったはずである。夫は何をくれたんだっけ？

（ああ、そうそう、吉川英治の宮本武蔵だ。まったく……）

忘れようとしていたのに、自分で思い出そうとするなんて……。

「たぶん、靴をさきに作って、材料が余ったから、ついでに帽子を作ったんじゃないかしら……」萌絵は小さな革製のキャップに手をやって言う。肩まで届いたストレートヘアが滑らかに光っている。以前に会ったときには、萌絵の髪はもっと短かったことを世津子は思い出した。

「髪を伸ばしたんだ」

「ええ」萌絵はにっこりと頷く。「でも、正確には自動詞ですね。伸びたんです」

「そのまま伸ばしなさいよ。似合うから」

駅裏のロータリィに萌絵の赤いスポーツカーが駐まっていた。憎らしいバッグをトランクに入れてから、ようやく身軽になって世津子は助手席に乗り込む。萌絵の車には後ろのシートがなかった。二人しか乗れないようだ。

「凄《すご》い車ね……」世津子は、運転席の萌絵に言った。本当は値段がききたかったが、それは我慢する。

「ベルトして下さいね」萌絵はエンジンをかけ、ドアミラーを見ながら車を出した。「儀同さん、お食事は?」

「ええ、大丈夫……」世津子はシートベルトをかけながら答える。「もう、六時間くらいまえにしたから、おかまいなく……。私、寝るまえには食べない人なの」

「お酒も?」

「お酒は飲むわよ。あれは食べるものじゃないでしょう?」

「じゃあ、あまり意味はないみたい……」萌絵は笑う。

「まあ、そうね……。意味のあることはしない方針」

車は滑らかにメインストリートに出る。周囲にはタクシーばかりが走っていた。

「ごめんなさいね。突然電話して……」儀同世津子はシートにもたれたまま、横を見る。「別にね、ホテルがとれなかったってわけじゃないのよ。ちょっとね、その、面白いお話があるの。ええ、貴女はきっと喜ぶと思う。三年ぶりじゃないかしら？」

「ええ、断然期待していますよ」萌絵は前を見たまま言う。「二年と四ヵ月ぶりですね」

「ねえ、創平君、どうしてる？」

「先生ですか……、そうですね……」萌絵は口を小さくする。「相変わらず……だと思いますけど」

「あそう、相変わらずか……。もうね、二十年くらい相変わらずなんだ、彼……。私が物《もの》心《ごころ》ついたときから、ずっと相変わらずなんだもん」

「私の喜ぶお話って、何です？」

「あ、うん、ちょっとね……。それは、お楽しみよ」世津子は腕を組んだ。「貴女たち、結婚しないの？」

「え？　ええ……」萌絵は曖昧《あいまい》に返事をして微笑んだ。「私、来年、大学院の受験があるし……」

「西之園さん、大学院に進学するの？」

「はい」

「ふうん、マスターだけ？　ドクターコースへも進むつもり？」世津子はきいた。

「わかりませんけど、先生が良いっておっしゃったら、ドクターへも行くつもりです」

「創平君なら良いって言うに決まってるわ。でも、工学部でしょう？　女性がドクターへ進むなんて珍しいんじゃない？」

「いいえ、建築学科は女子が多いんです。三分の一くらい女性ですから」萌絵はステアリングを握っていた左手をシフトギアにかけた。「ドクターに進学するのは、毎年数人ですけど、女性のドクターも、いないわけじゃありません」

　西之園萌絵は当地では有数の資産家、西之園家の令嬢である。数年まえに両親を飛行機事故で亡くし、彼女は莫大な資産を相続している。就職して働く必要などない。世津子はそう思った。自分だって、そんな身分だったら、もっと違った人生を歩んでいただろう。結婚なんてしなかったかもしれないし、たぶん、日本になんかいなかった、と世津子は考えた。

　儀同世津子は大学三年生のとき、四ヵ月間だったが、ホームステイでアメリカにいたことがある。将来、自分はこの朗《ほが》らかな国に住むことになるだろう、と予感したのに、その後、新婚旅行でしか海外に出ていない。夫は真面目なサラリィマンで、生活には何一つ不満はなかったが、ときどき、このまま歳をとってしまうのかと思うと、遠足から帰ってくるときの小学生のように、少しだけ寂しくなる。彼女がまだ子供を産みたくないのも、そんな幼稚な忘れもののためかもしれなかった。

二十分ほどで西之園萌絵のマンションに到着した。

噂には聞いていたが、そこはとんでもない住まいだった。世津子はこっそりと溜息をつくのが精一杯で、ほとんど口がきけなくなってしまった。二人の守衛がゲートを上げて、彼女の車を通す。明るい地下駐車場には、モータ・ショウで見るような外車がずらりと並んでいた。もちろん全部が西之園家の車というわけではないが、このマンションの住人の平均収入が相当に高いことは明らかだ。萌絵の住まいは、この高層マンションの二十一階と二十二階だという。それは最上の二フロア。彼女は、このマンションのオーナなのだ。

エレベータを降りたところは二十一階で、卓球台が六つは置ける広さがあった。萌絵がカードで一つしかない扉を開ける。マチスの版画が飾ってあるモダンな玄関に、出迎えに現れたのは、蝶ネクタイをした小柄な老人と毛の長い犬だった。

諏訪野《すわの》は西之園家の執事である。萌絵はこの老人と二人だけで暮らしている。世津子は、諏訪野とは初対面ではなかったが、犬の方は初めてだった。胸と足が白く、顔は茶色、背中は黒い。チョコレート・エクレアの三色だった。種類はシェトランドシープドッグ。確か、コリーとスピッツの合の子《あいのこ》だと聞いたことがある。世津子は犬が大好きだったし、今自分が住んでいるマンションでは残念ながら飼うことができなかったので、とても羨《うらや》ましかった。

「この子ねぇ……。仰向けになって寝るんでしょう?」儀同は屈《かが》んで犬の相手をしてやる。

「何ていう名前? フサーラ?」

「トーマ」萌絵は靴を脱ぎながら言う。「漢字で都《みやこ》の馬って書くの」

「ふうん……。在原業平《ありわらのなりひら》みたいね」

諏訪野は萌絵と世津子のコートを持って奥へ入っていった。ブーツを脱ぐのに少し手間取ったが、その間、トーマはお座りをして、世津子の横で待っていた。

広いロビィに現代風の螺旋《らせん》階段があり、世津子は萌絵に続いてそれを上った。トーマは、途中で彼女たちを追い越して駆け上がっていく。二十二階のリビングの床は市松模様の深い絨毯《じゅうたん》で覆われ、壁の二面を占有している巨大な窓からは、ずっと遠くまで街の明かりが広がっているのが見えた。

萌絵はリビングの隅にあるバーのカウンタに入って飲みものを作っていたが、戻ってくると、グラスを世津子に手渡し、自分もソファに腰掛ける。世津子は、落ち着こうとして、すぐそれを飲んだ。冷たい液体が、だんだん温かくなって喉を流れていくのをしばらく楽しんでから、彼女はバッグから煙草を取り出して火をつけた。

グラスの氷が軽く鳴る。

萌絵は形良く脚を組んで、黙って足もとのトーマを撫《な》でている。なんでもない仕種《しぐさ》が絵になる。世津子はカメラを出して萌絵の写真が撮りたくなった。

「いいわ、それじゃあ……、お話ししましょうか」

世津子が煙を吐き出しながらグラスをサイドテーブルに置き、話を始めたのは十二時半近かった。

2

「私がパズルマニアだってことは知っているでしょう?」世津子は煙草を持った右腕の肘《ひじ》を左手で支えていた。

「ええ、先生から聞いてます」萌絵は組んでいる片脚の膝を両手で抱えている。

「いろいろとね、コレクションしているんだ」世津子は微笑んだ。「まあ、特に好きなのは、知恵の輪系ね。そうねぇ……。二百くらい持ってるかしら。それに、ガラス瓶を使ったパズル。瓶の中のものをどうやって取り出すのかが問題なの。これは、十種類くらいしか持ってないけど、その中で一つだけ、解決してないものがあるのよ」

「木でできた鍵が入っている瓶ですね?」萌絵が話の途中で言った。「犀川《さいかわ》先生がおっしゃっていたわ」

「そうそう、それよ、それ……。それが未解決のやつで……」世津子はまたグラスを手に取った。「瓶の口よりも中の鍵の方が大きいから、出てこないんだ」

「お湯を入れたら、鍵が軟《やわ》らかくならない?」萌絵はきく。

「だめだめ。それは試してみたわ……」世津子はグラスを口につけて言う。「でも、今日はその話じゃないの……。私ね、パソコン通信で、パズルのフォーラムに参加しているの。日本中にパズラがいるじゃない。それで、私の持っているその瓶の中の鍵のパズルのことを、そのフォーラムで話してみたわけよ」

世津子は、そこで話を切って、グラスの中身を全部飲んだ。萌絵はそれに気づいて立ち上がり、世津子のグラスを取ると、カウンタに持っていった。

「同じもので良いかしら？」萌絵はきく。

「あ、ええ、そうね。お酒は何でも同じなの、私」世津子はソファから微笑んだ。「西之園さんは？　飲んでないわね」

萌絵は、世津子の飲みものを持って戻ってきた。

「お話がつまらなかったら、そのときは飲みますから」

「ありがとう」世津子はグラスを受け取って話を続ける。「それで……、そのパソコン通信でね、私の瓶のパズルと、そっくり同じものを持っている人がいたの。その人ね、びっくりよ。香山《かやま》マリモなの。知ってるでしょう？」

「いいえ」萌絵はきょとんとした顔で首をふった。

「うわぁ、知らないの……。どうしてぇ」世津子は少しがっかりする。「漫画家よ。有名よぉ……。西之園さん、貴女、漫画読まないの？」

「私、漫研に所属しているんです」萌絵はすぐ答えた。「でも、そう……、最近はあまり読まないわ」

「漫研？　へえ、ミステリィ研じゃなかったっけ？」

「ミス研も、漫研も、なんていうのか……、お友達に誘われて入っただけなんです。嫌いじゃないから。あまり熱心なクラブ員じゃありません」萌絵は肩を竦《すく》める。「それで、どうなったんです？」

「そう、とにかくね、そのパズルの縁で、私、香山マリモとパソ通で知り合ったわけ」世津子は二本目の煙草に火をつける。「それでね……、彼女の家に伝わる、そのパズルの話を聞いたの」

「伝わる？　そんなに古いものなんですか？」萌絵はまた膝を抱え、世津子を見つめている。

「そう、香山さんが持っているのはめちゃくちゃ古いの。私のは違うわよ。私の持ってるやつは、新婚旅行のときにチューリッヒで買ったんだもの。湖の近くのノミの市でね。チューリッヒは知ってる？」

「はい、二回行ったことがあるわ。駅から真っ直ぐの突き当たりでしょう？」萌絵は答える。「じゃあ、その香山さんのは、儀同さんのパズルとは違うものなんですね？」

「そうよ。全然違うわ」世津子は煙を吐きながら言った。「さっきも言ったとおり、私のはガラス瓶の中に、木製の鍵が入っているの。創平君には一度見せたんだけど、彼は、あれは出せないって断言している。彼が言うにはね、たぶん、瓶の中に木の枝を入れて、その枝が生長して太くなってから切って、瓶の中で鍵の形に彫ったんだって……」

「ええ、それも確か聞きました」

「でも、香山さんが持っているのは、ガラス瓶じゃなくて壺なの。陶器の壺なわけ。それに、その中に入っている鍵は、銀だそうよ」

「それは簡単だわ」萌絵はすぐに言う。「銀の鍵を中に入れたまま、陶器を作ったんでしょう？　えっと、銀の融点は九百六十度だし、白金やニッケルなら、確か、融点はもっとずっと高いから、それ以下の温度で、中の鍵を溶かさずに壺が焼けるんじゃないかしら」

「待って待って、話はまだあるのよ」世津子はグラスを傾けてから続けた。「今、貴女が言ったことは、もちろん私も考えたし、香山さんにもきいてみた。でもね、もっとすっごい話があるのよぉ……。香山さんが言うにはね、もともとは、その鍵は、壺の中にはなかったって、つまり、外に出ていたの。それが今は中に入っているわけ……。ね、どう？　これは、ちょっと凄いでしょう？　私、話しているだけで寒気がするわ。それにね、その鍵を使って開ける金庫みたいな小箱があるんだって……。その箱の名前は……、えっと、何ていったっけなぁ……。ああ、思い出せない……」

「鍵が外にあるところを、その方は見たのですか？」萌絵は急に真剣な表情になる。

「いいえ、それを見たのは彼女のお父さん」世津子は説明する。「それはもうずっと昔の話なのよ。えっと……、昭和二十四年って言ったかな……。つまり、一九四九年だから、もう五十年近くまえになるわよね。香山マリモさんのお祖父さんが、その鍵を壺の中に入れたんだそうよ」

「入れたって……、どうやってです？」

「それがわからないわけよ。鍵を入れて……、その人は、自殺されたって言ってたわ」

「自殺？　その方のお祖父様が？」

「そうそう……。でも、亡くなるまえに、香山マリモさんのお父さんに、鍵がまだ入っていない壺を見せられたそうよ。お祖父さんが鍵を入れて、亡くなった。それ以来ずっと、その鍵は壺の中にあるということね。だから、その金庫の方も開かないわけだし。ね、気の長い話でしょう？　私なら、とうにぶち壊してるわ。あ、ぶち壊す……、これって貴女は使わない言葉？」

「叩き壊す、ですね」萌絵は澄まして言う。

「ああ、そうか……、そうか、叩き壊す、ね」世津子は頷《うなず》いてから吹き出した。「勉強になるわね」

「壺も鍵箱も値打ちのあるものなのですね？」

「そういうこと」世津子は相槌を打つ。「だけど、問題は、どんな方法で鍵を壺に入れたのかってことね。とにかく、私のパズルと同じで、壺の口が小さくて、中に入っている鍵は全然取り出せないそうよ」

「あの、儀同さん。お話がよく飲み込めないんですけど……」萌絵は両足をソファにのせて膝を抱えている。「何故、その鍵は壺の中に入っているの？　どうして、その方のお祖父様は、鍵を壺に入れてしまったのかしら？　それに、壺の中に入っているのは、本当にその鍵箱を開けるための鍵なんですか？」

世津子は二杯目のグラスを飲み干した。

「はいはい。そんなに、ぽんぽんと質問しないで。いいわ、ちゃんと初めから話さなくちゃあね」

世津子は、パソコン通信で香山マリモから聞いた話を最初から丁寧に説明した。萌絵はほとんどグラスには手をつけず、黙って話を聞いている。トーマは、彼女たちの話にはまったく興味がないらしく、ソファのすぐそばで眠っていたが、仰向けではなかった。

香山マリモの祖父は、香山風采《ふうさい》という仏画師だった。彼は、一九四九年に亡くなるまでに、何千点もの仏画を描き残している。古来伝わる仏画を模写することが彼の仕事だった。風采は、自宅の仕事部屋で自殺したが、その亡くなる数日まえ、香山家に伝わる家宝を一人息子に見せた。それが問題の壺、そして鍵箱であった。

香山マリモの父は、香山林水《りんすい》という名で、風采と同じく仏画師である。マリモの話は、すべて林水からの伝聞であり、どこまでが本当のことなのか、世津子自身も疑っていたが、もし、話が本当ならば、パズラとしてはこれ以上の出物《でもの》はないといって良い。それこそ、日常の混沌から浮かび上がってくる逸品である。なんとか一度、その不思議な壺の現物を拝んでみたいものだ、と世津子は思っていた。

香山風采は、息子の林水に、家宝の壺を見せた。そのときには、確かに壺は空っぽだったという。また、風采は林水の目の前で、開いていた鍵箱の蓋《ふた》を閉じたという。このとき、林水は鍵箱の中を見ていない。その鍵箱の中に何が入っているのかは、今でもわからないらしい。

香山風采は、林水に、「この鍵箱の鍵は、壺の中に入れておく。鍵箱を開けるためには、鍵を壺より取り出す必要がある。しかし、決して壺を割ってはならない」と言ったという。

数日後、風采が自殺した仕事部屋に、壺と鍵箱があった。そして、彼の言葉のとおり、鍵は壺の中に入っていた。以来、誰も鍵を壺から取り出すことができない。したがって今日まで、鍵箱は閉じられたままだった。

「鍵も壺も二つある。それしかないですね」萌絵は、世津子のために三杯目の水割りを運んできたとき、そう言った。「科学的に考えて……、他に可能性はありません。つまり、鍵が入っている壺と、それとそっくり同じで、空の壺がある」

「身も蓋《ふた》もないわね、それじゃあ」

「ええ、つまらないですけど……」

「香山さんたちも、家中探したそうよ」世津子は上目遣いで萌絵を見る。「今のところ、他の壺は見つかっていないわ。でも、そうね。処分したのかもしれないし……。西之園さんの言うとおり、どう考えたって、それ以外にないわよねぇ。私もそう思う。そうは思うんだけどなぁ……。なにか、こう、期待しちゃうじゃない？」

「お話は、それで、終わりですか？」萌絵はグラスを持ち上げて世津子を見る。話がつまらないからこれを飲む、と言いたいようである。

「そう、まず、それをお飲みなさい」世津子は顎《あご》を少し上げて言った。「これで、お話がおしまいだったら、飲みたくなるでしょう？」

「そうですね……。とても面白いお話だけど……。いただきます」萌絵は微笑んで、グラスに口をつけた。「でも、終わりじゃないのでしょう？　儀同さん、わざわざ、私に話すために那古野までいらっしゃったんだもの。続きがあるはず……」

「ううん、そうでもないわよ。私は、仕事でこちらに来るついでがあっただけ。それで一日早く出てきただけのこと」世津子は、意地悪く微笑んで萌絵を見る。「貴女が泊めてくれるって言ったから……。それに、トーマも見たかったし……」

「儀同さん。じらさないで下さい」萌絵は半分ほど飲んだグラスをサイドテーブルに置いた。

「うわぁ、いやだ、本当だ！」世津子は声を押し殺して叫ぶ。萌絵のソファの横で眠っていたトーマが仰向けになっていたのである。前脚を胸で揃え、後ろ足は両側に開いている。毛が長いので、ちょっと見た目には何がどうなっているのかよくわからないが、確かに完全に仰向けになって寝ている。

「すっごい……。何？　これぇ……。本当にこうやって寝るのね。この子、背中に重りが仕込んであるんじゃないの？」

「毎日こうよ」萌絵は真面目な表情で言った。「やっぱり珍しいかしら？」

「もう、きっちり珍しいわよ。猫なら聞いたことあるけどね」世津子はソファにもたれた。ずいぶん酔ったようだが、酒が上等なせいなのか、気分は清々《すがすが》しい。

「それで？　続きのお話は？」萌絵はうっとりとした目つきで世津子を促す。一瞬だったが、それは以前の彼女にはなかった大人の表情で、世津子の右手は咄嗟《とっさ》に、シャッタを求めてぴくりと動いた。

3

浜中深志《はまなかふかし》は、日曜日の正午頃、研究室のある建物の裏庭で車にワックスをかけていた。N大学の水道は地下水を使っているため、冬はお湯のように温かい。それに、師走《しわす》だというのに、風のない晴天で、洗車にはもってこいの日和《ひより》だった。

今朝の四時までかかって書き上げた英語の論文を、出勤してきた国枝桃子《くにえだももこ》助手に二時間ほどまえ手渡してきたところである。明日の消印が論文投稿の締切だったので、国枝助手は浜中のために日曜出勤しているのだ。彼女は今、四階の研究室で浜中のつたない英文の添削をしている。原稿はきっと真っ赤になっているだろう（彼らの間では、これを火達磨《ひだるま》という）。返ってくるときには、必ず幾つも嫌味を言われるに違いない。浜中は、今からそれが憂鬱《ゆううつ》だった。国枝の嫌味は、ストレートで痛い。

低いエンジン音が聞こえて、裏庭の駐車場に赤いスポーツカーが入ってきた。浜中が、作業の手を休めて見ていると、見慣れたスポーツカーは彼のシャレードの隣に停まって、西之園萌絵が現れる。

「こんにちは、浜中さん」萌絵はサングラスをしていた。「先生、います？」

「犀川先生なら、まだだよ……。午後にはいらっしゃると思うけど」浜中は額から流れる汗を袖で拭《ぬぐ》って、思い出したように手を動かし始める。「西之園さんは？　製図？」

「ううん……」萌絵はスポーツカーのボンネットに軽く腰をかけて言う。「ちょっと遊びにきただけです。論文はもう終わったんですか？」

「今、国枝先生に見てもらってるとこ」

「駄目じゃないですか」

「何が？」

「国枝先生、新婚なんですよ。日曜日に仕事作ったりして……」萌絵は腕を組んで浜中を睨む。「昨日までに見せられなかったのですか?」

「お説ごもっとも」浜中は鼻を鳴らす。そんなことはわかっている。理屈では可能かもしれないが、締切より一日早く論文を完成させるということは、複雑系宇宙の原理には存在しない。つまり、そんな状況を発想することさえ許されないのだ。西之園萌絵はまだ学部の三年生だから、その道理がわかっていない。

彼女は、ドクターコースの浜中よりずっと後輩であったが、どういったわけか、いつも小言《こごと》を聞かされている。浜中は、しかし、ちょっと怒った彼女の表情が好きだったし、こういった冗談っぽい注意を受けるのも悪い気はしなかった。そもそも浜中はディフェンス型の人間なのである。飛行機でいうと、西之園萌絵はファイタ。国枝桃子助手はアタッカ。どうも、工学部の女性は攻撃的だ、と彼は思う。

萌絵は、浜中が大学院のマスターコースに進学したとき、同じ建築学科に入学してきた。彼女は、浜中が所属している講座の犀川助教授(ステルス機のような人だ)の恩師だった西之園恭輔《きょうすけ》博士の娘である。その縁なのか、萌絵は一年生のときから犀川研によく遊びにきている。ゼミ旅行にもついてくるほどだった。

「もう新婚じゃないよ。一年以上もまえだもの」浜中は言った。ワックスをかけ終え、エンジン・ルームを見るためにボンネットを開ける。「国枝先生って、本当に結婚したのかな。

僕らさ、ちょっと疑ってるんだ。だって、全然変化がないじゃん。名字も変わらないし、土日だって大学に出てこられることが多いしさ。ひょっとしたら、とっくに、もう離婚されてるんじゃないかって言ってる奴もいるくらいだから……」

「離婚はしてないよ」

その声に浜中はびっくりして頭を上げた。長身にメガネ。刈り上げたヘアスタイル。男ものの白いセータにジーンズ。そこに立っていたのは国枝桃子助手だった。

「あ、先生……」

「生協に食事にいってくる」国枝はにこりともしないで言った。「貴方《あなた》の論文は机の上に置いておいたよ。直してから、もう一度見直して、犀川先生に見てもらって」

「は、はい」浜中はきをつけの姿勢で頷く。「おかしなところ、なかったですか？」

「おかしくないところが、三ヵ所くらいはあったかな。まえよりは増えたね。内容はまずまず」

「ありがとうございます」浜中は嬉しくなる。国枝桃子がこんなに褒《ほ》めてくれることは滅多にない。

「貴女は？　何してるの？　暇そうね」国枝は萌絵の方を見て尋ねた。国枝桃子が仕事以外のことで自分から話しかけるなんて、ほとんどないといって良い。これも異例のことだ。よほど機嫌が良いのだろう、と浜中は思う。

「犀川先生にお話があるんです」萌絵が答えている。「お部屋は鍵がかかっているんですよね？」

「先生なら、もうすぐ来られる。コーヒーが飲みたかったら、私の部屋で淹《い》れて良いよ」国枝はそう言うと、無表情のまま行ってしまった。

「どうしたんだろう？　あんなに機嫌のいい国枝先生は初めてじゃん」浜中は萌絵に囁《ささや》く。

「子供でもできたのかなあ？」

「国枝先生の旦那様って、どんな方かしら」

「超カッコいいって噂だけど」

「カッコいいって、流線型とか？」

「そうそう、顎の下にエアスポイラが付いてたりしてさ」

「わあ、このエンジン、三気筒なんだ」萌絵は浜中の車のエンジン・ルームを覗いていた。

4

浜中が急いでワックスを拭き取っている間、西之園萌絵はずっと黙ってそれを見ていた。彼女は一度も自分の車にワックスをかけたことがないそうだ。面白そうだから、今度一度、自分でやってみよう、と彼女は話した。その割りには、彼女の車はいつもぴかぴかだ。あの執事のお爺さんがやっているのだろうか、と浜中は思う。

十分ほどで作業を切り上げ、浜中が三階にある院生室に上がると、萌絵も後についてきた。

大学院生の自治が認められている部屋は、そのフロアに全部で六室あって、それらを建築学科の六講座でほぼ分かれて使用している。もっとも、院生の多い講座と少ない講座があるため、毎年、その部屋割り調整の話し合いが、院生会の重要な審議事項となった。浜中の机があるのは、階段に近い北向きの部屋で、三十平米ほどの広さを、六人の院生で使っている。幸い六人全員が犀川研の学生だった。入口のブルーのドアの外側には、どういうわけか、宇宙戦艦ヤマトの色褪《あ》せたポスタが貼ってある。誰もそれを気にしていないのか、剝《は》がす勇気がないかのいずれかだ。室内には、個人の机が周囲の壁を向いて置かれ、中央には畳よりも一回り大きなテーブルがある。そのテーブルは、片づければちょっとしたお茶会くらいできるのだが、いつも雑多なものでいっぱいだった。週刊誌、漫画、専門雑誌、灰皿、コンピュータのマニュアル類、コネクタ類、写真、ロットリング、雲形《くもがた》定規、ガムテープ、スプレィ糊《のり》、といったものでごった返している。誰かが旅行先で買ってきたお土産は、たちまち中身がなくなるが、空き箱だけはいつまでも残しておく伝統があるようだったし、コーヒーやビールの空缶にはすべて煙草の吸殻が詰まっていて、それが満タンにならない限り捨ててはならないという規則でもあるかのようだ。たった今、震度五の地震が来ても、このテーブルの上の状況は大して変化しないのでは、と思えるほどの散らかりようである。日曜日であったので、浜中以外、院生はまだ誰も来ていない。だいたい平日でも午後からしか犀川研のスタッフは出てこなかった。

浜中の机の上には、案の定、赤インクで細かく直され、火達磨になった英文原稿がのっていた。彼は、マッキントッシュのマウスを動かして、スクリーンセーバを追い払う。それから、国枝助手に手直しされた論文を修正する作業にかかった。

萌絵は、部屋の中央のテーブルの上を片づけている。彼女がそんなことをするのは極めて珍しい。単に自分の居場所を作っているのであろう、と浜中は横目でちらりと盗み見ながら思う。

「お話しても良いですか?」萌絵は空缶を幾つかごみ箱に捨てにいき、手を洗って戻ってくると言った。

「何の話?」ディスプレイから目を離さないで浜中がきき返す。

「香山風采という人が遺した壺のお話なんですけど」萌絵は、テーブルの近くにあった椅子に腰掛けた。彼女はいつの間にかサングラスを頭の上にのせている。「五分で終わりますから」

浜中は、英文を見ていて上の空だった。沢山の the が追加で書き込まれている。幾つかの in が under に直されている。それに複数形への変更。そんな文法的なチェックがほとんどで、内容自体には文句がつけられていない。これならすぐに直せそうだ、と浜中は嬉しかった。

「え？　誰？」浜中は顔を上げて萌絵を見る。「香山風采？　って言ったの？」

「ええ」

「知ってるよ……、といっても、その人じゃなくて、その人の家を知ってる」

「本当ですか？」萌絵は目を大きくした。

「うん。調査にいったことがあるよ。江戸時代に建てられた屋敷なんだ」

「どこにあるの？」

「今は、岐阜だよ。恵那《えな》市の辺」浜中は、目をディスプレイに戻してキーボードを数回叩いた。「えっとね、隣の講座のバビンって奴が、その調査で修論を書いたから……」

「バビン……さん？　留学生の人ですか？」

「違う違う。渾名《あだな》だよ。日比野《ひびの》っていうんだけど、何故だか、バビンって呼んでるの」浜中は笑いながら答えた。確かに、バビンという渾名は傑作だった。意味のないところが傑作なのである。「それで、その香山風采がどうしたのさ？」

浜中は英文を手直ししながら萌絵の話を聞いた。簡単な内容である。香山家に伝わる壺と鍵箱の話で、一点を除けば、特に面白いわけではない。ただ、鍵箱を開ける鍵が壺から出せない、ということが彼女の話の主題であった。

「へえ……。嘘だろう、そんなの」浜中は既に三ページ目を直していた。「女性雑誌にでも載っていたの？」

「いえ、お友達から聞いたんです」萌絵は答える。「あの……、そのバビンさんという人は、今日はいるかしら？」

「さあ……。隣の部屋だよ。覗いてみたら」浜中は萌絵を見ずに言った。「たぶん、いないと思うけどね。日曜日のこの時間に大学にいるような奴じゃないから……」

萌絵は部屋を出ていったが、しばらくして戻ってきた。

「いなかった？」

「ええ……」彼女はさきほどと同じ椅子に座った。

「小学校のときから気障《きざ》な奴なんだ。日曜日は必ずデート。それも、とっかえひっかえさ」

「トッカエ……ヒッカエサ？」萌絵が不思議な顔をする。

「彼女をね」

「ああ、はい、今わかりました」萌絵は片方だけ笑窪《えくぼ》をつくる。

バビンは、浜中の幼馴染《おさななじ》みである。小学校五年生のとき浜中と同じクラスだったが、その五年生の三学期に転校していった。彼が去っていった次の日、教室の後ろの黒板に、〈我が人生に悔いなし／日比野〉と書いてあったのだ。今、思い出すだけでも、浜中は込み上げる笑いを止められない。萌絵にその話をしようかどうか、迷った。

「浜中さんも、香山さんの家に調査にいったのですね?」

「そうだよ。一昨年だったかな……。M1《エムいち》のときだね。僕は単なるバビンの手伝い。一週間くらいだったっけ」浜中は、まだバビンの思い出に笑いをかみ殺している。

「香山さんのお宅に泊まったのですか?」

「違うよ、ここから車で二時間くらいだもの……。大正村って知ってるよね、高峰三枝子《たかみねみえこ》が名誉村長をしてた。明智町だっけ……。あそこのそば」

「誰です? 高峰三枝子って?」萌絵は首を傾げる。「有名な人?」

「僕もよくは知らないけど……」浜中は少し手を休めて、煙草に火をつけた。「どうして? ひょっとして、その壺を見せてもらいにいくつもり?」

「ええ」萌絵は頷いた。

「でもさ、そんなの嘘に決まってるじゃん」浜中は煙を天井へ吐きながら言う。「暇だねぇ、西之園さん」

「香山さんの家は、もとは、どこにあったのですか?」萌絵はテーブルに肘をついて、両手に顎をのせたまま浜中をじっと見据えていた。こういうときの彼女の視線は、読心術でもしているようで、浜中はどうも苦手だった。

「あれ? なんでそれを知ってるの? あの家が移築されたこと」浜中は少し驚いた。「それも、友達から聞いたの?」

「いいえ、浜中さんが自分で言ったわ」そう言うと、萌絵は口を閉じたまま微笑む。「今は岐阜だって、言ったでしょう?」

「ああ、そうだっけ……」浜中は萌絵から目を逸《そ》らす。「あの屋敷はね、最初は京都に建てられたんだけど、二回移築されていて、明治の初めに今の場所に来たんだ。しかも、移されるたびにかなり改築されているよ。その……一昨年のときは、文化財保存の関係の助成金で、ちょっとした修繕や補修があったんだけど、それで、構造とかさ、普段見えない部分が見られるからって、そのとき、いろいろ調べにいったわけ。といっても、僕がしたのは部材の計測とかがほとんど……。小さな数寄屋《すきや》だったけど、けっこう造りは凝っているよ。からくりみたいな部屋もあるし……」

「からくり? わぁ、本当?」萌絵は顔を上げて、目を輝かす。「からくりがあるのは、香山風采の仕事部屋でしょう? ねえ、どんなからくりですか?」

「それも、バビンの修論に全部書いてあるよ」浜中は煙草を消しながら言う。「からくりは座敷の押入で、仕事部屋じゃなかったと思うけど、壁が回転する仕掛けがあるんだよ。有名なからくりで、何ていったかな? えっと……、回転壁じゃないし……」

「その香山風采という人は自殺したんです」萌絵は立ち上がって浜中の近くに来た。

「知ってるよ。写真を見せてもらったけど、お坊さんみたいな人でさ、めちゃくちゃカッコいいんだ。仏像の絵を描いてたんじゃなかったかな。その人の息子の、今のご主人も仏画師だよ」

「自殺した部屋が密室だったことは？　それも知っているんですか？」萌絵は、腕組みをして浜中の前に立った。

「密室？　鍵がかかっていたわけ？　だってさ、自殺だから、別に……」浜中はまた煙草に火をつけた。萌絵の話の内容ではなくて、彼女が間近にいることが、彼の血圧を上げているような気がする。

「浜中さん、壺は見ました？」

「それは見てない」浜中は首をふった。

「じゃあ、一緒に見にいきましょうよ」萌絵は浜中を見つめて微笑んだ。

「いつ？」

「今から」

「今からぁ？　何、言ってるの……。駄目だよ。だって……、犀川先生に論文見てもらわなくちゃ……」

「行きましょうよぉ。ねえ……」萌絵はそう言うと、浜中に顔を近づけた。

「駄目に決まってるじゃん」

「一生のお願い」萌絵は両手を合わせる。

5

犀川創平は、テーブルの上にこぼれたソースをじっと見ていた。スカンジナビア半島の形に似ていたからだ。それから、そのソースでできた地図に気をつけながら、彼は手を伸ばしてアルミの灰皿を取った。

日曜日は生協の食堂も空《す》いていて、のんびりできる。そこは、彼の研究室に一番近い食堂だった。犀川の知っている範囲では、N大学のキャンパス内には、生協の食堂が全部で六つ、生協でない民間の経営する食堂が二つある。その他にも、喫茶店が幾つかあるし、つい昨年には、教室のある建物の一階の、ロッカの並んでいたスペースが、突然、マクドナルドになった。国立大学にマクドナルドができたのは全国でも二番目だという。ある意味では快挙と呼べるだろう。

今、彼がいる食堂は、学生たちから〈旧理系〉と呼ばれているところだ。すぐ隣に〈新理系〉がある。生協は躍起《やっき》になっていろいろ洒落たネーミングを考案するのだが、〈旧理系〉の呼称は根強い。しかも、最近の入学生の一部には、これが、〈胡瓜《きゅうり》系食堂〉と誤認されている。

煙草を楽しんでいると、少し離れたところに国枝桃子助手の姿が見えた。犀川がいるとこ

ろは喫煙コーナだ。嫌煙運動の旗手（国枝桃子なら、本当に大きな旗を持っていそうである
が）である国枝は、必然的にこちらのコーナには来ない。
　国枝桃子は犀川より四つ歳下だったが、上司の犀川を差し置いて、昨年の秋に電撃結婚し
ている。国枝が結婚するというのは、犀川の周辺では極めて衝撃的なニュースだった。彼女
ほど、そういったことから遠い女性はいないと認識されていたからだ。国枝が結婚すると聞
いた者は、二種類の言葉を発したものだ。「誰と？」、そして、「何のために？」である。電
撃結婚、と言ったのは犀川自身で、この場合、「電撃」というのは、国枝桃子が雷にでも撃
たれたのだろう、という意味のジョークである。
　国枝がトレィを持って立ち上がったときには、犀川の煙草も充分短くなっていたので、ア
ルミの灰皿でもみ消して席を立った。食堂の出口で、犀川は彼女に追いつく。
「国枝君……」彼は国枝助手に並んで言った。「浜中君の文章見た？」
「見ました」国枝はちらりと犀川を見て、すぐ前を向く。おそらく、彼女はデビッド・ボウ
イに声をかけられたって同じ調子だろう。
「どうだった？　いけそう？」
「はい」国枝は歩きながら頷いた。
「珍しいなあ、君が褒めるなんて。よっぽど出来が良いんだね？」ポケットに手を突っ込ん
で犀川は歩いている。

「そうです」少しだけ、口もとを緩《ゆる》めて国枝は言う。犀川くらいのつき合いになると、彼女の表情の微妙な変化が感じとれるようになる。素人には電子顕微鏡があっても困難だろう。

「昨日、面白い本を読んだんだけどね……」犀川は別の話をする。「ヒラメの赤ちゃんは、ちゃんと左右両側に目があるそうだね。普通の魚みたいに。それが、だんだん、右の目が頭の上を回って、こう……、左側に移動してくるんだそうだよ。それで、しかたなく、横倒しになってるわけだ。面白いだろう？」

「知ってます」国枝は無表情で言った。

「あ、そう……」犀川は微笑んだ。「君は、何でも知ってるね」

「何でもではありません」

「まあ、そりゃそうだけど……」

どうも、彼女とは普通の会話というものが続かない。原因は何だろう、と犀川は考えた。

「今日は、バスで来たんだ」犀川は別の話題を切り出す。「車が故障しちゃってね……」

「帰りはお送りします」国枝はすぐ言った。

「ありがとう」

それから、また黙って二人は歩く。

研究棟まで戻ってくると、中庭に赤いスポーツカーが駐まっているのが見えた。

「あ、西之園君が来ているんだね」犀川は独り言のように呟く。西之園萌絵が日曜日に大学に来ることは珍しい。

犀川も国枝も部屋は四階で隣どうしだが、階段を三階まで上がったとき、院生室を覗くために犀川は国枝と別れた。ブルーのドアをノックもせずに開けると、中に浜中深志と西之園萌絵がいる。

「先生、こんにちは」萌絵が犀川の方を見て挨拶した。

「浜中君、論文は？」萌絵の挨拶に目で応《こた》えてから、犀川は、ディスプレイの前に座っている浜中に言う。

「はい、あと十五分くらいで、プリントアウトして持っていきます」浜中は高い声で答えた。小柄で女性的な彼は、いつもおどおどしているが、そんなキャラクタが好かれるのか、けっこう人望が厚い。彼は現在、建築学科の院生会の会長だ。

「プリントしなくて良いよ」犀川は浜中のそばまで行き、机の上の論文を手に取った。「紙がもったいないから、メールで送って」

「わかりました」

「国枝君が褒めてたよ。なかなか良い論文だって」

犀川は、二分ほどで、国枝助手が赤を入れた文章をざっと見た。犀川が直接指導していたので、浜中の論文の内容は既に把握している。犀川に興味があったのは、国枝桃子がどこを直したか、という点である。修正箇所を見て、国枝のレベルを評価することができる。犀川たちの職場では、いつも、どこでも、誰もが、力を試されているのだ。もちろん自分も、例外ではない。学生の文章を直すという一見なんでもない簡単な仕事でさえ、真剣勝負といえる。

「OK……。上にいるから」犀川は、浜中に論文を返してドアへ戻った。

「あ、先生……」萌絵が引き止める。「お忙しいですか?」

「何故?」

「昨晩、儀同さんが、私の家に泊まられたんです」

「へえ、そう……」

「それで、面白いお話があるんですけど……」萌絵は口を小さくして、上目遣いで犀川を見た。「えっと、これから、ちょっと浜中さんと出かけてきて、夕方には戻ってきますから、それから、お話を聞いてもらえませんか?」

「何時くらい?」

「そうですね……」萌絵は右手にしている腕時計を見ながら答える。「六時過ぎには戻れると思います」

「君たち、ボウリングでも行くの?」犀川は浜中の方を見てきいた。

浜中は目を大きくして、ぶるぶると首をふる。とんでもありません、という表情だ。

「良いよ、僕の方も、ちょっと抱えてる仕事があるから」犀川は答える。「じゃあ、浜中君の論文も、それまでに見ておこう」

「お願いします」と浜中。

「実は、車が故障していてね。帰りに送ってくれるんだったら、何時まででも待っているよ」

「はい、私がお送りします」萌絵は嬉しそうに答える。

「あの、僕、すぐ直して、メールで先生に送ります。日曜日なのにすみません」浜中は立ち上がって言う。

「今日が日曜日なのは君のせいじゃない」犀川はドアノブに手をかけて、ちょっと思いついて振り返った。「西之園君、ヒラメの赤ちゃんって、見たことある？」

6

英文の修正をすべて終わって、もう一度見直してから、浜中深志は、文章を電子メールで犀川助教授に送った。

「よしと……。いいよ、西之園さん」

待っていた萌絵が立ち上がる。二人で院生室を出て、廊下を数歩行ったところで、浜中は思いつく。

「ちょっと待ってて」

彼は引き返して、隣の院生室に入った。

ドアに鍵はかかっていなかったが、誰もいない。その部屋は、第五講座の院生室だ。主に、建築計画、近代建築、住宅・地域施設などを研究している講座だ。浜中たちの部屋と同様に、ここも散らかっていたが、コンピュータの数が少ないのと、製図用のドラフタが二台置いてある点が異なる。

奥の窓際にある幾つかのスチール製の本棚の中を探して、修士論文が並んでいる場所を見つける。浜中は、以前に一度だけ、この棚に探しものにきたことがあった。

バビンこと日比野の修士論文はすぐ見つかった。修論の原本は全学の図書館に置かれるので、この院生室に残っているものは、そのコピィだ。それでも、薄茶色の立派なハードカバーで製本されている。バビンは、もちろん浜中と同期で、今も彼と同様、ドクターコースの一年生（D1）。その修論は、バビンが今年の二月に提出したものだった。

背表紙には、「香雪楼の建築様式とその技法に関する調査研究／日比野雅之」と銀の文字で書かれている。

浜中は、近くのデスクの上にメモを残し、バビンの修論を勝手に持ち出すことにした。

「コウセツロウっていうんですか?」階段を下りるとき、萌絵は浜中の持ってきた修論を見ながらきいた。「それが、香山家のお屋敷の名前?」

「そう……、もともとは、紅《べに》という字で、紅雪楼《こうせつろう》って書いたんだけど、香山家が買い取って、字を変えたんだ」浜中は歩きながら、本を開いて中を見る。「京都にあったときは、えっと……、奇好亭《きこうてい》だったかな……。名前もいろいろ変わっているからね」

中庭に出ると、二人は萌絵の車に乗り込んだ。それに、浜中は昨夜ほとんど徹夜だったので、彼女が自分の車で行くと言ってくれて助かった。一度、彼女のスポーツカーに乗せてもらいたかったのも事実で、本当のところ、彼は三十センチくらい跳び上がりたい心境だった。

「高速道路ですか？」車を出しながら萌絵がきいた。

「いや、グリーンロードの方へ行って」浜中は助手席で答える。「西之園さん、猿投《さなげ》神社は知ってる？」

「ええ……。グリーンロードの猿投インタですね。県道沿いでしょう？」

「そうそう、あの県道をひたすら道なりにずっと行くんだよ」

腹に響くような低いエンジン音だった。萌絵の握っているステアリングは径が小さく太い。彼女は運転用の白い革の手袋をしていた。たぶん、浜中の乗っているような国産車が何台も買えるくらいの車だ。でも、見たところ、車内にはカーラジオもカーステレオもない。それどころか時計さえなかった。

「西之園さんの車だから、電話くらいついてると思ってた。オーディオもないね」

「エンジンの音を邪魔するものは一切載せないの」萌絵は浜中を一瞥《いちべつ》する。

「エンジンの音が、好きなわけ？」

「はい」

「ふうん……。でも時計と電話は？」

「時計も電話も、基本的に貧困な発想なんですよ」

「どうして？」

「運転に集中できないなんて、プアーでしょう？」

「よくわかんないなあ」

浜中は、膝の上にバビンの修論を広げ、前屈《まえかが》みになってそれを読みながら、目的地である香雪楼のことを萌絵に簡単に説明することにした。

紅雪楼《こうせつろう》は、中山道《なかせんどう》の宿場町である明智に住む豪農、宮地《みやち》家の五代目、宮地唯機《これのり》が嘉永《かえい》の頃に営んだ数寄屋《すきや》である。山車《だし》の人形からからくりを初め、からくり工芸の宝庫といわれる愛知・岐阜地方であるが、宮地唯機は、からくり職人として非常に有名な人物で、現在でも、彼の作品の多くを地元の博物館で見ることができる。

「嘉永？　いつ頃ですか？」萌絵は運転しながら質問する。

「一八五〇年くらい」浜中は答える。「江戸末期だね」

宮地唯機の祖父に当たる宮地敏慶《としよし》は、風流を愛した人物で、安永《あんえい》の頃から、ほとんどを京都の黒国の別荘で暮らし、文人墨客《ぶんじんぼっかく》と交わる生活を楽しんでいた。この京都の別荘は奇好亭《きこうてい》と呼ばれ、それは、茶室とともに、唯機の父の代に明智に移された。さらに天保《てんぽう》十三年には唯機の父が他界し、その後、奇好亭は、唯機によって楼造りに改築され、「様変《さまが》わり」と呼ばれる回転する壁などのからくりが施されて、紅雪楼となったのである。

宮地唯機は、明治になって没し、その後の宮地家は没落、家屋敷も人手に渡り、紅雪楼は、現在の香山家が買い取った。建物は、そのとき、明治二十年に再び移築され、名称も香雪楼と改められて、現在に至っているという。

「その壁のからくりって、どんなものです？」萌絵にはそれが一番興味があるようだ。

「大したことはないよ」浜中はすぐ答える。「壁が、ドアみたいに動いて、押入が廊下代わりになるだけさ。メリットといえば、夏に風通しが良くなるくらいかな……。からくりってほどじゃないね。ただの様変わり……」

「誰でも知っているのですか？」

「そりゃそうだよ。めちゃくちゃ有名だもの」浜中は微笑む。「西之園さん、何を期待してるの？」

「別に期待なんかしてないわ」萌絵はステアリングを切り、車は右折して大通りに合流する。

「でも、さっきさ、密室とかなんとか言ってたじゃん」

「ええ、それは、昭和二十四年の話です」萌絵はちらりと浜中を見た。「香山風采が自殺した部屋が密室だった、という話なんです」

「だからさ……、自殺したんだもの、密室だってかまわないわけじゃん」浜中は、フロントガラス越しに前を見ている。萌絵の車はどんどん他の車を追い抜いていて、目が離せなかった。彼はスピードがあまり好きではない。

「そう。密室だったから、自殺ってことになったわけですね」

浜中は鼻を鳴らして笑う。「またまたぁ……。何でも、そういう方向へ考えようとするから」

「いえ、憶測じゃないわ。証拠があるんですよ」

「証拠?」そうききながら、浜中はなんとなく嫌な予感がした。

「そうです。でも、それは確かめないと……。聞いた話ですから……」

車は、東那高速道路の那古野インタの手前にある高い立体交差を渡り、那古野市の東の外れまで来ている。

「確かめてどうするのさ。だいたい、何を確かめんの?」浜中はしばらく考えてから言う。

「昭和何年?」

「二十四年、一九四九年」

「そんな昔の事件を調べたって、しかたがないじゃん。もし、自殺じゃないとしてもさ、犯人もとっくに死んでるよ」

「ええ、それはそう……」萌絵は頷く。

「西之園さん」浜中は萌絵の方を見て言った。「また、犀川先生に相談したりするんだろう？　もういい加減、よした方がいいと思うな。先生だってさ、そのうち愛想尽かすから……。このまえの事件だって、ずいぶん……」

「じゃあ、先生には内緒にしておくわ」萌絵は浜中を見てウインクした。「浜中さんと私……、二人だけの秘密にしましょう」

「まいったなぁ……。それは余計困るなぁ」浜中は力なく呟く。

「大丈夫ですよぉ。事件でも何でもないのよ。ちょっと、パズルを解きにいくだけなんですから」

「パズルなんかに全然なってないじゃんか」浜中が言い返す。「別に不思議でもないし」

「どうして？　浜中さん、壺から鍵を出せます？」

「僕は、見てないから……」

「ね、そうでしょう？　だから、見にいくの」

「見せてくれるわけないよ」浜中は腕を組んだ。「そんな家宝をさ、どうして他人に見せるわけ？」

「それで、浜中さんを乗せているんですよ」萌絵は前を見たまま言う。

「はぁ?」

7

石垣が組まれた小川沿いの細い道で、萌絵は車を慎重に寄せて駐めた。

那古野では天気が良かったのに、今、空は急に暗くなり、すぐにも泣き出しそうだった。道の反対側には、黒ずんだ漆喰《しっくい》の塀がずっと続いている。大きな石ばかりで組まれた垣が腰まで届き、塀の上には、くすんだ黒い瓦が整列している。立派な門が少し離れたところに見えた。塀の一辺の長さだけでも五十メートルはありそうで、近づいてみると、微妙に曲線を描いている。塀の中には、大きな樹が幾つもあったが、建物はまったく見えない。武家屋敷かお寺のようだ、と萌絵は思う。

彼女の親戚にも、こんな古風な屋敷に住んでいる一族がいたが、生まれたときから洋風の住まいで育った萌絵には、どうも畳、襖《ふすま》などの環境が馴染《なじ》めない。きっと寒いのだろうな、というくらいにしか感じられないのである。建築学科の授業では、木造住居には暖かみがある、などと習ったが、そんな形容は誰かが決めつけたことだ。それに、古い建物に染み着いた線香のような独特の香りも好きになれなかった。

時刻は、もうすぐ三時になろうとしている。

「西之園さん……。やっぱり、よそうよ」助手席の浜中が口籠《くちご》もった。「建物だけ見たからさ、もういいじゃん」

「建物だって、ここからじゃ見えないでしょう？　駄目です」萌絵はきっぱりと首をふる。「さあ、降りましょう」

彼女はシートの後ろに置いてあったバッグから一眼レフのカメラを取り出す。

「あぁ！　カメラ持ってきてるの。ええ？　じゃあ、今日は、最初から、ここに来るつもりだったんだ」浜中は叫ぶような高い声で言った。

「そうよ」萌絵はにっこりと微笑む。

「うまいこと言って、騙《だま》したんだ……」浜中が恨めしそうに言う。

「私、うまいことなんて言っていません。今日はここへ来るつもりだったわ。そうじゃない、なんて一度も言ってないでしょう？」

「ああ、じゃあ、つまり僕は道案内だったわけ？」

「違います」

「もう、西之園さん、一人で行ってくればいいじゃないか……。僕、ここで待ってるからさ」

「浜中さん、私の車から、降りていただけます？」萌絵はドアを開けながら浜中に促す。

「ここまで来て、ぐずらないで下さい」

「別にぐずってるわけじゃ……」

浜中は舌打ちをして車から出た。

昨夜、儀同世津子から、香山家に伝わる鍵の入った壺の話を聞いたときから、萌絵はここへ来るつもりだった。先輩の浜中が香雪楼の調査をした経験があることは知らなかったが、二年まえにN大の学生が調査に入っているという話は、儀同世津子から聞いていた。香山マリモが世津子に話していたのだ。N大から学生が建物の調査にきたといえば、おそらくは建築学科だろうし、古い建物の調査といえば、犀川助教授の顔がすぐ思い浮かぶ。儀同世津子は、そのこともあって、萌絵にこの話を持ってきたのであった。しかし、どうやら世津子と萌絵の予想は外れていた。香雪楼の調査を二年まえに行ったのは、犀川研究室ではなく、他の講座の学生（バビン）だった。ただ、幸運にも、犀川研の浜中深志（彼は、萌絵が一番親しくしている院生だった）がその調査の手伝いをしていたのだ。

そうとなれば、その浜中本人を現地に連れていくのが、手っ取り早い。香山家の人間も浜中を知っているだろうし、香雪楼に入れてもらうのにも、話が切り出しやすい、と萌絵は判断したのである。つまり、単なる道案内ではなかった。

N大の建築学科の学生です、と言うだけで、他人の家や建設工事現場に入ることができる。学生証を見せ、写真を撮らせてほしいと言えば、大方《おおかた》の場合は許可される。学生たちは、立派な家とか、古い屋敷を、そのようにして見学することがよくあるのだ。

今回の場合も萌絵には勝算があった。

黒光りする門には〈香山〉の表札が掛かっており、それとは対照的にプラスティック製のインターフォンが目立っていた。浜中は萌絵のカメラを持たされ、彼女から数メートル離れた道路の反対側に立っている。萌絵がインターフォンのボタンを押して、数秒すると、「はあい」という女性の声が、雑音混じりで聞こえた。

「突然で申し訳ありません、あの、N大学の建築学科の者なのですが、近くにまいりましたものですから、香雪楼を是非見学させていただきたいと思いまして……、あの、写真を二、三枚撮らせてもらえないでしょうか?」とっておきの声で萌絵がしゃべった。

「ああ、はいはい……。ちょっとお待ちになってね」スピーカからの声が答える。

萌絵は振り向いて、浜中にVサインを送る。

「ね、簡単でしょう?」

浜中も少し安心したらしく、二、三歩後退してカメラを構え、香山家の正門の写真を一枚撮った。萌絵はファインダを意識して澄まして立つ。浜中も、門まで近づいてきた。

「でも、いくらなんでも、壺は見せてはもらえないよ」浜中が囁《ささや》いた。

インターフォンのそばの小さな通用門を開けたのは、白髪の老人で、歯をむき出して笑い、手招きで萌絵たちを奥へ導いた。石畳が真っ直ぐ屋敷の玄関まで延び、その両側には低い柵が竹で組まれている。左手には品の良い灯籠《とうろう》が見え、苔の生えた起伏のある庭園が広がっている。水面は見えないが、池があるようだ。右手の庭は、樹木が視界を覆い、奥に広いスペースがあることしかわからない。玄関の引き戸は開けられたままで、中に一歩入ると、湿っぽいかび臭い香りとともに、ぼんやりとした暗さが萌絵を包み込もうとした。

和服姿の小柄な女性が座っている。落ち着いてはいるが、四十は越えていない。おっとりとした品の良い顔立ちである。

「申し訳ありません」萌絵はぺこりと頭を下げる。「N大建築学科の西之園といいます」

「浜中です。本当に突然で恐縮です」遅れて入ってきた浜中は萌絵の横に立って言った。「あの、僕は、二年ほどまえになりますが、香雪楼を調査にきたことがあります。覚えていらっしゃいませんか?」

「あら! まあ、あのときの学生さんですか? そう……」和服の女性は少し驚いた様子で浜中をしげしげと眺める。「ああ、そういえば、あの髪の長かった方ね?」

「あ、はい……、最近、短くしまして……」浜中は頭を掻く。

「男らしくなりましたね」彼女は微笑む。「こちらは? ガールフレンド?」

「いえ、違います。私は彼の後輩です」萌絵はすぐに答えた。「私が、浜中さんにお願いして、ついてきてもらったんです。あの、見せていただけるでしょうか?」

「ほほ……」彼女は手を口に添えて笑った。「しっかりしていらっしゃるわね……。ええ、どうぞ、どうぞ、お上がりになってね。ついさきほどですけど、先生からも、お電話がありましたわ」

「え？」萌絵と浜中は同時に声を上げた。

「サイカワ先生……、っておっしゃいましたか？　サイって、どんな字を書くのかしら……」

彼女は目を回して言う。「学生さんがお二人いらっしゃるって、ご丁寧に連絡がありましたよ。さあ、どうぞ、お上がりになって、お茶をお出ししますわ。どうぞ、遠慮なさらないで」

萌絵と浜中は、口を開いたままお互いを見合った。

8

「あの人は？」萌絵は浜中に囁いた。

薄暗い座敷の真ん中に二人を残して、和服の女性は、お茶を持ってくると言い、廊下へ出ていったところである。

「若奥様っていうのかな……。香山風采の孫になる人の奥さんだよ」浜中が座布団に座り直して答える。「ねえ、どうして、犀川先生に僕らのことがわかったんだろう？」

「さあ、よくわからない。でも……」萌絵も座布団にのる。「全部、お見通しみたいですね。帰ったら、ちゃんと先生に報告しなくちゃ」

萌絵が、儀同世津子が泊まりにきたと話したときには、「へえ、そう」などと気のない返事をしていたが、犀川助教授は、しっかり考えたに違いなかった。しかも、萌絵と浜中は行き先を言わずに出かけようとしている。何かあるな、と犀川が感じたとしても当然だ。おそらく、先生は、儀同世津子に電話をかけたのであろう、と萌絵は結論を出した。それで、香山家の話を聞いたのではないか……。

「でも、どうして、犀川先生、電話なんかしたのかなぁ?」浜中は、どうにも合点がいかない様子だ。

「私たちが壺を見せてもらえるように手回しして下さったのよ。決まってるじゃないですか」萌絵は片手をついて、彼の耳もとに突き刺すように言った。

「そうか……、さすがは犀川先生」

「寒いですね……。ここ」

この座敷まで歩いてきた板張りの長い廊下もとても冷たかった。スリッパを使わないようだ。だんだん足の感覚がなくなっていく感じがした。幾度も角を直角に曲がり、どちらの方角を向いているのか、わからなくなるように設計されているみたいに思える。玄関のあった屋敷はそれほど古い建築ではなかったが、渡り廊下を過ぎ、最後に、中庭を眺めながら案内された離れのような一角は、明らかに雰囲気が違っていて、萌絵にも、それが香雪楼だとすぐにわかった。なにしろ、すべてがどんよりとした色彩でくすんでいる。とにかく古い。けれど、心配していた線香臭さは皆無だったし、清楚に艶光りした柱や梁《はり》も鋭角な印象で、むしろモダンな雰囲気だった。二人が通されたのは、その香雪楼の座敷の一つである。

床の間には、カラーで描かれた仏画が飾られている。萌絵には、それがどんな仏様なのかわからない。そもそも仏様ではないのかもしれない。部屋の天井は高く、薄い竹の皮を編んで作られているようだ。座敷は十畳間で、床の間でない三面が襖だった。襖の腰は、渋い紅と白の六角模様で、これも非常にモダンなデザインである。入ってきたところが縁《えん》に面しており、床の間の丸い障子と、鴨居《かもい》の上の透かし彫りのある欄間《らんま》から、外の光が拡散してやわらかく入ってくる。驚くべきことに室内に照明器具は一つもない。非常に暗かった。

今にも、萌絵の後ろの襖がすっと音もなく開いて、お茶を運ぶからくり人形が出てきそうな、そんな雰囲気である。夜は一人でいたくない環境だ、と彼女は思う。しかし、もしこんな部屋が自分の家にあったとしたら、布団を敷いて寝転がり、一晩中ミステリィを読むのも面白そうだ。そうでなければ、ビデオを持ち込んで、スリラー映画を観るのに使っても良い。ただ、今の萌絵には、何よりも正座が一番恐かったし、暖房されていない部屋の空気が、どんどん体内に浸透してくるようで、コートを脱いでしまったのが恨めしかった。この部屋の最大の欠点は、寒さだ。

数分して、香山夫人がお盆を持って現れた。そのすぐあとに、さきほど門を開けてくれた老人が荷物を二つ運んできた。

庭に犬がいるのだろう。近くで子供の歓声と一緒に、犬の鳴き声がする。

「生憎《あいにく》、主人が出かけておりましてね」香山夫人は、外の喧噪《けんそう》を気にしながら、萌絵と浜中の前にお茶を運んだ。二人は畏《かしこ》まって頭を下げる。

萌絵は、老人が風呂敷から取り出したものに注目していた。それは、二つの真新しい木箱であった。

「あの……、壺と鍵箱を見せていただけるのですか？」萌絵は腰を浮かせてきいた。

「ええ、これの写真をお撮りになるんでしょう？　先生がお電話でそうおっしゃってましたわ」香山夫人は振り向いて、老人に軽く頷いた。彼は、一礼して立ち上がり、部屋から出ていく。

老人が遠ざかる足音が消え、いつの間にか外も静かになっていた。

「あの、本当に、壺の中に鍵が？」萌絵は尋ねる。

「ええ、義父《ちち》は無邪気なことを言っていますけどね……」そう言いながら、香山夫人は片方の木箱の蓋を開ける。「私は、全然信じてませんのよ」

深い紫色の布を四方に広げ、箱の中から取り出されたものは、黒色とも鉛色ともいえない沈んだ色彩の地味な小箱だった。十五センチ立方ほどの大きさであるが、香山夫人の仕草《しぐさ》から、かなり重量があることがわかる。

「これが、無我《むが》の匣《はこ》です」

「無我の匣……」浜中が横で言葉を繰り返す。

その鍵箱は、装飾的な模様が一切なく、古い品物にしては非常にシンプルなデザインだったが、どことなく気品があった。上から三分の一くらいのところに、切れ目があり、そこから上が蓋であることがわかる。前面には小さな鍵穴が一つ開いている。角の部分には、材質の違う金属がぴったりとカバーされていた。箱自体が、全部金属製に見えるが、色が塗られていることは確かで、材質の判別は難しい。もちろん塗装はかなり風化していた。目立つものといえば、直径が二センチほどの、ボタンのような半球形の金具が、上面に三つ、正三角形の頂点の配置で並んでいる。それらは、銀色で鈍く光っていて、この鍵箱の唯一の装飾といえるものだった。

「開かないのですか？」萌絵はきく。

「ええ、ずっと……」

「空っぽなんですか？」浜中が質問した。

「さあ、わかりません。でも、逆さにしても、中で何かが動くような感じはありませんね」夫人はゆっくりとした口調で答える。

萌絵は、それに触らせてもらった。持ち上げてみると、相当に重い。五キログラムはあるだろう。

「そちらが壺ですね？」萌絵はもう一つの木箱を見て言う。

「ええ」夫人は頷いて、そちらに手を伸ばす。

その木箱は細長く背が高かった。いずれの木箱も新しく、最近になって作られたもののようである。香山夫人は木箱の蓋を取り、同様に紫色の布を除いて、中から灰色の細長い壺を取り出した。

畳の上に広げた紫色の布。その上に立てられた壺は、高さが三十センチくらいで、細長い。実に優雅な曲線だった。下から十センチほどの部分が一番太く、両手でも指が届かないくらいの周長である。それが、上に行くほど窄《すぼ》まり、最上部の口の付近では、指がやっと入るくらいの径しかなかった。この壺にもまったく模様はなく、薄い灰色一色だ。もともとは白かったのかもしれない。

「これが、天地《てんち》の瓢《こひょう》です」

第2章　壺は密室のなかに

〈Discovering the Footprints〉

1

N大のキャンパスから五キロほど南に下った住宅地。辺りは既に暗く、道路を通る車も少ない。大金と交換したくなる適度な静けさが、この周辺にはあった。

緩やかな坂の道沿いに立つ四階建ての地中海風のデザインのマンション。その半地下に、〈三月十日〉という名のイタリアン・レストランがあることを知っているのは、日頃から大金と交換するものを探している人種だけだろう。看板は出ていなかったし、階段を下りた店の入口の前にも、小さなメニューが樽の上に置いてあるだけで、どこにも日本語による表示はなかった。

午後八時。西之園萌絵は、浜中深志と犀川助教授をつれて〈三月十日〉のガラスドアを開けた。萌絵の車は二人しか乗れないし、犀川助教授の車は故障していたので、三人は大学から、浜中の運転するシャレードでやってきた。レストランの駐車場には、浜中の車よりもお値打ち品は一台もなかった。

店の中は狭く、カウンタに七、八人が座れるスペースはあったが、テーブルは五つしかない。いつものとおり、客は疎《まば》らである。萌絵は、カウンタの中にいたマスタを一瞥《いちべつ》して、お気に入りの奥のテーブルに浜中と犀川を招いた。

「ここ、煙草は吸える?」犀川はコートを脱ぎながらきいた。

「ええ」萌絵は、彼のコートを壁にあったハンガに掛けながら答える。「先生、ワインを召し上がります?」

犀川は首をふった。

「私、飲んで良いかしら?」

「西之園さん。ここ、高いんじゃないの?」浜中は店内をきょろきょろと見渡しながらきく。

「今日は、私の奢《おご》りです」萌絵は微笑んだ。「浜中さん、ワインは赤が良い?」

「いいよ、僕、車だから……」

白ワインが最初に運ばれてきて、犀川と浜中はほんの少しだけ味わった。オードブルは白身の刺身とスライスしたトマトである。

萌絵は、バッグから現像したばかりの写真を取り出した。香雪楼で撮ってきた写真は、大学に戻るまえに三十分プリントの店に出し、犀川を乗せて、このレストランに来る途中で受け取ってきたものである。デジタルカメラで撮影して、カラープリンタで出力するよりも、このシステムの方が今のところ早い。建物外部、中庭、室内の写真が半分以上。残りの十枚ほどは、無我の匣と天地の瓢を撮影したものだった。

スープが運ばれてくる。コンソメで、変わった形をした三色のパスタが沈んでいた。

「こうやって、少しずつ分断して料理が出てくるというのは、どうもじれったいね」犀川はスープを全部飲んでしまうと、煙草に火をつけて、写真を順番に見ている。「そのじれったさに、お金を払うわけだ」

「今日は私が払います」萌絵が口を尖らせる。

「ごめん、そういう意味じゃない」犀川は無表情で煙を吐いた。「それで、この壺の中に、鍵は本当に入っていたんだね？」

「はい」萌絵は犀川の目を見ながら答えた。「もちろん、壺の口からは取り出せないわけですから、はっきりとした形まではわかりませんけど……」

「形がわからないのに、どうしてそれが鍵だってわかる？　壺を逆さにしたら、少しは出るわけ？」

「逆さにすれば、一部ですけど見えます。ええ、覗けば、鍵だってことはわかります」萌絵はまだスープ皿を傾けている。「壺の中に鍵が入っていることは、お祖父様よりもまえの代から、ずっと言い伝えられているのだそうです。それに、ちゃんとした科学的な証拠もあります」

「科学的？」犀川は写真から視線を上げる。「X線写真？」

「そうです」萌絵は頷く。「ずいぶんまえに、それは調べてもらったそうです。そのレントゲン写真は今日は見せてもらえませんでしたけど、香山夫人の話では、確かに鍵が写っていたそうです。かなり大きな鍵ですね」

「なるほど……」犀川は美味《おい》しそうに煙草を吸っている。「うん、面白いね」

「ね、面白いでしょう？」萌絵は、犀川が興味を示してくれたことが素直に嬉しかった。

「とにかく、その壺と鍵箱を見せてもらっただけでも、もう、わくわくしちゃいました」

「でもさ……。西之園さん」浜中は、次の料理がなかなか来ないのでキッチンの方を何度も見ていた。「あれが鍵箱を開ける鍵だっていう保証は全然ないわけだし。それにさぁ……、死んだ風采って人が鍵をあの壺の中に入れたって話も、全然信じられないよ。やっぱりさ、もともと、壺の中には鍵があって、あの鍵箱の鍵とは別なんだよ。そっちの鍵はどこかへいってしまったんじゃないかな……。だって結局、全部が話だけのことでしょう？　それだけのことじゃん」

「ところが、それだけのことじゃないわけだ」犀川は指で煙草をくるくると回している。

「世津子からは聞き出せなかったけれど、それだけじゃないね？　西之園君」

萌絵は嬉しそうに頷く。

「風采って人が密室で自殺したんですよ」浜中が代わりに答えた。「それだけなんですよ。西之園さんはですね……、そんなことで、この忙しいときに、僕に道案内をさせたんですよ。僕、完全に騙《だま》されて……」

「そのお礼は今しているつもりです」萌絵は言った。

「半日つぶれたんだから……」ぶつぶつと言いながら、浜中は口を尖らせたが、パスタをロブスタに和《あ》えた料理が運ばれてきたので黙った。

フォークを使いながら、萌絵は五十年まえの事件の説明を始めた。それは、すべて儀同世津子から聞いた話である。

「香山風采が亡くなったのは、一九四九年の二月なんです。彼は仕事部屋で自殺した、ということになっています。その部屋は、完全な密室で、鍵が内側からかけられていました。今日、私たちが会ってきたのは、亡くなった風采のご長男、林水さんの、そのまたご長男の奥様です」

「風采の仕事部屋というのは、香雪楼の中のどの部屋なの?」犀川は、フォークとナイフを諦《あきら》め、両手を使ってロブスタと格闘している。「君たち、その部屋も見てきた?」

「いいえ、今日はちょっと、そんなお話をする雰囲気じゃなかったので……」と萌絵。

「へえ、君らしくないね」犀川は微笑んだ。

「それは、別の方で調べてみます」萌絵は肩を軽く竦《すく》めた。「私が見た感じでは、鍵がかかるような部屋は、あそこにはなかったと思います。だって、襖《ふすま》ばかりですから……。日本建築で密室なんて馴染《なじ》みませんよね」

「そのとおり」犀川は頷く。「なかなか見事な建築だったろう?」

「とっても寒いんですよ」萌絵は答える。

「この五十年ほど、平均気温はどんどん上がっているよ」犀川は表情を変えずに言った。彼はちらりとテーブルの写真を見る。「風采が自殺した部屋に、この壺と鍵箱があったんだね?」

「はい」萌絵は頷く。「先生、儀同さんからどこまで聞かれたのですか?」

「そこまでだよ」

「僕もそこまでしか聞いてませんけど」パスタを口いっぱいに入れて浜中が言った。「まだ、何か隠してんの? そういえば、西之園さん、証拠があるとかなんとか言っていたじゃん」

「ええ、そちらは、調査中よ」

「調査中……」浜中が渋い顔で繰り返す。

「全部、香山マリモさんからパソコン通信で儀同さんが聞いて、それをまた私が聞いた話だから……、正確とはいえません。確かめなくては……」

「相変わらず、熱を上げているね」犀川はおしぼりで手を拭いている。「風采氏はどんな死に方をしたの？　首を吊《つ》ったのかな？」

「先生。やめて下さいよぉ、食事中なんですから」浜中が眉を寄せて言った。

「ナイフのようなもので胸を一突きです。部屋中が血の海」萌絵は、持っていたフォークで自分の胸を突くジェスチャをしてみせる。

「西之園さーん」浜中が訴えた。

「ようなもの？　ああ、なるほどね……」犀川はまた煙草に火をつけている。「つまり、現場から凶器が見つからなかったってわけだね。だから密室だって騒いでいるんだ」

萌絵は満面の笑みを浮かべて頷いた。「ね、先生、面白いでしょう？」

「面白くないよ。そんなの」浜中がすぐ言う。

だぶだぶの白い服を着た男がテーブルに近づき、萌絵に赤ワインを見せたが、彼女はそれを断った。さきほどから、ワインを飲んでいるのは彼女だけである。

「香山マリモさんというのは漫画家だそうだね」犀川は天井を見て煙を吐いた。「彼女は、ミステリィかホラーでも描いているのかな？」

「いえ、私は知りません」萌絵は首をふる。「彼女の創作だっておっしゃるのですね？」

「いや……、そこまでは言ってない。それに、たとえ完全な密室で死体が発見されて、しかも凶器がその場になくても、別に不思議でもない。自分の胸を刺してから、部屋の外にナイフを捨てて、それから部屋の扉に鍵をかけるだけのことだろう？　いやあ、西之園君、君のおかげだね……。僕も知らないうちに、こういう下世話《げせわ》なことがすらすらと考えられるようになった。これは嫌味じゃないよ。喜んでいるんだから……」

「雪が積もっていたんです」萌絵はついに切り札を出した。「私も、詳しくは状況がわからないのですけど、問題の部屋の外には、雪が積もっていて、足跡も血の痕もなかった、というんです」

「どんな部屋なんだ、それは？　離れみたいなところかな？」犀川は可笑《おか》しそうに言う。

「茶室がありましたけど……。あそこは廊下が繫《つな》がっていたから……」萌絵は、香山家の屋敷を思い出しながら話した。思い出すときには、何故か上を見てしまう癖が彼女にはある。

「そうですね。ちょっと、場所はわかりません。調べてみますけど、五十年も経っていますから、当時と今と、お屋敷の状態が同じかどうかもわからないし……」

「投げたんだよ、遠くへさ」浜中がようやく口をきいた。「それなら、足跡も残らないじゃん。ナイフをさ、遠くへ投げたんだ」

「それくらいは、探す方だって考えて、探したでしょうね」萌絵は浜中の意見を否定した。

次の料理は、小さなステーキで、黄色と緑色の二色のソースが感動的に綺麗だった。

2

アイスクリームと小さなシュークリームがコーヒーと一緒にテーブルに並んだ頃には、壁に掛かっていた古風な時計が十時近くを指していた。結局、ワインは萌絵が一人で飲んでしまった。

「あまり、食べた気がしないね」浜中が萌絵に小声で言う。「僕は、中華料理の方がいいな」

「そう？　美味《おい》しかったでしょう？　ここ特別美味しいんだから……」

「うーん」浜中は考えている。「犀川先生はどうでした？」

「美味しかった」犀川は煙草を吸いながら答えた。「一万五千円くらいかな？」

「え！　一人五千円もするの？」浜中は顔をしかめて小さな声で言う。

「違う、一人一万五千円だ」と犀川。

「ええ、それくらい」萌絵は微笑んだ。「思ったより安いでしょう？　でも、さっきのワインは、三人分の料理より高いわ」

「ああ、そんなぁ……」浜中はメガネを取って目を擦《こす》っている。「もっと、飲めば良かった」

萌絵がレジでサインをしている間、犀川と浜中はドアの外で待っていた。三人はシャレードに乗り込み、車は静かな住宅地の坂を上り始める。

「私、ちょっと調べてみますから、また浜中さん、つき合って下さいね」萌絵は後ろの座席から言った。

「つき合うって？　今日みたいな食事なら、いつでもつき合うけど……」運転しながら浜中が言う。「今のいくらだった？　西之園さん、後学のために教えてよ」

「さあ、ツケだからわからない」萌絵は曖昧に答える。「ねえ、浜中さん。もう一度、香山さんのところに行きたいの、私」

「どうして、僕が？」

「駄目ですか？」

「別に駄目というほどじゃないけどさ」

萌絵はシートにもたれて、それから横に座っている犀川を見た。「先生は、お忙しいでしょう？」

「忙しいね」犀川はポケットに手を突っ込んで座っている。「お供は、浜中君が適任だ」

「あの、後ろで勝手に決めないで下さい」浜中が言う。

キャンパスに戻ると、浜中は車から二人を降ろし、「今日はもう寝ます」と言って、すぐに帰ってしまった。

萌絵は、近くに駐めてあった自分の車のトランクを開け、犀川は膨《ふく》らんだ鞄をそこに押し込んだ。

「西之園君、大丈夫？　酔ってない？」犀川は助手席のドアを開けながらきく。「僕が運転しようか？」

「平気です」萌絵は慣れた動作でシートに座った。

エンジンをかけ、しばらくアイドリングで暖気をする。車のシートはとても冷たかった。

「わ、雪！」萌絵はフロントガラスに顔を近づけて叫んだ。「先生、先生、雪ですよ」

「他に何に見える？」

「もうすぐクリスマスだわ」

「順調にいけばね」

ワイパを動かすほどのことはなかった。エンジンはまだ充分に暖まっていなかったが、彼女は車を出す。

「ねえ、先生、クリスマスは？」キャンパスから出る信号で止められたとき、萌絵はきいた。

「質問の意味がよくわからないけど」

「二十四日の午後、犀川先生はどのようなご予定ですか、と伺っているんです」そう言ってから、萌絵は少し腹が立ったので、信号が青になったとき、わざと後輪を鳴らしてスタートした。

「いや別に。特に変わった用事は入れていない」犀川は淡々と答える。「西之園君には何か特別の日なの?」

「普通の日じゃありません」

「ケーキでも食べなくちゃいけないのかな?」

「去年のクリスマスは、先生と一緒だったのよ」

「ああ、そういえば……。あれから、もう一年になるね。早いなぁ……」

昨年のクリスマス……。萌絵は、犀川と一緒に、三重県まで泊まりがけで出かけた。ちょっと普通じゃないクリスマス・パーティだった。雪は降らなかったし、とんでもない事件に巻き込まれたりもしたが、今思えば、彼女にとって、とびっきり楽しいクリスマスであった。

「クリスマス・イヴに、ケーキを持って先生の家に行って良い?」

「ケーキは食べる」犀川は答えた。

「じゃ、行きます」萌絵は断言するように低い声で言う。

「浜中君も呼んでやろうか?」

「あー。先生、妬《や》いてるでしょう!」

「やいてる?」

「女へんに石です」萌絵は犀川の方を見た。

犀川は前を見たまま彼女はすぐに答えた。

「難しい漢字を知っているね」

萌絵は、嬉しくて犀川を睨んでやりたかったが、運転をしているので今はできない。

「どうして？」犀川はポケットから手を出して、煙草を探している。彼が明らかに狼狽《ろうばい》して いるのがわかって、萌絵はますます嬉しくなる。彼女は笑いをかみ殺していた。

「私が、浜中さんと一緒にいろいろしているからでしょう？」

「浜中君は、君のことが好きみたいだ」犀川はまだ煙草を探している。萌絵の車には灰皿がない。そのことは、もちろん犀川も知っているはずだ。

「それは、わかってます」萌絵は正直に言う。

「ああ、それは……」犀川は珍しく口籠《くちご》もった。「それは、良くないな……。つまり、そういうことをね、曖昧にしておくのは良くない、と僕は思うよ。もっとも、君が浜中君とつき合う気があるなら別だけど……」

「何、おっしゃってるの？　全然わかりません」

「まあ良い。やめておこう」

「良くないわ」萌絵は急に腹が立ってきた。「何でも、はっきりとものを言えって、先生、いつもおっしゃっているじゃないですか。浜中さんが私のことを好きで、それに対して私の態度が曖昧だってことですか？　それじゃあ、犀川先生はどうなの？　私、こんなに明確に意志表示しているのに、先生の態度なんて、もう、ふわふわじゃありませんか？」

「ふわふわ？」

「ほら、また、そうやってとぼけるんだから」

パッシングして黄色信号の交差点を突っ切った。雪はかなり降りだしている。萌絵はワイパを動かすことにした。彼女の車にはワイパは一本しかない。

そのワイパが二十回ほど往復した。

「喧嘩はよそう」ようやく犀川が囁いた。「悪かった。さっきの発言は全部取り消すよ」

「喧嘩にもなっていないもの」萌絵は大きく溜息をつく。

彼女が予期しなかった展開である。何故、急にこんな話になったのかわからない。しかし、どうにも腹の虫が収まらないのは事実だった。

考えてみれば、ずいぶん長い時間をかけて鬱積《うっせき》した感情にも思える。原因は些細《ささい》なことかもしれないが、崩れだした感情は、ずっと根が深い。運転をしていなければ、手近にあるものを投げつけて壊してしまいたい、そんな欲求が、彼女の躰の奥から泡のように浮上して、今、最高に大きく膨らんでいた。けれど同時に、そんな泡は早く消えてくれたら良いのに、と冷静なもう一人の彼女は望んでいる。

犀川のマンションの前で彼を降ろすとき、萌絵は謝ろうと決めていた。頭の中で何度も台詞《せりふ》を繰り返していたのだ。

それなのに、まるで期限切れの消火器みたいに、何も言えなかった。

3

翌々日の火曜日の朝七時半、犀川は研究室の鍵を開けた。とてつもなく気分が悪い。ひょっとして自分はもう死んでいるんじゃないか、と思えるくらいだった。

毎日、彼は朝九時頃に目が覚める。大学に出勤するのは十時近くだ。ところが、十月から二月までの、いわゆる後期に、彼は「建築構法史」の授業を担当している。おそらくは悪魔の仕業に違いないが、その講義が火曜日の一時限目なのである。N大学の一時限目は八時四十五分から。その時刻までに出勤しようとすると、ちょうど道路が渋滞している時間帯で、大学までいつもの倍以上の時間が必要となる。これは極めて無駄な時間である。しかも、渋滞の程度は日によって大きくばらつくため、予測が難しい。そういった不合理なことで時間の心配をしたくはなかった。というわけで、犀川は無理を承知で早起きをして、火曜日は八時まえに出勤することにしている。副産物として手に入れた早朝の自由な一時間を、授業の予習に当てることもできた。

犀川は、授業には絶対に遅れない。今まで一秒だって遅れたことはない。いつも始まる時刻の数分まえから教壇に立って、時計を見て待っている。

しかし、朝には極めて弱い。普段でも午前中は酷《ひど》い状態なのに、七時なんて歴史的な時刻に起床すると、頭は銀河系の恒星群並みにばらばらだ。冷凍庫から出たばかりのピザみたいに血液まで凍っている。気分は日本海溝くらい最低だ。瞼《まぶた》は銀紙が張りついたみたいにごわごわするし、三半規管で地球ゴマが回っているような耳鳴りがする。口は小学生が給食で残した食パンみたいに渇いていて、声もまともに出せない。自分の手の指なのに、紙粘土でできているのではと思えるくらい、ままならない状態なのである。

煙草に火をつけながらコンピュータを立ち上げる。コンピュータだけは朝でも大丈夫なんだ、と感心したりする。彼は、ポットで研究室にある観葉植物に水をやってから、そのまま残った水でコーヒー・メーカをセットする。まだ、煙草の味があまりしない。躰はヒラメのように横倒しになりたがっている。

椅子に腰を掛けて、ぼんやりと窓の外を眺めていると、やがてコーヒー・メーカが断末魔《だんまつま》のような叫び声で合図するので、カップを取りに立ち上がる。

ＵＮＩＸのメールを見てみるが、差出人とサブジェクトを眺めただけで読む気にもなれない。とりあえずは、熱いコーヒーを強制的に喉に流し込む。おそらく、この魔法の飲みものが地球上になかったら、犀川の午前中は存在しないのと同じになる。人生の半分はコーヒーから生まれた、といっても過言ではない。

三本目の煙草に火をつけた頃から、少しほ乳類らしくなり、授業の準備をする気になった。部屋のスチームはまだあまり効いていないが、東南向きの部屋なので日差しが入るため寒くはない。昨日は積もっていた雪も、今朝は疎《まば》らである。修理してもらったばかりの車で来るときも支障はなかった。

そういえば、今日の授業は学部の三年生だ。西之園萌絵がいつも一番前の席で聴講している。彼女は、犀川の講義以外でも、あの指定席に座っているのだろうか、と彼は初めて考えた。一昨日のフルコースの夜を思い出す。雪が降りだした別れ際、酔っていたのか、彼女は機嫌が悪かった。どうも、萌絵がアルコールを飲むと、ろくなことはない。いや、犀川が彼女との議論から離脱した理由は、彼の方が明らかに論理性が貧弱だったからだ。いつだってそうだが、そもそも、怒る側には、それなりの理屈があるものだ。たとえ、それがどんなに主観的なものであっても。

また、講義のノートに焦点を合わせる。

犀川の授業は実にシンプルだ。彼は板書をしない。プリントも配らない。ただひたすら話すだけである。彼は、出席もとらないし、レポートも提出させない。試験もしたことがなかった。

犀川は、もともと教育なんて行為を信じていなかったし、自分が教育者だなんて自覚したことは一度だってない。教育者には、ものを教えることができる、という思い上がった信念が存在する。それが犀川にはまったく馴染《なじ》めない。手を出さない子供にお菓子を与えることができないように、教育を受けるという動詞はあっても、教育するという概念は単独では存在しえないのである。それに、教育には水が流れるような上下関係がある。しかし、学問にはそれがない。学問にあるのは、高さではない。到達できない、極めることのできない、寂しさの無限の広がりのようなものが、ただあるだけだ。学問には、教育という不躾《ぶしつけ》な言葉とはまるで無関係な静寂さが必要であり、障害物のない広い見通しが不可欠なのである。小学校、中学校と同じように、大学校と呼ばない理由は、そのためであろう。大学とは、教育を受けるのではなく、学問をするところではなかったのか？

もう一度、ノートに集中した。

一時間半の講義で話す内容を、頭の冷凍庫から取り出して解凍する。そのために熱が使われたのか、コーヒーはもう冷たくなっていた。

授業の始まる時刻の五分まえに、犀川は部屋を出た。まだ人気《ひとけ》のない研究棟の薄暗い中廊下をゆっくりと歩く。教室のある建物までは、通路が繋がっている。途中で化学工学科の研究棟を通る。廊下の両側には化学実験室が並んでいる。爆発事故に備えた鋼鉄製の重い扉は、いつも開いている。この辺りの部屋だけが、廊下側にドアが開くように作られている。緊急のときに脱出しやすいように設計されているのだ。我々人類は馬鹿ではない。

教室の前まで来て、腕時計を見ると三分まえだった。

ドアを開けて教室に入る。既に二十人以上の学生たちが席についていた。建築学科は一学年が四十人である。今日の犀川の講義は選択科目だったが、ほとんどの学生が受講しているし、他の学科や学部、それに他大学の聴講生も毎年数人いた。

「あと……、二分三十五秒あるからね」犀川は腕時計を見ながら言った。教室の後ろの壁にある時計は一分近く狂っている。彼は自分の腕時計を毎朝合わせる。彼の時計は秒針まで正確だった。

ようやく、少し血圧が上がってきて、気分が良くなっている。次々に学生たちが後ろのドアから入ってきて席が埋まっていった。犀川が時間に神経質なことが彼らにも伝わっているのか、最近、遅刻する学生は少ない。もっとも、犀川は遅刻する学生を叱ったりはしない。遅刻や早退を怒る権利が、教官サイドにあるとは思えないからだ。学生はお金を払って講義を聴きにきているのである。

時間になったので、始めることにした。

「それじゃあ、始めます」犀川は学生たちの顔を見る。ほとんどの学生はノートを広げていた。「今日は、先週の続きになるけど……、中世の都市の形成について、幾何学的な形態別に論じてみようと思います……」そこで、彼はちょっと言葉を切った。「あれ？　西之園君がいないね」

学生たちが、少しざわついて、全員がきょろきょろとしている。

「彼女どうした？　牧野《まきの》君、知ってる？」犀川は、いつも萌絵の隣に座っている牧野洋子《ようこ》に尋ねた。

「いいえ」牧野は首をふった。それから少し微笑んでつけ加える。「犀川先生の授業に出てこないなんて、何事でしょう?」

学生たちが大笑いする。

「何か……、面白いかな?」犀川は真面目な顔できいた。

牧野洋子は姿勢を正して答えた。

「いいえ、すみません。授業を始めて下さい、先生」

4

早朝の公園を、萌絵はトーマを連れて歩いていた。昨日の雪がところどころにまだ残っている。トーマは大喜びだった。彼はわざと雪の中を歩き、胸も脚も既に泥だらけになっていたが、おかまいなしである。

四輪駆動のパジェロが並木の向こう側に停まるのが見えた。萌絵はトーマに声をかけ、そちらへ歩いていく。革のジャンパを着た大きな男が、のっそりと車から降りてきて、萌絵を見て愛想良く頭を下げた。

「おはようございます。西之園さん。寒いですね」男は、片手で額を触りながら何度も軽く頭を下げる。「あの、それは、犬ですか？」

　萌絵は微笑む。「わざわざすみません」

「いいえ、とんでもない」尾を振って飛びかかるトーマの攻撃をかわしながら、男はにやにやと笑った。「もう、西之園さんのお願いなら……。はは、こいつ人なつっこいすね。鼻が雪だらけだ」

「ええ、今、鼻でラッセル車ごっこしてたんです」萌絵はトーマの綱を引いて、座らせた。

「ラッセル車ごっこ？」男はきょとんとしている。「ああ、なるほど……。ラッセル車ね。犬は雪が好きですからね」

「ええ、四輪駆動ですしね……。鵜飼《うかい》さん、時間はよろしいんですか？」

「あ、はいはい」鵜飼は時計を見る。「少し遅れていくって、電話してありますから……。かまいませんよ。西之園さん、どこかでお茶でも飲みましょうか？」

「ええ、でも……、この子がいるから……」舌を出して嬉しそうな顔をしているトーマを彼女は見た。

「あ、そうか。じゃあ、僕の車の中で……、どうです？　ここでは、寒いでしょう？」鵜飼はジャンパのポケットに手を入れながら言った。「犬もいいですよ。僕も犬をよく乗せるんです」

「ゴールデンリトリーバですね？」

「え？」鵜飼は目を丸くする。「どうして、知ってるんです？」

「だって、まえにおっしゃっていました」

「あれぇ……、そうでしたっけ」鵜飼は車の後ろのドアを開けた。

萌絵とトーマが後部座席に乗り込むと、彼は車の前を回って、運転席に入ってきた。

鵜飼は助手席に置いてあった大きな黄色い封筒を萌絵に差し出す。彼の躰は、この大型車の中でも窮屈そうだった。

「まあ、これくらいしか、調べられませんでした。県外ですしね。何しろ古い……。あんまりしっかりとした記録は残ってませんし」

「ありがとうございます」萌絵は封筒を受け取る。「壺や鍵箱のことは出てきます？」

「ええ、もちろん。どちらも現場にあった数少ない証拠品の一つですからね」鵜飼はシートに座って躰を捻っている。「でも、写真はありません。報告書には、写真じゃなくて絵が載ってますよ。なんか、ほのぼのとしてますよね。ひょっとして、その頃は、フィルムが高かったのかなあ」

黄色い封筒の赤い紐を解くと、中には何枚ものコピィされた書類が入っていた。萌絵はそれらを取り出してざっと眺める。ワープロではなく、すべて手書きだった。

鵜飼は、愛知県警本部の捜査一課の刑事である。歳は三十を少し越えたくらいで、独身だ。萌絵の叔父が県警本部長であることから、彼女も何度か彼らの仕事場を見にいったことがある。鵜飼とは、今年の春から夏にかけて起こった連続殺人事件で知り合った。それ以来、鵜飼は、何度も萌絵をゴルフに誘う目的で電話をかけてきていたが、そのたびに、ゴルフには興味がないことを丁寧に説明しなくてはならなかった。

「現場は……、蔵なのですね」萌絵はコピィをしばらく見てから呟いた。「あそこに、蔵なんてあったかしら?」

「最後の方に屋敷の配置図がありますよ」鵜飼が片手を伸ばして言う。「屋敷に蔵は二つあります。そのうちの一つが、その画家の……、何ていいましたっけ?」

「香山風采」

「そうそう、その人の仕事場になっていたんです。その中で、彼は自殺したんです。僕たちが生まれるずっとまえですね」

「あれ……、変だわ」萌絵は鵜飼が言った配置図を見て首を傾げた。

「何がですか?」

「だって、こんなふうじゃなかったんです」萌絵は顔を上げて鵜飼を見た。「おかしいわ。なんか違う、この配置図……」

「西之園さんは、もう現場を見にいかれたんですか?」

「ええ、このまえの日曜日に」そう言いながら、萌絵はもう一度図面をよく見てみる。

「図面と実物とは印象が違うもんですよ。西之園さん」

「私、建築学科なんですよ」

「はあ、でもまあ、昭和二十四年といえば、大昔ですからね」

「ええ、そうね……」とりあえずその問題はあと回しにして、萌絵はコピィを捲《めく》った。「それで、結局、このときは自殺ということになったのですね？」

「ええ、まあ、そうみたいすね」鵜飼は、頭を掻《か》いて言う。それから、思いついたようにダッシュボードにあった紙袋を取った。「西之園さん、飴《あめ》いかがです？ 喉飴ですけど……」

萌絵は興味がなかったが、隣にいたトーマが鵜飼の差し出したものに鼻を伸ばした。

「最後まで凶器は見つからなかったの？」

「ええ、そうです。そう書いてありますね……。僕、ちょっと考えたんすけどね……。ひょっとして、氷のナイフを使ったんじゃないですか？」

萌絵は、鵜飼の顔を見て微笑んだ。「鵜飼さん。さすがですね」

「いやあ……、はは、西之園さんもその線ですか、はは」

萌絵は作り笑いをする。

「助かりました。きっと、このお礼はしますから」封筒に書類を仕舞《しま》って、萌絵は早口に言った。「誰にも内緒にしておいて下さいね。三浦《みうら》さんにも」

「主任ですか？ はは、大丈夫すよ……。その代わり、もし何かわかったら、僕に教えて下さいね」鵜飼は嬉しそうに笑った。「お礼ですか……。お礼って言われても、困るなあ……、はは。いやあ、別に……、僕はそういうつもりじゃあ……」

「トーマ、降りなさい」萌絵はドアを開けて、愛犬に優しく言った。「ごめんなさい。わざわざありがとうございました。じゃあ、また」

「はい、また……。じゃあ」彼は運転席で頭を下げる。

鵜飼刑事の車は走り去った。

萌絵は公園を早足で横断する。トーマは再び雪のある方に行こうとしたが、萌絵は寄り道はしたくなかった。一昨日の夜、犀川と別れ、帰宅してすぐ、彼女は鵜飼刑事の自宅に電話した。香山風采の事件を調べてもらうことを依頼したのである。そして、昨夜も、もう一度電話をかけた。今日の午後から鵜飼は出張するということだったので、どうしても朝のうちに会って、頼んでおいた資料を受け取りたかった。それで、出勤の途中に寄ってもらったのだ。

犀川助教授の今年最後の講義をサボってしまった。犀川の授業は三年生の後期にしかない。つまり、普通の学生なら、三年生になるまで彼の顔を見ることはないのである。彼女だけが知っていた犀川を、クラスのみんなが身近に感じるようになったことに、複雑な感じがしたものだ。萌絵は、犀川の講義だけは欠席したことがなかった。したがって、今朝は初めての例外。そのことが彼女には酷《ひど》く後ろめたかったし、鵜飼刑事をおだてて愛想笑いをしたこともあって、ますます気分が滅入《めい》った。

けれど、黄色の封筒の中身は、それだけの犠牲と交換するだけの価値がある、と萌絵は思いたかった。

シャーベットのような残り雪を踏みつけて歩く。公園を出ようとしたところで、トーマがあまり熱心に引っ張るので、もう一度だけ、木立《こだち》の近辺の雪の中に入ってやった。彼はまた、ラッセル車ごっこをしたいようだ。萌絵は、はやる気持ちを抑えるように、ゆっくりと深呼吸をして、しばらくトーマを遊ばせた。

（やっぱり、全部、本当だったんだ）

密室は本ものだ。

低いエンジン音と、密室という言葉の響きに、彼女は弱い。前者は数年まえに運転免許を取得し、自分の車を買って願いが叶《かな》った。後者は、読みものの中以外、滅多《めった》には出会えない。しかし、今、片手で抱えている封筒の中に本もののミステリィが入っていると思うと、口もとが少し緩《ゆる》んだ。躰がぽかぽかと暖かくなった。

「トーマ、もう帰るわよ……。あなた、帰ったらシャワーですからね」

シャワーという言葉を聞いて、泥だらけになったトーマは、はたと気がついたようだ。彼は恨めしく萌絵を見つめ、急に元気をなくして耳を下げた。

5

トーマをバスルームから出して、バスタオルを三枚も使って拭いてやったあと、萌絵は、鵜飼刑事から受け取った資料に目を通した。二時間ほど集中していたので、少し疲れた。螺旋《らせん》階段を下りてキッチンへ向かう。諏訪野に気づかれないように、ドアをそっと開けたが、そんな努力はまったく無駄で、諏訪野はダイニングのテーブルで新聞を読んでいた。

「お嬢様、いらっしゃったのですか？　今日は大学ではございませんでしたか？」諏訪野は驚いた表情で老眼鏡を下げ、萌絵を見た。彼にしてみれば、彼女はとうに出かけたと思っていたのだろう。慌てて新聞を畳み、彼は椅子から立ち上がった。「あの、ひょっとして、お嬢様、お食事がまだ……」

「い、いえ、良いのよ……。諏訪野」萌絵はドアを後ろ手で閉めて、無理に微笑んだ。

「ゆっくりしていて。パンか何かあるかしら？　私、自分で作るから……」

「これは、ご無礼をいたしました」諏訪野はキッチンに入っていきながら言う。「昨日は雪で車を置いてバスで行かれましたから、今日も、てっきりそうされたものと、勝手に思い込んでおりました。とんだ粗相《そそう》で、申し訳ございません」

萌絵がトーマの散歩から戻ったとき、諏訪野はちょうど買いものに出かけていたようだった。彼女が上の部屋にいることに気がつかなかったのは無理もない。

「ええ、ちょっと頭が痛かったので、お休みしたの」

「おや、お風邪ですか？」キッチンから諏訪野は心配そうな顔を向ける。「今日は、火曜日でございますから、犀川先生のご講義だったのでは？」

「ええ、そうね……」萌絵はまた作り笑いをする。「サンドイッチで良いわ。上でいただきます」

「かしこまりました。そこにお座りになって、お待ち下さい」

萌絵は、しかたなくダイニング・テーブルの椅子に座った。八人掛けの大きなテーブルだったが、毎日、そこで彼女は一人で食事をする。たまに、諏訪野が一緒に食べることがあるくらいで、そのときは、長方形の対角線の一番遠いところに二人はいつも座った。来客があるときには、この部屋は使わない。隣にもう少し大きな食堂があり、叔父や叔母夫妻が来たときは、そちらを使うことになっていた。

諏訪野はさきにコーヒーを運んできた。萌絵は階上のリビングでコーヒーを淹《い》れるつもりだったが、もちろん、諏訪野が淹れてくれたものの方が数段美味しいので、すぐ手に取った。諏訪野は彼女の猫舌まで考慮して熱くないコーヒーを出してくれる。

「ねえ、香山風采っていう画家を知っている？」萌絵はカップを両手で持ちながらきいた。

「はい、存じております」キッチンで諏訪野が返事をする。

「本人を知っているの？」

「いいえ、そうではございません。香山風采の絵を見たことがございます」諏訪野は冷蔵庫を開けながら言った。「睦子《むつこ》様が、確か、三年ほどまえにオークションでご購入なさったものです。掛け軸でしたか、あれは……、よくは存じませんが、どこかの寺の古い仏画を模写したものだと聞いております」

「睦子叔母様が？　ふうん……。どれくらいの値段なのかしら？」萌絵はカップを持って立ち上がって、諏訪野の近くのカウンタまで歩いていく。

「いえ、存じませんが……、それほど高価なものではないと、はい……、睦子様は、おっしゃっておられました」

「本当に、香山風采の絵なのね？」

「はい」

「サインがあるわけ？」萌絵はカウンタの背の高い椅子に腰掛けた。この場所の方がキッチンに近く、話がしやすい。

「いいえ、その画家は、記名も印もしないそうでございます」

「じゃあ、どうして本人の作品だってわかるの？」

「そうでございますね……。確かに、お嬢様のおっしゃるとおりです」

「その、香山風采はいつ死んだのか知ってる？」

「戦後だと思いますが……。地元の人でございますよ」諏訪野は食器棚から皿を出している。

「昭和二十四年に、その人、自殺したのよ。恵那の方……。明智町の近くで」

萌絵は、たった今読んだばかりの資料の内容を、簡単に諏訪野に話した。

資料とはいっても、正式な報告書のフルセットではない。当時の新聞や、調査報告に関する当たり障りのない一部分で、大して詳しい情報ではなかった。

昭和二十四年二月六日の明け方、香山風采は、香山家の自宅の庭に建つ蔵の中で死体となって発見された。

彼の死体を発見したのは、風采の夫人・香山トネである。彼女は、早朝、蔵の扉が閉まっていて、鍵が内側からかけられていることを不審に思い、使用人二名とともに蔵の扉を壊して中に入った。風采は、前夜より、その場所で仕事をしていたという。扉の鍵というのは簡単な閂《かんぬき》であるが、前夜遅く、夫人が夫の体調を心配して訪れたときも扉は開かなかった。扉を叩いたが中からの返事はなく、夫人はその晩は諦めて母屋《おもや》に戻り、床に就《つ》いた。朝になっても風采が出てこないため、若い使用人の二人に扉を破らせたのである。

この蔵には窓がなかった。出入口も一つだけである。蔵の内部は二階建てになっていたが、階段はなく、梯子《はしご》がかけてあるだけだった。風采はその蔵の一階を仕事部屋に改造して使っていた。室内の床は板張りで、この部屋には座布団と火鉢しかなかった。風采は、床に紙を広げて絵を描くので、机などは必要なかったのである。

彼は部屋の中央に仰向けに倒れていた。死体の周辺の床は夥《おびただ》しい血で染まっていたという。扉を壊して中に入ったわけだが、内側で閂がかけられた状態になっていたことは確認されている。死体発見の直後、現場には香山夫人と使用人の一人が残り、もう一人が駐在所に警官を呼びに走った。約二十分後には、警官によって現場の保存がなされている。

香山風采の死因は、胸部の刺傷に起因する出血によるもので、発見当時、死後数時間を経過していた。検屍の結果からは、自殺とも他殺とも判別ができなかったが、自殺であれば、よほどの決心と精神力が必要である。また、傷の深いところから、僅《わず》かな金属片が発見され、凶器の刃がこぼれたものと推察されたが、不思議なことに、凶器に相当するものは室内からは発見できなかった。

最初は火鉢にあった火箸が有力視されたが、それでは創傷の形状や金属片とまったく一致しない。もう少し太いナイフ……、といって包丁のような扁平《へんぺい》な断面のものでもない。槍の先で突かれたような太さのある傷口であった。

蔵の中は徹底的に調べられたが、不審なものは何も見つからなかった。

風采が死んでいた一階には、画材・画具が三つの木箱に収められて、床に置かれていた。その他には、墨、硯《すずり》、文鎮、和紙、絵の具の溶き皿などの細々《こまごま》とした道具類である。火鉢の灰の中も調べられたが、何も出てこなかった。小さな薬缶《やかん》が一つ、急須と湯飲みが一つずつ。前日の夕方に夫人が持ってきた茶菓子は食べられずに残っていて、小皿に竹製の楊枝《ようじ》が添えられ、塗りものの盆にのったままだった。

蔵の二階には、古い書物や巻物、それに風采自身の作品のうち、手もとにあるほとんどのものが納められていたが、金属製のものは何一つない。蔵の中からは、死体の創傷に一致するような刃物類はもちろん、それらしい大きさの金属さえ発見できなかったのである。

捜査は、蔵の外、屋敷および敷地すべて、あるいは、その周辺にも及び、かなり広範囲にわたって行われたようである。しかし、血痕は蔵の一階の中央、つまり死体の近辺に限られており、被害者が傷を負ってから移動したり、あるいは外に出た、とは考えられない。捜査の範囲が拡大された理由は、凶器が発見されなかったためであろう。

この事件のあった当夜には雪が降っている。雪は、深夜に夫人が蔵まで夫を訪ねた時刻には既に止んでいた。中庭を歩いて蔵まで行った夫人は、そこに誰の足跡も見なかったと証言している。もちろん、このときの夫人の足跡は朝も残っていた。朝になってもう一度訪れた夫人、使用人二名、それに警官など、蔵の前にはその後、沢山の足跡が印されることになるが、綿密な調査にもかかわらず不審な足跡は発見されていない。

「お嬢様。そんな昔の事件をお調べになって、いったいどうなさるおつもりですか?」サンドイッチの皿をテーブルに運びながら諏訪野は上品にきいた。

「いいえ、この事件はおまけなの」萌絵は、またダイニングのテーブルに戻って、サンドイッチに手を伸ばす。トマトと卵とレタスが挟んであった。

「美味しい……」

「恐れいります」諏訪野はテーブルの反対側、つまり対角線の反対側の席に腰掛けた。どうして、いつもそんなに遠くに座る必要があるのだろう。ときどき萌絵はそれを不思議に思う。

「あの……、お嬢様、お話はそれで終わりでございますか？」

「とんでもない……」萌絵はサンドイッチを頬張っている。上の部屋で食べようと思っていたが、話が途中なので食べながら続けることにした。「その部屋で見つかったものは、さっき話したものだけじゃないのよ。あと、二つあったの……。それが、問題の壺と鍵箱」

　香山家に伝わる家宝の品。天地の瓢と無我の匣である。壺は、風采の死体のすぐそばにあった。血糊が付着しており、傷を負い、死ぬ寸前に、風采はその壺を掴んだ、と思われる痕がある。鍵箱も近いところに置かれていて、流れ広がった血の中にあったが、こちらは血《ち》塗《まみ》れの手で触られた痕跡はない。

　つまり、風采の死体から、最も近いところに、この二つの古道具があったことになる。壺の中には、鍵が入っていたし、鍵箱の蓋は開かなかった。壺の中の鍵がその鍵箱を開けるためのものである、と息子の林水が警察に証言している。彼は事件の二日まえに、その鍵が入っていない壺や、鍵箱の蓋が開いているところを目撃していた。風采が息子にそれらを見せたのである。

「では、凶器はその箱の中にある、ということでございましょうか?」諏訪野はゆっくりと言う。

「それは、当然そう考えたでしょうね。もしそうなら、自殺ということで解決するわ。自分の胸を刺してから、箱の中にナイフを仕舞ったのね。でも、それにしては、鍵箱に血がついていないのが変だし、第一、蓋が開けられないんですもの、確認もできなかったでしょうね」

「鍵をかけて、それを壺に入れたわけでございますね?」

「そう。でも、どうやって壺の中に鍵を入れたのかしら?」萌絵はサンドイッチをぺろりと食べてしまって、コーヒーを飲んでいる。彼女は煙草が吸いたかったが、諏訪野には内緒にしているので我慢していた。

「さあて……、本当に、その壺の中の鍵が、箱を開けるものでしたら……、なんともまあ、不思議なことでございます」

「そう、本当のわけはないわ」萌絵はカップを置いてにっこり笑う。「物理的にありえないことよ。だから、どこかで勘違いしているのよね。そう思い込んでしまって、間違って認識しているわけ。なにしろ、その事件以来、鍵は壺から出ないし、箱は一度も開かないんだから」

「しかし、そのような不可思議なことを、よくも真剣に言い伝えたものでございますね」

「そう……」萌絵は真剣な表情で頷いた。「そこよ。そこなの。ただごとじゃない何かがある、と考えることもできるわ。確かに、一度でも、壺から出た鍵を目の前で見せられたりしたら……、もう魔法にかけられたようなものじゃないかしら」

「確かに……さようでございます。すると、その林水という方は、その魔力にかかったということになりますか」

「本当に見たのならね」

「お嬢様、コーヒーのおかわりをお持ちいたしましょうか？」

「ええ、お願い……」萌絵はカップを差し出した。

諏訪野は立ち上がり、ポットを持って戻り、萌絵のカップに注いだ。

「もう、頭痛はよろしいのですか？」

「あ、ええ」萌絵は上の空で頷く。「もし、風采の言葉のとおり、壺から鍵を出して箱が開けられる、としたら……。もしもそれが本当だとしたら、どんな方法が考えられるかしら？」

「壺を割るしかございません」諏訪野はポットをテーブルに置いて言う。

「割らないで出せという遺言なのよ」

「遺言でございますか……。はあ、それはまた、無理難題を言い遺したもので……」諏訪野は目を大きくして呆《あき》れた表情をする。「つまり、それを……、その謎を、お嬢様がお考えになったわけですね。して……、どういった、結論なのでございますか？」

「ううん。まだ、考えているところ」萌絵は肩を竦《すく》めて、立ち上がった。

「ほう、それはおよろしいことで……」

「何がよろしいの？」

「結局のところ、からくりは、わからないうちが、からくりでございましょう？　知れない間が楽しいのではございませんか？」そう言って諏訪野は萌絵を見て子供のような表情で微笑んだ。

　本当はもう一つ、さきほど読んだ資料に書かれていた面白い情報を、彼女は諏訪野には黙っていた。風采が発見された部屋には、もう一つ、変わったものがあったのだ。それがどういう意味を持つのかは、わからないが……。

「ごちそうさま。今日は一日、ずっと上にいますから」萌絵はダイニングを出ようとドアまで進んでから、足を止めた。「あ、そうそう。明後日のクリスマス・イヴですけど……、ケーキを作ってもらえないかしら」

「毎年、お作りしております」諏訪野は皿とカップを片づけながら答える。

「ええ、そう……。そうなんだけど……」萌絵は説明に困った。「あんな上手なのでは、駄目なの。もっと、その……、なんていうのかしら……、素人っぽいものが良いの」

「素人っぽい？　といいますと？」

「つまり、もっと……、その、下手に作ってもらえないかしら」萌絵は自分の表情が硬直しているのがわかった。

諏訪野は真っ白な眉を寄せ、しばらく萌絵の顔を凝視していた。しかし、彼の難しい顔は、お湯でもかけられたように、ゆっくりと満面の笑みに変わった。

「承知いたしました……。お嬢様」

6

その日の夜遅く。眠たがって嫌がるトーマにブラシをかけてやってから、萌絵はライティングビューロの中のマッキントッシュを立ち上げた。ポーンと音がしてハードディスクの回転音が静かな部屋に響き、小さな画面にデスクトップが現れる。彼女は、通信ソフトのアイコンをダブルクリックして、大学のコンピュータ・センタに電話回線で入った。トーマは萌絵の足もとで仰向けになって眠っている。

まず、犀川に書いたメールを発送する。


萌絵でーす。

先生。ごめんなさい。
無断で欠席しました。
風邪をひいてしまったようです。
頭痛がして、今日は一日寝ていました。

でも、もう大丈夫です。
明後日のイヴには先生のお宅へ行きますよ。
覚悟しておいて下さいね。

届いているメールが三つあったので、それを読み込んでから、UNIXをログアウトする。電話回線を切ったあとで、ゆっくりと表示画面をバックスクロールしてメールを読むのである。

リストを見ると、儀同世津子、それに浜中深志、もう一通は、見慣れないアドレスだったが、隣の講座の大学院生、日比野（浜中がバビンと呼んでいた彼である）からだ、と萌絵は気がつく。

世津子からのメールは、昨日の朝に萌絵が出したメールに対するリプライ（返送）だった。

儀同世津子でございます。

今、大阪にいます。
日曜日からずっと、ビジネスホテル。
天井が低くて、ダクトがむき出しなの。
ベッドの上で立つと
（そんなことする理由ないんだけどね）
そのダクトで脳震盪ものよ。
まいっちゃうわ。
バスルームもないんだから。
泊まっているのオヤジばっかり。
奇跡的に電話がソケット式だったから
このメール送ります。

moe〉壺と鍵箱の現物を見てきました。

moe〉確かに鍵が中に入っていて
ね！　そうでしょう。
貴女に確かめてもらって良かった。
創平君にも話したのね。
彼から電話があったわよ。
で、どう？　事件の方は？
きっと貴女のことだから
調べたに決まってるでしょうけど。
moe〉壺は「天地の瓢」、
moe〉鍵箱は「無我の匣」です。
それよ、それそれ。
仰々しい名前でしょう。
意味があるのかしら？
そういうのでいくなら、

　今私がいるこの部屋は、
　「脳天一撃の小部屋」ね。

年末もお正月も那古野に帰れそうにないな。
また、何かわかったらメールで知らせてね！

二十四日には横浜に戻ります。
またね！

　儀同世津子は土曜日の晩に萌絵の家に泊まり、日曜日の朝早く大阪に発った。萌絵はその日のうちに明智町の香山家を訪れ、目的の壺と鍵箱を見てきたのである。儀同はインターネットではなく、ニフティ・サーブでパソコン通信をしている。漫画家の香山マリモと知り合ったのも、そこのフォーラムだ。
　萌絵は左手でマウスを操作し、画面をスクロールさせると、二つ目のメールを読んだ。

　浜中＠犀川研です。

moe〉浜中さんの机に、日比野さんの
moe〉修論を置いておきました。
moe〉どうも、ありがとうございます。

論文投稿して十二時間くらい
寝てたんだ。
バビンの修論は返しておいたよ。
moe〉本ものを見て良かったです。
moe〉浜中さんはどう思われます？

そうね、やっぱり溶かして
出すんだと僕は思うけど……。
それじゃあ、鍵が使えないか。
ハンダなら二百度くらいで
溶けるし、鉛とか錫なら
できそうかな。

でも、そんな軟らかい金属ではなかったね、あれは。

西之園さん、今日、犀川先生の講義休んだんだって？

萌絵は、浜中のメールの最後の一文でちょっと憂鬱《ゆううつ》になったが、すぐに気分を切り替えて、最後のメールを読んだ。それは、つい数時間まえに萌絵が発送したメールに対するリプライであった。

日比野@計画学講座・D1です。

はじめまして。
修論は浜中君から戻ってきました。
お役に立ちましたか？

＞戦後すぐの頃と今では配置が違いますね。

＞蔵は今でもありますか？

　というお尋ねですが……。
十年ほどまえに区画整理というか、
道路を広げています。香山家の敷地は
かなり削られ、二つあった蔵のうち
一つは取り壊されました。
もう一つは少し移動して今でも
残っています。たぶん、
大きな樹に囲まれているので
見えなかったのではないですか？
屋敷の北西で、ちょうど香雪楼
の裏手になります。

＞その蔵で香山風采が亡くなったという
＞ことですが。日比野さんはご存じですか？

知っています。そちらの蔵は
今はありません。残っているのは、
本当に倉庫として使われていた方です。
でも、現在のご主人、香山林水氏が、
三年ほどまえに全面的に改修され、
やはり仕事部屋として使われています。

> 一度、お会いして、お話を伺いたいと
> 思います。

こちらこそ、大歓迎です。

萌絵は、引出から煙草とライタと灰皿のセットを取り出した。一日に一本しか吸わないようにしていたが、最近では、そうもいかないことがときどきある。父の形見であるポルシェのライタでフィリップモリスに火をつけ、部屋を往復しながらしばらく考えた。

萌絵は、もう一度デスクに向かい、浜中のメールのリプライを書くことにした。

萌絵でーす。

hama〉論文投稿して十二時間くらい
hama〉寝てたんだ。
hama〉バビンの修論は返しておいたよ。

論文、お疲れさま。
お邪魔をしてすみませんでした。
日比野さんからもメールが来ました。

hama〉そうね、やっぱり溶かして
hama〉出すんだと僕は思うけど……。
hama〉それじゃあ、鍵が使えないか。

そうですよ。
それでは話にならないでしょう？

hama〉ハンダなら二百度くらいで
hama〉溶けるし、鉛とか錫なら
hama〉できそうかな。
hama〉でも、そんな軟らかい金属では
hama〉なかったね、あれは。

第一、どうやって壺に入れたんです？
溶かして出すならわかるけど、
溶かして入れるのはできません。
私も、触ってみて、ハンダや鉛では
なかったと思います。
もっと硬かったです。

hama〉西之園さん、今日、犀川先生の
hama〉講義休んだんだって？

それ、誰が言ってました？

犀川先生ですか？

密室殺人のことは調べました。
ほぼ事実であることが確認されました。
詳しいことはまた説明します。
明日、院生室に行きますので、よろしく。

7

「は？　犬？」浜中深志は写真週刊誌を捲りながら黙って話を聞いていたが、初めて顔を上げて萌絵を見た。

「そうです。犬がいたの……」萌絵は両手をチューリップの形にして、そこに自分の顔をのせている。

院生室は相変わらず散らかっていたが、萌絵がシュークリームを持ってきたので、テーブルの上にあったものは、応急措置で今は別の場所で堆積している。水曜日の午後四時。浜中の他にも、M1の波木《なみき》智司《さとし》とM2の高柳《たかやなぎ》利恵《りえ》の二人がテーブルに集まってきて、途中から話に加わっていた。

「犬って、でかい犬?」高柳利恵が萌絵に尋ねた。さきほど、四人分の紅茶を淹れたのは彼女である。院生室のコーヒー・メーカは、先月、誰かがコードを足に引っ掛けて壊してしまったらしい。

「いいえ、部屋の中に入れるくらいだから、小さな愛玩犬だと思います」萌絵は答える。

香山風采が自殺した蔵は、内側から閂がかかっていた。その蔵の中に、主人の死体と一緒に、犬がいたのである。鵜飼に頼んで入手した資料には、犬の種類は「小型の洋犬」としか記されていなかった。それは、香山家が飼っていた犬で、もちろん、死体が発見されたとき、犬は生きていた。

「つまり、その犬が、凶器を口にくわえて飛び出したわけですね?」波木智司が真面目な顔で、彼独特の抑揚のない調子で言った。「密室の扉が壊されたとき、犬が外に出ていったんではないですか?」

波木は既にシュークリームを三つも食べていた(三つ目のときに高柳から警告を受けた)。あとの三人は一つずつである。まだ、箱の中には六個残っていた。

「誰も出ていません。犬もです」萌絵は首をふった。

「犀川先生は何て言ってるの?」浜中はメガネと週刊誌をテーブルの上に置くと、脚を組んだ。「西之園さん、当然、先生には相談したんでしょう?」

「いいえ」萌絵は紅茶のカップを両手で持って微笑んだ。「お話ししていません、まだ」

「じゃあ、きっと何か自分の考えがあるんだね」浜中がすぐに言う。

「それ、どういう意味ですか？」萌絵は浜中を睨んだ。

「私も降参だわあ」高柳利恵は煙草を出して火をつけた。「さっきの壺の話も信じられん。それ、やっぱ嘘に決まっとるて。出せえせんよ、絶対。誰もちゃんと鍵を入れるところを見とったわけじゃないんだしい、その鍵で箱が開くんだゆうことも、ようするに話だけのことだがね。でっしょう？　違う？　ほんだで、その凶器のない部屋だゆうのもね、ただ、隠し場所がわからんというだけのことだわさ。まあようはわからんけども、部屋のどっかかんかに、ほれ、秘密の隠し場所ゆうのがあるんだわね、きっと。だって、そこ、からくり屋敷でしょう？　警察が見つけられんかっただけのことじゃなあい？」

「高柳さん、その場合はですね、新たな疑問が生じるんじゃないでしょうか？」一年後輩の波木が低い声で言った。

「なあにい、新たな疑問って？　あんた、何を改まっとるの？」

「ええ……、つまりですね。どうして、自殺した人物が凶器を隠したのか、という疑問が残るわけです」波木が顔を赤くして答える。

「ほう……」高柳利恵は口を丸くする。

「そうそう、そこなんです」萌絵は頷く。「本当に、そこが一番の謎なんですよ。もし、本当に香山風采が自殺したのなら、その謎を解かなくてはならないわ」

「波木君。シュークリームもう一個許したるわ」と高柳。

「でも、他殺だったら、もっとおかしいよ」浜中は腕を組んでいる。一番年長であるが、風貌もしゃべり方も少年のようである。「誰かが風采氏を刺したのなら、部屋が密室にならないじゃん」

「だって、それは、ほれ、犯人が何か特別な仕掛けをしとるんだがね」煙草の煙を吐き出しながら高柳利恵が話した。「よくあるでしょう？　横溝正史とかさ……。あれだわあれ、悪魔が来たりて……、どうとかこうとかってゆうの」

「何それ？」浜中が顔をしかめる。「悪魔が鍵をかけにくるわけ？」

「あの、浜中さん。それは真剣に恐いですね」と波木。

「違うがね。ほれほれ、糸を操って外から鍵をかけとるでしょう」高柳が笑って言う。「そう……、簡単だわさ、そんなこと。ほんだけど、それくらいは警察だって考えとらっせるわね」

「そのような簡単なトリックが見破れなくて迷宮入りになったというのは、ちょっとありえないんじゃないでしょうか」波木が小声で面白そうに言う。「糸を使って外から閂をかけても、その糸が現場に残っていたら、警察に見破られてしまうわけですし」

「何言っとりゃーすの」高柳がテーブルに身を乗り出して波木に言った。「密室のトリックだゆうのはね、その糸もちゃんと回収するんだがね。糸を残したまんまでどうするの？　ぼけっとしとってかんよ、あんた」

「それはそうかもしれないけどさ、糸を操作するためには、その蔵に近づかないといけないわけじゃん。だとしたら、雪に足跡が残ったりしないかな」と浜中。

「あのう、そういったトリックではないと思います」萌絵は呟いた。

「あら、なんで？　どうしてわかるの？　西之園さん」高柳が片方の眉を上げて尋ねる。

「そんなトリックを使うなら、凶器を残しておくはずです」萌絵は答えた。「殺人現場を密室にするという行為は、自殺に見せかけるのが目的の偽装工作なのですから、凶器を現場に残しておかないのは矛盾しています」

「ああ、なあるほど……。そりゃそうだわね」高柳が溜息をついて椅子にもたれた。「さすがミステリィ研だあ。シュークリームもっと食べて。私は太るで、まあ食べれんから」

「西之園さんは、どう考えてるの？」浜中がきく。

「ええ……」萌絵は天井を見て一瞬で頭を整理する。「まず、自殺だったら、凶器を自分で隠したというのが不思議ですし、他殺だったら、密室にしたのに凶器が残っていないのが逆におかしくなります。ただ……、他殺で、犯人が凶器を持って逃げてから、被害者が犯人を庇《かば》って鍵をかけたのなら説明がつきます。ですけど、そんな血の痕が残っていない……。部屋の中央にしか血がついていなかったのです。どう考えても、ぴったりと説明できない感じなんです」

「じゃあさ。やっぱり、あの鍵箱の中にナイフが入っているんだね」浜中が組んでいた腕をほどいて言う。「一番近くにあったんだから、自分を刺してから、すぐあの箱に入れて閉めたんだ。たぶん、鍵なんてないんだよ。閉めたらロックする機構なんだ。つまり、壺の中の鍵とは全然関係ないわけ。あの鍵は壺が作られたときから入っている。ね？　こう考えるのが一番妥当なんじゃないかな？」

「何故、ナイフを鍵箱に隠したの？」萌絵は浜中に質問する。

「たぶん……、そのナイフも、家宝なんだね。他人に見せたくない品なんじゃないかな」浜中はそう言って立ち上がると、自分のカップを洗いに部屋の隅まで行く。「ひょっとして、風采氏にしてみれば、何か深い意味があったのかもしれないけどさ、そんなこと今となってはわかんないわけだし……、別に、いいじゃん、どうだってさ」

「でも、血糊がついていたのは鍵箱ではなくて、壺の方だったんですよ」萌絵が反論する。

「使ったナイフを鍵箱に戻したのなら、そちらに血が付着するはずでしょう？」

「ああ、気持ち悪いなぁ……」浜中が肩を竦める。「血糊、血糊って……。駄目なんだから、そういうの、想像しちゃってさ。もう、やめよう、こんな話さ」

「こういう仮説はどうでしょうか……」波木が四つ目のシュークリームを食べ終わると言った。「犬がナイフをくわえて一旦外に出たんです。庭にナイフを埋めて、それから戻ってきます。犬は、部屋の中に入って、それから門をかけたんです」

「犬がぁ?」高柳が声を上げる。

「そうです。調教されていたんだと思います。その犬が鍵をかけた。これで、すべての謎が解けるんじゃないですか?」

「そんな犬がおったらさ、そっちの方がずっと謎が大きいがね」高柳利恵は笑った。「事件なんかより、その犬の方がミステリィだ」

「前半はできないこともないけど、小さな犬が蔵の重い扉を開け閉めしたり、閂をかけたりするのは無理だと思います。それに、雪の上に埋めた跡や、犬の足跡が残りますよね」萌絵は真面目な意見で否定した。「現場が今も残っていたら、見にいったんですけど、もう、その蔵はありません。だから、扉も閂も、どんなものだったのかは、正確にはわからないの。そこが一番、残念なんです」

萌絵は溜息をつく。

「そんなに悩まんとさ、シュークリーム食べなさいってば」高柳が言う。

確かに、考えようとしている問題の詳細が摑めない、という点が萌絵にはとても残念だった。残されている資料、それに人から伝えられた話、さらに経過した時間の長さ。境界条件は、いずれも模糊《もこ》として曖昧である。それらの条件が風化してぼやけてしまっている以上、それを基点とする推論も、さらに拡散する傾向にあるのは当然だ。いわゆる、「何でもあり」になってしまう。

今のところ、犯行はまったく不可能である、というほどの謎ではない。むしろ可能性は幾つも見出せる。しかし、決め手となるような納得のいく説明は一つもなさそうに彼女には思えた。

それは、おそらく、五十年まえに実際にこの事件に関わった人たちも同じだったのではないか、と萌絵は感じた。今となっては、動機を想像することさえまったく不可能だ。自殺でも他殺でも動機があるはずだが、この事件に関しては憶測すらできない。資料にも、その点に関しては何も触れられていなかった。

（もう、ここまでかな……）

高柳利恵と一緒に二つ目のシュークリームを食べながら、萌絵はそう思い始めていた。

犀川助教授は、今日は東京に出張らしい。四階の部屋の照明も消えたままだ。萌絵が持ってきたシュークリームは、そもそも犀川のために買ったものだった。

明日は、クリスマス・イヴである。

第3章　密室は闇のなかに

〈Perceiving the Bull〉

1

香山マリモは、東那高速道路の豊田インタを出ようとして、料金所の前にできた車の列にうんざりしていた。昼間はずっと良い天気で暖かかったが、ラジオは、低気圧の接近のため東海地方は夕方頃から急に天候が崩れる、と繰り返している。既に辺りが薄暗くなっていたのも、時刻のせいばかりではないだろう。

買ったばかりの新しい車だった。しかし、クリスマス・イヴだというのに、一人きりで何時間も車に籠もっている自分が酷くつまらない、とマリモは思う。親しい友達も、多少の脈ならある恋人も、いなかったわけではないが、実は、このつまらない一人の空間が一番落ち着いた。人里離れた山奥で一人、という状況ではなく、たとえば、喧騒なゲーム・センタのコクピットで一人、そんな孤独が心地良いのである。

だいたい、彼女はそういう人間だった。小さな頃から、人とつき合うのが苦手だったし、それでいて、みんなの近くにはいたい。それが彼女の居場所なのである。もう三十を越えているのに、未だに結婚もできない。もちろん、話がまったくなかったのではない。幾つかそれらしいものはあった。もう決めてしまおうかと諦めたこともある。しかし、そうした決心も、翌朝、目覚めてみると必ず覆《くつがえ》ってしまうのだった。他人の存在を自分の内側から許容するという（たぶんありふれた）能力が、どうやら自分には欠落しているようだ、と最近気がついた。自信なのか、勇気なのか……、そんな、ほんのささやかな能力が、いざというときに必ず引っ込んでしまうことも、彼女自身が一番よく知っている。

東京の私立大学に通っているとき、香山マリモは漫画を描き始めた。大学の漫画研究サークルに所属していたわけではないが、友人に誘われて同人誌に作品を幾つか発表した。最近は同人誌といっても、けっこう発行部数が多く、一般の書店にも置かれる機会が多い。それが縁で、彼女は今の職に就いている。漫画だけでなんとか生活していけるようになったのは、五年ほどまえからだろうか。大学の文学部を卒業して、デザイン関係のバイトをフリーで続けていたが、それをしなくてもよくなったのが、その頃だった。

マリモは、今ではS社の週刊誌と月刊誌に一本ずつ連載を持っている。比較する対象がないので客観的な評価はできないが、忙しいことは確かだ。特に、彼女はペンが速い方ではない。彼女の絵は線が多いのが特徴で、人よりも余計に時間がかかった。〇・一ミリのロットリングを使っているし、スクリーントーンも一切使わないポリシィだった。漫画は時間給ではない。緻密な絵でも簡単な絵でも、一ページがいくらというルールである。さすがに、週刊の連載が始まったときには、どうにもならなくなって、アシスタントを雇った。木曜と金曜に二人のバイトが来るが、彼らに支払う料金はずいぶん高い。はっきりいって、法外だ、と彼女は思っている。結局のところ、自分が机に向かっている時間、ペンを動かしている時間に、収入は比例しているようだ。

今、彼女が乗っているのは、新車のレジェンド。運転がしてみたくて、久しぶりの帰省を車ですることにした。年末だから渋滞するとは聞いていたが、東京から那古野まで、半日も見ておけば充分だろうと思い、昼過ぎに三鷹のマンションを出発した。ドライブは後半退屈になったが、まあまあ快適だった。意外にも道路は混んでいなかった。カーステレオで大好きな尾崎豊を聴き、連載中の「まほろばの里」のストーリィやネームをぼんやりと考えているうちに、ここまで来てしまった。サービスエリアに一度入っただけである。

彼女の実家は、那古野の手前の豊田インタから県道で北上し、岐阜県に少し入ったところにある。ここから、一時間半くらいの距離だ。もう渋滞することもないだろう。

マリモは、料金所でハイウェイ・カードを差し出した。さきほどサービスエリアで買ったばかりのカードである。スモールしか点灯していなかったので、料金所を通り抜けると、ヘッドライトをつけた。

そういえば、今朝、パソコン通信でメールを受け取った。ニフティ・サーブのパズルのフォーラムで知り合った横浜の儀同世津子からである。マリモは儀同には直接会ったことはないが、いつもユーモアたっぷりの内容のメールで楽しませてもらっていた。漫画に登場させてみたいキャラクタなので、彼女から送られてくるメールは、消さないで全部保存してあるくらいだ。

マリモの実家にある古い壺の話が、儀同世津子とのメール交換のきっかけだった。儀同は、よく似たパズルをスイスで買ったという。彼女のものは、ガラスの瓶の中に木製の鍵が入っているパズルらしい。マリモの実家にあるのは、陶器の壺の中に金属製の鍵、これはぞっとするほど古いものだ。メールの話題は、最近では、マリモの祖父の不可思議な事件にまで及んでいた。ミステリィっぽい漫画も一度描いてみたかったので、面白い題材になるかもしれない、と彼女自身は考えている。

ようやく県道に入った。片側一車線で、山を抜ける道は急カーブが多い。

実家に帰れば、兄がまたうるさく結婚の話を持ち出すだろう。そのことがマリモには多少憂鬱《ゆううつ》だった。兄は、彼女より六つ歳上だが、結婚は早く、既に十年以上まえになる。兄夫婦は恋愛結婚だ。兄嫁は、東京の出身で、特別な家柄ではなかった。香山家の長男が貰う嫁としては不足だ、と親族の誰かが言い出したそうだが、そのときは、マリモ自身は反対しなかった。いや、家族の誰も反対などしていない。

マリモが気に入らないのは、兄嫁の変わりようであった。

旧家の嫁として、何ともとっぷりと染まってしまったことか……。最近の兄嫁は、マリモが嫌になるほど上品で、馬鹿丁寧で、親切で、気がついて、非の打ちどころがない。それらが全部鼻につくのである。本来、マリモが持っていた旧家の娘としてのプライド（そんなものに価値があるなんて考えたこともなかったが）が傷つけられたのかもしれない。兄嫁とは反対に、自分はどんどん世間擦れしている。

「いろいろと教えて下さいね」などと言っていたこの義姉は、今では、マリモよりもずっと香山の人間になった。父も母も、皆が義姉を褒める。年々、その度合いは増し、それとともに、マリモは実家に帰るのが億劫《おっくう》になってしまった。

岐阜県の県境の峠を越えて、長い下り坂になる。辺りは真っ暗で、対向車も少ない。前を走っている大型トラックが、さきほどから一台。バックミラーにはライトは一つも映っていなかった。冬の夜は、何故か夏の夜よりも暗い。

マリモの父は祖父の跡を継いで、仏画ばかり描いている。どれほどの収入があるものなのか、マリモはほとんど知らない。厳格な父親で、口数も少なかったし、現代に生きているとはとうてい思えないような古いタイプの人間だった。母も厳しかった。だが、彼女はマリモにはそれなりに優しい。マリモが東京に出るときだって、ひと騒動あったが、母親が話を纏《まと》めてくれたのだ。

兄は父親に生き写しだ。まるで模写された画のように似ている。兄も画家であるが、もちろん生計が成り立っているようには思えない。香山家は、日に日に貧しくなっていくようにマリモには見える。彼女が生まれ育ったあの屋敷が人手に渡るのも、そんなに遠くはないだろう。いや、既に、そんな話になっているのかもしれない。以前に兄が、ほのめかすようにマリモにもらしたことがあった。

ずっと前を走っていたトラックが減速して、右手のドライブインの駐車場へ入っていく。マリモはそれを横に見ながら、ヘッドライトをハイビームに切り替えた。

雪がちらつき出している。

距離がそんなにあるわけではないのに、那古野では降らなくても、この辺りでは雪になることがよくあった。雪のせいで、前方も遠くは見えなくなっていた。四角い道路標識が高いところに光って見え、マリモの車は左折して、谷を渡るトラス橋に入った。この音羽《おとわ》橋を渡れば、彼女の実家はもうすぐそこである。

マリモはダッシュボードのデジタル時計を見る。ちょうど六時だった。静岡の浜名湖サービスエリアから電話をかけたとき、義姉に六時頃には到着すると話しておいたので、ほぼ予定どおりだった、と彼女は思った。

マリモは、煙草が吸いたくなって、助手席のバッグを手探りする。仕事をしているときには立て続けに煙草を吸ってしまうので、今日は意識的に本数を減らしていた。実家では、吸えないかもしれないからだ。サービスエリアで吸ったきり、もう三時間近く禁煙していたことになる。今のうちに一本、と彼女は思った。

左手で煙草を見つける。彼女は煙草を口にくわえた。ライタが見つからなくて、バッグの中身をかき回すように探す。

(バッグの中って、いつも関係ないものでいっぱいだ)

ようやく、ライタも見つかって、火をつけた。

突然、低いクラクション。

一瞬で広がる音響。

慌てて、前を見る。

彼女の目の前に、ヘッドライトが大きく迫っていた。

2

香山綾緒《あやを》は、庭先に出るまえに柱時計を見た。六時五分まえ。この古い柱時計は、音が鳴らなくなって何年にもなる。彼女が香山家へ嫁にきてすぐの頃だ。ゼンマイを巻くのは綾緒の仕事だったし、それが壊れたのも彼女がネジを巻いているときだった。若かった彼女は、夫にも姑にも黙って、町の時計屋に持って走ったが、結局直らなかった。

「祐介《ゆうすけ》……。祐介……、テレビが始まるわよ」

綾緒は、息子の名を呼んで庭を見回す。六時から祐介が楽しみにしているテレビ番組がある。屋敷の中を探したのだが、どこにも息子の姿はなかった。裏の勝手口に来てみると、いつもあるはずの小さな運動靴がない。息子は裏庭に遊びに出たのだろう、と彼女は思った。外はもうすっかり暗くなっている。風が突き刺すように冷たく、粉雪が舞っている。今晩は冷えそうだった。

昨夜から綾緒は体調が悪い。寒気がして、頭と喉が痛かった。年末の仕事の疲れだろうか。酷くならなければ良い、と彼女は願った。ついさきほども風邪薬を飲んだところである。早く室内に戻りたかった。

犬の声が遠くから聞こえる。

その声がする方へ、彼女は向かう。籠もった鳴き声で、どうやら納屋かどこかの中で吠えているようだった。

綾緒は、竹柵の腰の低い戸を開け、暗い裏庭に出る。一番奥の離れの蔵の前に明かりが見え、そこから祐介とケリーが出てくるところだった。明かりは蔵の室内から漏れている。その蔵は、義父の仕事場であった。

扉を閉め、子供と犬は石段を下りると、綾緒のところまで駆け寄ってきた。

「祐介、お祖父様のお仕事の邪魔をしてはいけませんよ」綾緒は息子に言う。

「お祖父ちゃん、いないよ」祐介は元気な弾んだ声で答える。「手がばっちい……、手を洗う」

テリアのケリーは、庭を走り回ってまだ吠えている。

「ケリー、静かにしなさい」綾緒がそう言うと、ケリーは黙り、勝手口から母屋に入っていった。「さあ、いらっしゃい、もうすぐご飯だから……。テレビを見るんじゃなかったの？」

「お祖父ちゃん、いないよ」祐介は同じことをもう一度言う。

「そう？　じゃあ、二階に上がられていたのよ、きっと……」

綾緒は祐介の頭を後ろから軽く押して、一緒に母屋まで戻った。

「違うよ。二階じゃないよ」祐介は母親を見上げて言う。

綾緒は驚いた。

室内の明かりで見ると、祐介の右手が真っ赤に染まっていたのである。

「見せなさい！　どうしたの？　怪我をしたの？」

「絵の具」祐介がけけっと笑って言う。「お祖父ちゃんの絵の具だよ」

「ああ……、もう、びっくりさせないで……。早く洗ってちょうだい」綾緒は、勝手口にある水道の水を出して、息子の手を差し出させた。

ケリーは土間に座って、足を拭いてもらうのを待っている。綾緒は、息子が手を擦《こす》り出すのを見てから、雑巾を取り、犬の足を拭った。ケリーはその儀式から解放されると、土間から上がり、廊下を奥へ入っていく。祐介は、ケリーを追いかけて、慌てて靴を脱いだ。

「ちゃんと洗いましたか？」

「洗った！」

綾緒は裏口の戸を閉めるまえに、もう一度外を眺めた。既に、うっすらと地面は白くなっている。雪が積もりそうだった。

扉を閉め、振り返って、またびっくりする。

「ああ、おどかさないで……。吉村《よしむら》さん」綾緒は大きく溜息をつく。吉村が仏頂面《ぶっちょうづら》で土間に突っ立っていたのだ。

「奥様……、もう門を閉めてもええかね？」小柄な老人は、瞑《つむ》っているような細い目で彼女を睨んでいる。

「いえ、もうすぐ、マリモさんがいらっしゃるんですよ」草履を脱いで土間から上がりながら綾緒は答える。「だから、まだ表は閉めないで下さい。裏は閉まっていますね？」

「はあ、裏は閉まっとります」綾緒の背後から、吉村はとぼけた返事をした。「マリモお嬢様が……。はあ、そうでしたか、そりゃ閉めたらいかんなも」

3

香山綾緒はお茶を持って二階に上がった。二階には、夫の仕事部屋と書斎がある。北向きの仕事部屋の電灯は消えていたが、廊下の南側の襖《ふすま》からは光が漏れていた。

「あなた、お茶をお持ちしました」綾緒は小声で言う。

「ああ」という小さな返事が聞こえたので、綾緒は襖を開けて中に入った。

窓際の机に向かっていた多可志《たかし》がゆっくりと振り向いた。

「躰の具合はどう？」

「あ、ええ、なんとか」綾緒は答える。「お薬のせいかもしれませんけど、少し楽になったみたい」

「今夜は早めに休みなさい」

「ええ」

「マリモはまだのようだね……。雪が酷くならなければ良いが……。あいつ、車で来ると言っていたからな、心配だ」

「もうそろそろ、お着きになりますわ。三時頃、お電話がありましたから……。こちらには、六時くらいだと……」綾緒は夫の机の上に湯飲みを置いた。分厚い本が広げられている。「お食事も、マリモさんがいらっしゃってからにしますから」

「ああ、そうしてくれ」多可志は湯飲みを手に取って、一口すすった。「親父は？」

「それが、まだ離れでお仕事のようなんです」綾緒は答える。「さっき、あなた、行かれたのでしょう？」

「ああ……」

「お話しになられましたの？」

「ああ、話した」多可志は口もとを斜めにした。「話したには話したが……、聞いてもらえたかどうかは……」

「何ておっしゃってました？　お父様」綾緒は畳に膝をついて座った。

「いや……、何も……」多可志も、ようやく綾緒の方を向いて座り直す。「親父にしてみたら……、何というのか、些末《さまつ》な問題なのだよ……、きっとそうだ」

「お母様にはお話しになったのですか？」

「お袋には、お前からそれとなく、言ってみてくれないか……」

「私からは、そんなことお話しできません。あなたがなさらなくては、話が拗《こじ》れます。そうでしょう？」

「ああ」多可志は顎を擦《こす》った。無精鬚《ひげ》がずいぶん伸びている。「うん、それは、まあそうかな……。わかったよ」

書斎は十二畳の広さがある。腰の高さまでの書棚が並び、古い本がその中に溶け込むように押し込まれていた。手に取れば、灰のように崩れて消えてしまいそうな古い書物も多い。書棚の上には、多可志の描いた二十号ほどの油絵が、額にも入れず幾つも立て掛けてあった。古書のかび臭い匂いは絵の具の香で相殺され、少なくとも夫の作品は消臭剤としての機能は果たしている、と綾緒はいつも思う。

絵はすべて風景画で、人気《ひとけ》のない農村をモチーフにしたものばかりである。綾緒は夫の絵が好きだったが、それが何故売れないのかもよく理解できた。嫁《とつ》いだ頃に比べ、香山の家は一段と寂《さび》れている。幾つかあった土地を手放し、それで食い繋《つな》いでいるといって良い。義父も夫も、熱心に仕事はしているが、道楽と変わるところは少なかった。

「この部屋は寒くありません？　本をお読みになるのでしたら、下で炬燵《こたつ》にお入りになられたらいかがです？」

「ああ、祐介がうるさいしな……」多可志はそう言ってくるりと机の方を向く。

綾緒は、夫の背中をしばらく眺めていたが、諦めて立ち上がり、空の盆を持って部屋を出た。

暗い階段は、一段ずつ異なる音色を立てた。

4

犀川創平はマンションの裏の駐車場にシビックを駐めた。腕時計を見ると既に七時過ぎである。

彼は、大急ぎで階段を駆け上がった。この階段を急いで駆け上がったことは、これまでに一度もない。それに、こんな時刻に自宅に戻ることだって滅多になかった。

いつも、彼の帰宅は十時過ぎである。今日は特別だった。今夜はクリスマス・イヴ……。しかし、暦《こよみ》など、犀川の日常にはまったく（少なくともこれまでは）無縁だった。先日一つ思いついた法則は、「無縁から落ちこぼれたものが、特別になる」というものだ。

犀川は毎日、夕食を大学の食堂でとるし、マンションに戻ったところで、何もすることがなかった。彼の部屋にはテレビがない。新聞もとっていない。音楽に関してはウォークマンがあったが、それも、数ヵ月まえからどこかに姿を消してしまって出てこない。ようするに、彼の自宅は、寝て起きる場所（それが同じ場所だということは幸せだ）、そして、書物の保管場所（保管という言葉の持つ積極性は無視して）であって、それ以外の機能は期待されていなかった。

階段室から通路に飛び出すと、犀川の部屋のドアにもたれて、西之園萌絵が立っていた。

犀川は彼女に駆け寄って、一度深呼吸をする。

「ごめん、西之園君。すまない！　忘れていたわけではないんだよ。ちょっと、出がけにお客があってね……。それに、院生が質問にきたりして……」

犀川はコートのポケットからキーを取り出してドアを開けた。萌絵は何も言わない。

「急に寒くなったね。車の中で待っていたら良かったのに……」玄関で靴を脱ぎながら犀川は言った。

「車じゃないもの……」彼女はやっと口をきく。

「あれ？　じゃあ、どうやって来たの？」

「タクシー」萌絵は視線を犀川に合わせず、無表情で答えた。要注意である。怒っている。

ダイニングの照明をつけて、犀川はエアコンのリモコンを探した。「えっと、確か……、この辺だと思ったけど……」

テーブルの上に積まれたコンピュータ関連の雑誌の下にリモコンを発見する。赤外線を飛ばし、電子音が応えるのを確認してから、犀川は、とりあえずテーブルの上の本を片づけた。

「フィルタを掃除したばかりだからね、すぐ暖かくなるよ。どうも最近効きが悪いと思っていたら、フィルタのせいだったんだ。熱が籠もってね、エアコンが自分だけ暖かくなって、勝手に切れてしまうんだね。自己満足ってやつだよ。インテリジェント過ぎるのも、困りものだ」

萌絵は、持っていた大きな荷物をテーブルの上に置いた。そして、コートも脱がないで椅子に座ると、両肘をついて、両手で顔を覆ってしまった。

犀川はコートを脱ぎながら、彼女の様子を覗き見る。

「ごめん、西之園君……。謝るよ……」犀川は小声で言った。

萌絵は顔を隠したまま、黙って首をふる。犀川は嫌な予感がした。

「どれくらい待った？」彼は時計をもう一度見る。七時四分。萌絵とメールで約束した時刻は六時だった。

犀川は、彼女の反対側の椅子を引いて座る。

「さあ、ケーキを食べようか……」

萌絵は両手で顔を覆ったままだ。

「あ、まず、コーヒーを淹れよう……。それとも、どこかに食事に出る方が良いかな？」

スタミナ定食みたいに重い沈黙。

「ねえ、西之園君。頼むから、機嫌を直してくれないかな」

萌絵は震えだした。

「泣いてるの？」犀川は優しくきく。

「泣いてるわけないでしょう！」萌絵は立ち上がって真っ赤な顔をして叫んだ。彼女の顔は半分笑っている。犀川は助かったと思った。

「もう！　どうして私が泣かなきゃいけないんです？　全然悲しくなんかないわ！」

「ごめん。悪かった」

「ああ……、もう、どうしよう……。私、頭に来てるんですよ！」

「ああ……」それは一目瞭然《いちもくりょうぜん》だ、と言おうとして犀川は黙る。

「本当、もう……、どういうこと？　僕は時間に遅れたことは一度もないんだ、なあんて授業で言ってるくせに、私との約束で先生が遅れたのはこれが何度目ですか？　え⁉　覚えているでしょう？」

「四度目かな」

「そう……」萌絵は大きく頷いた。「四度目。四度目ですよ。それじゃあ、お尋ねしますけど……、犀川先生は、これまでの人生で、約束に遅れたことが何回あるのですか？」

「四回だ」

「ふうん……」萌絵は顎を上げる。「聞き捨てならないわ。もう、絶対許せない。それ、どういう了見《りょうけん》かしら？　四回中の四回ってわけですか？　それって、百パーセントじゃございません？　どういうこと……？　私との約束だけは、ど・う・で・も・い・い……ってことだわ。ああ、もう、信じられない！　どうしよう……。いつだって、五分とか十分じゃないのよ。どうして私だけなの？　私だけこんな目に遭わなくちゃいけないんですか？　これって、何かの試練なんですか？　ああ、そうね。そうだ、きっと何か私をお試しになっているんでしょう？　西之園萌絵を試そうとしてるわけ……。そうだわ、テストですね？　きっと、そう……、どれくらいで私が怒るのか調べていらっしゃるのでしょう？　データを採っているのね？　こっそりエクセルで折れ線グラフでも描いてるのでしょう？　そう、第一回目は一時間二十分でしたけど……、私、全然怒りませんでしたものね？　どこだったか覚えてます？」

「デニーズだ」

「そう、正解……。去年の八月です」萌絵はコートを脱いで、ソファの上にそれを勢い良く投げつける。「どうです？　先生のご希望どおり、私、だんだん気が短くなってるでしょう？　こういう環境にいたら、誰だって矯正《きょうせい》されてしまうか、反発して蓄積してしまうか、どちらかですものね。先生、きっと気の短い女性が好きなんだわ！　これって、私を短気な女にさせるための矯正ギプスなんですね？　もう、このまま、あと五年もしたら、きっと世界で一番気の短い女になるんだわ、私。ちょっとしたことで、真っ赤になって、ナプキンに手が届かないだけで、フォークを投げつけるようになりますからね。もう、許せない。本当、どうしよう……。何、壊してやろうかしら……、もう……」

「何でも良いよ」犀川は座ったまま萌絵を見ていた。「それとも、一発、僕を殴る？」

「ええ、ええ、そうやって、格好つけていらっしゃればよろしいんです、先生は……」萌絵は部屋の中を歩き出した。「全然、わかってないんだから……。一時間もよ。ずうーと待っている間に、私が何を考えたと思います？　もう、最低！　最低だったのよ。全然、わかってない。もう、どうしよう、本当に、全然よ……。私だって……。そうだ、私だって、よく人を待たせることありますけどね、でも、この私を待たせるなんて人は、先生だけなんですから……。ああっと、だめだめ、何言ってるのかしら……。馬鹿みたい……。もう、どんどん馬鹿になるんだわ、私……」

萌絵は肩を一度上下させて、大きく溜息をついた。

「君は、僕ほど馬鹿にはならないと思うよ」犀川はポケットから煙草とライタを取り出してテーブルの上に置いた。「煙草でも吸う？」

「ええ、いただきます」萌絵は箱から一本出してすぐに火をつける。彼女はそれを大きく吸い込んで煙を吐き出したが、途中で咳き込んだ。

「ああ、涙が出る」萌絵は咳をしながら、目を擦った。「えっと、何の話でしたっけ？」

「君を待たせる人間は僕だけ……、というくだりだったよ」

「もおう！」

「気が立っていると、頭が回転しないようだね、君」犀川は微笑んだ。「ずいぶん日頃の切れ味が鈍ってるんじゃないかな」

「ああ、そう……」萌絵はまた溜息をつく。「ご指摘のとおり……。もう！　いいわ……。

話にならないもの……。どうせ先生なんか……」

萌絵は椅子に座り込んだ。

「気がすんだ？　西之園君」

「先生！　グラス出して！　まず、シャンパンよ！　冷えてますからね、私と同じくらい」

5

午後七時。香山多可志は、階段を下りた。

テレビのある座敷には炬燵が置かれ、多可志の母親のフミと息子の祐介の二人が座って、難しい顔で押し黙ったままブラウン管を見つめていた。炬燵布団の上でケリーが猫のように丸くなって寝ている。多可志はその部屋を黙って通り過ぎ、廊下を歩き、台所まで来る。綾緒が割烹《かっぽう》着《ぎ》姿で料理を作っていた。お節《せち》料理の支度であろうか、と多可志は思う。

「もういい加減に、切り上げた方がいい。風邪が酷くなる」多可志は妻に言った。

彼女は無言で頷いたが、手を休めるわけでもない。

薄暗い台所の奥の方では、鍋が火にかけられている。そのそばに、吉村がぽつんと突っ立っていた。

「マリモはまだか？」多可志は袂に両手を入れ、一段低い台所に入る。

吉村は今頃になって若主人に軽く頭を下げた。

「ええ、道が渋滞しているのでしょうか？」綾緒は下を向いたまま言った。「何時ですか？」

「ああ、もう七時だ」多可志は腕時計を見て答える。「どこかに寄り道しているんだな」

「マリモさん、携帯電話をお持ちのようですよ。電話なさったら？　番号はあちらに控えてありますから」

「まあ、そのうち着くさ。親父はまだ離れかい？」

「ええ」綾緒は顔を上げ、多可志を見て頷いた。「もう、お食事にしましょうか？」

「そうだな……」多可志は答える。「外は、ずいぶん雪が酷い……。道は大丈夫だとは思うが……。マリモを待っていてもしかたがない……。あ、吉村さん、ちょっと親父を呼んできてもらえませんか」

「はあ」吉村は返事をしてから、綾緒を見た。

「ええ、お鍋は私が見ています」綾緒が頷く。

吉村は土間《どま》に下り、裏口から出ていった。

「親父のやつ、やけに根詰《こんつ》めてるじゃないか」多可志は台所を横切り、窓際まで歩きながら言う。「何を描いているのかな……」

「あら、ご存じじゃないんですか？　さっき、ご覧になったんじゃないの？」

「いや」多可志は首をふる。「お前は？」

「さあ、存じません」綾緒は多可志を見て微笑んだ。「私は、あそこへは入れていただけませんもの。そう、祐介におききになったら？　夕方、あの子、お父様のところにいたみたいですわよ。ケリーも一緒に……」

「え？　犬を入れたのか？」多可志は不思議に思った。

多可志の父、香山林水は、仕事場には自分の妻も息子の嫁も入れなかった。蔵を改造した離れの仕事部屋に、本人の他に入ることが許されていたのは、息子の多可志だけだった。女人禁制というわけではない。仕事の関係で女性の来客は何度かあった。もっとも、扉を開けて中を覗く程度は誰でもしているだろう。綾緒も、お茶を持っていったことくらいならあるはずだ。

しかし、犬を入れるというのはおかしい。ケリーは大人しく聞き分けの良い犬だが、神経質な父が仕事中にそんなことを許すなんて、とても考えられない。

吉村が戻ってきた。

「さあ、吉村さんも上がって下さい」綾緒は老人に声をかける。「お食事にしましょう」

「あの、旦那様は……鍵をかけとらっせるで……」吉村が土間に立ったまま言った。

「まあ、お食事にこられないって？」綾緒がきく。

「いや、返事はなさらんです」と吉村。「扉も開かんので……」

「わかった、俺が呼んでこよう」多可志はそう言うと、土間に下りた。「困ったもんだ」

多可志は、裏口から庭に出た。雪は大粒になり、地面は既に一面真っ白である。台所の窓から漏れる明かりで、今、吉村が往復した足跡が奇妙にくっきりと見えた。滑らないように足もとに気をつけながら、彼は離れに向かう。

真っ暗な闇の中にその蔵は溶け込んでいて、アウトラインは曖昧だった。入口の前は、石段になっていて、一メートルほどを四段で上がる。それが縁起が悪い、と以前に言った者がいる。その石段は、蔵から突き出した庇《ひさし》の下になるが、今は吹き込んだ雪のため水平の面だけが白くなっていた。

履きものは置かれていない。父は、雪が降ることを見越して、それらを中に入れたのであろう、と多可志は思った。

四段の石段を上り、大きな扉を引いて開けようとしたが、びくともしなかった。

「お父さん!」多可志は叫んで扉を叩く。

しばらく耳を澄ましたが、中からは声も、もの音も、聞こえてこない。壁も扉も分厚いうえ、窓もない。完全に密閉されているため、ほとんど音は聞こえないのだ。彼の父、林水は、その静寂さが気に入って、この蔵を仕事部屋と作品の保管庫に使っていた。

「お父さん!」多可志はもう一度扉を叩いた。

待ったが、返事はない。入口の扉は内側から閂をかけることができる。外から閉めるときは、大きな錠前を使うのだが、もちろん、今はかかっていない。内側にある閂は非常に固く、それをかけると、扉はびくともしないのである。

「まったく、しかたがないなぁ……」多可志は独り言を呟き、諦めて石段を下りた。

母屋に戻ろうとして、多可志は足もとを見た。蔵の入口の石段の周辺は、真っ白な雪で覆われ、母屋の方角にだけ、往復の足跡が残っている。ここからは、表へ回る小径、それに裏門へ通じる道も伸びているが、どちらも真っ白で足跡はなかった。

多可志は、母屋に引き返し、勝手口の土間に入って扉を閉めた。台所にいた綾緒が心配そうにこちらを向く。

「駄目だ、閉じ籠もっているみたいだ。鍵をかけてる」多可志は綾緒にそう言いながら、履きものを脱いだ。「しかたがない、放っておこう」

「何度もお食事の支度をしなくてはなりませんわね」綾緒が少し不服そうに言った。珍しいことである。

6

「さきに言っておきますけどね、先生。これ、私が作ったのよ。そのおつもりで召し上がって下さいね。よーく味わって……。万が一、文句があっても一切受け付けませんから」

萌絵はケーキをナイフで切ると、小皿にのせて、差し出した。

「PL法みたいだね」犀川は微笑む。「本当に、西之園君が作ったの？」

シンプルな白いケーキだった。形は整っていない。本当に彼女が作ったのかもしれない。だが、西之園萌絵に欠点を発見しようとすれば、それは間違いなく、料理の技術である。

犀川は一瞬、飛び込みの選手のように静止して、呼吸を整えてから、フォークでそれを口に運んだ。

萌絵は、テーブルを離れて、グラスを持ったまま窓の方へ歩いていく。こちらに背中を向けている。

美味しかった。驚くべきことに……。

「うん……。美味しいけど、これ、見かけは悪いね」犀川は頷いて萌絵を見た。多少、控え目な表現だった。

「そういうときは、見かけは悪いけど美味しいね、って言うものよ」窓際で萌絵が振り向いて微笑んだ。グラスのシャンパンが少し揺れて、彼女は口をつけた。

窓の外には降りだした雪が見える。

「君も食べたら」

「私は、いらないわ。嫌というほど、味見したから……」

萌絵が持ってきたシャンパンの一本目は既に空になっていた。犀川は嘗《な》めるくらいしか飲んでいないので、ほとんどを彼女が飲んだことになる。

「雪がどんどん積もらないかなぁ」萌絵は外を見ながら嬉しそうに言う。

「雪合戦でもしたいわけ？」

「どこまで話しましたっけ。先生……」萌絵はグラスを傾けて飲み干すと、ソファに勢い良く腰掛ける。彼女の前にある低いガラスのテーブルに二本目のシャンパンがのっていて、彼女はそれを自分のグラスに注いだ。

「犬がいたところまでだね」犀川はテーブルの椅子に座ってケーキを食べている。「大丈夫？　あまり飲むと、帰れなくなるよ……。西之園君」

「だっからぁ……、タクシーで来たって言ったじゃないですか」萌絵はけらけらと笑い出した。「運転しなくって良いんですよ、今夜は……。もう無礼講なんだから！」

「何が無礼講だよ……」犀川は煙草に火をつける。「で？　それで、君は何か思いついたのかな？　その壺と鍵箱と、密室の謎についてさ。犬が密室の中にいたってことで、何か考えが変わった？」

「全然……。もともとなんにも考えてないんですもの」萌絵はまた笑う。「先生、飲んでます？　ねえ、こちらに座って下さい」

「ケーキは美味しかった」犀川はテーブルから答える。

「ねえ、先生、こっち！」

萌絵はアルコールに強くない。彼女の特徴は、とにかく酔うのが誰よりも早いということだろう。何度か犀川はそんな彼女を見ている。まだ、飲み初めて一時間も経っていないのに、彼女は完全に酔っ払っていた。こうなった以上、彼女の話に逆らわないことだ、と犀川は心の準備をする。

彼は煙草をくわえたまま立ち上がり、窓際まで行った。

「先生、鵜飼さん覚えてます？　あの馬鹿でっかーい刑事さん」萌絵はまたグラスにシャンパンを注いだ。「あの人、何と言ったと思います？」

「氷のナイフで自殺したって？」犀川は煙を吐きながら言う。

「あはは！」萌絵は天井を見て大笑いする。持っているグラスからシャンパンがこぼれた。犀川は急いでテーブルの上にあったティッシュを取って、彼女の足もとの床を拭く。

萌絵は、グラスを半分くらいまで傾けて飲んでから言う。「すごーい。さっすが犀川先生。そ・の・と・お・り」

「でも、傷口の奥に金属片が付着していた、と言っていたね？　たぶん、骨に凶器が当たったんだろう」犀川はテーブルの椅子に戻って座った。「たとえば、金属の破片を付けた氷のナイフなら、可能性はあるかな？」

「駄目よぉ。そんなの……」萌絵はソファの背にもたれる。「自殺する人が、どうして氷の凶器なんて使うの？　何故、凶器を隠すわけ？　もし他殺に見せかけたいのなら、入口の鍵なんかかけないわ」

「そのとおり」犀川は微笑む。「君、酔っ払っているのに、よくそんなまともなことがしゃべれるね」

「ばっちりよ。全然、酔ってませんもの。ねえ、先生のご意見は？」

「そうだね……」犀川は灰皿に煙草を押しつける。「まず、他殺と自殺と二通りある」

「当ったり前じゃない！」萌絵は手を叩いて笑う。

「もし自殺だったとしたら、扉の鍵を内側からかけるのは、わからないでもない。早く発見されて、死に損なうかもしれないからね。それを防ぐために鍵をかけたって考えることができる。この場合は、凶器は、本人が隠したことになるね」

「どうして、隠さなくちゃいけないんです？」

「それが、メッセージだからだね」犀川は淡々と言う。

「メッセージ？　何のメッセージですか？」萌絵は眉を寄せてきいた。

「まあまあ……」犀川は片手を軽く挙げて制する。「一方、他殺だったとすると、扉の閂を外からかける何らかのメカニズムが必要となる。しかし、それは、ひとまず今は棚上げにしよう。なにしろ、現場を見ていないわけだし、具体的な想像をするには境界条件が曖昧だからね……。とにかく、閂は、何らかの方法で犯人が外からかけて、密室を作ったとしよう。その場合、犯人は凶器を当然、現場に置いていったはずだ。たぶん、被害者の手に握らせておいただろう。そもそも自殺に偽装するのが犯人の意図なんだからね。さて、問題は、その凶器が、何故消えてしまったのか、だ」

「あ、そうか……、被害者が凶器を隠したわけね。瀕死《ひんし》の被害者が、犯人が出ていったあと、凶器をどこかに隠したんだ。自殺ではない、ということを示すために」萌絵は急に真面目な表情になって言う。「ああ、なるほど……。先生、それは面白い仮説ですね」

「でも、どこに隠した？」犀川は微笑んだ。「ほとんど、被害者は動けなかった。動いていないんだろう？ もし動けば、血の痕が残ったはずだ」

「無我の匣の中？」

「それに、もしまだ息があったのなら……、ナイフを隠すよりも、近くに絵筆も紙もあったわけだから、他殺だということをアピールしたい場合、犯人の名前を書くなりした方が確実じゃないかな？」

「それ、ダイイング・メッセージですね！」萌絵は嬉しそうに叫ぶ。「うわあ、素敵！」

「そんな言葉があるの？」

「あ、でも、先生。香山風采は、そんなメッセージは残していませんから……」萌絵はまたグラスを空にする。「ねえ、さっき、自殺の方の仮説で出てきたメッセージってなあに？」

「さあ、やっぱりダイイング・メッセージかな」犀川は答えた。

「だって、自殺なんだから、犯人はいないのよ」

「犯人を指し示すだけがメッセージじゃないからね」犀川は自分のグラスを持って少し飲

む。「たとえば、西之園君が、今晩、酔いつぶれて、そのソファで眠ってしまったとしよう。朝起きたら、君は二日酔いで、酷い状態だ。僕はもういない。もちろん、大学に出勤してしまったあとだ。それで、このテーブルの上にメッセージが残っているのを、君は見つける。こう書いてある。西之園君、コーヒーはレンジでチンして、トーストを食べて、鍵はポストに入れておいてくれれば良いよ、ってね。で、君は、そのメッセージのとおりにする」

萌絵はソファに足をのせ、膝を抱えている。彼女は眉を寄せて首を傾げた。

「あのう、それ、何かの嫌味ですか？」

「いや、違うよ」犀川は煙草に火をつける。それから、少し間をおいてから言った。「この場合、ダイイング・メッセージってわけだね」

一瞬して、萌絵は長い溜息をつく。

「先生、そんな低レベルの駄洒落を言うために、長々と？」

それから、彼女はソファに倒れ込んで笑いだした。

7

午後八時。香山多可志はもう一度裏庭に出た。

気温は夕方からずいぶん下がっている。風は止み、雪は少し小降りになっていた。

一時間まえの足跡はもううっすらと消えつつあった。足もとに注意しながら、多可志は離れの蔵まで歩く。石段まで来て、彼は辺りを見渡した。

静かだ。

蔵の扉を叩く。

「お父さん!」

扉の取手を握り、引いてみたが、やはり開かなかった。

何故、閂なんかかけたのだろう?

何を描いているのだろう?

もう一度叩いてみたが、結果は同じだった。

母屋に戻ると、台所で綾緒が後片づけをしている。奥の茶の間の方からは、祐介の笑い声が聞こえていた。

「お父様、出ていらっしゃらないの?」綾緒は、多可志が裏木戸を閉めると尋ねた。

「ああ」多可志は草履を脱いで上がる。

「何時になりました?」

多可志は腕時計を見る。「もう八時だ……。どうやら雪は止みそうだよ」

「マリモさんも遅いわね」

「近くの友達の家にでも寄っているんだろう」

8

犀川は、腹が空いたのでスパゲティを作ることにした。といっても、マカロニを茹《ゆ》でて、レトルトのソースをかけるだけである。那古野にしかないオレンジ色のソースが犀川の好物だった。

萌絵は、テーブルの椅子に座って、ビールを飲んでいる。シャンパンは二本とも空になり、犀川の冷蔵庫で冷えていた缶ビールを彼女は勝手に見つけ出し、自分でシャンパングラスに注《つ》いで飲み始めたのだ。口数は少なくなり、さきほどから、動作も鈍くなっている。そろそろ限界ではないか、と犀川は心配だった。

犀川は一人のときにはビールなど飲まない。たまに訪ねてくる喜多《きた》という友人が持ち込んで、自分だけ飲んで残していくのである。捨てるわけにもいかないので冷蔵庫に入れてあった。もっとも、犀川の冷蔵庫には、いつも充分なスペースが空いている。

犀川が茹で上がったマカロニをフライパンで炒《いた》めているとき、電話が鳴った。

萌絵が、浄瑠璃《じょうるり》の人形のようにすっと立ち上がって電話に向かう。フライパンを持っていた犀川は焦った。

「今、犀川先生、取り込み中ですから、明日にして下さいね」萌絵がしゃべっている。棒読みのような口調だった。「今夜は、もうずうーと、かけてきちゃ駄目よ!」

犀川はフライパンを持ったままキッチンから顔を出し、電話の方を覗く。彼女が受話器を置くところだった。

「誰からだった?」彼はきく。「間違い電話?」

「いいえ……」戻ってくると、萌絵は嬉しそうに言う。「誰だか知りませんけど……。どうせ大した用事じゃありませんから。気にしない、気にしない」

「あのね……、西之園君」犀川は文句を言おうとしたが、そのあとの言葉は出てこない。彼は時計を見た。もうすぐ九時である。

誰だろう?

よく電話をかけてくる人物の顔が二、三人、犀川の頭に浮かぶ。

これは困ったことになった、と犀川は少し動揺した。

喜多だったら……。

しばらく待ったが、電話はもう鳴らなかった。

「先生、音楽はかけられないの? ムードないわ、この部屋。ああ、暑い……」

萌絵は万歳をしてセータを脱いだが、途中で後ろによろけて、ソファに倒れ込んだ。

「うわあ、びっくり! 静電気!」

起き上がると、また高笑いである。

「あ、そこにリモコンがあるだろう？」皿にスパゲティを移しながら犀川が言う。「西之園君、暑かったらエアコン緩《ゆる》めて良いよ」

犀川は電話のことが気がかりで、しばらく上の空だったが、しかたがないので、とにかくスパゲティを食べることにした。

「君の分も作ったんだから、食べなさい」まだソファに寝転がっている萌絵に彼は言う。

「食べなさーい……、だってぇ、偉そうに……。なんですか、遅れてきたくせに……。ねぇぇ」

9

雪が降っている。

妙に明るい裏庭。

躰が斜めになっているのか。

それとも、地面が斜めに、なっているのか。

斜め。

なにもかも……。

黒い塗装が剝《は》げ落ちた。
分厚い扉。
開いている。
中から恐ろしい声。
聞こえる。
誰?
自分?
唸《うな》るような、
呻《うめ》くような、
低い声。
人間の声だろうか。
それとも狼だろうか。
傾いている。
真っ直ぐ歩けない。
石段を、
上る。
それとも、下る。

半開きになった扉。
手をかける。
冷たい、
感触。
触っただけで錆びている。
味がする。
酸っぱい感触。
鉄でできているんだ。
酸っぱい、
酸っぱい、
鉄の味。
蔵の中は黄色く、
光っている。
生暖かい空気。
流出してくる。
「お父様？」
酸っぱい。

斜め。
「私です」
扉を少し引いた。
傾いた自分の躰。
扉に摑《つか》まって、
支えている。
黒い人影。
こちらを向いて、
黙って、
あの方の顔。
白い髪。
白い髭。
誰?
自分?
でも、表情は逆光で、
見えない。
床には大きな和紙。

その中央だけに色。
見える。
ああ、夢なのに色。
付いている。
何の絵だろう？
白い。
仏様が……。
白い小さな皿。
沢山。
並んだ絵筆。
灰色の壺。
真っ黒な匣。
あれが魔法。
魔法の……壺。
壺と匣の下。
敷いてある赤い布。
とても、赤い。

赤い。
あれは血？
「あ！」
匣が、
開いている！
蓋《ふた》が開いている。
どうやって？
開けたのかしら……。
「お父様？」
「その鍵箱は……？」
「お父様が開けられたの？」
白髪のあの方は、
すうっと息を吐いて、
胸に、
刺さった短刀、
抜いた。
「ああ！」

息。
抜いた！
赤い布。
みるみる広がって、
いく。
赤い……。
夢なのに、
色が。
片手、
伸ばして、
匣を閉じる。
「開けてはならぬ」
無我の匣を？
「開けてはならぬ」
低い声。
繰り返した。
それから、

血塗れの、
短刀、
中に、
落とす。
天地の瓢。
吸い込まれる。
自分は何だか傾いている。
自分？
誰？
斜め。
斜めに、
傾いている。
「お父様、わかりますか？」
「ならん！」
「開けてはならん」
白髪のあの方の顔。
暗くて、

見えない。
ねっとりとした光。
高い天井。
渦を巻いている。
壺を片手で持ち上げる。
「これで」
「父のもとに」
白い髭の口もとから、
綺麗な血、
あふれている。
真っ赤な布、
床に、
広がる。
赤い。
とても赤い。
とても綺麗。
片手で持ち上げた、

壺を、
頭の上、
逆さに。
天地の瓢。
とくとく。
壺の中から。
とくとく、とくとく。
真っ赤な血。
とくとく、とくとく、とくとく。
脈流。
流れ出し、
あの方の白髪を、
真っ赤に染めて。
傾いたまま。
悲鳴。
とくとく。
斜めに、

傾いて。
とくとく、とくとく。
赤い。
とても綺麗。
とくとく、とくとく、とくとく。

マリモは目を、
開けた。
「あ、ああ……」
声が出ない。
眩しい光。
ずっと遠くで人の声。
どこだろう……。
自分？
また目を瞑《つむ》って、考えた。
とても恐い夢を、見ていた……。
恐ろしい夢。

「マリモ?」男の声。

彼女は、もう一度、目を、開けて、少し頭を、横に向ける。

「誰?」と口を動かしたが、声が出たのかどうか、わからない。

「私だ。月岡《つきおか》だ」

月岡……?

目の焦点が、合わない。少し、息苦しい。

これも、夢かしら……。

「叔父様? 月岡の叔父様?」マリモは口を動かした。

「ああ、しゃべらなくて良い。気がついたね。良かった。もう大丈夫だ……。今、電話をしたからね、もうすぐ、みんな来る。もう、大丈夫だからね」

「ここは、どこ?」

「病院だよ」

「病院?」

「怪我は大したことないそうだ」

「怪我……。ああ……」

マリモは、思い出した。

躰中がきゅっと痛くなった。

車を運転していたのだ。

買ったばかりの新車のレジェンド。

そう……。

煙草を吸おうとして……。

ライタが見つからなかった。

目の焦点が合い始め、うっすらと月岡の顔が見えた。

大きな明るい部屋のようだ。近くに、白い服を着た看護婦が二人いる。彼女たちも、こちらを見ていた。

急に消毒薬の匂いがする。

「音羽橋で……」マリモは言った。

「そうだよ。車は谷底だ……。お前は助かった」

月岡が微笑んでいる。母に良く似た細面《ほそおもて》の顔に、黒縁のメガネ。灰色の長い髪。彼女が大好きな叔父の顔。

「どうして、叔父様がいるの？」

「私の病院だからね、ここは……」月岡が優しく言う。「さっきまで、お前の身元がわからなくて、みんな困っていたんだよ」

「とても、恐い夢を見た……」マリモは囁く。

「大丈夫。もう大丈夫だよ」

そう、お父様が亡くなる夢を見た……。でも、どんな夢だったのか、もの凄いスピードでイメージは遠ざかる。

今はもう……、
よく思い出せない。

思い出せなかった。

「お父様も?」

「大丈夫……。香山には今、電話をしたからね。お兄さんたちもすぐに来て下さるよ」

大きなガラス瓶が逆さまにぶら下がっている。

黄色い液体が、細い管を通って、マリモの躰に流れ込む。

とくとく、と流れ込む。

眠りたかった。

10

月岡邦彦《くにひこ》は、煙草を吸うためにマリモの治療室を出た。

廊下は薄暗く、電灯の光がぽつぽつと離れている。待合い室の一角に喫煙コーナがあったが、月岡は事務室に入って、自分の机で吸うことにした。

彼はこの病院に勤めている。医師ではない。肩書きは事務係長。しかし、事務係というのは、実は彼一人しかいない。ようするに個人病院の雇われの事務屋である。

月岡は普段六時には帰るのだが、昨日まで二日間、風邪で寝込んで欠勤したため、仕事が溜まっていた。残業手当は付かないが、事務室に一人で残って電卓を叩いていたのだ。

町の境に架かる音羽橋の近くで車が川に転落している、という知らせが派出所に入り、警官とともに駆けつけた消防団員によって、怪我をした女性が救出された。八時頃に、救急車でこの木津根《きづね》病院に運ばれてきた怪我人を、最初、月岡は見ていなかった。玄関口が慌ただしく、看護婦たちが走り回っていたが、そんなことは、大して珍しいことではない。その後、仕事が一段落したときも、月岡は一人でお茶を飲んでテレビを見ていた。

しばらくして若い警官が一人やってきて、事務室の隅で婦長と話を始めた。それを、月岡はテレビを見ながら聞いていたのである。事故に関してだいたいの事情はそのときわかった。しかし、まさか、自分の親族の者が運び込まれたとは思ってもみなかったのだ。

それから少しして、知り合いの青年から事務室に電話がかかってきた。その青年は町の消防団員で、音羽橋の事故現場で救助作業に参加していた。彼は、怪我人が月岡の姪に似ている、そのことが気になった、ということで知らせてきたのだった。そちらの病院に運び込まれているはずだから確かめろ、というのである。

慌てて、月岡は治療室へ行き、マリモを確認した。彼女は月岡の姉の娘だ。

外傷は一見、相当に酷かったが、幸い、マリモの怪我は奇跡的に軽かったといえる。片脚と片腕、それに肋骨の骨折。頭部の怪我は様子を見る必要があったものの、骨に異状はないという。車は河原まで滑り落ち、炎上したらしい。マリモは車から投げ出され、斜面の途中に倒れていた。何もかも燃えてしまったため、彼女の身元がすぐにはわからなかったのである。事故現場は、病院から四キロほどのところにある音羽橋の手前。ちょうど、病院からマリモの実家へ行く道の途中だった。

玄関のドアが開く音がしたので、月岡は煙草を灰皿に押しつけて、事務室から出ていった。

「叔父さん、マリモは？　マリモは大丈夫ですか？」香山多可志が靴を脱いで、スリッパも履かずに駆け寄ってくる。後ろから、綾緒が夫の分のスリッパを持ってきた。

「ついさっき、気がついたところだ。意識はしっかりしている」月岡は甥夫婦に言った。「大丈夫……。心配ない。骨折と、ちょっと頭を打っているらしいが……、大したことはなさそうだと先生は言っている」

「良かった……」綾緒の目頭は濡れている。「衝突したんですか？」

「いや、詳しいことは知らない」月岡は首をふる。そういえば、相手のある事故だったのか、まだ聞いていなかった。「林《りん》さんは？　一緒じゃないのか？」姉の夫である香山林水のことを、月岡はそう呼んでいた。

「親父は閉じ籠もってましてね」多可志が溜息をついてから言う。「蔵から出てこないんです」

「出てこない？　娘が怪我をしたのにか？」

「いや、それは知らないんです。仕事部屋で鍵をかけてる」

「困ったもんだ……。まあ、とにかく、君ら、マリモに会ってきなさい。眠っているかもしれんがね。あそこの部屋だ」

月岡は、廊下の先の明るいドアを指さした。

11

犀川は煙草にそっと火をつける。

腕時計を外しながら見ると、もう十一時だった。

萌絵は、リビングのソファで頭を肘掛けにのせて眠っている。彼女の片腕と片脚はソファから落ち、すぐそばの床にグラスが転がっていた。

犀川は音を立てないように注意して立ち上がり、彼女のグラスを拾い上げて、片づけた。テーブルの上の空瓶、空缶、皿などもキッチンに運んだ。くわえ煙草が煙たくて、彼は目を細めていた。吸っていないときは煙が出ない煙草が発明されないものだろうか、と思った。

リモコンを探して、エアコンを調節する。

萌絵は小さな口を僅《わず》かに開け、白い顔をして眠っている。犀川はしばらく彼女の無邪気な姿勢を見ていた。そういえば、ずいぶん髪が伸びたようだ。もっとも、高校生までの彼女は、今の倍も髪が長かったのである。いつもは変な色の口紅なのに、今日は普通の色だった。

(さて、諏訪野さんに電話すべきか) とも思う。

カーテンを開けてベランダ越しに外の様子を見ると、辺りは銀色に光っていた。今はもう雪は降っていない。

灰が落ちそうだったので、灰皿のあるテーブルへ戻った。

なかなか愉快な時間ではなかったか……。

一人暮らしの単調さが自分らしいと信じていた。ソフィスティケイトとは正反対の洗練がある、と考えた。けれど、この世に生きていれば、複雑と詭弁《きべん》から逃れることは不可能だ。単調さは、学問の中にしかない。

クリスマスなんて言葉は、もう十年以上意識したことがなかったけれど、悪くはない、と少し思う。

それは、きっと、綺麗な絵のついたカレンダみたいなものだ。彼のリビングの壁には、数字だけのカレンダがピンで止めてある。犀川は、無駄な絵のついたカレンダが嫌いだった。貰いもののカレンダは、半分もの面積が好きでもない絵や写真に占領されているものばかりだ。気に入っても、気に入らなくても、毎月替わるという自主性のなさ。嫌いな絵なら見たくはない。好きな絵だったらずっと飾れば良い。それが自然ではないか。ようするに、カレンダと一緒になっている不自由さが気に入らないのである。

クリスマス、正月、バレンタイン・デイなども、強制的に送り込まれてくる飾りものだ。好きなとき、好きなだけ楽しんだ方が良いのに、人々はどうして、外部から押しつけられたものに、あんなに夢中になるのか……。支配されることの美徳だろうか？　いや、そんな高級な嗜好《しこう》とも思えない。おそらく、自主性を保持するためのエネルギィを本能的に節約しているのだ。蟻の集団と同じメカニズムで、人間も行動している。

なるほど、支配されること、隷属《れいぞく》することの美徳か。

面白い発想だ。

それも、ひょっとしたら、良いものかもしれない。

美かもしれない。

何かに振り回されるのは、気持ちの良いものだろうか？

ジェットコースタみたいに……。

気の抜けたコーラを飲む。

今夜は、彼女にずいぶん振り回された、と犀川は思う。そういう時期なのかもしれない。萌絵はこの三年間で変わったかもしれない？　何故、断定できないのだろう？

萌絵は犀川の恩師の娘である。最初に会ったときは、小学校の五年生だった。大人しい、落ち着いた感じの少女で、利発そうな瞳、長い髪、計算されたような仕草……、思い出せる少女の印象はどれも、今の彼女、特に今夜の彼女よりも、むしろ大人びている。

あのとき、どう思ったか……。自分はどうだったのか、犀川はよく思い出せない。印象とは、本来曖昧なもの。いや、その逆。抽象的なのだ。

学生時代の犀川は、臆病で内気な本当の自分を隠すための仮面をようやく作り上げた頃で、どうにか友人たちとの馬鹿げたつき合いにも、追いつけるようになっていた。馬鹿な振りをして、意味のない真似をしていれば安全だという、田舎臭い祭囃子《まつりばやし》のような大人社会のルールにも気がつき始めていた。都会に住んでいても、そんな村社会はいたるところで繰り広げられ、そして現代でも支配的なのだ。

嫌いな色に染まろうとする自分に反発して、犀川は勉強をするようになった。真剣に勉強を始めたのは大学を卒業した頃だったろうか……。学問をする自分にだけは幻滅したくなかった。たぶん、この道を選んだのは、それだけの動機だろう。

つまり、幻滅からの逃避。

それは結局、定期券にスターのブロマイドを挟んでいるのと同じ動機ではないか……。

萌絵の手が動く。

彼女は顔をしかめ、目を開けた。

「あれ……、寝ちゃったかしら？」

犀川は黙っていた。

萌絵はゆっくりと起きあがって、頭をふった。そして、腕時計を見ながら、片手を口に当てて欠伸《あくび》をする。

「十一時……かぁ……」

「どうする？　送っていこうか？」犀川はまた煙草を取り出した。

「ううん……」萌絵は首をふって立ち上がり、キッチンへ歩いていく。彼女はグラスに水を入れて戻ってきた。

「気分が悪い？」犀川はライタで煙草に火をつける。

「大丈夫……」萌絵は立ったまま水を飲んだ。「ああ……、ちょっと、飲んだかな……。先生、私、どれくらい寝てました？」

「一時間くらい」

「煙草いただけます？」萌絵はテーブルの椅子に腰掛けて手を伸ばした。犀川は箱とライタを手渡す。

萌絵は煙草に火をつけて、最初の煙を吐き出すと、目を瞑《つむ》って首をぐるりと回した。

「ああ、眠っていたなんて、まったく、不覚だわ……。せっかくの時間なのに……。だめだめ、しっかりしなくちゃ」

「別に、無理してしっかりしなくても良いよ」犀川は鼻を鳴らした。「コーヒーを淹れてあげようか？」

「あ、いえ……、私が淹れます」萌絵は素早く立ち上がって、キッチンに行く。「もの凄く苦いので良いですか？」

「望むところだよ」犀川は萌絵の様子をずっと見ていた。「西之園君、醒《さ》めるのも早いんだね」

「先生、フィルタはどこ？」キッチンで萌絵はきょろきょろしている。

犀川は立ち上がって、キッチンに入る。

「コーヒー飲んだら帰るんだよ」フィルタをコーヒー・メーカにセットしながら彼は言った。

「まさか……」萌絵は顎を上げて微笑む。「本気でおっしゃっているの？　先生……、論理的ではありませんけど、とにかく、今夜はクリスマス・イヴなんですからね」

「だから？　何なの？」

「いいわ……。まあ、遅刻は許してあげます」萌絵は両手を腰に当てた。「とにかく、苦いコーヒーを飲みましょう。森羅万象《しんらばんしょう》、すべてはコーヒーを飲んでからっていうでしょう?」

「いわないと……思うけど」

「復活しますからね、私……。お・た・の・し・み・に!」

「何、わけのわかんないこと言ってるのさ……。まだ酔っぱらってるね、君」犀川はテーブルに戻りながら言う。「そうだ、西之園君、オセロしようか?」

「嫌です」

「じゃあ、トランプは?」

「ノー」

「百人一首とか?」

「オージーザス……」萌絵はくすくすと笑う。「百人一首ですか? それは、ちょっとそそられるけど……、先生、そんなもの持ってないんじゃないですか?」

「実は持ってない」

「だめだめ、ゲーム系は全部、ノーよ」

12

香山綾緒は目が冴えて、まったく眠くなかった。

十二時近くになって、多可志は、叔父の月岡と一緒にタクシーを呼び、病院から帰っていった。

今夜は綾緒がマリモの病室に泊まることになり、彼女は、ベッドの横にある長椅子に座って本を読んでいた。幸い空いていた二階の個室に移され、マリモは薬が効いているのか、ぐっすりと眠っている。

多可志と綾緒が到着したとき、マリモは少しだけ話した。

音羽橋を渡り切ったところで、大きなトラックと出会い頭であったという。そのトラックはどうなったのか、それはわからない。あとできいてみたが、医師や看護婦は知らなかった。綾緒たちが来るまえ、警察が病院にやってきたときには、マリモは意識がなく、怪我の治療中だった。若い警官は、明朝また来る、と言い残して帰ったらしい。

多可志の妹のマリモは、綾緒の四つ歳下になる。綾緒が多可志と結婚して、東京からこの山林の片田舎にやってきたとき、マリモは大学生で東京に下宿していた。それ以来、彼女はずっと東京で暮らしている。それは、まるで綾緒が身代わりになったようでもあった。色褪《あ》せた染めもののような、由緒《ゆいしょ》、という形のない紋章。その紋章の人質……。あの家にも、この村にも、得体《えたい》の知れない力……、引力が作用している、と綾緒には思えてならない。

特に、祐介が生まれてから、綾緒はこの土地に定着したと感じた。引力は、もっと逃れ難い、もっと心地良い、拘束力に変化したのである。姑が出してくれた着物を着るようにもなった。自分はこんな人間だったのだろうか……。体内の隅々の血液まで、すっかりと入れ替わってしまったのではないだろうか……。

廊下の外の、ずっと遠くで電話が鳴っている。

綾緒は雑誌に視線を落としたが、落ち着いて文字を読む気にはなれなかった。洋服や料理……、今の綾緒には興味のない記事ばかりである。

廊下を歩いてくる足音。

ドアが開いた。

「香山さん……」若い看護婦が顔を覗かせて呼んだ。「お宅から、お電話ですけど」

「すみません」綾緒は雑誌を横に置き、立ち上がった。

「あの、この時間は、本当は受け付けないんですよ」看護婦は廊下を歩きながら言う。「そういう規則なんです」

「はい、申し訳ありません、本当に……」早足で歩きながら綾緒は頭を下げる。

明るい部屋に通され、「そちらです」と示されたのは、扁平《へんぺい》な形の白いプッシュ・フォンだった。

「はい……」受話器を手に取って、綾緒は小声で言う。看護婦は奥の部屋に入るとき、綾緒の方をちらりと見た。

「綾緒か？」多可志の声が聞こえる。「親父、そちらへ行ってないよな」

「困ったな……」多可志は低い声で唸った。

「警察に知らせた方がいいものか……」

「どうなさったんですか？」

「いや、いないんだ……。親父が、どこにもいない」

「どこにもって、あなた……」綾緒は壁にかかっている時計を見ながら言った。「離れに、いらっしゃらないの？」

「つい、さっき行ってみたら、蔵にはいない。それが……」多可志はそこで、言葉を切った。

「鍵があいていたんですね？　どこかへ出かけられたの？」

「ああ、叔父さんのところかとも思ったから、そちらは電話してみたんだが……。それが……、蔵には……、血が……」

「血？」

「ああ……」多可志の呼吸が聞こえてくる。夫がいつもになく狼狽《ろうばい》していることに、綾緒はやっと気がついた。「血でいっぱいなんだ……、床が……。最初、赤い絵の具かと思ったんだが……」

赤い絵の具？

綾緒は、夕方の祐介のことを思い出して、鳥肌が立った。

「え？　お父様が、ですか？」

「血？」彼女はもう一度言う。「血って、あなた……」

「一応、警察に知らせた方がいいかな」多可志が言った。

「お母様は？」

「お袋は寝てる。祐介と一緒だ。わかった。警察に電話するよ。来てもらった方が……」

「ええ、そうして下さい」綾緒はまた時計を見る。十二時五分だった。

「また、電話するから……」多可志は不機嫌そうな声で言う。

「あ、いえ、ここは駄目なの。こんな時間ですから……。こちらからかけます。三十分くらいしたら、私から電話しますから……」

「ああ、そうしてくれ」

「じゃあ、お願いします」そう言って、綾緒は静かに受話器を置いた。

隣の部屋から、看護婦が見ているテレビの音が聞こえる。

廊下を戻るとき、綾緒は、祐介の小さな手を思い出していた。

赤い絵の具？

13

「赤ちゃんができたらどうする？」萌絵はきいた。

「それが問題？」犀川は萌絵の顔を見る。

「い、で始まる五文字です」

「いぬじるし」犀川が煙草を吸いながら答える。

「いぬじるし？　なあにぃ、それ？」萌絵は鉛筆で書き込みながら笑っている。「講談社ノベルス？」

「マタニティ関係のブランドだよ」犀川は無表情だった。「世津子のやつ、ひょっとして子供ができたのかな」

「マイナですね……。えっと、それじゃあね……、ディナ・ジャケット。五文字で、三文字目が、し」

「タキシード」犀川が答える。

「あ？　そうかそうか」萌絵は書き込む。

「まあ、世津子の知識なんて、その程度なんだ」犀川は煙を吐く。「飛躍のパターンが決まっているし、知識の指向性が歴然としている」

「でも、私には、これけっこう難しいわ」

「西之園君の知識とオーバーラップが少ないだけだよ」

「二文字で……、イネ科の多年生植物は？」萌絵が次の質問を読む。「むぎ、ですか？」

「生物は駄目だ」犀川は片手を広げた。「二文字ともわからないの？」

「先生、もう、やめません？」萌絵は溜息をついた。「クリスマス・イヴに相応《ふさわ》しいとは思えないわ」

「どれ、見せて……」犀川は萌絵が書き込んでいた紙を取り上げる。世津子が作ったクロスワード・パズルだった。毎月一つ、儀同世津子は知り合いの大勢に自家製パズルを郵送している。頼みもしないのに犀川のところにも届く。まだ、白いマス目の半分も埋まっていなかった。

「イネ科の多年生ね……。竹かな」犀川は独り言を呟く。「えっと、十二の縦は……」

「先生、香山家の事件のお話は？」萌絵は、両肘をついた手に顎をのせる得意のポーズで、犀川を真っ直ぐ見据《みす》えた。「ねえ、そろそろ、夜も更《ふ》けてきましたし、真面目なお話をしましょうよ」

「僕は最初から真面目だよ」犀川は顔を上げて言う。「あのね、ここだけの話だけどね……、西之園君、君が一人で大騒ぎしていたんじゃないのかな？」

「先生は、自殺か他殺か、どちら派？」

「僕は自殺派だね」犀川はすぐ答えた。「幾分《いくぶん》、平和的だ」

「根拠は？」

「そうだね……」犀川も頬杖をして、躰を横に向けて脚を組んだ。「まず、これは、君から聞いた境界条件を鵜《う》呑《の》みにした場合の推論だ、ということを断っておくよ。外から門はかけられない。かける方法が何かあるかもしれないけど、それは、与えられた条件の中に今はない。とすると……、その部屋の中の最後の生存者が閂をかけたことになる。ところが、凶器は部屋の中にはない……、という条件だね。さらに、雪の上に足跡もない、となると、被害者を刺してから犯人は逃げられないし、どこか別の場所で刺された被害者が部屋にやってくることもできない。つまり、普通の他殺はありえない。一番可能性が高いのは……、自分で胸を刺して、ナイフを扉の外へ投げたんだね。そして、扉を閉めて鍵をかけてから、死んだんだ」

「ナイフは？　どこへ行ったの？」

「誰かが拾って持っていったのさ」犀川は平然と答える。「おそらく、そのナイフに美術的な価値があったんだろうね。これが一番、無難なストーリィじゃないかな？　ナイフを抜くと出血が酷くなるから、早く部屋の中央に戻らないと、入口の付近に血の痕が残ることになるけど……」

「他殺はありえないですか？」萌絵はすぐにきいた。

「一つだけ、飛び道具を使ったという可能性があるね。弓で、扉のところに立っている被害者を射る、という方法だよ。矢には丈夫な紐がついていて、その紐を引っ張って、犯人は矢を回収する。被害者は扉を閉めて鍵をかけ、蔵の中に逃げ込む。そして、死ぬ……、と」

「その場合も、早くしないと、出血の痕が部屋の中央にしかなかったことと、一致しなくなっちゃいますね」萌絵は頷く。「でも、紐のついた矢なんて、射てませんよ。そんなの絶対当たらないわ」

萌絵は、弓道部である。たぶん彼女の言うとおりだろう、と犀川も思った。

「そう、だから、どちらかにしろと言われれば、前者の方が優位ということ」犀川は煙草に火をつけた。「理由は二つある。一つは、犬がいたこと。もう一つは、その年、昭和二十四年には法隆寺が燃えているね」

「他殺だと、犯人に犬が吠える、ということですね？」萌絵は満足そうな顔をする。「それに、もう一つの法隆寺の理由っていうのは、意味なしジョークでしょう？　先生、残念でした」

犀川は吹き出して、両手のひらを上に向けた。

「被害者がナイフを外に投げた、というのが、何かのメッセージなのですか？」萌絵はきいた。「さっき、そうおっしゃったでしょう？　凶器を隠したのがメッセージだって」

「そうだね、そのとおりだ。よく覚えているね、西之園君。あんなに酔っ払ってたのに」

「そのメッセージを受け取った人が、誰かいたのですね？」萌絵はそう言って、首を傾げて髪を振る。

「どちらにしても、これ以上、具体的に検討することは無意味だ」犀川は煙を吐き出した。「現場の状況が具体的、定量的に把握できない。詳しいことは何もわからない。もう、その蔵はないわけだし、関係者のことも含めて、周囲の状況を特定することも無理なんだ。ね？　だから、これで、終わり」

「壺と鍵箱は、全然関係ないわけですか？」

「そうだね」

「つまらないですね、なんか……」萌絵は腕を組んで椅子の背にもたれる。

「そういう方面に面白いことを求めるというのは、どうも、あまり健全とはいえないね」犀川は指先で火のついた煙草を回しながら言った。「常々不思議に思うんだけどね。その……、君が興味を抱く対象が、非現実的とか、謎めいているとかって、まあ、そんな類のことなのは別に良いのだけど、人が殺されていないといけないわけではないだろう？　世の中には、いろいろ不思議なことが沢山あるんだからさ、何も、そんな昔の不鮮明な事件まで引っぱり出さなくったって……」

「人命がかかっているというのはですね、先生、殺人みたいに意図的な行為だったら、それだけ真剣さが桁違いになってくるんですよ。単なる悪戯《いたずら》じゃないのです。命を懸けた謎なんですよ。そこが、全然レベルが違うの……。こう、ぐっとくるものがあるでしょう？」萌絵は両手を首もとで組んだ。

「ぐっとくる？　それは日本語？」

「乙女はくるんですよ」萌絵は口もとを上げて何度も頷く。「犀川先生は鈍感なの」

「乙女ね……」犀川は笑った。「はは、普通の乙女は、血とか死体とか、その手のものからは、目を逸《そ》らすと思うけど？」

「もっと詳しい資料が残っていないかしら……」萌絵はまだ手を合わせたままで、目を瞑って囁く。「私がその時代に生きていたら、絶対、絶対、謎を解いてみせたのに……。ああ、残念だわ。埋もれてしまっているのよね、まだまだ、沢山……、西之園萌絵に解かれずに眠っている謎が……」

そう言ってから目を開き、にっこりと微笑みながら、彼女は、首を傾げて片手で髪を払った。

少しだけ伸びた彼女の髪形を犀川は気に入っていたが、それを口にしたことはなかった。ラッコが貝殻を割るために大切に持っている小石と同じで、そんな些細な沈黙が、犀川のプライドだったからである。

プライドで貝殻は割れないけれど……。

第4章　闇は記憶のなかに

〈Catching the Bull〉

1

鵜飼大介《だいすけ》は、読んでいた新聞を置いて、壁の時計を見た。午後六時十五分。彼はさきほどから五分おきに時計を見ている。今日は二十五日、クリスマスであるが、残念ながら、鵜飼の近辺にはロマンチックな物語も、甘いケーキも、クリスマス・ツリーの下のプレゼントもなかった。

今日も、どこかでラーメンでも食べて、自宅に帰って風呂に入り、ビールを飲んで、テレビを見て、寝るだけ……。つまり、道具を除けば、動物園のゴリラのような日課が残っているだけである。しかし、彼はそれが好きだ。ゴリラも好きだった。どうも最近、ゴリラ並みの自慢の体力も落ちてきたので、久しぶりにジョギングかウェイト・リフティングでも始めようかと考えていたが、まあしかし、暖かくなってからにしよう、と鵜飼はぼんやりと思っていた。

幸い、今年の年末には面倒な事件がなかった。他の課はけっこう忙しそうではあるが、鵜飼の部署はこの二、三日はのんびりとしている。思うに、それは、たぶん良いことである。

そろそろ帰ろうか、と思って周囲の様子をそれとなく窺っているとき、ドアを開けて、三浦主任が入ってきた。刑事らしからぬ、インテリっぽい風貌の三浦は、鳥のように首を横に一度倒して、鵜飼に合図した。実際、三浦の目には、鳥類独特の俊敏な鋭さがある。

鵜飼はのっそりと立ち上がって、三浦の後についていき、窓際のデスクまで来た。

「明日、朝一番で……、瑞浪《みずなみ》まで行ってくれ。片桐《かたぎり》と二人だ」三浦は自分の椅子に座りながら言った。「ついさっき、お隣から応援を要請してきた。もうすぐ、ファックスが来るから、コピィして、俺にも一部頼む」

「なんでです？　岐阜は忙しいんですか？」鵜飼はきいた。年末はゆっくりできると思っていたが、嫌な予感がする。

「ああ、あの辺りはな……、ずっと昔のことだが、うちがやってたことがあるそうだ」三浦は淡々と話す。「鵜飼、お前、二、三日まえに、資料室でコピィをとったそうじゃないか」

「あ、いえ……、ちょっと……」鵜飼は突然の話題で狼狽した。すぐ顔に出てしまうのが、子供のときからの彼の特徴だった。

「香山って家の事件だろう？」三浦はじろりと鵜飼を睨みつけた。「菅《すが》さんから聞いたんだよ。いったい何のつもりだ？」

「はぁ……」鵜飼は下を向いて考える。しかし、うまい言い訳は思いつかない。「えっと、いえ……、その……、ちょっと、自主的にですね……」

「まあ、いいさ……」三浦は口を斜めにして視線を逸らす。「いや、その家で殺しがあったようなんだ。被害者は今朝見つかった。まえの事件は何年だ？」

「えっと、昭和二十四年です」鵜飼はすぐに答える。「あの……」

「そう、昭和二十四年。そのときは、うちの部署がやってるんだよ。それで、資料を要求してきたってわけだ。まあ、応援の依頼はお義理だな。今、菅さんのところに行ったら、お前が、ついこのまえ、その資料を調べにきたって言うじゃないか」

「同じ家なんすか？」

「そうだ……。だから、ちゃんと予習していたお前が適任ってわけだな。お義理だから、わきまえろよ」三浦は微笑んだ。

「うわ……、偶然ですね」鵜飼は驚いて深呼吸をする。「被害者は？」

「そこの家の主人だそうだ……。そろそろ、ファックスが来る。片桐のやつにも、連絡つけといてくれ。いいか？」

「うへぇ……、親子二代……ですか」鵜飼はポケットに手を突っ込んで、躰を揺すった。

「誰に頼まれた？」三浦は、無関心を装っているかのように、デスクの上の書類を手に取りながらきいた。

「は？　何をです？」

「お前……、それ、とぼけてるつもりか？」三浦が小声で言ったので、鵜飼は近づいた。

「いえ、とんでもないす……。あの……」

「お前が自主的にそんなことするわけないじゃないか」三浦はますます小声で言う。「いいか、場合によっては、ただでは済まされんぞ……。誰に頼まれた？　言ってみろ」

「西之園……さん、です」鵜飼はそう答えてから、口を窄《すぼ》めて、頭を下げた。

「はぁ？　本部長？」

「いえ、あの……、本部長の姪御さんの……」

「ああ……。あの……」三浦は顔を上げ、口を開ける。

「すみません。頼まれたもんですから」

「で、なんだってまた……。お嬢さんは、昔の殺人事件で卒論でも書くのか？」

「いえ、よくは知りません。誰にも内緒にしておいてくれって頼まれまして……。特に、主任には言うなってことでありまして……」鵜飼は頭を掻きながら言う。

「馬鹿！」三浦は呆れた顔で吐き捨てるように言う。「お前、いくつだ？　え？　子供じゃないんだぞ。頭使え！　頭を。まったく……」

「は、すいません」

「もういい！　あっちへ行け！　さっさと帰って、忘れものでも調べてろ」

「あの……。ファックスが……」鵜飼は恐る恐るきく。「ファックスが来るまでは帰れませんよね？」

「当たり前だ！」三浦は立ち上がって、持っていた書類を振り上げた。

2

「はは、そりゃいいや」片桐は助手席で大笑いした。「先輩も、抜け駆けがいけなかったんですよ。そりゃ当然の報《むく》いってやつです」

「別に、俺は……」鵜飼は口を尖らせる。「そういった疚《やま》しい気持ちはないね。たまたま、西之園さんが、俺に電話をしてきたから……」

「でも、僕らに内緒にしていなくたっていいでしょう？」片桐がすぐに言う。「先輩がファンクラブの会長ってわけでもないし、窓口でもないんですからね。だいたいですね、先輩じゃあ、歳が離れ過ぎですよ。彼女、まだ二十二歳でしょう？　まあ、僕くらいが超ベストなんですよね……、ええ」

「お前、西之園さんと話したことあんのか？」鵜飼は少し驚いてきく。

「なかなか、きっかけがね……」片桐がそう言って苦笑したので、鵜飼は安心した。

後輩の片桐刑事は、まだ二十八歳で、鵜飼より四つ歳下である。体重は、鵜飼より二十キロ以上少ないだろう。腕っ節は頼りなげであるが、細身で二枚目。職場の独身仲間では女性に一番もてそうなタイプではある。

西之園本部長の姪、西之園萌絵は、昨年、彼女が偶然に関わった事件をきっかけに、鵜飼たちの職場に差し入れを持って遊びにくるようになっていた。鵜飼自身が彼女と話ができたのは、今年の夏の事件が最初だ。

「掃き溜めに鶴」では、多少意味が違うのだが、文字どおりのビジュアルな印象は近い。西之園萌絵が鵜飼たちの職場に現れると、同じフロアの別の課の連中まで集まってくるありさまだった。このまえなどは、備品のカメラを持ち出したミーハーまでいたくらいである。つまり、それが、片桐が表現した「ファンクラブ」であって、別に、組織が結成され、メンバが決まっていたり、会員証が発行されているわけでは、もちろんない。しかし、三浦主任のような堅物《かたぶつ》まで、半分嘲笑してはいるものの、その呼称を口にしているようである。

「いいですよねぇ」片桐は独り言をいう。

「何が？」

「西之園さんですよ。決まってるじゃないですか」

鵜飼が、地下鉄のターミナル、藤ヶ丘《ふじがおか》で片桐を拾ったのは早朝の六時であった。比較的暖かい朝で、路面も凍結していない。二人は、森林を抜けるグリーンロードの途中で県道に入り、明智町に向かっている。

前後に走っている車はほとんどなかった。この近辺は、秋には紅葉の名所となる。つい二ヵ月ほどまえも、鵜飼は友人とゴルフに行くため、この道を通ったばかりだった。それは、自然界にはありえないような色彩で、何のためにあんなに真っ赤になる必要があるのか、と鵜飼は思ったものだ。しかし、その風光明媚《ふうこうめいび》な山里にも、最近ではアルミとプラスティックでできたようなコンビニエンス・ストアが進出している。途中で立ち寄ったこの手の店で、鵜飼と片桐はホットコーヒーとサンドイッチの朝食にありつくことができた。

昨日、岐阜から本部に送られてきたファックスの地図に示されている音羽橋に、二人が到着したのは七時半頃だった。一台のパトカーと二台のワゴン車が、県道の路肩に駐まっていた。音羽橋は、鉄骨の古いトラス橋で、ミートパイのように、分厚い塗装が剝《は》げかかっている。川はずいぶん深い谷の底にあった。

橋を渡り切ったところはT字路である。道路から数メートル入った場所にロープが張られていた。鬱蒼《うっそう》とした針葉樹が邪魔で、崖の下はよく見えない。近くに制服の警官が一人立っていた。鵜飼が近づいていって身分を告げると、警官は敬礼をして、ロープを持ち上げる。

「足もとにお気をつけ下さい」

鵜飼と片桐は、急な斜面の細い小径を下りた。地面はぬかるみ、靴はすぐに泥だらけになる。しばらく下っていくと、河原が見渡せるようになり、少し離れたところに四、五人の男たちの姿が見えた。やっと地面が比較的平らになると、今度は大きな石ころだらけになり、さらに足場が悪い。川に近づくにつれて、ごつごつとした岩が多くなった。

大きな岩の上に、小柄な男が立っている。灰色の冴えないコートのポケットに両手を突っ込み、辺りをきょろきょろと見回していた。鵜飼たちに気がつくと、その男はわざとらしく片手を挙げて、子供のようににたりと笑い、岩から元気良く飛び降りた。

「おやまあ、若い人をよこしなさったね」男は無邪気な表情で鵜飼たちに言った。「僕が深《ふか》澤《ざわ》です。ちょうど、どこかで熱いコーヒーでも飲もうと思っていたんだよ。一緒にどうです？」

鵜飼と片桐は自己紹介し、先輩に頭を下げた。岐阜県警の深澤刑事は、五十をとうに過ぎた年齢であろう。頭には表面に張り付くほどの髪しかなく、日焼けした顔も皺が多い。しかし、丸い顔は子供っぽく、小さな目は少年のように素早く動いた。

「どこで見つかったんですか？」鵜飼は質問する。

深澤が無言で指さしたところは、河原の一番端だった。そこから急な斜面になる、ちょうど境目の部分で、砂利と赤土の入り交じった平坦な場所である。紺色の作業服を着た鑑識の男たちは、そこからはずいぶん遠いところをうろついていた。

「昨日の朝の八時に、この近くの子供が見つけたんだよ」深澤は歩きながら説明した。彼は、鵜飼と片桐が下りてきた小径の方角に向かっている。二人の若い刑事は彼について歩いた。

二十五日、クリスマスの朝に発見された死体は、この近くの明智町に住んでいた香山林水という画家だった。年齢は、七十一歳。死因は、胸部の刺傷からの出血によるものである。だいたいの情報は、鵜飼と片桐にもファックスで知らされていた。

「凶器は見つかりましたか？」片桐が尋ねた。

「昨日一日、この辺りは徹底的に探したんだけどね……、見つからん」深澤はぬかるんだ坂を上りながら答える。「まあ、詳しいことは、あとでゆっくり、コーヒーを飲みながらね」

3

鵜飼の車で、音羽橋を再び渡り、県道沿いのドライブインに三人は入った。店はまだ暖房が効いていない。安物のビニルのシートも冷たかったので、三人ともコートを着たまま腰掛けた。

無愛想なウエイトレスが注文を取りにきて、すぐ戻っていく。

「僕は、来年の三月でお役ごめんでね」深澤は、コートのポケットから煙草を取り出して火をつける。「まあ、このヤマが最後になるかもしれないな」

鵜飼は何を言って良いのかわからなかったので黙っていた。定年間際の人間を担当にするとは、何か理由があってのことだろう、とは思う。

ウエイトレスがコーヒーを三つ運んできた。

「警察に連絡が入ったのは、二十四日の夜。いや、正確には、二十五日の午前零時過ぎでね……」コーヒーに砂糖とミルクを入れてかき混ぜながら、深澤は説明を始めた。「被害者《ガイシャ》の息子が自宅から電話してきた。親父がいなくなったってね。そのときは、派出所の巡査が一人行っただけだけど、自宅の被害者の部屋に、かなり大量の血痕があってね……。それで、瑞浪署から三人ほど、すぐ調べにいったわけだよ」

「ここの現場からどれくらいですか？　その被害者の自宅というのは」鵜飼が質問する。

「そうね、三、四キロってところかな。いや、実は、僕もこの近くなんでね」

クリスマス・イヴの深夜、香山林水の自宅から警察に電話があった。電話をかけてきたのは、被害者の息子、香山多可志、三十八歳である。香山家は当地では由緒ある家柄で、その住居は広大な敷地に建つ歴史的にも価値のある建造物であった。その屋敷の裏庭に建っている蔵が、被害者、香山林水が仕事場として使っていた離れであり、その中で血痕を発見した香山多可志が、心配して警察に連絡をしてきたのである。

駆けつけた警官は、直ちに現場を保存し、瑞浪署に連絡した。屋敷を中心に未明まで近辺の捜査が行われたが、香山林水は見つからなかった。そこへ、音羽橋で男性の死体が発見されたという連絡が入ったのである。音羽橋の死体が香山林水のものと確認されたのは、二十五日の十時近くであったという。

「あの、検屍結果は？」鵜飼がきいた。

「ああ、死んだのはね、前日二十四日の夕方六時から九時の間。だから、電話で警察に連絡があった頃には、もうとっくの昔に、仏になってたわけだね」

「その仕事部屋に残っていた血は、被害者のものだったんですか？」今度は片桐が尋ねる。

「そうだよ」コーヒーを美味そうに飲みながら深澤はにっこりと微笑んだ。「あそこで刺されて、ここの河原まで運ばれたということになる。ただね……、ちょっとおかしなことがあってね」

鵜飼と片桐は黙って、深澤の子供っぽい表情を見る。

「昨日、香山の家の連中にいろいろ話をきいたんだが、どうも辻褄《つじつま》の合わないことが多いんだなあ。ちょっと待ってくれよ」

深澤は、コートのポケットから手帳を取り出し、指をなめてからそれを捲《めく》った。

「まず、二十四日の夕方の五時頃に、息子の香山多可志が被害者と、その蔵の中の仕事部屋で会っている。それが生きている香山林水が目撃された最後になる。次は……、六時ちょっとまえ、その同じ部屋に、被害者の孫になるが、四歳の坊やが入っている。このとき、香山林水は既にいなかった」

「その坊やがそう言ってるんですか？」と鵜飼。

「いや、子供からは直接話は聞けなかった。もう忘れてしまっているみたいだね……。ただ、母親が、その時刻に、息子と犬が仕事部屋から出てくるところを見ていて、そのときの会話を覚えていたんだ。時刻も確かだ。とにかく、お祖父ちゃんはいなかった、とその子が言ったと母親が証言している。母親というのは、つまり、香山多可志の妻、綾緒、三十六歳だ。これが六時頃。この時刻には、雪が降りだしているね」

「六時に、被害者がいなかった、ということは、既に刺されて連れ出されたあとだった、ということですか？」

「そのとき、坊やの手に血がついていたかもしれない、と母親は話している」

「は？　かもしれない？」鵜飼は首を傾げた。

「いや、そのときは、赤い絵の具だと思ったというんだよ」

「ああ、仕事部屋だから、絵の具があったんですね？」鵜飼は頷く。「しかし、絵の具と本ものの血を間違えますか？」

「うん、水彩なんだけどね、膠《にかわ》を混ぜているらしい。見たところではわからないようだ。そういった赤？　朱っていうのかな、その絵の具の現物も絵皿に残っていた。よくその色を使ったそうなんだ、その香山林水はね」

「血だったら匂いでわかりませんか？」片桐が尋ねる。

「鼻先に近づければわかったかもしれんね。でも、子供が、自分で絵の具だと言ったそうなんだ」

「ああ、なるほど、だから確かめなかったわけですか」と鵜飼。

「しかもね、母親は風邪をひいていた。鼻が利かなかった」

「じゃあ、結局、どっちかわからないってことですね？」

「今のところね」深澤は頷いた。「とにかくだね、その六時の時点で、どうやら、被害者は仕事部屋にはいなかった。ここまでは、いいとしよう。ところが、このさきが、不思議なんだがね……。香山多可志と使用人の吉村という爺さんが、七時頃に、そこへ行ったときには、その仕事部屋の扉に鍵がかかっていたというんだよ。仕事部屋といっても蔵を改造したものだ。入口は一つしかないし、窓はない。鍵は外からはかけられないものだ。内側についている閂なんだよ。同じ状態が八時頃にも確認されている」

「そりゃ、どういうことです？」片桐が身を乗り出してきいた。

「さあね……」深澤は猫背になり、手帳から目だけ上げて、にやりと笑った。「まあ、誰かが、中から扉の閂をかけたんだろうね」

「誰がいたんです？」鵜飼が言う。

「誰だと思うね？」深澤は、面白そうな表情で、鵜飼と片桐を交互に見た。お前たちにわかるか、とでも言いたげである。

深澤は、新しい煙草を取り出して火をつけた。

「まあ、いずれにしても、その部屋に戻ってきた人間がいたということになるわけだ。誰だか知らんが、血塗れの部屋に黙って上がって鍵をかけていたというのは、普通じゃないだろう?」

「犯人《ホシ》が戻ってきた、ということですか? でも何のために?」鵜飼は眉を寄せ、囁くように言った。

「さあて……」深澤は煙を吐きながら、とぼけた顔をする。「まあまあ、話はこれだけじゃないんだ。いろいろ複雑でね」

「まだ、何かあるんですか?」片桐は腕を組んで椅子にもたれる。

「大ありだよ」深澤は続ける。「実は、同じ二十四日の六時頃、そこの音羽橋を渡ったところ、ちょうど、君の車がさっき駐まっていたところとは、橋の反対側だがね……、あそこで交通事故があった。乗用車とトラックの接触事故らしいんだが、乗用車の方はハンドルを切って、河原に転落した。幸い、運転していた女性は、投げ出されて奇跡的に助かったんだが……、彼女の車は下まで滑り落ちて、炎上した。ちょうど、あの向こう側だ。車は、昨日の夕方にクレーンで引き上げたよ」

「何ですか? それ、何か事件と関係があるんですか?」鵜飼がきいた。彼は、コーヒーがなくなったのでグラスの水を飲んでいた。

「その乗用車を運転していた女性というのは、被害者、香山林水の娘なんだ」

「へえ、そりゃ、また……」片桐が唸った。

「香山マリモ、三十二歳。東京から実家に帰る途中だった。有名な漫画家らしいけど、君たち、知っているかね?」

「いえ……、そんな漫画家、知りませんね」鵜飼が答える。横で片桐も首をふった。

「まあ、偶然だとは思うが……」深澤の顔がにこりとする。鵜飼には、だんだんこの深澤という男が薄気味悪く思えてきた。「あの辺りは近くに民家もないし、その夜は雪が降りだしていて、車通りも少なかった。偶然、七時過ぎに通りかかった地元の人間が転落している車を見つけて連絡した。それで、消防団が来て、彼女は病院に運ばれたわけだ。もう少し遅かったら、怪我は軽くても凍死していたところだよ」

「接触した相手は連絡しなかったんですか?」

「相手方のトラックは逃げたわけだ。今のところ、目撃者もいないし、見つかっていない」

「何故、トラックだってわかったんです?」片桐がすぐに尋ねた。

鵜飼よりも、後輩の片桐は多少頭の回転が速い。鵜飼は、彼の質問に少し遅れて気がついた。

「全部、香山マリモの証言だよ」深澤は答える。「彼女が運ばれた病院には、九時頃、香山多可志と綾緒の夫婦が駆けつけている。それに、その病院には、被害者の義理の弟になるが、月岡という男が勤めていて、そいつが姪のマリモの身元を最初に確認したわけだ。月岡というのは、香山林水の女房の弟だ。まあ、そんなことがあって、その鍵がかかっていた問題の蔵が、八時以降どうなったのかわからない。結局、マリモが意識を回復して、命には別状がないということになって、兄の香山多可志は病院から一人で自宅に戻った。これが十二時頃だったようだ。そのときは、屋敷には、多可志の他に、林水の女房のフミって婆さんと四歳の坊やだけだね。多可志の女房の綾緒は、病院に残っていた。多可志は、帰宅してすぐ、父親の仕事部屋に行った。それで、部屋の中で大量の血を見つけて、驚いて警察に電話してきたわけだ」

「そのときには、蔵の扉は鍵がかかっていなかったわけですね？」片桐が確認する。

「うん、そうだ」深澤は頷いた。「それまで、誰かが、そこにいた……。仕事部屋の中に誰かいたんだよ。そいつは、その時刻には出ていったわけだ。な、どうだね？　おかしいだろう？　それに、もう、ずっと昔のことなんだが……」深澤は煙を吐き出しながら、言葉を少し切った。「まだ、僕が小学生だった頃かな、あの屋敷で、香山林水の親父が自殺しているんだ。その資料は、持ってきてくれた？」

「ええ、もちろん。車にあります」鵜飼は頷いた。「香山風采って画家でしょう？　やっぱり、そのときも蔵の中だったみたいですね。鍵が内側からかかっていて……」

「そうなんだよ。最終的には自殺ということになっているけどね、凶器は見つかっていないんだ」

「現場も同じか……」片桐が呟く。

「いろいろ、偶然が重なっている」深澤が言った。「君たち、その風采の事件の記録はちゃんと読んできたんだろう？　実は、今回も、その香山林水の仕事部屋に、同じものが残っていた」

「同じもの？」片桐がきいた。

「ああ、まえのときと同じものなんだ」深澤は煙草を灰皿に押しつけながら答えた。「林水の仕事部屋の床には、かなりの量の血が流れていたんだが、そこに、古い壺と鍵箱があったんだよ」

「壺と……、鍵箱？」片桐が繰り返す。

「五十年まえの事件と違うのはね、今回は、死体がそこになかったってことだ」

鵜飼は、深澤刑事の話を聞きながら、西之園萌絵のことを思い出していた。

4

鵜飼はドライブインの駐車場から車を出した。助手席には、シートベルトもしないで深澤が座っている。片桐は後部座席に乗り込んで欠伸《あくび》をしていた。

再び、トラスの音羽橋を渡り、明智町に戻る。橋を渡り切ったところの現場には、まだパトカーが駐まっていた。

「右に行ってくれ。まず、被害者《ガイシャ》の家だ」深澤が助手席で指をさす。T字路のことを言っているのである。「これを左へ行くと町に出る。香山の娘が入院している病院はそちらだ。あとで、病院にも行かなくちゃならん」

「ああ、そこから落ちたんですね」後ろで片桐が言った。折れ曲がって変形した道路標識が右手にあり、なぎ倒された小さな樹々や、地面に残るタイヤの跡が見えた。鵜飼は一旦車を停めて、そこを観察した。香山マリモの車が突っ込んで転落した地点だ。今は、その場所にもロープが張られていた。さきほどは気がつかなかったが、確かに、香山林水の死体が発見された場所と非常に近い。

「香山マリモは、橋を渡って右折して、すぐ事故に遭ったわけですね？　対向車は、この道を向こうから来た、ということになりますか？」

「たぶんね。だが、雪が降っていたんで……」深澤は呟いた。「はっきりとしたタイヤの跡は路面には残っていない……。相手の車種もまったく特定できない状況だよ。ただね、この香山の家へ行く方の道は、先は行き止まりなんだ。小さな集落があるだけだからね。娘は大きなトラックだったと話してるんだけど、そんな大型が通るような理由がない。道を間違えて、引き返してきたのかもしれんがね。まあ、どうにも証言が曖昧だからね、鵜呑みにはできんよ」

川沿いにしばらく行くと、道はますます細くなり、やがて山手に入った。斜面には段々の畠が作られ、壊れかけた小屋が幾つか地面に埋まるように建っている。森林を抜けたところで、盆地が広がっており、平たい土地を丁寧に埋めるように黒い瓦屋根が並んでいる一帯が見えてきた。

香山家の屋敷は、香雪楼と呼ばれる古い建物を含む大邸宅で、その近辺では飛び抜けて敷地も広い。鵜飼の車は、深澤の案内で屋敷の裏手にある空地に入った。そこには、警察のものと一目でわかるワゴン車が二台駐まっていた。

長い漆喰《しっくい》の塀が竹林の隣に見える。車を降りて三人が歩いていくと、制服の警官が小さな門の前に一人で立っており、深澤を見て敬礼をした。

「愛知県警の鵜飼警部補と片桐巡査部長だ」深澤は警官に二人を紹介する。

三人は裏門をくぐり、敷地の中に足を踏み入れた。

石畳は、泥で汚れている。大勢の人間がここを行き来したようである。敷地内には大きな樹が立ち並び、空が見えないほどだった。裏門から数十メートルのところに、そびえ立つように佇《たたず》む漆喰の蔵が見えた。

「さっき車を回した道の向こう側まで、もともとは香山家の敷地だったんだ」深澤は鵜飼に説明する。「僕が子供の頃はね、ここはもっと広かったね、この屋敷は……」

「昭和二十四年の事件は、この蔵じゃないんですね?」鵜飼はきいた。西之園萌絵が配置図を見て、今と違うと指摘していたことを鵜飼は思い出す。

「その当時は、蔵は二つあってね、しかも、今よりもっと道路側にあった。香山風采が自殺した蔵は取り壊されたんだ。こいつは、その残ったもう一つの方を、この場所まで移したんだよ」

裏門から蔵まで続く石畳には、ところどころにチョークのマーキングがあり、ナンバの書かれた小さな白いプレートが立てられていた。

「血痕ですか？」片桐がそれらを覗き込みながらきいた。

「うん、そうだ」深澤が頷く。

「さっきの裏門の鍵は、開いていたんですか？」鵜飼が質問した。

「七時まえには閉めたと言っているが、ここに警察が来たときは開いていたそうだよ」深澤は答える。

蔵の扉の前まで来ると、庭の奥に屋敷の一部が見えるようになった。母屋は一部だけ二階建てであるが、ほとんどは平屋で、入り組んだ構造をしているようである。蔵は、その数寄屋《すきや》の母屋からは、三十メートル以上は離れていた。

鵜飼たちは、今、裏門から入ってきたので、母屋を裏手から眺めていることになる。敷地の広さや、屋敷の規模はよくわからないが、庭園の無数の樹々とともに、どこまでも続いているような印象である。

蔵の入口の前にも制服の警官が一人立っている。開いたままの分厚い扉の中を覗くと、林水の仕事部屋だったその場所にも、二、三人の作業服姿が見えた。

「指紋も駄目だ。ほとんどここからは何も見つからなかったね」深澤が吐き捨てるように言ったが、表情は不気味ににこやかだ。「今日は、一応確認作業をさせている」

深澤の声を聞いて、中にいた男の一人がこちらを向いたが、表情も変えずに首をふった。深澤は軽く頷いてから煙草に火をつける。

「被害者がここで刺されたのは、十中八九間違いない」深澤は上を向いて煙を吐きながら言った。「それは、たぶん、夕方の五時から六時の間だ。つまり、五時に息子の香山多可志と会ったあとだね。六時に坊やが来たときには、もう被害者はいなかったんだから……」

「林水は、自分でここから出ていったんでしょうか?」鵜飼が石畳の血痕のマーキングを見ながら尋ねた。

「わからんが、傷は決定的に深いものではなさそうだ。自分で歩けたかもしれない」

「そのあと、ここへ家族の人が来たとき、石畳の血痕には気づかなかったんですか?」片桐が質問する。

「もう暗かったしね。それに、雪が降っていたんだよ。たぶん見えなかっただろうね」深澤がにっこりして答える。何が面白いのか、鵜飼にはわからない。

「自分で歩いたのか、連れていかれたのか……」鵜飼は呟いた。

「まあ、しかしね」深澤はつけ加える。「いくらなんでも、音羽橋まで歩いていったとは思えない。誰かが車であそこまで運んだわけだ。そして、そいつは、すぐにここへ戻ってきた。七時までには、もう一度この蔵の中に入って鍵をかけた、というわけだ」

「何のためにそんなことしたんです？」片桐が口もとを斜めにして言った。

深澤は子供っぽい笑みをもらし、目もとの皺をいっそう深くした。「さあね……。そこは、君たちの軟らかい頭脳で考えてくれよ。僕なんかはもう、頭がカチカチでね」

「ちょっと待って下さい……、深澤さん」鵜飼は、考えながら言った。「犯人《ホシ》が死体を運び出したのは、その……、この中に立て籠もっていたあとかもしれないじゃないですか……。この扉に鍵がかかっているのが確認されているのは、七時と八時でしたね？　そのときは、まだ、被害者《ガイシャ》も犯人《ホシ》もこの蔵の中にいて、そのあとでゆっくり死体を運んだってことはありえませんか？　どっちかというと、死体を始末したあとでもう一度現場に戻ってくるより、そっちの方が……」

「それはないね」深澤が遮《さえぎ》った。「六時に坊やがここに入っているし、犬も一緒だ。殺人犯がまだいて、死体が床にころがっていたとは思えない。それに、八時以降だろ？　その時刻となると、被害者は死んでいる可能性が高い。死んだ人間は歩かないから、一人で運ぶのは大変だ。そこの石畳に残っている血痕も死体から流れたものとは思えない。それに……、そう……、八時には、雪が止んでいる。足跡が残るはずだ」

深澤の論理的な説明に、鵜飼はちょっと驚いた。とぼけてはいるが、実はなかなかの切れ者のようだ。

「中は荒らされているんですか?」片桐が蔵の中を覗き込みながら質問した。「二階があるようですね」

「二階は、倉庫だよ。美術品ばかりだが、何も取られていない。物取りではないね」深澤は答えた。

彼はポケットから財布のようなものを取り出し、口を開けて短くなった煙草をその中に入れた。鵜飼がそれを見ているのに気がついて、深澤はまた微笑んだ。

「スモーキング・クリーンだよ。マナーが良いだろう?」深澤は携帯灰皿をコートのポケットに戻すと、蔵の中に声をかけた。「いいかい? 入っても」

作業服の男の一人が立ち上がって頷く。三人は石段を上がり、靴を脱いで、蔵に入った。

蔵の中は一部屋で、十二畳ほどの広さがある。板張りの床の中央には、黒ずんだ血の痕があり、白いチョークでマーキングされていた。血痕は、入口の近くにもあった。その他マーキングには、ナンバ・プレートが置かれ、何かの証拠品がそこにあったことを示している。現物は今はない。ついさっき深澤が話していた問題の壺と鍵箱も既になかった。鑑識によって本部へ運ばれたのであろう。

木製の梯子が部屋の奥にあり、上を見ると、天井に開いた穴(約七十センチ四方である)

の部分に立て掛けられていた。二階は真っ暗だ。

「二階は、まだ途中ですから、今は上がらないで下さい」鑑識の男が言った。

「僕が昨日見た感じじゃ、二階には何もないね」深澤が鵜飼に囁いた。「棚があって、香山親子の作品が収納されているだけだよ」

「ここは、エアコンがあるんですか？」片桐がきいた。床が非常に冷たく、快適な室温ではない。こんな場所に籠《こ》もって仕事をしていたとは思えない。鵜飼も同じことを考えていた。

「空調はあるよ。それに、でかい電気ストーブもあった」深澤が答える。「何でも持っていくようだね、最近の鑑識は。引越屋みたいだよ」

「それにしても、犯人《ホシ》は、ここに何をしに戻ってきたんでしょうね」鵜飼は天井を見ながら独り言をいった。

「鵜飼警部補」蔵の外から男の声がする。

「はい」鵜飼は振り向いて返事をした。

若い制服の男が、入口の石段の下から中を覗き込んでいる。さきほど、裏門の外に立っていた警官だった。

「愛知県警の西之園という方がおみえになってますが……」警官はきょろきょろしながら、落ち着かない様子である。

「え？　本部長が？」鵜飼は驚いて眉を寄せ、横にいた片桐の顔を見る。

「あ、いえ……、女の方です」警官が緊張した表情で言った。

5

鵜飼は、慌てて外に飛び出した。

裏門から少し入った石畳に、西之園萌絵が立っていた。彼女は、灰色の地味なコートを着ており、驚くべきことに、細い銀縁のメガネをかけていた。

「こんにちは、鵜飼さん」萌絵はにっこりと微笑む。

「西之園さん、あの……」鵜飼は蔵の方を振り返った。警官がこちらを見ている。片桐は出てこなかった。

「私の格好……、どう?」萌絵はコートの前を少し開けた。紺色のスーツで、鵜飼がこれまでに見たうちで一番シックな彼女のファッションだった。「刑事に見えたかしら?」

「あの、困りますよ」鵜飼は急に汗をかいていた。

「あら、このファッションじゃいけませんでした?」萌絵は、少し顎を上げ、銀縁のメガネに片手でわざとらしく触れる。

「いえ、そういうことじゃなくてですね……」

「どういうことです?」

「いや、これは、遊びじゃないんですよ、西之園さん」鵜飼は頭を掻いた。「こりゃまずいですよ。とにかく……。どうして、愛知県警だなんて言ったんです？」

「いやだ……。私、そんなこと言ってません」萌絵は鵜飼に顔を近づけて言う。「愛知県警の鵜飼をお願いします、って言っただけよ。それじゃあ、あのお巡りさんが勝手に誤解したんですね」

「あの、どうして、僕がここにいるってわかったんですか？」

「だって、外に鵜飼さんの車があったもの」萌絵はそう言って片手で髪を払った。「私ね、一度見たナンバ・プレートは全部覚えちゃうから」

「とにかくですね、今はまずいですから……、ここは、駄目ですよ」

「まあ、見せてもらえないの？」萌絵は甘えた声で言う。ますます、彼女の顔が鵜飼に接近した。

「駄目です」鵜飼は首をふる。

「どうしましょう。泣きますよ」彼女は囁いた。

「はぁ？」鵜飼は大きな口を開いて止まった。

萌絵は笑窪《えくぼ》を作って微笑むと、鵜飼にさらに顔を近づける。ほとんど内緒話をしている距離になった。「鵜飼さん。向こうで、刑事さんたちがこちらを見ていますよ。私、あと三秒で大声で泣きますから……。三……、二……、一……」

鵜飼が慌てて振り向くと、蔵の入口から、同僚の片桐と深澤刑事が神妙な表情でこちらを向いていた。

「泣かないで下さい」鵜飼は慌てて言う。「西之園さん、お願いです」

「やっぱり、鵜飼さんって優しい……」萌絵は微笑むと、蔵の方にすたすたと歩き始める。

鵜飼は、すぐ後を追った。

「深澤警部」鵜飼は、大声で報告した。「実は、彼女は……」

「西之園です。はじめまして」萌絵は、蔵の石段の下まで来ると、深澤を見上げて、ぺこりと頭を下げた。「私、実は、以前からこの屋敷のことを別件で調べていまして、偶然なんですけど、つい一週間ほどまえにも、ここに調査にきているのです。鵜飼先輩は駄目だっておっしゃるのですけど、是非、現場を見せていただきたいんです。よろしいですか？　深澤警部」

彼女は早口で、歯切れの良い口調だった。

「あ、うん……、かまわないよ」深澤はコートに手を突っ込んだまま、にこにこして答える。「三浦さんとこの人？」

「いいえ、私は違います。三浦主任には、いつもお世話になっておりますけど」

「上がって、見ていきなさい」深沢は蔵の中に引っ込んだ。

萌絵は石段を上り、靴を脱ぐ。鵜飼も後から続いた。

「こんにちは、西之園さん」入口で片桐刑事が言う。笑いを堪《こら》えているのか、それとも、別の理由なのか、片桐の顔は赤い。

鵜飼自身も、自分の鼓動がいつもの倍も速いのに気がついた。それに、犬のように速い息をしている。小学生のときの学芸会以来ではないか、と彼は思った。

「片桐先輩」萌絵は、そう言って片桐のそばに寄り、小声で囁いた。「西之園君、ですよ」

片桐はますます顔を赤くして、助けを求めるように鵜飼を見る。

鑑識の作業員たちは、しばらく啞然として萌絵を眺めていたが、我に返ったように立ち上がると、順番に木製の梯子を上って二階に姿を消した。

「西之園というと……、もしかして、西之園警視監の？」部屋の一番奥にいた深澤は、相変わらずポケットに手を突っ込んだままである。

「はい、私の叔父です」萌絵は答えた。

「おやおや、そりゃまた……」深澤は満面の笑みを見せる。「サラブレッドですな……。で、西之園さん、君は、この屋敷の何を調べていたの？」

「はい、昭和二十四年の事件についてです」萌絵は歯切れの良いしゃべり方で答えた。「そのとき、現場に残っていた壺と鍵箱も、日曜日に見せてもらったばかりです。あの……、今回は、現場にはなかったのですね？」

「いや、ありましたよ」深澤が床に指をさす。「その、4番と5番のマークが壺と鍵箱」

「ああ、やっぱり……」萌絵は頷いた。

「何がやっぱりなの？」深澤が少年のような無邪気な顔できいた。

「壺には血糊がついていたのですね？」萌絵は反対に質問した。「それに……、鍵箱には血が付着していなかった。そうではありませんか？」

「うん、そのとおり、よくわかったね」深澤は少し驚いた顔をする。

「香山風采のときと同じ状況です」萌絵は答えた。

「頼もしいな……」深澤が微笑む。「なかなかしっかりしてるね、君」

「ありがとうございます」

深澤はようやく片手をポケットから出して腕時計を見た。

「おっと、約束の時間だ……。僕は母屋で、話をきいてくるよ。鵜飼君、一緒に来るかい？」

「は、はい」鵜飼は返事をする。ずっと、萌絵のことで頭がいっぱいだったので、彼は自分の名前を呼ばれてびっくりした。

6

三人の刑事と一緒に、萌絵は蔵の外に出た。深澤と鵜飼の二人は母屋へ続く石畳を歩いていき、すぐ見えなくなる。

外に立っていた制服の警官から少し離れたところまで萌絵が歩いていくと、案の定、片桐が彼女の後ろをついてきた。

「昨日の夕刊で読んだんですね？」片桐は、警官に聞こえないように小声で彼女にきいた。

「ええ、びっくりしました」萌絵は振り向いて答える。

「三浦さんに知れたら、また鵜飼さんが叱られますよ」片桐が心配そうに言う。「あの、もう、今のうちに帰った方がいいと思います」

「そうですね」萌絵は頷いた。「でも、そのまえに、お話を聞かせていただけるでしょう？」

「お話って？」

「ここで殺されたんですね？　死亡推定時刻はいつ？　凶器は見つかりました？」

片桐刑事は困った顔をする。「いや……、弱ったなぁ」

「大丈夫ですよ。私、口が堅いんです」萌絵は微笑んだ。それから、彼女はメガネを上げると自分の唇に指を触れた。「試してみます？」

片桐の顔が真っ赤になる。

「冗談ですよぉ。わぁ、片桐さん……。ずいぶんシャイなんだぁ」萌絵は笑った。「見た感じと全然違うんですね。見直しました」

「なんとでも言って下さい」片桐は苦笑する。

蔵の周囲を歩きながら話をした。さきほどの警官は、裏門の方へ行ってしまったので、付近には彼女たち二人しかいない。片桐は、萌絵に事件のあらましを説明した。

「ふうん……、凄いですね」萌絵は、片桐が話し終えると口笛を吹くように口を窄《すぼ》めた。「どうして、犯人はこんなところに戻ってきたのかしら?」

「西之園さんでもわかりませんか?」片桐が横目で彼女の顔を覗き込んできいた。

片桐刑事は、紫っぽいスーツで、コートは白かった。ネクタイがもう少し上等で、安っぽいピンをしていなかったら、かなりいい線いっている、と萌絵は評価する。もちろん、見かけだけの話ではあるが……。

「どうして、死体があんな遠くの河原まで移動したのかも、不思議ですね」萌絵は呟《つぶや》く。「自分で歩いたにしても……、誰かに連れていかれたにしても、なんか状況が不自然だわ。しかも、そのすぐ近くで、お嬢さんが事故を起こしていた、というのも……、偶然でしょうか?」

「偶然じゃなかったら、どうなんです?」片桐がきいた。

「そうですね、たとえば……」萌絵は上目遣いで、目をきょろきょろと動かす。「犯人が瀕死の被害者を車に乗せて、ここから運び出した。その車というのが、マリモさんと接触したトラックだったのじゃないかしら。あそこの橋の近くで死体を捨てて、帰ろうとしたときに、マリモさんの車とぶつかりそうになった。それで、すぐ逃げてしまったのでは?」

「なるほど」片桐は本当に感心したという表情になった。「ええ、それなら、そのトラックが逃走した理由にはなりますね。でも、そのあとで、またもう一度、犯人はここへ戻ってきているんですよ。ちょっとおかしくないですか？」

「片桐さん。ここの蔵を中から閉めたのは、殺人犯とは限らないでしょう？」

「いや、でも、犯人じゃなかったら、誰なんです？」

「私だったりして……」

「え！」片桐は大きな声を出した。

「冗談です」萌絵は笑った。

「なあんだ。やめて下さいよ。心臓に悪いなぁ」

「でも、私だって、ここの蔵がとっても見たかったんです。本当に、いつか忍び込んでみたいと思っていたくらいなんですから……。だから、こっそりと中に入って、邪魔されないように鍵をかけたのかもしれないわ」

「本当に、西之園さんじゃあないんですね？」

「私が言いたいのはですね……」萌絵は立ち止まってゆっくりと話した。「誰か、そういう全然別の理由で、たまたま、ここに来たのかもしれないってことです。そういう可能性だって考えられないわけではないでしょう？」

「はあ……」片桐は頼りない返事をする。

萌絵は、彼の目をじっと睨みつけた。

（しかし、部屋の中は血の海だったのだ）と萌絵は頭の中で、自分に反論していた。

鵜飼刑事もそうだが、片桐もそれほど頭の回転が速そうではない。萌絵が知っている捜査一課の刑事では、三浦警部が一番鋭い。鳥のような三浦の眼光を彼女は思い出した。どうやら、三浦主任は部下には恵まれていないようだ。ついさっき、会ったばかりの深澤という老刑事の方が、ずっと切れそうである。

片桐は、裏門の外まで萌絵を送ってくれた。門番の任務に戻っていた警官は、彼女に軽く頭を下げた。

「あの、西之園さん」片桐は道路を渡ったところで言った。「僕の名前を、どうして知っていたんですか？　さっき、僕の名前を呼ばれたでしょう？」

「さすが刑事さん」萌絵は少し煽《おだ》てた。「どうしてだと思います？」

「さあ……」片桐は首を傾げる。「僕は、西之園さんのこと、よく知ってましたけど……、今まで直接お話ししたことはないですし……」

「ここでけっこうです」萌絵は頭を下げて微笑んだ。「片桐さん、どうもありがとうございました」

首を傾げている片桐刑事を残して、萌絵は空地に駐めてある赤いスポーツカーまで真っ直ぐ歩いた。

別にどうということはない。ここへ来て、鵜飼刑事の四輪駆動車の中を覗いたとき、コーヒーの空缶が二つあった。それで、門の前にいた警官に、鵜飼刑事と一緒に来ているのは誰か、ときいてみただけなのだ。

エンジンをかけ、萌絵は慎重に車を出した。舗装されていない空地から道路に出るところで、車高の低い彼女の車はマフラを地面に当てそうだったからである。

片桐刑事がまだこちらを見ていたので、萌絵は片手を振って挨拶をする。

片桐から得られた情報に、彼女はとても満足していた。

謎は、製造途中の綿菓子のように、ますます大きくなった。彼女の知らない人物が一人死んだという事実に目を向けなければ、それは文字どおり綿菓子のように魅力的《スイート》だ。しかも、その綿菓子の心棒は、ほかでもない、最初に彼女が摑《つか》んでいたもの……、すなわち、天地の瓢《こひょう》、そして無我の匣《はこ》なのである。

謎には謎が、糸を引く水飴のように絡み合い、吸い寄せられてくるものらしい。

最初の謎、壺と鍵箱の謎が、すべての核心であることは、まず間違いないといって良いだろう。

「何を考えたら良いのかをまず考える」萌絵は運転しながら独り言を呟く。

それは、犀川助教授の口癖だった。

今回の場合、それは明々白々ではないか……。

彼女は、伊達《だて》メガネを助手席のシートに置くと、古い家並みを縫うように、愛車を走らせた。人が飛び出す危険さえなければ、こんな細い道を飛ばすのが一番面白い。左右両側にスクロールする画面がスリリングだし、先が見えない楽しさもある。適度に凹凸のある路面も、固いサスペンションの応答が躰に伝わって気持ち良い。

ステアリングを握りながら、萌絵は快哉《かいさい》を叫びたくなる。必ずこの謎を解いてみせる。これは、きっと自分にしか解けない問題だ。何故なのか、そんな予感がした。

7

木津根病院の小さな駐車場に車を駐め、西之園萌絵はメガネをかけて外に出た。右手にしている腕時計を見ると、十一時少しまえだった。

しかし、入口のガラスドアを押して中に一歩足を踏み入れると、病院独特の匂いがして、少し気が滅入《めい》った。ビニルのスリッパも冷たく、リノリウムの床は湿っている。

萌絵は、受付で香山マリモのことを尋ね、年配の看護婦から彼女の部屋の番号を教えてもらった。面会ができるところをみると、それほどの怪我ではないようだ。片桐刑事から話は聞いていたので、香山マリモの叔父に当たる月岡という男を探して、受付のガラス越しに素早く視線を走らせたが、それらしい人物の姿は見つからなかった。

香山マリモの個室のドアをノックして、萌絵は中に入った。

「こんにちは」彼女はよそ行きの声で挨拶する。

ベッドの女性は、包帯を巻いた頭を枕に深く埋《うず》めていたが、目は開いている。彼女はぼんやりとした表情で、瞳だけを緩慢に動かして萌絵の方を見た。

「はじめまして、西之園といいます」萌絵はマリモに近づいて名乗った。「私、儀同世津子さんのお友達なんです。ご存じでしょう？　儀同さんを」

「儀同……さん？」マリモは小さな声で言う。「え？　横浜の儀同さん？　お友達？　儀同さんの？　あの……、どうして？」

「私もパズルマニアなの」萌絵はベッドの横にあるソファに勝手に腰掛けてから微笑んだ。

「ごめんなさい。別の用事でたまたまこちらへ来たので、寄ったんです。だから、お見舞いなのに、手ぶらなんです」

「あの……」マリモは、少し頭を横に向ける。「私のお見舞いに？」

「そう。今度来るときは、何か持ってきますね。何が良いかしら？」

「アイスクリーム」マリモはそう答えて、やっと少し微笑んだ。

「はい、じゃあ、約束しました」萌絵は顳顬《こめかみ》に人差し指を当てて頷いた。

病室は北側に面している。それに、カーテンが引かれていたので薄暗かった。マリモはシーツを首までかぶっていたが、両手も動かせない様子である。

「ご家族の方は？　病院には、いらっしゃらないの？」萌絵は探りを入れる。

「ええ、一昨日の晩は来てくれたんだけど、昨日は、家で何かあったようなの……」

「何かって？」

「わからない……。お父様が、ご病気なのかしら……」

マリモは、香山林水のことをまだ知らないようだ。萌絵は一瞬出てしまった表情を慌てて隠した。

「貴女、こちらの方？」マリモはゆっくりとした口調できく。

「ええ、那古野です」萌絵は素直に答えた。

「私の事故のこと、もう儀同さんが知っているの？」

「いいえ、本当に、私も偶然こちらに来て、ついさきほど知ったばかりなんです。以前、儀同さんから貴女のことを聞いていたので、それで、彼女の代理でって勝手に思って、ちょっとお見舞いにお寄りしただけです。ごめんなさいね、ご迷惑でしたか？　今晩、儀同さんには伝えておきます。貴女が元気だって……」

「ええ、そうね。そうしていただける？」マリモは力なく微笑む。「もう……、こんなことになってしまって、泣きたいくらい。仕事ができなくなるし……、右手を折ってしまったんですもの……、もう漫画は描けないわ。もう……二度と描けないかもしれない」

「大丈夫ですよ。すぐ治りますから」萌絵は優しく言った。「絵って、手が覚えているんじゃないのですよ。目が覚えているの。右手だって左手だって、描ける絵は同じですからね」

「貴女も何か描かれるのね？」マリモはきいた。

「ええ、イラストを少し。でも、私は建築が専門です」萌絵は答える。ミステリィ研究会と漫画研究会、それに弓道部に所属しているが、それは言わないことにした。萌絵の今の服装は、大学生には見えないはずだ。イラストを少し、と話したのは本当で、今までの人生で、四、五枚なら描こうとしたことがあったし、少なくとも、文章を書いたり、書道などよりは、イラストの方が少しはましだった。

「パズルっておっしゃったわね？」マリモは萌絵をじっと見ている。「うちにある壺のことを、儀同さんからお聞きになったのね？」

「天地の瓢ですね」萌絵はすぐ答えた。「私、その実物を見せていただいたわ」

「まあ、それじゃあ、うちにいらっしゃったのね。いつ？」

「一週間ほどまえです」

「どうでした？」

「わかりません」萌絵は肩を竦める。「でも、感動しました」

「あれは、本当に解けるパズルだと思う？」マリモは抑揚のない小声で呟いた。

「解けると良いですね」萌絵は微笑む。「特に、私が解けると、素敵だけど……」

「貴女、変わった方ね」マリモも微笑んだ。「こんなところまで、わざわざいらっしゃるのも……」

「もう、帰りましょうか?」

「いえ……」マリモは首を少し動かした。「そういう意味じゃないわ。私、あまり知らない方とお話しするの、好きじゃないんだけど、今は、とても嬉しいわ。一人だけでここにいると、なんだか本当に寂しくなる」

「お部屋が暗いからじゃないですか?」萌絵は立ち上がった。「カーテンを開けましょうか?」

「ああ、いいえ、このままでいい」

「事故のこと、きいても良いですか?」萌絵はマリモの近くに立ち、彼女に少し顔を近づけた。

「ええ……、でも、私、よく覚えてないから……」

「相手は? トラックだって聞きましたけど、あそこのT字路のどちらから来たんです?」

「わからない……」マリモは眉を寄せた。「思い出そうとすると頭が痛くなるの。うん……、クラクションが汽笛みたいに、低くって、大型のトラックだったと思う」

「どんなトラックですか?」

「いえ、ヘッドライトしか見えなかったから……。私、煙草を吸おうと思って、ライタを捜していたの……。ちょっと横を向いてしまったのね」

「道路から逸《そ》れて、崖を落ちていくときのことは、覚えていないのですか?」

「ええ、全然……」マリモは答える。「その、ヘッドライトだけ」

「シートベルトは?」

「ベルトはしていたはず」

「ベルトをしていたのに、車から投げ出されたの?」萌絵は考えながら言った。刺激が強くならないよう言葉を選んだつもりだった。

マリモは、天井を見て顔をしかめている。

「駄目、思い出せない……」

萌絵は、ソファに置いてあったバッグを取った。

「ごめんなさい。変なこときいちゃって。また、来ます。絶対アイスクリームを持ってきますからね。覚えておいて下さい」

「あの、ごめんなさい。お名前を、もう一度……」

「西之園です」

「西之園さんね。西之園なんというの?」

「萌絵です。草萌《も》ゆるの萌に、絵の具の絵です」

「西之園……萌絵さんね。ありがとう。儀同さんにも、よろしくお伝え下さいね」

「さようなら」

萌絵は病室を出る。それから、一度ゆっくりと溜息をついて、リノリウムの廊下を歩きだした。香山マリモと話をしている間、彼女の父親が既に亡くなっている事実が萌絵の脳裏をかすめるたびに、目頭《めがしら》が熱くなった。

彼女自身、高校生のときに両親を突然の事故で一度に亡くしている。それは、今でも、すっかりコントロールできるとはいえない未知の感情だった。テレビドラマを見ていても、そんなシーンになると、つい彼女は泣いてしまう。けれど、今だって、香山マリモが可哀想で涙が出るのではなかった。そうではない。十六のときの自分が可哀想なのだ。固くて足の痛くなる、憂鬱《ゆううつ》の塊《かたまり》のような重いスリッパを引きずって、冷たい階段を下りるとき、人間って結局、自分のことで涙を流すのだ、と萌絵は思った。

8

犀川創平は、その日五杯目のコーヒーを淹れようとしていた。

年末恒例の研究室の大掃除は午前中に無事終了し、午後は比較的のんびりと学術雑誌を読んで過ごした。大学院生たちも夕方には姿が見えなくなり、「良いお年を」で終わる電子メールがネットワークを流れ、それぞれの帰省予定が報告されていた。ついさきほどは、国枝桃子助手が、珍しく用事もなく犀川の部屋にやってきて、これまた極めて珍しく、研究に関係のない話をしていった。彼女が出ていったあと、犀川は思わず微笑んだ。国枝桃子にも、成長という現象が初めて確認されたからだった。いや、もしかしたら、彼女の場合それは成長ではなく、劣化だったのかもしれないが……。

西之園萌絵がノックをして犀川の部屋に現れたのは、八時に近い時刻だった。彼女は部屋に入ってくるなり、コーヒー・メーカを見てにっこりと微笑んだ。

「良かった……、私の分もありますね？」

「うん、あると思うよ」そう言ってから、犀川は萌絵の全身を見て驚いた。実に大人しい、新入社員のような落ち着いた服装だったからである。

「なんだい？　その格好は」

「嬉しい！　初めてじゃないですか？　犀川先生がファッションのことをおっしゃるなんて」

「面接でも行ってきたの？」

萌絵は、コートのポケットから銀縁のメガネを出し、それをかけてから澄ました顔で言う。「どうです？　先生。私、何に見えますか？」

「女優」犀川はすぐ答えた。

「それって、もしかして、誉められているのかな？」萌絵は犀川の返答に明らかにがっかりしている様子である。

「西之園君も、そういう当たり前の服を持ってるんだね」

「どういう意味です、それ」萌絵は女優のようにわざとらしく微笑んで、コートを脱いだ。

「これは今朝買ったばかりなの」

「誰かを騙すために？」犀川は持っていた雑誌をデスクに置く。

「もう、先生……。最近ちょっと私に冷たくないですか？」

犀川は微笑んで肩を竦める。

「いや、どうもね……、最近、僕は誰にでも冷たいようなんだ。その分、国枝君が機嫌が良いね。バイオリズムかな。「コーヒーがはいったよ、西之園君」

犀川は煙草に火をつけた。実のところ、萌絵のファッションは大人びていて、犀川にとっては新鮮でアトラクティヴだったが、そんな気持ちを悟られないよう、彼は視線を彼女に向けないように努力した。

「だいたい、ファッションというものは、人を騙すのが目的だ」犀川は少し考えてからフォローした。

「言い訳しても、遅いわ」萌絵はカップにコーヒーを入れながら言う。「一度おききしたいと思ってたんですけど、先生は、どんな女性がお好きです？　後学のために聞かせていただけないかしら」

「エンジニアリングのためかな？　それともオプティクス？」

「インタレスティングです」萌絵はすぐに答えた。

「ああ、その後学なら、僕にも質問がある」犀川はカップを受け取って言った。「さっき、県警の鵜飼さんから電話があったよ。彼、西之園君を探しているみたいだったけど、どうしてかな？　君のその驚異的な服装と、何か深い関係がありそうだね」

萌絵は諦めたように溜息をついてから、デスクの横の椅子に腰掛けた。

「もう、お仕事は済んだのですか？」萌絵はカップを両手で持ち、少し不機嫌そうな表情で言った。「私、お話ししても良いですか？　ああ、もう、どうして、こんなしゃべり方になるんでしょう。最近、私、すぐに腹が立つの……。何故かしら？」

犀川は微笑んだ。「その服装もメガネも、とっても似合うと思うよ。その……、こういうのって、なんていうのかな……」最後は小声になる。

「あら……」萌絵は驚いて小さな口を開ける。それからにっこりと微笑んだ。「長い道のりでしたね、先生。もう、なんだかすっかりご機嫌です、私。不思議ですね」

「何事も、ロイヤルロードはないからね」犀川は真面目に言った。

彼が煙草を吸い終わり、熱いコーヒーを二口ほど飲んだとき、萌絵は香山林水の殺人事件の話を始めた。犀川は新聞を読まないので、事件のことはまったく知らなかった。

それは、数日まえから彼女を夢中にさせていたパズルに、本ものの事件がおまけでついてきたような、そんな印象だった。

「そこまで詳しく新聞に書いてあったわけじゃないね？」

「ええ、まあ、いろいろありまして……」

「なるほど……」犀川は頷いた。

「何が、なるほどなんですか？」

「鳴るほどに、こうべが上がる、ポケットベル」

「面白くありません」

犀川は肩を竦める。

「ねえ、どうです？」萌絵は首を傾げる。「どんな解釈ができると思いますか？」

「蔵の扉に鍵がかかっていたのは事実なの？」犀川はきいた。「その、被害者の息子さんがそう言っているだけでは？」

「いえ、住み込みの吉村さんっていうお爺さんも証言してます」

「子供の手に付いたのは、血じゃなくて本当に絵の具だったかもしれないね」

「あ、それ、私もそう思うの」萌絵は嬉しそうに身を乗り出す。「さすが、犀川先生」

「たぶん、君は……」犀川は新しい煙草の煙を吐き出しながら言った。「香山林水の殺害は、別の場所で行われた……。犯人は、被害者の血液だけを持って戻ってきて、部屋にそれをばらまいた……。その作業をしてる間、蔵の鍵を中からかけていた……。そう言いたいんだろう？」

「どうしてぇ？」萌絵は唖然《あぜん》とした表情に変わった。「どうして……、わかるんですか？あの……」

「顔に書いてある」

「そんなに沢山のこと、顔には書けません。私の顔、黒板じゃないんですから」

「何のために、犯人はそんな手の込んだことをしたのかな？」

「もちろん、あそこで殺されたと思わせたかったからです」萌絵は即答した。「それが、つまり、犯人のアリバイ工作なのです、きっと……」

「アリバイのある人がいたわけ？」

「はい。被害者の奥さんの弟」萌絵は、伊達メガネを触りながら言った。「私、ぴーんときたんですよ。月岡さんという人。香山家の屋敷から八キロ離れた町の病院にいたことになっています。でも、その病院に香山マリモさんが運び込まれた八時頃には、月岡さんはいなかった可能性があるんです。だって、彼が自分の姪を確認したのは、九時頃なんですよ。一時間もあとなんです。不自然ですよね。それに、救急の患者が運ばれてきたので、病院はきっと大騒動だった。月岡さんがいなくても、誰も気がつかなかったかもしれないでしょう？」

「よく、そんなところまで考えたね」犀川は素直に感心した。「その人は車を持っているの？」

「いいえ、それはきいてみました。自転車です。八キロというと、自転車で、三十分くらいですね」

「雪が降っていたのに？　それに、自転車では、死体は運びにくいから……」犀川は上を向いて話した。「つまり、河原までは、二人乗りで来たってわけか……。香山林水さんはまだ生きていて、自転車に乗せてもらっていたことになるね」

「そうです、そのとおりです。だから、河原で殺して、流れた血をタッパか何かに入れて持ち帰ったのです」

「タッパ？　想像したくないなぁ」

「五時頃に病院を出て、五時半に香山家に着く。それから、香山林水さんを自転車に乗せて、音羽橋まで行って殺す。これが六時頃。もう一度、香山家に戻って、七時まえには蔵の中に入ることができます。そして、扉を内側からロックする」

「それから、八時までずっと蔵の中にいたわけ？」

「そうなりますね。何のためにそんな長時間いたのかはわかりませんけど……」

「絵でも描いていたのかな？」

「え？　先生、それ、どういう意味です？」

「五時に、香山林水さんは息子さんと仕事部屋で会っている、と言ったね？　そのとき、息子さんは、描きかけの絵を見ているかもしれない。その話を、林水さん自身から犯人は聞いたわけだ。それで、殺害の時刻をごまかすために、その絵のつづきを描いたとか……」

「わぁ、すごーい！」萌絵は目を輝かせる。「それだわ、それだわ、間違いない」

「いや、たぶん間違いだと思うよ」犀川はまた煙草に火をつける。

「え？　どうしてです？」

「だって、全然、アリバイになっていないじゃないか」犀川は片手で煙草をくるくると回した。「アリバイを作るために、わざわざ被害者を運んだとしたら、その六時頃に病院にいなくてはいけないだろう？　一度病院に戻って、誰かに会って、アリバイを作る必要がある。そんな事実はあるのかい？　だいたい、時間的余裕があるかな？　七時までに香山家に戻っていたとなると、苦しくなるね」

「うーん」萌絵は両肘をついて両手に顎をのせた。「その六時というと、同じ橋のそばで、マリモさんの事故があった時間ですね……。ええ、確かに、先生のおっしゃるとおり、なんか、しっくりきませんね。ひょっとしたら、マリモさんの事故のせいで、計画が狂ったのかしら？」

「あんまり複雑に考えない方が良いよ。これはもっと、単純な事件かもしれないじゃないか」

「いいえ、それはないわ。なんか、私の第六感がそう言っているの」

「論理的じゃないな」犀川は苦笑した。

萌絵はしばらく黙って考え込んでいたが、コーヒーが冷めた頃、彼女はそれを飲み始めた。

「西之園君」犀川は煙草を消しながら言う。「もう一度、そのメガネかけてくれる？」

「え、何です？」萌絵は犀川の方を見て、二、三度瞬《またた》いた。「メガネ？」

犀川が黙っていると、萌絵は手に持っていた銀縁のメガネをかけた。

「メガネの女性がお好きなんですか？」萌絵は真面目な顔できいた。

「ああ、そうしていると、君、西之園先生の奥様にそっくりだね」犀川は小声で呟く。

「お母様に？」彼女はきょとんとした顔になった。

「もういいよ。外していい」犀川は視線を逸らす。

萌絵はメガネをかけたまま立ち上がって、犀川の方へ歩み寄った。

「先生、ちょっとコンピュータを貸して下さい」

「あ、うん」犀川はカップを持ったまま立ち上がって、彼女に席を譲った。

萌絵は、犀川のデスクの上でマッキントッシュのマウスを動かし、ディスプレイのスクリーンセーバを消すと、UNIXのウインドウを前面に出した。犀川は、彼女のすぐ後ろでそれを見ていた。萌絵は、犀川がログインしている状態から、telnetして、同じサーバにログインし直す。自分のユーザネームのmoeと、パスワードを慣れた手つきで叩く。どうやらメールを読むつもりらしい。彼女宛のメールは三通ほど届いていた。

「momoって、誰かしら……」萌絵がディスプレイを見ながら呟いた。

「国枝君だよ」犀川が後ろで言う。

「え、国枝先生？」萌絵は振り返って犀川を見た。それから、すぐデスクに向き直りキーボードに触れる。ディスプレイに、国枝桃子助手からのメールが表示された。


　国枝桃子です。

　西之園さん。ごちそうさま。


　それだけだった。国枝からのメールは俳句よりも短かかった。萌絵は再び犀川の方へ振り向き、眉を寄せた表情を見せる。

「何です？　これ……」彼女はひと呼吸おいてから高い声で言った。

「そんなこと、僕にきいても知らないよ」犀川は笑いながら答える。「君と国枝君の関係なんて、僕は知らないからね。君、国枝君にチョコレートでも送ったんじゃないの？」

「国枝先生からメールをもらったの、私、初めてです」萌絵は言った。「何のことかしら？　ごちそうさまって……」

「貧弱ではないレベルの食物を摂取しました、という意味だ」

「そんなことわかります」萌絵は犀川を睨む。「いったい何の話なのかなぁ……。シュークリームかな？ あのとき、残っていたから、国枝先生が食べたのかしら……。うわあ、気になるわぁ、どうしよう？」

「国枝君にきけば良い」

「それは、そうですけど……、でも……」

「うん、確かに、国枝君らしくないな」犀川はくすくす笑い続けている。「彼女がそんなことでお礼を言うなんてありえない。ありがとう、とかさ、助かりました、とかさ、その手のボキャブラリィは、彼女のROM《ロム》には登録されていないはずなんだ。でも、最近ね、国枝君、ちょっとネジが緩んでいるみたいなんだ。いや、そうじゃなくて、今までが締めつけ過ぎだった、といった方が当たっている」

萌絵は首を傾げながら、ディスプレイに向かい、残りのメールを読み始めた。犀川は空になったカップを洗いに部屋の隅まで歩いていく。
二、三分して萌絵はディスプレイから離れ、立ったまま残りのコーヒーを飲むと、カップを洗って食器棚に片づけた。そのカップは、犀川の部屋に置いてある彼女専用のものだった。
萌絵は、地味なコートを着てから、気がついてメガネを外した。

「じゃあ、先生、失礼します」

「うん、またね」

ドアまで行ってノブに手をかけたが、彼女は、そこで立ち止まり、振り向いた。

「先生、お願いがあるんですけど……」

「きっと、一生のお願いだろう？」

「いえ、そう……、それほどでもありません」

「へえ、それは珍しいね。一生のお願いじゃないんだ」

「一月二日の夕方なんですけど、つき合っていただきたいの」

「何に？　カルタとり？」

「ええ、それに近いですね」萌絵は微笑んだ。

「何？」

「お茶の会なんです」

「お茶？　お茶って、あの、茶道のお茶？」

「他にありますか？」

「ああいうのは、僕は苦手だから……」

「叔母様に犀川先生を紹介したいんです」萌絵が言った。彼女の叔母というのは、愛知県知事夫人である。

「遠慮するよ。堅苦しいところは、苦手なんだ」

「ううん、大丈夫ですよ、沢山人がいるんだから。お茶は飲まなくても良いし。ぶらぶらしているだけで良いの」

「ぶらぶら？」犀川は繰り返す。

「見物人も沢山いるし、お茶のことを知らない普通の人でも参加しているんですよ。そう、叔父様もいらっしゃるわ」萌絵の叔父というのは、愛知県警本部長である。

得体《えたい》の知れないプレッシャを、犀川は全身に感じた。

「僕ね、お茶も知らないし、普通の人でもないよ」

第5章　記憶は彩《いろど》りのなかに

〈Taming the Bull〉

1

鉄筋コンクリート造の那古野城は、夜になると透き通るようなグリーンのイルミネーションでライトアップされる。まるで、水族館のプールの中に沈んでいるようでもあるし、白と黒を基調とした日本の伝統美が、どんな色にでも染まりやすいことを強調しているようでもある。けれど、地下鉄の駅から真っ直ぐの長い階段を上って地上に出たとき、この美しい（比較的安易にこの単語を使った場合であるが）絵葉書のような構図に、近代的な高層ホテルが入り込んでしまうことに落胆する、そんな美的センスを持つ人間も十人に一人くらいはいることだろう。

その高層のホテルは、しかし、単体で見れば、気品のあるシンプルなデザインで、好ましい（この場合は極めて狭義である）建物だった。別の価値観で見れば、あるいは、不自然に浮かび上がる城郭の方がよほど邪魔な存在ともいえる。そう言い切る人間も百人に一人くらいはいるに違いない。

犀川は、オレンジと茶色の中間色のダフルコートのポケットに両手を突っ込み、煙草をくわえながら、そのホテルまで歩いていた。彼は、ずばり後者の百人の中の一人だった。

太陽暦の年が明け、一月二日、夕方の六時である。

回転ドアを通り抜け、反射率の高いピカピカのロビィを見渡す。クロークの右手の奥まったところに受付があった。大きな会場への入口は三つとも開いていて、琴の音が漏れ聞こえてくる。振袖を着た若い女性たちの姿が沢山見え、華やかさはロビィにまで溢れていた。

わざとゆっくり歩いて、コートを預けにいく。プラスティックの番号札を受け取ったとき、後ろから声をかけられた。

「犀川先生」緑がかった渋い色のスーツを着た紳士が一人で立っていた。

「あ、こんばんは」犀川は頭を下げる。

西之園捷輔《しょうすけ》警視監、愛知県警本部長である。おっとりとした二重瞼《ふたえまぶた》の目を細め、気品のあるにっこりとした表情だった。

「そこですね？」犀川は、振袖姿で華やいだ雰囲気の一角を見ながらきいた。「いやあ、僕はどうも苦手だなぁ……。もう息が苦しくなっています」

「私も駄目でね……」西之園本部長は目を大きくして、とぼけた顔をする。その表情はなかなか新鮮だった。「まあ、中に入っても疲れるだけですよ。犀川先生、そちらで煙草でも吸っていましょう。萌絵も、そのうち出てきますよ」

少し歩いて、二人は丸い柱のそばに並んでいたソファの一つに座った。左手には、人間の背丈ほどもある陶器の壺が立っていたし、右手では、観葉植物が奔放な生長を見せていた。どちらも、スペースを占有する以外に、この場所でどんな機能を果たしているのか、不明である。

「彼女はどうです？　真面目に勉強していますかね？」煙草に火をつけると、西之園本部長は、姪のことを尋ねた。

「ええ、そうですね。どう答えたら良いか……」犀川は曖昧な返事をする。

「はは、先生はいい……」西之園本部長は笑いだした。「そういうところが、いいですなあ。いや、私の質問がまずかった」

「彼女、また、何か事件に熱を上げていますね」犀川は言う。

「事件？」西之園本部長はきょとんとした表情で静止する。「いや、そんな話は聞いていないが……」

「じゃあ、聞かなかったことにして下さい」犀川も煙草を出した。彼は、自分の持っているうちで購入時に一番高価だったスーツを着てきたが、着心地は大して良くなかった。ネクタイもあまり慣れていないので、襟《えり》が気になる。

大柄な男が一人近づいてきた。

彼は、直立不動で敬礼してから、「警視監、明けましておめでとうございます」と大声で挨拶した。

「やあ、鵜飼さん」犀川は立ち上がって挨拶する。「お久しぶりですね」

「君、何しとるんだ？　こんなところで」西之園本部長は座ったままで部下にきいた。「正月から、結婚式かね？」

鵜飼は確かに黒いスーツを着ていたが、ネクタイは白くない。

「は、いえ……」鵜飼はきをつけをしたまま答える。「実は、その……、自分は、お嬢様に呼ばれておりまして」

「お嬢様？」本部長は低い声で言う。「萌絵のことか？」

「はい、そうであります」鵜飼は頷いた。

「萌絵が？　君を呼んだのか？」再び頷いた鵜飼を見ながら、西之園本部長は渋い顔をする。「鵜飼君といったね。君、お茶をやっているのかね？」

「とんでもありません」鵜飼は赤い顔をする。「昨日、お嬢様に、その、お電話をいたしましたところ、ここへ来いと指示されまして……、それで、その……、自分は……」

「指示された？」

「いえ、その、そんな厚かましいものでは……」

「厚かましい」犀川は小声で繰り返す。

「どうして、君が、彼女に電話をするんだね？」

「あ、いえ……」鵜飼は言葉に詰まった。

「香山林水の事件のことですね？」犀川は助け船を出す。「鵜飼さんが担当しているんですよね？　でも、あれって、岐阜じゃないんですか？」

「はい、応援で行っているんです」鵜飼は答える。

「三浦君は知っているのか？」西之園本部長は不機嫌そうな顔できいた。

「は、もちろんであります。三浦主任に行けと言われてまして、自分は……」

「違う。君のことじゃない」本部長は鵜飼の言葉を遮った。「萌絵が、その事件に首を突っ込んでいるのを、三浦君は知っているのか、ときいているんだ」

「いえ、それは知らない……、ご存じないと思います」鵜飼は答えた。

「岐阜のチーフは誰だ？」

「深澤警部であります」

「ああ、聞いたことがあるな」西之園本部長は呟いた。「わかった、もういい。座りなさい。三浦君には私から話しておこう」そう言うと、本部長は煙草を灰皿に捨てて立ち上がった。「萌絵にも言っておかねばならんな。先生、失礼……」

西之園本部長は、ロビィを横断し、茶会が行われている会場の方へ真っ直ぐ歩いていった。

「犀川先生も、なさるんですか？」ソファに座り、ポケットからハンカチを出して汗を拭きながら、鵜飼刑事が言う。彼は、片手を上に向け、もう一方のハンカチを持った手を、その上で振った。どうやら茶筅《ちゃせん》のジェスチャらしい。

「いいえ」犀川は首をふる。「鵜飼さんと同じですよ。西之園君に厚かましい指示を受けたんです」

「はあ、そうですか……」鵜飼は嬉しそうに歯を見せる。「先生もですか」

すぐ近くにいた振袖の女性が、彼らのすぐ前まで来た。

「あ、西之園さん！」鵜飼が気がついて慌てて立ち上がる。

犀川も驚いた。萌絵は髪を上げ、淡い空色の振り袖だった。いつもの印象とまったく違っていたので、近くに来るまで気がつかなかったのだ。

「あの、たった今、警視監が……」鵜飼が言いかけた。

「ええ、私、そこでずっと聞いていましたから」萌絵は唇を噛んだ。「まずいわね……、どうしましょう……」

犀川は、彼女の「まずい」という言葉が可笑しかった。

「きっと、私にお説教をするつもりだわ。叔父様に会わないうちに、帰った方が良いみたい」

「いやあ、あの、お似合いですね」鵜飼は萌絵の晴着姿を見て言った。「あ、どうぞ、どうぞ、こちらへ」彼は自分の座っていた場所を示す。

「中には何人くらいいるの？」犀川は座ったままできく。

「二百人はいますね」萌絵は座らずに答えた。「ごめんなさい。座りたいけど、苦しいからいいわ。鵜飼さん、どうぞ」

「いいえ、私はけっこうです」鵜飼が元気良く答える。

「それじゃあ、鵜飼さんは、ちょっと、そう、二十分くらい待っていて下さいね」萌絵は鵜飼に微笑んで言う。それから犀川を見た。「犀川先生は、叔母様を紹介しますから、あそこのラウンジでコーヒーでもお飲みになってて」

「しきってるね」犀川は言った。

「どういたしまして」萌絵は上品に小首を傾げてから、歩き出す。

「あ、西之園さん。会場に戻ったら、警視監に見つかりますよ」鵜飼が後ろから言った。

「大丈夫です。中は振袖の洪水なんだから……。光化学迷彩よ」

「は？　コーカガクメーサイ？」

萌絵は、犀川が一度も見たことのないような上品な足どりで去っていった。

「鵜飼さんは一度中を見てきたらどうです？　若い女性が多いみたいですよ」犀川は立ち上がりながら言った。

「先生、コーカガクメーサイって何です？」

「僕は観念してコーヒーを飲んでます。また、あとで会いましょう」

「はあ、そうしますか……」鵜飼はまだ首を捻っていた。

2

暗い照明のラウンジで、犀川は一杯八百円のコーヒーを飲んだ。もちろん、普通のコーヒーの味だったし、量が三倍というわけでもない。ただ、ウエイトレスが三倍くらい上品で、ファッション・モデルみたいに歩いた。

茶の湯の会の会場へ入らずに済んだのは、犀川にとっては幸いだった。ちょうど、結婚式のスピーチが、時間の都合で飛ばされるのと同種の幸運といえる。高価なコーヒーを半分ほど飲んで、一本目の煙草を吸い終わった頃、和服姿の二人がラウンジに入ってきた。

「叔母様、こちら犀川先生です」萌絵は片手を出して犀川を紹介した。

「犀川です。はじめまして」彼は立ち上がり、頭を下げる。

「まあ……、全然、想像と違いましたわ。はじめまして、萌絵の叔母の佐々木でございます」

佐々木睦子は、ほっそりとした女性で、四十代に見えた。パールカラーに光るフレームのメガネをかけており、薄い紫の訪問着に銀色の帯が、美術館のエントランスを連想させるような、落ち着いた印象を与えていた。帯と同色の銀色のバッグを持った手は白く、比類のない気品があった。彼女は、西之園捷輔の妹に当たる。現職の佐々木愛知県知事の夫人である。

数年まえ、萌絵の両親、西之園恭輔博士と夫人の葬儀のとき、犀川は佐々木夫人を見ている。したがって、犀川にしてみれば初対面ではなかった。もちろん、話をしたことはないし、彼女は犀川のことなど知るはずもない。

三人は椅子に腰掛ける。上品なウエイトレスが注文をききにきたが、萌絵がコーヒーを頼んだだけで、佐々木夫人は、何もいらない、と澄まして言った。

「一服《いっぷく》差し上げましたのに」夫人は犀川に微笑んだ。毒でももられるように、彼には聞こえたが、どうやらお茶のことらしい。

「ええ、無調法でして……」犀川は答える。

佐々木夫人は、じっと犀川の顔を凝視している。彼は目のやり場がなくて困った。

「あの、何か想像と違いましたでしょうか?」犀川はしかたなく自分から口をきいた。

「ええ、ええ」夫人は笑いだす。「いえね……、私、酷く悲観的な想像をしていたものですから……。ごめんなさい。気にされましたかしら?」

「ああ、良かった。それじゃあ、少なくともプラスの修正だったのですね?」

「ええ、もちろんですわ」夫人は気さくな表情で微笑む。「なにしろ、この子ときたら、もう化けものみたいに先生のことを話すものですから」

「叔母様……」萌絵が横から睨む。

「化けものですか……」犀川は夫人の目を見た。「お化けを見たことはないので、よくわかりませんけど」

「私も残念ながら、ございませんね」

「何のお話かしら？」萌絵が小声で言う。

「それはもう、この子、よく電話してきますのよ。先生のお話ばかりですわ。耳になんとかって申しますでしょう？」

「電話をかけてくるのは、いつも叔母様の方ですわ」萌絵はいつになくお淑《しと》やかな口調だった。

彼女のコーヒーがテーブルに運ばれてきた。

「きっと、こう、髪の毛がくしゃくしゃで……」佐々木夫人はかまわず続ける。「ね、牛乳瓶の底みたいな分厚いレンズのメガネ、ありますでしょう？　黒縁のメガネ。髭も伸ばし放題で、とても汚れた白衣を着てる……。私、兄を見てますから、学者って、そんなイメージですものね」

「かなり当たっています」犀川は頭に手をやって言う。

「どうして、犀川先生は、今まで結婚なさらなかったんですの?」夫人はいきなり質問した。「失礼ですが、何か問題がおありなんでしょうか?　この際ですから、教えていただけないかしら」

「叔母様!」萌絵が躰を揺すって言った。

「いえ、別に理由はありませんし、特に問題もないと自分では認識していますが」犀川は答える。夫人の言った「この際」というのは、どの際なのか、と彼は考えたが、わからなかった。突然の単刀直入な質問のパターンは、西之園家の作法なのであろう、と彼は思う。

「この子では、いけませんの?」夫人はきいた。

なるほど、これが県知事夫人か、と犀川は感心する。

「あの、これは、お見合でしょうか?」

「私の質問、失礼だったですか?　もし、ご迷惑でしたら、そうおっしゃって下さいね」

「いえ……、迷惑ではありません」そう答えて萌絵を見ると、彼女は下を向いていた。なんとも珍しい現象だ。

「この子では、駄目ですの?」夫人は上品に微笑んだまま、その質問を繰り返す。なんという精神力だろう、と犀川は思う。

「あの、質問に答えるまえに、煙草を一本吸ってもよろしいですか?」

「ええ、けっこうですよ。私もいただきます」夫人はバッグから煙草を取り出した。「これ、主人には内緒ですのよ……。私が煙草を吸うと、何千票かマイナスなんですって」

「いえ、少なくとも一票は増えると思います」

夫人は声を立てて笑った。犀川も煙草に火をつける。

「叔母様」萌絵はようやく顔を上げ、小声で囁いた。「香山風采の絵を買われたのでしょう?」

「香山? ああ、はいはい」佐々木夫人は片手で優雅に煙草を持って頷く。「掛け軸のことね。そう、それ先週の事件ですね。殺されたのは、えっと、香山なんでしたっけ?」

「香山林水です」萌絵はまた押し殺した声で言う。やはり、いつもよりしゃべり方が大人しい。発声法がまるで違う。「諏訪野に聞いたのですが、サインのない絵なのでしょう?」

「ええ、そうね……。たまにですけど、うちの座敷の床の間に掛けますよ。主人が買ったものので、いつだったかしら……」

「どんな絵なのですか?」萌絵がきく。

「先生、この子、おかしな子でしょう?」夫人は犀川にそう言ってから、横を向く。「貴女、どうしてそんな場違いなことを言いだすの? こんなところでお話しすること?」

「いえ……、実は、その絵のことは僕も興味があります」犀川は言った。この話題の方が助かる、と思ったからである。

「あら」夫人はそう言ってから、また笑った。「しかたのない方たちね……。ええ、どんなって言われても、私、全然わからないわ。仏様？　阿弥陀《あみだ》様かしら？　何か雲の上のようなところに立っていらっしゃるのよ……。主人に叱られますけど、私の趣味じゃありませんの。だって、なんか、湿っぽくて」

「カラーですか？」犀川はきいた。

「ええ、そう。水墨画ではありませんね。それに、字が書いてあるんですよ……。えっと、確か……。ちょっと、お待ちになってね」夫人は煙草を吸いながら視線を逸らして考えている。「先生、ペンをお持ちですか？」

犀川は内ポケットから安物の三色ボールペンを出し、佐々木夫人に手渡した。彼女は、しばらく魅力的な表情で思案し、それから、煙草を灰皿に捨て、テーブルの端にあったレシートの裏に漢字を書いた。

　耳泳暴洋　瞳座星原　水易火難　無我天地

夫人は書き終わると、レシートの向きを変え、犀川にそれを見せる。萌絵も覗き込んだ。

「耳は暴洋に泳ぎ、瞳は星原に座す。水は易《やす》く、火は難《かた》し。天地に我を無くす……」犀川は読んでから、顔を上げる。「韻《いん》を踏んでいませんね、これ」

「ああ、恐いわ……。漢字は苦手なの」萌絵が嬉しそうに弾《はず》んだ声で言った。「どういう意味ですか？」

「さあ、文字どおり、読んだままだと思うけど」犀川は煙草を消しながら言う。「荒れ狂った海を泳ぐような騒がしさを聞きながらも、星空の下の草原に静かに座っている光景が見える。それは、水にとっては簡単で、火にはできない、精神。つまり、この世にもあの世にも、自分はいないという境地……」

「先生、それ、創作してません？」萌絵はすぐに言った。「でも、無我天地というところは、無我の匣と天地の瓢に、何か関係がありそうね」

「君の方が創作している、西之園君」

「ううん、そんなことないわ」萌絵は身を乗り出し声が大きくなった。「だって、香山風采の絵に書かれた文字なのですから、偶然じゃあないでしょう？　壺と鍵箱のことよ、きっと。いえ、絶対だわ。私、風采が、どこかに何かのヒントを残しているはずだって思っていたの」

「萌絵。貴女、いつもそんなものの言い方をしているの？」佐々木夫人は萌絵を見て目を大きくした。

萌絵はびくっとして、姿勢を正す。

「ええ、今のが、西之園君の普段のしゃべり方ですね」

「先生、酷い」萌絵が犀川を睨みつける。

「まあ！」夫人は一瞬黙ってから、大笑いした。「まあまあ、本当……、なんてことでしょう……。今日は、本当……、こんなに驚いたのは、初めて……。ああ、楽しい」

佐々木夫人は笑い続け、ついにハンカチを出して目もとに当てる。

ラウンジの奥でウエイトレスがこちらを見ていた。

「叔母様」萌絵は顔を赤らめ、叔母の膝に手を置く。

「はいはい、もう大丈夫……。ああ……」夫人は溜息をつく。

急に静かになって、犀川はコーヒーを飲んだ。

「私、戻りませんとね……」佐々木夫人は立ち上がり、レシートを取った。「犀川先生、今日はありがとうございました。またいつか、ゆっくりとお会いしましょうね」

レジに向かって歩いていく夫人に、犀川は途中で追いついた。

「あの、僕が出します」犀川は財布を出しながら言う。

「いいえ」夫人は微笑んだ。「レシートの裏のメモが必要ですの？」

「いえ、それはもう頭に」犀川は答える。「コーヒーを飲んだのは僕です。僕が払います」

「これは私の投資です」

「は？」

「先生、今度お会いしたときには、私の質問に答えていただきますよ」

犀川は片目を細めた。

「じゃあ、そのときは、僕がご馳走しましょう。きっとです」

3

しばらくして、萌絵もラウンジを出ていった。

犀川はサンドイッチとコーヒーをもう一杯、追加で注文した。少し高かったが、これで夕飯にしてしまおうと思ったのだ。犀川にとって食事のコンセプトは、エネルギィ補給であって、空中給油みたいな形態が理想である。その場で短時間、それに勝るものはない。ただ、食事中に読む本がなかったのが少し残念だった。

注文したサンドイッチがテーブルに届き、手を出し始めた頃、萌絵が鵜飼刑事を連れて戻ってきた。

「いやだ、先生！ 食べちゃったのぉ」萌絵が顔をしかめて言った。「これから一緒にステーキを食べにいこうと思っていたのに……」

「これは、僕の分だよ」犀川は淡々と言う。「君はまだステーキが食べられる。君の空腹を台無しにしたわけじゃない」

「なに理屈捏《こ》ねてるんですか？」萌絵はそう言って、犀川の躰にぶつかりそうな勢いで隣に座った。

鵜飼は、大きな躰をねじ込むようにして向かい側のシートに腰掛ける。

「ここで、何か食べますか？　西之園さん」彼は緊張した表情で尋ねた。

「着物を着ていると何も食べられないわ」萌絵が不機嫌そうに言う。何もかも犀川の責任だと言わんばかりである。鵜飼は、気を遣ってにこにこしているが、何をしゃべって良いのかわからない、といった表情できょろきょろと暗い店内を見回していた。彼を見ていると、子供のときも今と同じくらい躰が大きかったのでは、と思えてくる。

「ああ、ごめんなさい。鵜飼さん」萌絵は溜息をついてから、優しく言う。「ちょっと、私、苛々《いらいら》してしまったみたい」

「あの……」鵜飼は何かしゃべろうとした。

「どうですか？　事件の方は」萌絵は急に気持ちを切り替えたように、ゆっくりとした口調で言った。「きっと難航しているのでしょう？」

「ええ、そうですね……。わかりますか？」鵜飼は苦笑いして答えた。

「手を見るより明らかですね」萌絵が澄まして言う。

「手に取るように……」犀川がサンドイッチを食べながら小声で言う。「あるいは……、火を見るより……だ」

「ええ、ちょっと混ざったみたい」萌絵はすぐに言った。

鵜飼の視線は、二人の顔の間をテニスの試合を見ているように行ったり来たりする。ますますどうして良いのかわからない様子だ。ひょっとして、鵜飼はこれからどんどん子供になっていくのではないか、と不思議な想像を犀川はした。

「凶器は出てきました？」萌絵はきいた。

「いいえ、駄目です」鵜飼は首をふる。

「ナイフなんですか？」

「そうですね……。小さなナイフだと思います」

「刺されたのは胸ですよね？」

「はい」鵜飼は頷く。やっとペースを取り戻した様子だ。「急所は外れています。凶器を抜かずに、すぐ治療していれば、助かっていたでしょうね、たぶん。死んだのは……、刺されてから、だいぶあとですよ」

「どれくらいあとなの？」

「さあ、それはわかりません。二十分くらいだったかもしれないし、二時間だったかもしれませんね。そういうのは、つまり、凶器がいつ引き抜かれたのかにもよりますし、被害者の状態によってずいぶん違うんです」

「死亡推定時刻は、六時から九時でしたね？」萌絵は確かめる。

「ええ、結局、それ以上は絞れませんでしたね」鵜飼は答えた。「刺された一時間後に死亡したとして、犯行の時刻は、五時から八時くらいです。しかし、五時には、息子さんの香山多可志氏が、あの蔵で被害者と会っています。それから、六時には、子供があの蔵に入っていまして、被害者が既にいなかったと言っています。ですから……、最も可能性が高いのは、その五時から六時までの一時間の間に刺されて、連れ出されたというケースです」

「指紋とか血痕から、何かわかりましたか？」

萌絵がその質問をしたとき、ウエイトレスがコーヒーを二つ持ってきた。その上品な女性には、今の萌絵の台詞は、たぶん「血痕」ではなく「結婚」と認識されただろう、と犀川は思う。

話は数十秒間、文字どおりコーヒー・ブレークとなった。

「指紋は駄目です。何も不審なものはありません」鵜飼はウエイトレスの後ろ姿を見ながら話を再開した。「でも、血痕に関しては、ちょっと面白い結果が出てますよ。裏門まで続いていた、あの石畳にあったやつですけど……、あれは雪が積もるまえについたものでした」

「え！」萌絵は小さな口を開けた。「そんなことがわかるんですか？」

「ええ、わかります」鵜飼は頷く。「最近、その辺りの技術も進んでましてね……。えっと、あの日は、雪が五時半頃から降り始めています。七時頃には、一センチか二センチは積もっていたそうですよ。つまり、血が石畳に落ちたのは、そうなるよりもまえだった、ということです」

どうやら、その事実は、以前に萌絵が話していた、タッパに入れた血液を音羽橋から戻ったあとでばらまくという、偽装工作の可能性を否定するもののようだ、と犀川は考えた。彼は、顎に手を当てて、黙って話を聞いている。ちらりと横を見ると、萌絵はいかにも残念そうに溜息をついていた。

「被害者の身元が判明したのが翌日の十時頃で、そのときには、もう雪がほとんど解けていましたから、香山家の敷地内の捜査が本格的に始まった頃には、足跡などの証拠は消えていました。それまでは、蔵の中を中心に調べていましたし、石畳の血痕はだいぶあとに発見されたんですよ」

香山林水が失踪した晩には、捜査員の数も少なかったようだ。

「裏門の外は?」と萌絵。

「裏門の近くで車の通った跡も調べたんですが、駄目でした」

「あの壺と鍵箱は調べましたか?」萌絵は尋ねた。

「ええ、それはもちろんです。レントゲンで中を調べましたよ」鵜飼は微笑んだ。「でも、あれはちょっと……、その、事件に関係があるとは思えませんが……」

「何が入っていました?」萌絵は身を乗り出す。

「壺の中には、鍵が入っていますね。少なくとも、鍵の形をした金属です。それから……、あの鍵箱の方は空っぽだと思います。箱自体が金属製で、かなり分厚いので、鮮明には見えません。でも、とにかく、レントゲンで判別できるようなものは入っていません」

「開けられないのですね?」

「ええ、開きませんね。鍵がかかっているのか、それとも、錆びついて開かないのか……」

鵜飼はそこまで言って、コーヒーにミルクと砂糖を入れてかき混ぜた。茶筅《ちゃせん》でかき混ぜたら愉快だろう。エスプレッソになるかもしれない、と犀川はまた関係のない想像をする。

「壺と鍵箱に指紋は?」と萌絵。

「被害者、香山林水の指紋がどちらにも認められます。その他にも、不鮮明ですが、沢山あるようです」

「あの壺と鍵箱は、私も触ったから……」萌絵が言う。

「そうおっしゃってましたね」

「血は壺だけについていたんですよね? 箱の方には全然なかったのですか?」

「そのとおりです」鵜飼は頷いた。「西之園さんがあのときも、おっしゃってたとおり、それは昭和二十四年の事件とまったく同じ状況です」

萌絵はやっとコーヒーに手を出した。彼女は口もとまでカップを持っていったが、温度を確かめていたのか、香りだけ楽しんだのか、あるいは、それが茶道のルールなのか、とにかく、飲まずにカップをテーブルに戻した。

「あの……」鵜飼は落ち着かない様子で大きな躰を揺すった。「何かヒントになるようなことはありませんでしょうか? いやあ、なんと言ったらいいのか……。僕ら、けっこう辛い立場にあるんです。その、つまり、馬鹿にされていましてね……。相棒の片桐のやつなんか、かなり参ってます。あいつ、なかなか神経質でして、腹を壊してますよ。あちらは……その……、古狸のようなオヤジでして」

「ええ、頭の切れそうな人だったわ」萌絵は微笑んだ。「深澤警部ですね?」

「僕らは、香山家の近所の聞き込みをずっとやらされています。その時間帯に車が通るのを見なかったか、といった質問が中心ですけど……。でも、全然駄目です。だいたい、あんな天候でしたから、あの時刻に外を歩いていた人なんていなかった」

「アリバイは?」萌絵はきいた。

「誰のアリバイです?」

「そうね……、家族の人とか、親戚の人とか、被害者の知り合いとか……」萌絵は適当に言葉を並べたようだ。

「香山家の人間は、一応みんなずっと家にいたようですね。もっとも、お互いに顔を突き合わせていたわけではないので、なんともいえないと思います。でも、あそこの橋まで死体を運ぶような時間はないでしょう? あの家には車がないんですよ。タクシーでも呼ばないと駄目ですね」

「月岡という人は?」萌絵は、もう一度コーヒーカップを手に取って言った。

「よくご存じですね」鵜飼は感心したように口を窄める。「あの男は、病院にずっといたと話してます。しかし、彼も車を自宅に置いたままでした。病院には毎日、自転車で通勤しているみたいです。月岡に関しても、周辺からの証言は曖昧ですね。もしかしたら、病院を抜け出せたかもしれません。でも、何時間もいなかったら、誰か気づく危険はあるわけです。五時までは、月岡と同じ事務室にいた人物がいます。それに、八時半頃以降はずっといたことが確認できました。警官が彼を見ていますし、ちょうど八時五十分頃に、病院にいた月岡に電話もかかっているんですよ」

「他に関係者は？」萌絵はコーヒーをすすりながら尋ねる。

「香山林水とつき合いのある人間は、あの町にはいません。あの画家は、ほとんど近所づき合いらしいものをしていません。もちろん、画廊とかの仕事の関係者はいるんですが、ずっと遠くて、多治見《たじみ》か、瀬戸《せと》ですね。車で来なくてはなりません」

「仕事関係でトラブルとかはなかったのですか？」

「いいえ、まったく」鵜飼は首をふった。「とにかく、殺害の動機になりそうな話は、どこからもまったく聞こえてきませんね」

「家族の中でも？」

「うーん、そうですね」鵜飼は頷いた。「たぶん、ないでしょう」

萌絵はコーヒーカップをテーブルに戻し、帯に手をかけて姿勢を正した。それから、久しぶりに犀川の顔を覗き見た。

「先生、いかがです？」「え？」犀川はきき返す。彼はサンドイッチの最後のひと切れを手に取ったところだった。

「お話きいてました？　先生」萌絵は犀川を睨んだ。

「この距離だからね。聞こえたよ」犀川はもぐもぐと口を動かしながら言う。

「犀川先生、お願いしますよ」鵜飼は小さく頭を下げる。「何か気がつかれたことがありましたら、何でもけっこうですから……」

犀川は片手を広げて、相手を待たせる。萌絵と鵜飼が注目するなか、彼はカップに手を伸ばし、コーヒーを一口飲んだ。

「自殺じゃないの？」犀川は、やっとしゃべれるようになると言った。

「まさか」萌絵はそう言って、呆《あき》れた表情でわざとらしく目を回した。

「自殺ですか……」鵜飼は頭が混乱しているようだ。「いや、犀川先生、それはちょっと考えられません」

「当たり前よ」萌絵も頷く。「凶器はない、死体は移動している。それに、蔵の扉の鍵を中からかけたのは、誰だというんです？」

「さあ……」犀川は肩を竦めた。「わからない」

「ばっかみたい」萌絵は口を小さくした。

犀川は黙って煙草に火をつける。それから、煙を天井に向けて吹き出した。

「確かに……、うん、そうだね。君の言うとおりだ」

「何がです？」萌絵は少し真剣な顔に変わった。

「いや、馬鹿みたいだなぁ、と思って」犀川は独り言のように呟いた。

「先生、しっかりして下さいね」萌絵が微笑む。

「どうして？」犀川はすぐきいた。

鵜飼が顔をしかめて首を捻る。そのまま続けていると捻挫《ねんざ》しそうな姿勢である。萌絵は犀川の質問を無視して、コーヒーを飲んだ。

「あ、そうだ、トラックは見つかりました？」萌絵がしばらくして尋ねる。

「いいえ」鵜飼は首をふった。「そちらは、岐阜の連中がやってましてね。ちょっと、どんな状況なのかよくはわかりませんが、今のところ、何も新しい情報は聞いていません」

「香山マリモさんは、お元気になられましたか？」萌絵はきいた。

「ああ、ええ」鵜飼は煙草を取り出しながら頷いた。「どうでしょう……、まだ数週間は入院が必要だと思いますけど。腕と肋骨、それに脚の骨折以外は、大丈夫だったみたいですね……。あの日、西之園さん、彼女に会いにいかれたでしょう？」

「ええ」萌絵は頷いた。「いけませんでしたか？」

「いいえ、別にそんなことはありません」鵜飼は慌てて片手を振った。「深澤さんには、西之園さんは愛知県警の人間ということになってますからね、それで、ちょっと嫌味を言われた

る。

「なるほど、それが、あの日のメガネと服装か」犀川は煙草を片手でくるくると回してい
だけです」

鵜飼は身を引いて煙草に火をつけた。

「なんか辻褄《つじつま》の合うような筋立てがないもんでしょうか？　何故、あの蔵に立て籠もって扉の閂を中からかけたのか……、何故、河原まで被害者を連れていったのか……。もう、毎日毎日、その話の繰り返しなんですよ……。げんなりです」

「一つだけなら、説明できるハイポシシスがあるわ」萌絵が言った。

「何ですか？　そのハイポ……」鵜飼が口を開ける。

「あまり有力ではありませんけど……」萌絵は上目遣いで天井を見ながら説明した。「犯人は、河原まで被害者を連れ出して、そこで殺したのです。それから、被害者の血液をまき散らすために、あの香山家の蔵に戻ったの。その作業をする間、誰かに見られないように蔵の鍵を中からかけた」

「はあ、なるほど……」鵜飼はずっと口を開けたままだった。明らかに、萌絵が話した仮説を消化し切れていない顔だ。

「でも、さっき、鵜飼さん、石畳の血痕は雪が積もるまえについたんだっておっしゃったでしょう？　それが、今お話しした私の仮説と矛盾するんだなぁ」萌絵は口もとを少し斜めに

して、片方だけ笑窪を作った。

「ああ、そう、そうですね。ええ、ええ」鵜飼はようやく理解したように何回も頷く。「犯人が戻ってきたときには、雪が積もっていたわけですからね」

「それとも、やっぱり……」萌絵は呟く。「あの蔵で刺したのかしら……。それから、瀬死の被害者を河原まで連れていった。そのとき、裏門までの通り道に血痕が残ったわけですね……。ああ、でもこれじゃあ、蔵に戻ってくる理由がなくなってしまうか……」

「あの……、何のために、わざわざ、蔵に血をまき散らしにきたんですか？」鵜飼は質問する。「その、さっきの仮説ですけど」

「あそこが殺害の現場だと思わせるためよ」萌絵が答える。「つまりですね、あの時間、あの場所に行くことができなかった、と一見思われている人間が、アリバイのために偽装したの」

「はあ……」鵜飼が顔をしかめ、首を捻りながら頷いた。そのうち首を痛めるに違いない、と犀川はまた思った。

「それとも、あの部屋まで何かを運んできたのかしら……」萌絵はまた呟いた。彼女は既に自分の世界に完全に入ってしまったようだった。

犀川は、残りのコーヒーを全部飲んで、新しい煙草に火をつける。ラウンジには、犀川たち以外に客はいなかった。店の奥で、ウエイトレスが犀川の方を見ているのに気がつく。彼は、ガラスの外に視線を移し、ロビィを見た。

確かに、萌絵の押しつけがましい謎解き趣味のために、犀川の頭脳の半分は稼働していた。何がそうさせるのか、自分でもわからない。考えたくもないのに、いつも、彼女の誘導にのってしまう。特に、真剣に悩んでいる萌絵の表情を見ていると、自然に思考を始めてしまうのだった。

彼は、これまでにインプットされているデータをまず整理し、それらの言葉（すべてのデータは伝聞によるものだったからだ）が持つ曖昧さと意図をランク付けし、空間と時間の座標にプロットしながら、さらにもう一軸をイメージした。それは、人の意志、とでも呼べるものだろう。簡単に仕分けしたり、定量的な評価を下すことは難しいが、形状的な概念として、「置く」ことは可能だった。そこに現れる「形」、あるいは「曲面」が問題なのである。

「先生?」萌絵が横から言った。

「え?」犀川は思考を中断して彼女を見る。

「何してるんです? ぼーとして……」

「いや……、別に」犀川は微笑んだ。

「大丈夫ですか?」

「耳は暴洋に泳ぎ、瞳は星原に座する、かな……」

4

鵜飼は明日からまた仕事だと言って帰っていった。参考になりました、と口では言っていたが、いつもの元気はなかった。ドラえもんの忠告を無視して大失敗してしまったときの、のび太君のように、彼は肩を落としていた。

萌絵の抜群の視力は、ロビィをこちらに向かって歩いている西之園捷輔をいち早く発見し、彼女は、慌ててラウンジを飛び出していった。しかたなく、犀川はレジでお金を払い、彼女の後を追う。店を出ると、太い柱の影で萌絵が身を潜め、犀川を手招きしていた。

「先生、私の荷物取ってきて」彼女は、クロークの番号札を犀川に手渡した。

彼は言われたとおり、ロボットみたいにクロークまで真っ直ぐ歩いていったが、途中で西之園捷輔に発見されてしまった。彼は小走りに犀川の方にやってくる。

「あ、先生、先生、萌絵を知りませんか？」彼は低い声で言った。

「あそこにプードルを連れたご婦人がいますね。ほら、あそこです。その後ろの柱の向こう側に今、西之園君がいます」犀川はそちらを見て答えた。「でも、もし可能でしたら、見逃してやってもらえませんか。彼女、真剣に隠《ひそ》れているようですから」

「何故、隠れてるんです？」訝《いぶか》しげに眉を顰め、西之園捷輔はきいた。

「叱られるのが嫌なんだと思いますけど」そう言いながら、犀川は、クロークのカウンタにいた女性に萌絵と自分の番号札を手渡した。

西之園捷輔は、二、三歩、萌絵の方向に歩きかけたが、すぐ諦めて戻ってくる。それから、にやりと笑うと犀川の肩を叩いた。

「まあ……、ここは犀川先生の顔を立てましょうか」彼は言った。

「助かります。僕も怒られたくありませんから」犀川は軽く頷く。

「殺人事件の捜査などに首を突っ込まないよう、先生からも彼女に言っていただけませんかね……。昨年のことも、まったく懲りてないようですから」

西之園捷輔は片手を挙げ、そのままロビィの奥に歩いていった。犀川は自分のコートと、萌絵のショールを受け取り、彼女が隠れている柱まで戻る。

「すみません、先生」萌絵はロビィの方角を窺《うかが》いながら言った。

「どういたしまして」犀川は頷く。「なかなかスリリングなお使いだったね」

「叔父様、怒ってました？」

「見た目ではわからない」

「とにかく、もうここを出ましょう」

「これからどうするの？」

「私、自分の車だから……」萌絵はにっこりと笑う。「もちろん、先生も一緒よ」

「じゃあ、送ってもらおうかな」犀川は頷いた。

二人はエレベータで地下三階の駐車場まで下りた。

「着物で運転してきたんだね」犀川は、萌絵のスポーツカーの助手席に乗り込みながら言う。

「そう、乗りにくい」萌絵は微笑んだ。「昔の人って、よく毎日我慢していたと思います。ホテルで着替えようと思ったんだけど、諏訪野が着付けの先生を呼んでしまったの」

「どこかへ食事に行く？　西之園君、お腹空いてるんじゃないの？」

「ぺこぺこです」エンジンをかけながら萌絵は言う。「でも、この格好じゃ、とても食べられないわ。先生、それより、初詣に行きましょうか？」

「初詣？　はは、そりゃまた、斬新な提案だね」犀川は笑った。

「じゃあ、それにしましょう」萌絵は車を出した。「どこが良いかしら？　伊勢《いせ》神宮？」

「遠いよ。三時間はかかる」

「じゃあ、熱田《あつた》神宮？」

「きっと、混んでいるだろうね」犀川は答える。「空《す》いてるところを知ってるけど、そこにしようか？」

「空いてるところ……、ですか？」萌絵は不思議そうにきき返した。「きっと、そこ、斬新なんですね？」

5

丸の内のオフィス街は、映画のセットみたいに静まり返っている。人通りも疎《まば》らだった。

萌絵の車は一方通行の道の歩道沿いに描かれた駐車スペースにバックして収まった。犀川はコートのポケットから百円硬貨を出して、幾つかパーキング・メータに入れる。

振袖の萌絵は、車高の低い車から出るのに時間がかかった。事実、犀川が呼ばれて、彼女の手を引いてやらなければ、もっと時間が必要だったに違いない。

「ホテルの駐車場で降りたときは、誰が君の手を引いたの？」

「知らない人よ」

「たまたま通りかかった？」

「クラクションを鳴らしたの。ああ、もう限界だわ」犀川の横を歩きながら萌絵は呟いた。「早く、これを脱いでしまいたい。これって、完全にセクハラですね」

篝火《かがりび》が焚《た》かれていた。

白い縦長の旗が、そのダイナミックな明かりで動いているように見える。ビルの谷間に小さな神社があり、名護野《なごの》神社という文字が石の柱に刻まれていた。雲の上に神様がいるとしたら、ちょうど真上に来ないかぎり、林立するビルに隠れてしまって、この神社は見えないだろう。

「うわあ、こんなところに神社があったんですね」萌絵は嬉しそうに言う。

境内《けいだい》には、数人の人影があるだけで、ひっそりとした冷たい空気が、いかにも神妙な雰囲気を演出している。犀川と萌絵は、しばらく直線的に敷かれた石畳を並んで歩いた。

萌絵は賽銭《さいせん》箱に小銭を投げ入れ、手を叩いて拝礼をしている。犀川は、この形ばかりのセレモニィには若干の抵抗を感じたが、同じことをした。

「先生、何をお願いしたの？」萌絵は小首を傾げてきいた。

「いや、何も」犀川は答える。正直いって、何も祈らなかった。

「私が何をお願いしたか、聞きたい？」

「秘密にしておいた方が良いよ、西之園君」

「え？　どうして？　何かジンクスがあるんですか？」

「いや、僕が聞きたくないだけ」犀川は口もとを上げる。

お神籤《みくじ》売場の前には十人ほどの客が詰めかけていた。大きな門松が両側に立っている。

「門松の三本の竹はね、長さが七対五対三なんだ」犀川は歩きながら言った。

「七五三ですね？」萌絵がそちらを見ながら言う。

「日本の美は、だいたいその七五三のバランスだ。シンメトリィではない。バランスを崩すところに美がある。もっと崇高なバランスがある」

「たとえば？」

「そうだね……、法隆寺の伽藍《がらん》配置、それに漢字の森という字もだいたい、三つの木の大きさが七五三だね。東西南北という文字だって、左右対称を全部、微妙に崩している……。最初からまったく非対称というのでは駄目なんだ。対称にできるのに、わざとちょっと崩す。完璧になれるのに、一部だけ欠けている。その微小な破壊行為が、より完璧な美を造形するんだよ」

「何か、今度の事件と関係があるのですね？」萌絵は期待の表情できいた。

「全然……」犀川は首をふる。「まあ、関係があるとすれば、香雪楼も非対称だってことくらいかな……」

「あの、殺人現場の蔵は左右対称ですよ」

「扉が違うだろう？」犀川はすぐに言った。「両開きじゃないだろう？　大陸のものなら、たぶん両開きになる」

「それで？　何なんです？」

「そういう精神の国だってこと……、日本は」犀川は煙草に火をつけた。

「あの、全然わかりませんけど、お話が……」萌絵は立ち止まってきいた。

　犀川は煙を吐き出す。「蔵の中には何があった？」

「あ、はい……」萌絵は少し驚いた顔をしたが、一度目を大きくして、上を向いた。

「私が見にいったときには、もう、証拠品として運び出されていましたけど、壺と鍵箱の他には……、座布団、絵の道具、これは、筆とか、絵皿、粉絵の具、布巾《ふきん》、刷毛《はけ》くらいですね。木製の道具箱に入っていたそうです。それに、少し大きな電気ストーブ、お盆、湯飲み、急須、薬缶、和紙、えっと、それから……、梯子……、二階に上るためのものです。あとは……、小もの入れと小さな書棚、灰皿……」

「へえ、香山林水は煙草を吸うの？」

「さあ……、それは知りません」萌絵は首をふった。「重要ですか？」

「あるいはね」犀川は煙草を指先で回していた。

神社を出て、煉瓦色の歩道を歩いた。萌絵はゆっくりとしか歩けないようなので、犀川はそれに合わせる。彼女は疲れたのか、それとも、服装にマッチした清楚な女性を演じているつもりなのか、急に押し黙り、静かになった。

「ひょっとして、先生、何かお考えがあるのですか？」車まで来たとき、ようやく萌絵が口をきいた。

「いや……」犀川は一度だけ首をふる。「何もないよ」

音羽橋の付近の道路には、目撃者を捜すための看板が幾つか置かれたが、十二月二十四日の夜に不審な人物や車を見たという届け出はなかった。実は、正確には数件、電話があったのだが、すべてがまったく曖昧な話。日にちや時刻も特定できないものばかりで、まして、車種などの具体的な情報は皆無だった。

6

正月の三日から、鵜飼と片桐は聞き込み捜査を再開したが、相変わらず何の成果も得られなかった。香山マリモの車とぶつかった、あるいは、ぶつかりそうになったトラック（もちろん、トラックと限定していたわけではないが）も不明のまま。時間の経過とともに、こういった情報は加速度的に入手が困難になることは自明である。死体発見現場である河原の周辺で続けられていた凶器の捜索も、年末に一旦打ち切られたまま、再開されていない。

一月の十日には、捜査本部の人員は半減し、毎朝行われる会議でも、捜査員の口数は少なくなっていた。しかし、どういうわけか、深澤刑事だけは一人元気で、少年のような笑顔を絶やさない。彼は、「いや、参ったよなぁ」と人ごとのように呟くだけで、まったく参っている様子はなかった。それに引き替え、鵜飼は躰中痛くなっていたし、片桐は腹を押さえて唸っていた。

「今日は、何をします？」片桐が溜息をついてから発言した。彼は、薄くて味のしない黄色いお茶を飲もうとしたが、口まで持ってきて気が変わったようだった。

「別に、これといって何もないんだけど」深澤は薄い頭を撫でながら言った。「まあ、こういうものはね、こつこつと、地道にいかないとね」

「もう、充分地道だと思いますけど」片桐が苛々して言う。

「あの……、月岡邦彦が、けっこう借金をしているらしい、という噂を病院で聞いたんですけど……」別の若い刑事がお茶を飲みながら小さな声で言った。

「どれくらいの額？」深澤がきく。

「わかりません。ただの噂です」その刑事が答えた。

「誰でも借金の少しくらいありますわな」もう一人の中年の刑事が椅子にもたれたまま言う。岐阜県警の刑事は、深澤の他に彼ら二人だった。この事件を直接担当している捜査員は、鵜飼たちも含めて、今や五人しかいない。来週には、また一人減ることだろう、と鵜飼は予測していた。その一人が自分なら、ラッキィだが……。

「香山の家も、そんなに裕福とは思えませんしね。屋敷は大きいが、収入なんて知れているでしょう？」鵜飼がきいた。「被害者も、息子さんも、あんなもんで商売になっていたんですか？」

「だいぶ銀行から借りているようですね」岐阜県警の若い刑事が言った。「しかし、被害者もそれほど多額の生命保険に入っていたわけではありませんし、ちょっと、その線は動機としても弱い感じがしますね」

「昔の香山風采の事件を知っている人間はいないんですか?」鵜飼は質問をする。「あの事件との関連は考えられませんか?」

「直接知っていたとしたら、被害者本人だけだろう」深澤が言う。

「あの吉村という男は?」と鵜飼。

「いや、あの爺さんも香山家に来たのは、その事件よりずっとあとだよ」中年の刑事が言う。「関係ないね」

「しかし、非常に状況が似ています」鵜飼は食い下がる。

「どこが?」椅子にもたれていた刑事は身を乗り出した。「全然似てないよ。蔵の中というのは同じかもしれんが、実際には別の建物だし、だいたい、その、まえの事件って、自殺だろう?」

「例の壺と鍵箱が現場にあったことと、壺にだけ血糊がついていたこと、それに、蔵の入口に鍵がかけられていた、というのも同じです。雪が降っていたのもそうだし……」

「偶然だね」中年の刑事は苦笑する。「そんなの全部偶然さ。その程度の共通点なら、挙げようと思えばいくらでも挙げられる。あの蔵の中で死んでいたというなら、ちょっと考えてもいいけどなぁ」

「犬がいたのも同じですね」片桐が補足した。

「何が言いたいわけ？」

「あ、いいえ、具体的に考えはないんですが……」片桐は顔をしかめる。ますます胃に負担がかかりそうな様子だ。

「もう少しね、具体的に考えてほしいよなぁ」中年の刑事が言う。「議論をかき回すだけじゃなくてね」

「鵜飼君」深澤は煙草を吸いながら言った。「こないだの、あの子どうした？」

「え、誰ですか？」

「あの……、メガネの子さ。えっと、西之園さん」

「ああ、彼女ですか」鵜飼は、横に座っている片桐の顔を見た。「別に、どうもしていませんけど」

「何か、言ってなかった？」深澤はきいた。「熱心そうだったけどな」

「ええ、その……」鵜飼は姿勢を正し、少し考えてから話した。「犯人が被害者を殺害後、現場の蔵に戻ったのは……、被害者の血液を現場付近にばらまくためだったのでは、と……、まあ、そんな突拍子もないことだったら……」

「ふうん、なるほどね」深澤は目を輝かす。「そりゃ、一理あるな……。うん、いいじゃないか」

「いえ、しかし、その……。それだとですね、裏庭の石畳にあった血痕の説明がつかなくなります。つまり、戻ってきた頃には雪が積もっていますので」

「ああ、そうか……」深澤はすぐ頷いた。「でも、ちゃんと、僕に報告してくれなくちゃ、そういう話はさ、全部……」

「はあ、以後そうします」鵜飼は少し頭を下げる。

「あの……」片桐が弱々しく発言する。「トラックが見つからないというのは、ひょっとして、そいつが被害者を運んでいた車だからではないでしょうか。時間的に見て、六時には、蔵から被害者は出ています。香山マリモの車はちょうど同じ六時頃、音羽橋を渡っていますから、鉢合わせになった可能性は高いと思うんですが……」

「そんな大型車が、あの裏門の細い道にやってきたら、目立つと思うけどね」中年の刑事が幾度か鼻を鳴らしながら言う。

「香山マリモの証言は曖昧だ。六時と確実にいえるかね?」深澤はきいた。

「はあ、豊田インタを抜けた時間は、香山マリモが身につけていたハイウェイ・カードから調べがつきました。料金所のコンピュータにもデータが残っていました。ですから、だいたい、六時というのは間違いないところだと思います」

「うーん、ちょっと弱いなあ……」深澤は優しく言った。少しは片桐の意見を評価している表情ではある。「まあでも、とにかく、そのトラックくらいしか、今のところ追っかけるものがないからなぁ」

「私らは、香山林水の仕事関係を少し突っ込んで洗ってみます」中年刑事は立ち上がって言った。

「まあ……」深澤は頷く。「今日のところは、これくらいかな」

鵜飼は片桐を一瞥《いちべつ》し、一緒に部屋から出た。

「片桐、腹の調子は？」

「もう、最高です」片桐は苦しそうに顔をしかめて答えた。

7

センタ試験の二日目。一月中旬の日曜日である。犀川が試験監督から解放されて研究室に戻ったのは夕方の六時近かった。この日は国立大学の教官も職員もほぼ総動員となるため、研究棟はいつもよりずっと静かだった。犀川の隣の部屋の国枝桃子助手は、N大学ではなく、他の試験会場の監督に駆り出されているので、まだ戻ってきていない。

犀川は、部屋の照明をつけ、ガスファンヒータのスイッチを押した。休日はスティーム暖房が効いていないためである。廊下をこつこつと歩く音が聞こえ、ドアがノックされた。ちょうど、犀川がコーヒー・メーカに水を入れているときだった。

「失礼します」西之園萌絵が部屋に入ってきた。

「やあ」

萌絵は、オーバーを着たまま、デスクの横の椅子に腰掛ける。

「どうしたの?」犀川は彼女の顔を見て言う。「冴えない顔をしているね。力学のレポートでもかかえているの?」

「すみません。ちょっと疲れているだけです。頭が痛くって」

「ああ、じゃあ、帰ってお風呂に入って眠った方が良いよ」

「そうですね」萌絵は溜息をついて頷く。

犀川は煙草に火をつけて、デスクの椅子に戻った。

「珍しく、大人しいじゃない……。本当に具合が悪そうだね」

萌絵は犀川の顔をちらりと見て、また頷いた。そういえば、顔色も良くない。犀川は少し心配になった。

「風邪?」彼は煙を吐きながら言う。

「いいえ、大丈夫です」萌絵はまた溜息をついた。「今日も行ってきたんです」

「どこへ?」犀川はきいた。しかし、すぐにどこなのかわかった。

「香山さんのところです」萌絵は淡々と話す。「香山マリモさんのお見舞いと、それから、お屋敷にも行ってきました。ほとんどお話なんてできなかったんですけど……」

「そりゃ、そうだろう」犀川は灰皿を近くに引き寄せた。「歓迎されるはずがないじゃないか」

「そうなんですよね……」萌絵は素直に頷く。

「警察は？」

「さあ、あれから鵜飼さんにも会っていないし」萌絵はゆっくりと首をふった。「叔父様に叱られましたから……。鵜飼さんに電話するのは自重《じちょう》しているんです」

「へえ、西之園君の言葉とも思えない」犀川はわざと楽しそうな口調で言ってみたが、萌絵はにこりともしなかった。

コーヒー・メーカが音を立てたので、萌絵は黙って立ち上がり、二人のカップにコーヒーを入れて戻ってくる。

彼女の沈んだ様子は演技ではないか、と犀川は二十パーセントくらいは疑っていたが、それでも少し可哀想になった。

「何か新しい仮説はないのかな？」

「ありません」萌絵は自分の靴を見ている。「そんなに複雑な事件じゃないですからね。とんでもない裏があるなんて、ちょっと考えられないし……。それに、壺と鍵箱のことも、なんだか、勝手に謎だって、思い込んでいるだけのような気がしてきました」

「というと？」犀川は熱いコーヒーを飲みながらきいた。一日中ほとんど立ちっぱなしの試験監督で脚が疲れていたが、頭はクリアだった。

「やっぱり、あの鍵は初めから壺に入っていたんです。そうやって作られたんだと思います。鍵箱は、錆びついて開かないのか、それとも鍵がなくなってしまったのか……。つまり、壺の中にある鍵とは、無関係なのです」

「極めて合理的な考えだ」犀川は頷く。

「ええ……」萌絵は元気のない返事をする。「五十年まえの事件も、やっぱり自殺だったんだと思います。凶器は、たぶん火箸じゃないかしら……。当時の検屍技術がどれくらいのレベルだったのかわかりませんけど、傷口の診断ミスかもしれません」

「うん、なるほど、それも説得力があるね」犀川は言う。「それじゃあ、今回の事件は?」

「今回の事件は……」萌絵は、椅子の背にもたれて天井を見る。「蔵の扉に鍵がかかっていたという、香山多可志さんの証言を除外すれば、単なる行きずりの犯行と見ることもできます」

「どういうこと?」

「香山林水氏は、強盗か物取りに刺されたのです」萌絵は犀川を見ないで言った。「裏門はたぶん閉まっていなかった。そこから入って、あの蔵に忍び込もうとした誰かに刺されたのです。中にいた林水氏と争って、ナイフで刺した。犯人は恐くなって、何も取らずに逃げた。部屋には金目のものは何もなかったからです。石畳についた血痕は、被害者が、犯人を少しだけ追いかけたから、ではないでしょうか」

「なるほど。でも、すぐ引き返したわけだ」

「ええ、途中で戻ってきて、蔵に鍵をかけた。つまり、香山林水さん自身が、あの中にいたのです」

「何のために？」

「わかりません」萌絵は首をふる。「でも、大怪我をしているわけですし、犯人が戻ってくるのを恐れたのかもしれません。意識も朦朧《もうろう》としていたのかも」

「何故、家族に助けを求めなかったのかな？」犀川は煙草を指で回しながら尋ねた。

「思いつかなかったのでしょう」萌絵はそう言うと犀川の顔を見た。「おかしいとは思いますよ、私だって……。でも、先生。ありえないことではないでしょう？」

「いや、まともな推論だと思う」犀川は頷く。「それで、そのあとは？」

「しばらくして、被害者はまた外に出て、そして河原まで歩いていって、死んだのです」萌絵はそこまで言って、大きな溜息をついた。「全然おかしいでしょう？　でも……」

「いや、なかなか良い仮説だと思うよ」犀川は微笑んだ。「非常に現実的じゃないか」

萌絵は黙った。自分の話していることに納得がいかないのであろう。彼女はコーヒーカップを両手で持って、冷めるのを待っていた。

「今の君の仮説だと、六時に坊やが蔵に入ったときには、まだ事件は起きていないということになるね。まさか、林水氏が犯人を追いかけて出ていったとき、ちょうど坊やが来た、ということはないだろう。そんなに遠くまで行ったとは思えないからね。だから、犯人ともみ合って、林水氏が刺されるのは、六時よりあとだったという可能性の方が高い」犀川が指摘する。

「はい、そうなります」萌絵は頷いた。

「とすると、坊やの手についていたのは？」

「絵の具です」萌絵はすぐに答えた。「子供と犬が蔵に入ったときは、香山林水さんは二階にいたのか、ちょっと出かけていたのか、どちらかだったのだと思います」

「うん、うん」犀川は大きく頷いた。「今まで僕が聞いた中で、最も出来の良い仮説だ」

「先生……」萌絵は作り笑いをする。「それ、先生らしくないです」

「どうして？」犀川は煙草を消してきいた。

「お世辞だからです」

「いや、そうじゃない」犀川は真剣な表情で言った。「なんでも突飛に考えることが、君の悪い癖なんだからね。その点が、今回の仮説では大いに改善されている」

「それじゃあ、今のが正解ですか？」

「さあ……」犀川は腕組みをして椅子にもたれた。「でも、客観的に見て、非常に可能性は高そうだね。僕は評価するなぁ」

「全然おもしろくないわ」萌絵はそう言ってコーヒーを飲んだ。「面白くなくちゃいけないのかい？　って言おうと思ったでしょう？」

萌絵は、犀川を見てやっと微笑んだ。初めて本当に笑ったようだ。犀川は少しほっとした。

「うん」犀川は頷く。「言うところだった……」

萌絵は両肘をデスクについて、組んだ両手に顎を乗せる。彼女は犀川の顔をじっと見つめている。

「なんか、変なのよね」独り言のように萌絵は呟いた。

「そうだね……」犀川は頷く。「刺されたのが七時少しまえとして、そのあと一時間以上も蔵に閉じ籠もって、それから、今度は何キロもある道のりを歩いて河原まで行った。一時間以上かかっただろうね。そして、すぐ死んだわけだ」

「どこが一番おかしいですか？」萌絵はきいた。

「君が知っているだろう？」

「先生の意見がききたいのです」

「壺に血がついていることだ」犀川はすぐ答えた。

萌絵はにっこりと笑う。「顔に書いてありました？」

「いや」犀川は、新しい煙草に火をつけた。「実は、僕も、西之園君が今話したのと同じ考えなんだ」

「え！」萌絵は顔を上げて小さく叫んだ。「本当ですか？」

「うん」犀川は脚を組む。「今まで、断片的に僕の耳に入ってきた条件を満たす解答の中では、今の仮説が最も現実的じゃないかな」

「頭痛が治ったみたい」萌絵は嬉しそうに言う。

「ただね、僕は、香山林水氏が、蔵に戻った理由は、絵を描くためだったんじゃないか、と考えた。どうしても描いておきたいものがあったんじゃないか、ってね。そして、いよいよ、駄目だと思って、死に場所を求めて河原まで歩いていった」

「絵のことは……、うん、確かに、可能性がありますね」萌絵は頷いた。

「凶器がないのは、犯人が持っていったからだ」犀川は補足する。

「それが一番妥当な結論です」と萌絵。

「結局のところ、これは、西之園君が期待したような、突飛な事件ではなかったね」

「そうみたいですね」萌絵は頷く。「がっかりです。犯人は見つからないかもしれません」

電話が鳴った。犀川はすぐ受話器を取る。

「はい、犀川です」

「愛知県警の鵜飼です」刑事の高い声が聞こえた。

「ああ、鵜飼さん、こんばんは」

「西之園さん、そちらにいらっしゃいますか？」

8

キャンパスのすぐ近くにあるデニーズの丸いテーブルに、犀川と萌絵がついたのは、七時半頃だった。鵜飼刑事と片桐刑事は五分ほど遅れてやってきた。片桐は犀川とは初対面だった。

「いえ、お噂は伺っています」片桐は座りながら言う。革ジャンで決まっているし、なかなかスマートな青年だった。

四人は食事の注文をし、メニューを持って店員が行ってしまうと、顔を近づけて話を始めた。日曜日の店内はほぼ満席で、騒々しかったからである。

「何か進展があったのですね？」萌絵が鵜飼にきいた。

「トラックが見つかりました」鵜飼は答える。「音羽橋で、香山マリモの車とぶつかりそうになった相手です。大型のタンクローリィで、町のガソリン・スタンドに来ていたやつです」

「接触していたのですか？」萌絵は尋ねる。

「いいえ、かすってもいません。間一髪だったのは間違いないみたいですけどね。運転手の話では、ちょうどあの日の六時、香山マリモの車らしい、黒の乗用車がセンタ・ラインを越えて走ってきたので、クラクションを鳴らした、と言っています。もう少しで正面衝突だったと」

「じゃあ、トラックの方は何もなかったわけですか?」犀川は煙草を吸いながらきいた。

「そのようです。もちろん車もしっかり調べました」鵜飼が頷く。「ですから、そのタンクローリィを避けて、香山マリモはハンドルを切ったんでしょう。その反動で、道を逸れた。それで、路肩に乗り上げ、そのまま崖を滑り落ちたんですね」

「マリモさんの車がそうなったのを、その運転手は気がつかなかったんですか?」犀川がきく。

「ええ、少なくとも、運転手はそう言ってますね。まあ、あの手の車は、後方はよく見えませんからね。それに、夜で雪が降っていましたから視界も悪かったし……」

「音がするでしょう?」萌絵が尋ねた。

「音楽を聴いていたと言うんです」今度は片桐が答えた。

「時刻は確かですか?」と犀川。

「ええ、町のスタンドにいた時間がしっかり記録されていますし、運転手が聴いていたラジオ番組からも特定できました。まず間違いないとみて良いでしょう。ほぼ六時です」

「ちょうど、香山の家で、蔵から坊やと犬が出てくるのを、夫人が目撃した時刻です」片桐はいつの間にか手帳を出して見ている。「しかし、そのタンクローリィはですね、町の方、病院の方角です……、あの橋を渡ったT字路の左ですね、そちらから来たわけでして、香山の屋敷とは反対です。最初我々が考えていた方とは逆でした」

「ええ、トラックが被害者を運んだという仮説は、もういいんです」萌絵は片桐に言った。

「まあ、ですから、ちょっと肩すかしということになりましたね」鵜飼は苦笑いする。「つまり、マリモさんが橋を渡り切ったとき、左手からタンクローリィがやってきて、彼女は右にハンドルを切った。それで、ちょうど大きくUターンしたみたいになって、道から飛び出したんです」

「マリモさんが右折したあと、トラックがT字路の右手から来たものと考えていたのが失敗でした。もともと、そちらは行き止まりですからね」片桐が片手を広げる。「それで、トラックが怪しい、なんて考えてしまったんですけど、結局、どうということはなかったわけです」

「そうみたいですね」萌絵が残念そうな顔をした。

「あと……」今度は鵜飼が話す。「香山多可志氏が、五時に被害者とあの蔵で会っていたんですけど、このとき、彼が、屋敷を売りに出す話を父親にした、ということもきき出せました。あの一家はかなり金に困っているようです」

店員がスープを持ってきた。フォークなどが並べられる間、四人は黙っている。スパゲティを注文した犀川にだけスープがなかった。

「鵜飼さん」萌絵は、店員が行ってしまうと待ちかねたように言う。「子供の手を汚したのは、やっぱり絵の具だったという可能性はありませんか?」

「いえ、それはありませんね」鵜飼はスプーンを持って答える。

「何故?」萌絵は急に真剣な表情になった。「何か証拠があるの?」

「ありますよ」鵜飼は大きく頷く。「蔵の扉に、僅かなんですが、あの坊やの手の跡がついていたのが見つかりましてね。被害者の血と一致しています」

「ああ……」萌絵は肩を落として、それから犀川を恨めしそうに見つめた。「駄目だわ、先生……」

「何が、駄目なんですか?」片桐が質問する。

萌絵は、ついさきほど、犀川と意見が一致した仮説を二人の刑事に要領良く説明した。被害者が犯人を一旦追いかけようとして、すぐ諦めて戻ってくる。それから、絵を描くために蔵に閉じ籠もった、という仮説である。この場合、四歳の男の子が、蔵に入ったのは明らかにそのまえでなくてはならない。したがって、扉に男の子による血の手形がつくはずはない。

「そうなると、やっぱり、六時以前に、被害者は刺されたわけですね?」犀川は無表情できいた。「坊やと犬が入ったときには、既に部屋には被害者の血が流れていた」

「そうです」鵜飼が頷く。彼は既にスープを一滴残らず平らげていた。

「しかも、蔵には被害者はいなかった」犀川は続ける。

「坊やはそう言ったようです。しかし、入ったのは、その子と犬だけですからね。正確なところはよくわかりません」

「だけど、死体が転がっていたわけはないでしょう？」と犀川。

「まあ、それはそうですね……。被害者が、血塗《ちまみ》れの状態で、二階に上がったとも思えません。梯子にもそんな痕はありませんから。やはり、被害者は、六時以前に、あの蔵を出ていってますね」鵜飼が説明した。

「刺されてから、被害者が犯人を追って出ていった。ちょうどそのときに子供が来た」萌絵はゆっくりと言った。「そんな絶妙のタイミングはありえないって、さっきの先生との議論では否定しましたけど、その可能性も全然ありえないわけじゃありませんね」

「そうなると、かなり遠くまで追跡して、また戻ってきたことになるね」犀川は言った。「犬と子供が入って、それに香山夫人も庭先に出てきていたわけだから、ずいぶん長い時間、被害者は屋敷から出ていないといけない。一度追いかけて、また戻る、という行為からして、ちょっと不自然だし、石畳以外にも、外の道路や、裏門なんかに被害者が触って、血痕が残っていても良さそうなものだ」

「誰かが忍び込んだというのは、裏門に鍵がかかっていた、という証言とも矛盾しますね」

片桐が水を飲みながら言う。「もっとも、あの吉村って爺さんの勘違いかもしれませんけど」

「完全な仮説が構築できないのと同様に、完全に否定できる仮説もない」犀川が淡々と言う。「いずれも、境界条件の不確定性に起因しているね」

「六時まえに被害者が刺されて、そして外に出ていった。ここまでは確かですよ」と萌絵。

「結局、何も進展していないわけですよ」片桐が横から言った。「いろいろ考えてみたんですが、今、西之園さんのおっしゃった、それだけです、確かなのは……。でも、そうなると、七時から八時にかけて、蔵の中に誰がいたのか、という疑問に行き着くわけです」

「やっぱり、林水氏は、ずいぶん遠くまで犯人を追いかけてから、蔵に戻ってきたのかしら」萌絵はゆっくりと話す。こういうしゃべり方のときは、自分でも信じていない場合である。彼女はほとんどスープに手をつけていなかった。


「議論も堂々廻りをしているなあ」と犀川。

「ええ、とにかく、犬も子供も、みんな母屋に戻った頃、林水氏は引き返してきて、鍵をかけた」萌絵は犀川の方を見て言った。「林水氏は、絵を描きに戻ってきたのよ」

「さっきと、同じことを言っているよ、西之園君」犀川は微笑む。

「なんか、頭がぼーとしてきたみたい」萌絵は唇を噛んだ。「やっぱり風邪かな……」

「香山林水の最後の作品は未完成です」鵜飼は言った。「でも、確かに、今の話、一応の筋は通っているように思えますね」

犀川のスパゲティが運ばれてきたので、彼はフォークを手に取って食べ始める。少し遅れて、他の三人の料理もテーブルに並べられた。片桐は熱心に手帳にメモを取っている。

半分ほど食べたところで、犀川が沈黙を破った。

「えっと、聞いたかもしれませんけど……。坊やと犬が蔵から出てくるところを見ていたのは、香山夫人だけですか？」

「そうです」鵜飼はステーキを口に入れるまえに言う。「香山綾緒さん、その坊やの母親ですね。彼女だけです」

「犬は、よくその蔵に入るんですか？」犀川は続けて質問する。

「いいえ、珍しいことだったようですよ。なにしろ、林水氏の仕事場ですから」

「どうして、香山夫人は、そこに坊やがいると思ったんでしょう？　彼女、坊やを探していたのですか？」犀川はフォークにスパゲティを巻き付けながらきいた。

「六時から始まるテレビの子供番組があるんで、ええ、探していたようですね。それで、裏庭に出たら、犬の声がするので、蔵の方へ行ったそうです。そうしたら、そこからちょうど坊やと犬が出てきたところだったわけです」

「犬の声？」犀川は顔を上げてきき直す。「蔵の中で吠えていたんですか？」

「そう……」鵜飼は頷いた。「そうなりますね」

「よく吠える犬なのかな？」犀川はそう言って、また食べ始めた。

「私がお邪魔したときも、吠えてましたよ」萌絵が言った。「浜中さんと最初にあそこへ行ったときです。庭で吠えていたわ」

「種類は何です？」犀川は鵜飼にきいた。

「犬ですか？」鵜飼は苦笑して隣の片桐を見た。片桐も首をふる。「テリアっていうんですか……。白と茶色と黒のぶちですね。尻尾が短くて、口のとこの毛が長い。そうですね、西之園さんのところの犬と同じくらいの大きさのやつですよ。胴体の毛は短いですけどね。小さいくせに、声だけは太いんです。僕らも、最初は吠えられました」

「ワイヤだわ、きっと」萌絵は言った。「ワイヤヘアード・フォックステリア」

「西之園君が行ったときは、君たちがいるから吠えたの？」

「さあ……」萌絵は首を傾げる。

「重要なんですか？　犀川先生」鵜飼がきいた。

「今日の話の中では一番」犀川はフォークを持ったまま、鵜飼と片桐の顔を見て少し微笑んだ。「蔵の中で犬が吠えたのは、何故だと思います？」

第6章　彩りは黙禱《もくとう》のなかに

〈Riding the Bull Home〉

1

　二月の最初の土曜日の午前十一時、西之園萌絵は木津根病院を訪れた。朝からどんよりとした天候で、風がとても冷たかったが、西の空は明るく、午後には日差しが期待できそうだった。

　以前に駐めたことのある駐車場が満車で、少し離れたところの舗装されていない第二駐車場に車を入れたが、彼女の愛車の太いタイヤには、フレンチクルーラにチョコレートをかけたみたいに泥が巻き付いてしまった。

　病院の玄関前のスロープを上ろうとしたとき、自転車置き場にいる男性が萌絵の方を見ていたので、一瞬目が合った。髪の毛がグレイで、白と黒の比率は七対三くらい。どことなく女性的な顎のライン。疲れた表情の目つき。萌絵は直感を信じて、その男の方に歩いていった。

「失礼ですけど、月岡さんでしょうか？」萌絵は軽く頭を下げてきいた。

「そうだけど……。あんたは？」自分の自転車の鍵を外しながら月岡は言った。「まさか、雑誌か新聞の人？」

「いえ、私、マリモさんのお友達です」萌絵は持っていた紙袋を少し上げて見せる。「お見舞いにきました」

「ああ、そう」月岡は急ににっこりとして、それからもう一度じろりと萌絵を見る。「どこから来たの？」

「那古野です。N大の学生です」萌絵は笑顔を作って言う。「あの、マリモさんとはパソコン通信のお友達なんです。お見舞いは今日が三回目です」

「ああ、それは、どうも」月岡は微笑んだが、すぐ視線を逸らし、自転車を出そうとした。

「すみません、少しだけ、お話を伺っても良いですか？」

「何の？」月岡は驚いた顔をする。それから左手の腕時計をちらりと見た。

「お急ぎですか？」

「いや、特に……」

「事件のこと、どう思っていらっしゃいます？」萌絵は単刀直入にきいた。

「どうして、そんなことをきくの？」月岡は苦笑して答える。「どうもこうもないよ。えらい災難の上に、警察や記者につきまとわれて……。まあでも、このところ、少しましになったかな……。一時なんか、僕が疑われたんだよ」

「え、月岡さんがですか？」萌絵は驚いた振りをする。「まさか」

「いや本当。何考えてるんだかね……」月岡は鼻を鳴らす。「アリバイのない者は、みんな容疑者なんだ」

「アリバイ……、ですか？」萌絵は初めて聞いたという顔をする。

「そう……。犯行時刻のアリバイだよ」月岡は頷いた。

「どこにいらっしゃったのですか？　月岡さんは」

「ずっと病院にいたさ。でも、ちょうど、五時頃から一人になったんだ。誰も僕がいたことを証言してくれなかった」

「ええ、案外、そういうことって、正確には覚えていないものですからね」萌絵は相槌を打つ。

「そうそう……。いい加減なものだね、人の記憶なんて」月岡はジャンパのポケットから煙草を出して火をつけた。「僕が事務室で仕事をしていたとき、確かに看護婦が何人も廊下を通っているんだよ。彼女たち、僕の姿を見ているはずだと思ったんだけどね……、それが、誰も覚えていないって言うもんだから……」

「どうして、月岡さんが……、犯人だなんて、警察は思ったのかしら」萌絵は上を見て、考える振りをする。「だって、動機が……」

「どんなことでも、連中はでっち上げてしまうからね」

「何をでっち上げたのですか？」萌絵は尋ねた。

「興味があるの？」月岡は煙を吐きながら萌絵を睨んだ。

「私、警察に就職するつもりなんです」萌絵は咄嗟《とっさ》に思いついたことを言う。自分でも気の利いた台詞だと思った。

「へえ、珍しいね……。婦警さんか」

「いえ、刑事になりたいんです」萌絵は微笑む。「月岡さん、香山林水さんが亡くなって、何か得をすることがあったのですか？」

「あんたなら、なれるかもしれないね」月岡は笑った。「いやね、あの屋敷をさ、香山家は手放さなくてはならんのだよ。マリモも知っているはずだ。もう税金だけで大変なんだから……。林《りん》さん、いや、亡くなった義兄のことだけどね……、彼だけが反対していたんだ。借金なんていくらでもすれば良いと思っていた。そういう人だったからね。まあ、それだけの話……」

「買い手がいるのですか？」

「県だよ。岐阜県」月岡が頷く。「売値は少し安いとは思うけど、個人に売るよりはずっといいと僕は思うね。あの屋敷をちゃんと保存してくれるわけだから」

「ああ、なるほど……」萌絵は頷いてから、にっこりする。「でも、そんなことって、全然、動機になりませんね」

「あんたみたいに、ものわかりのいい刑事さんばかりだったら、事件も解決するかもしれないね」月岡は言った。

「ええ、たぶん……」萌絵は目を大きくした。

「じゃあね」月岡は煙草を捨てて、自転車を引き出す。「マリモが喜ぶと思うよ」

「失礼します」萌絵は頭を下げた。

月岡は自転車に乗り、駅の方角へ走っていった。彼は、萌絵が想像していた人物とはだいぶ違っていた。五十代の後半の年齢にはまったく見えない。風貌は四十代といっても通りそうだし、しゃべり方も若々しかった。

病院は、車がやっとすれ違える程度の細い道路に面していて、この道は、ＪＲの駅に通じている。瓦の重さで垂れ下がり、波打った軒先《のきさき》のラインが、ずっと続いていた。少し視線を上げると、茶色に白をまぶした山々が驚くほど近くに見えた。確かに天気は良くなりつつある。

刑事になる……？

自分で言ったでまかせに、けれど、萌絵は少しどきっとした。

その可能性がないわけではない。自分は何にだってなれるはずだ。なりたいものには何にでもなれる。望みさえすれば……。

「なりたいものになれない人はいない」と犀川助教授はいつも言っている。「なれないのは、真剣に望んでいないだけのことだ。自分で諦めてしまっているからなんだよ。人間、真剣に望めば、実現しないことはない」

確かに、犀川が言うと、自信家というよりは無邪気な子供の発言に似たニュアンスに受け取れて微笑ましい、と萌絵は思う。しかし、彼女は彼のその言葉をほぼ信じていた。

自分は将来、何になるだろう？

多少可能性が高いのは、建築家、研究者、実業家、政治家、パイロット……。

幾分可能性が低いのは、将棋指し、小説家、弁護士、プロゴルファ……。

もっと低いのは、主婦。

刑事になろうかしら……。

両親が生きていて、一人娘のこの言葉を聞いたら、どんな反応を示しただろう？

父親は、その場では絶句して、次の日の早朝、彼女を書斎に呼び出すだろう。何か関連する書籍を手渡すか、あるいはA4用紙にワープロで打ち出した文章を用意しているに違いない。その文章の前半三分の二、いや五分の四は、現代の社会背景と近年の歴史などに関する一般論、それに、父親の人生哲学と、一族の主だった成功者の半生に関する控え目な表現の記述。

母親は、賛成してくれるかもしれない。けれど、それは、わざとらしく卒倒したあとの話だし、結局は母の涙を見て、彼女も泣いてしまうのだ、意味もなく……。いや、これはないかな……。

その連想が妙に可笑《おか》しくて、萌絵は一人でくすくすと笑いだしていた。

2

「またまたアイスクリーム」病室に入ると、萌絵は紙袋からハーゲンダッツの箱を取り出した。「今日は、私もここで一ついただいて良い？」

「西之園さん」ベッドで上半身を起こして本を読んでいた香山マリモは、真剣な顔で萌絵に言った。「このまえは、ごめんなさいね……。私、ずいぶん失礼なこと、貴女にしたでしょう？」

「そうでしたっけ？」萌絵は、箱からカップを二つ出した。「私はストロベリィ、香山さんはクッキィ・アンド・クリーム？」

「父が亡くなって、私……」マリモはギプスをしていない左手でアイスクリームを受け取った。「西之園さん。私、貴女のご両親が亡くなっていたなんて、全然知らなかったの……。二、三日まえに儀同さんから電話があって、それで、貴女のことを聞いたわ。本当にごめんなさいね」

萌絵は首を傾げて、にっこりと微笑んだ。

半月ほどまえ、アイスクリームを持ってこの部屋に来たとき、香山マリモは口をきかなかった。萌絵が差し出したカップを払いのけ、「帰って」と一言だけ小声で囁いた。萌絵は、床にこぼれたアイスクリームを掃除してから黙って部屋を出た。

ずいぶん気が滅入《めい》った。しかし、最初の面会のとき、マリモの父親の死亡を彼女は隠していたのだ。そのことに対する後ろめたさもあって、腹を立てるわけにはいかなかった。その日は、香山の屋敷にも寄ってみたが、香山家の対応もマリモとほとんど同じで、話もできないまま追い出されてしまった。そのあと那古野に戻って、犀川助教授の部屋を訪ねたときには、泣きたいくらい落ち込んでいたことを、萌絵は思い出した。

彼女はカップをテーブルに置いて、窓まで行き、カーテンを開ける。部屋は明るくなった。

「私……」萌絵はベッドの方に振り向きながら話した。「可哀想な自分って一番嫌いなの。アイスクリームが食べたいときには、どうしたって食べるんです。人の分を取り上げても」

「これ、美味しいわ」マリモは、ギプスをしている右手でカップを持って言った。「ありがとう、西之園さん」

香山マリモは、以前に比べてはるかに顔色が良くなり、顔も多少ふっくらとした感じだった。頭の包帯も今はしていない。地味で内気な印象の女性であるが、肌が綺麗で、三十を越えているようには見えなかった。

「絶対、今度の作品の主人公にするわ」マリモはしばらくして呟いた。「西之園さんが主人公よ。田舎の旧家に、貴女はお嫁に来るの……。それで、小姑がいてね。それは儀同世津子さん。あの人のキャラクタが、もうばっちり」

それを聞いて、萌絵は急に顔が熱くなった。予期しないことには、彼女は慌ててしまう。

「あら、どうしたの?」マリモは萌絵の変化に気がついて言った。「顔が赤いわよ。いけなかった?」

「い、いいえ。私、アイスクリームで酔っ払うの」萌絵は早口でごまかす。

「まっさか……」マリモは笑った。「あ、でも、今のそれ使えるわね。うん、ポイント高いな……」

「ねえ、月岡さんって独身なの?」萌絵は話を変えた。

「え、ええ」マリモはびっくりした顔をして頷いた。「叔父様に会ったの?」

「香山さん、顔が赤いですよ」萌絵は言う。

「本当?」マリモは微笑んだ。「じゃあ、やっぱり、アイスクリームのせいね」

「私も、あんな素敵な叔父様がいたら、赤くなるかも」

「月岡さんは、本当の叔父ではないの」マリモは慌てて言った。「お母様の弟なんだけど、月岡家の養子なのよ。母と血のつながりはないんです」

萌絵は頷いて、アイスクリームを少しずつ食べる。猫舌というのは、冷たいものにも弱い。

「毎週ね、私の漫画の感想を書いて下さるわ」マリモは言った。

「月岡さんが?」

「うん、そう」マリモはまだ半分ほど残っているカップをサイドテーブルに置いた。「パソコン通信よ。叔父様もパソコンしてるの」

香山マリモが、叔父の月岡に普通以上の好意を寄せていることは確実だ。このカップルは二十歳以上離れている、と萌絵は思った。萌絵と犀川助教授は十三歳違いである。

「事件のこと……、お話ししても良い?」萌絵はきいた。

「ええ、大丈夫」マリモは頷く。

「お話は聞いていらっしゃるの?」

「ええ、だいたい聞いたわ」マリモは笑おうとしたが、ひきつった表情になった。「本当に、つい最近よ、冷静に話が聞けるようになったのは」

「ええ、わかります。私なんか、半年も寝たきりでしたもの」萌絵は普通の表情で言う。彼女の両親が死んだのは六年もまえのことだった。「まず、壺と鍵箱が、どうして、あの部屋にあったのか、ということ」

「そうね……」マリモはゆっくりと頷いた。「お祖父様のときと同じね。でも、もともと、あの二つは、お父様の蔵の二階にあったの。だから、たまたまあのとき、お父様が出してきて、ご覧になっていたんだと思うけど」

「それも、お祖父様のときと同じ？」萌絵はきいた。

「うん……」マリモは視線をさまよわせる。「たぶん、そうね」

「無・我・天・地？」萌絵はゆっくり発音した。

「そう」マリモは萌絵の目に焦点を合わせる。「水・易・火・難ね……。西之園さん、何故それを知っているの？」

「香山風采さんの絵が、私の叔母様のところにあるの」萌絵は脚を組んで、片膝を両手で抱えた。

「へえ……。それは奇遇ね」

「あれは、どういう意味なんです？　お祖父様のオリジナルなの？」

「ええ」マリモは頷く。「その文句は、お祖父様があちこちに書き残しているものなの。よほど気に入っていたのね。その前の文句はご存じ？」

「耳・泳・暴洋。瞳・見・星原」萌絵は音読みで言った。

「意は毘盧《びる》の頂寧《ちょうねい》を踏み、行《ぎょう》は童子の足下《そっか》を礼《らい》する」マリモは朗読するようにゆっくりと発音した。

「え？」萌絵はきき返す。「ビル？　チョウネイ？」

「貴女、国語は駄目？」マリモは言う。「建築って理系なのね」

「ええ、特に漢字は絶望的」萌絵は頷いた。「今のはどういう意味ですか？　日本語ですよね？」

「意志は、仏様の額を踏みつけるほど大胆であっても、行動は、小さな子供の足もとにひれ伏すくらい謙虚に、という意味ね。耳泳暴洋、瞳見星原も、だいたい同じ意味だと思うわ。社会の雑踏に流され生きていても、心の眼は静かにあれ、ということ」

「それ、同じですか？」萌絵は眉を寄せる。

「同じよ」マリモは頷く。「どちらも、日本人の文化でしょう？」

「全然理解できないわ」萌絵は微笑む。

「あの天地の瓢《こひょう》と無我の匣《はこ》が、その象徴なの」マリモは続けた。「天にも地にも我を無くす。生きても、死んでもいない」

「つまり……、どういう状態？」萌絵は、内心、少し馬鹿馬鹿しくなっていた。

「死んでいるように生きて、死んでも生きているようにする。そんな状態ね」マリモは澄《す》まして答える。「つまり、その存在の不安定さが、大切なの」

「どうして？」

「さあ、どうしてでしょう」マリモは優しく微笑んだ。「でも、そういうときにこそ、良い絵が描けるのは、確か」

「ふうん……」萌絵は唸った。「ついていけないわ、私」

「私もよ」マリモはくすくすと笑う。「小さな頃から、お父様はこんなお話ばかりされたのよ。全然、意味がわからないでしょう? 私もずっとそうだった。わからなかったの。でも、なんだか、最近少しだけ、そうかなって、思うことがあるわ。言葉では、上手に説明できないんだけど……」

「禅問答みたいなものですね」萌絵は言った。

「そうかしら……」マリモは首を傾げる。「よくわからない。理解はできないわ。私には、お父様やお祖父様のお仕事だって、全然理解できなかったんですもの」

「仏画師……がですか?」

「いいえ、模写ばかりされているでしょう?」マリモは自由になる片手で額の髪を払った。「古い仏画や曼陀羅《まんだら》の模写ばかり。とにかく、そっくり同じに写しているだけなのよ。オリジナルの作品なんてほとんどない。それじゃあ、コピィや写真と同じだわ。どうして、そんな無意味なことができるのかしら? どうして、そんなことに情熱が持てるの? 創作意欲ってどこから湧いてくるの? 人の描いた絵を、ただ写すだけだなんて……、私には全然信じられなかったわ」

「香山さん、今は、それがわかるのですか?」

「ええ、なんとなくだけど」マリモは頷いた。「今はわかる。私も、たぶん将来、そうなるわ」

「あの……、結局、模写の目的は、何なのですか？」

「何かを生み出したい。自分だけのものを創作したい。つまり、そんな意欲を、すべて滅するためだわ」

マリモの言葉にではなく、彼女の涼しげな表情に、萌絵は背筋が寒くなった。感動したのではない。恐かったのだ。

3

香山家の塀を右手に見ながら、萌絵は北側の空地に車を入れた。道路より土地が高く、スロープも凸凹《でこぼこ》である。車のエアスポイラやマフラを当てないように、彼女は慎重に乗り上げたつもりだったが、がりがりと嫌な音がした。萌絵はがっかりして、溜息をついてから車を降り、フロントとリアを覗き込んだ。幸い、見えるところに傷はなかった。しかし、マフラを調べているとき、地面に落ちていた煙草の吸殻に目がとまった。

もう何日も風雨に曝《さら》されているような小さなごみだったが、落ちている場所が少し気になる。その煙草は踏まれていない。フィルタに書かれた銘柄を見ると、マルボロ・ライト・メンソールだった。鵜飼や片桐ではないが、マナーの悪い警察の関係者だろう、と萌絵は思う。一度は立ち上がったが、思い直して、念のため、バッグからティッシュを出して、それを拾い上げた。

香山家の裏門は閉まっていた。敷地の周囲を廻って、表玄関まで行くしかないと思い、道路を歩きかけたとき、後ろで声がした。

「西之園さん」

裏門を出たばかりの香山綾緒だった。

「こんにちは」萌絵は引き返して挨拶する。「マリモさんのお見舞いにきたので、ちょっと寄ってみたんです」

「このあいだは失礼しました」香山綾緒は深々と頭を下げた。

「あ、いいえ、そんな」

「私たちも、ちょっと疲れていましたの。ろくにお話もしませんでしたし、その、ひょっとして、とてもご無礼なことを申し上げたんじゃあ……」

「いいえ、私こそ……」

「あの、どうぞ、お入りになって下さい」

「お邪魔ではありませんか？」萌絵は時計を見た。正午を少し過ぎている。まずい時間帯ではある。

「ええ、今日は主人が出かけておりますの。那古野まで行っています。私、ちょっと、お隣にお届けものがあるので……。中でお待ちになっていらして、すぐ戻りますから」

和服姿の香山綾緒は、そう言って道を歩いていった。

萌絵は、門をくぐり、石畳の続く裏庭に入る。問題の血痕が発見された場所であるが、もちろん、今は何の痕跡も残っていなかった。

母屋から犬が飛び出してきて、萌絵に吠えた。

「よしよし」萌絵は犬に近づき、屈《かが》んで広げた両手を見せる。思っていたとおり、フォックステリアだった。この種類は気性が荒いが、最高に頭が良い。萌絵の様子に犬の態度は一変し、彼女の前でお座りをして尾を振った。

「ケリー」と叫びながら小さな男の子が駆けてきた。

「ケリー君っていうの?」萌絵は、犬の頭を撫でながらきく。

「女の子だよ」男の子は萌絵の顔をじっと見て言った。

「ああ、それじゃあ、ケリーさんね」萌絵は微笑む。「君は、なんていうの?」

「カヤマユースケ」

「私は萌絵」

「モエ、モエ、モエ」祐介は繰り返した。そして、けけっと笑う。

「失礼ね。人の名前で笑わないでくれる?」萌絵は怒った顔を作る。「ほら、ケリーはお利口さんよ。笑ったりしないもの」

「笑わないよ」祐介はそう言って、口をぎゅっと閉じる。

「そう、ありがとう」

「おばちゃん、ママは？」

「うん、もうすぐ帰ってくるよ」萌絵は立ち上がった。石畳を歩いて、蔵の前まで来る。ケリーと祐介は彼女についてきた。

「おばちゃん、何してるの？」祐介がきく。

「私は、おばちゃんじゃありません」萌絵は振り返ってゆっくりと発音した。

祐介は、またけけっと笑った。ふっくらとした頰が可愛らしい、と萌絵は思う。

「ねえ、祐介君。クリスマスのとき、雪が降ったでしょう？　覚えてる？」

祐介は首をふった。

「じゃあ……、祐介君が、ケリーと一緒にここに入って、手が汚れたのは覚えてる？」

「お祖父ちゃんの絵の具だよ」祐介は言った。

「そのとき、お祖父ちゃんは？」萌絵は再び屈んで、少年の目の高さに合わせた。「この中に、祐介君のお祖父ちゃんは、いなかったの？」

「いないよ」祐介が答える。

「でも、ケリーが吠えたでしょう？」萌絵はゆっくりときいた。

祐介は真横になるくらい首を傾けて、それから躰を回して、遊びだした。

「私の話、聞いてますか?」萌絵は言った。

祐介は、けけっと笑って、彼女の方を見る。

「お祖父ちゃんの他に、誰かいたの?」

「いない」祐介はにこにこ笑いながら言った。「お祖父ちゃんだけ」

「お祖父ちゃんだけ?」萌絵はきき返す。「お祖父ちゃん、いたの?」

「ううん、もういない」そう言って、祐介はまた走り出した。ケリーが祐介の周りを走り回っている。

萌絵は腕組みをして立ち上がった。

「おばちゃん、ゲンマダイショーグン直せる?」

「私のこと、ちゃんと呼べないなら、もうお話しできません」

「モエ……」

「萌絵さん」萌絵は言った。

「モエさん……。ゲンマダイショーグン直して」祐介が言う。

「それ、何?」

「ゲンマダイショーグン、動かなくなっちゃった」祐介は萌絵を中心に衛星のように廻りながら言った。

「いいわ、持っていらっしゃい、何でも直してあげるから……」

「おばちゃん、直せるの？」祐介は嬉しそうに萌絵を見た。

「もう一度！」

「モエさん」

「そう……」

4

香山綾緒はすぐに戻ってきた。萌絵は、裏口から母屋に上がり、台所の隣の、炬燵《こたつ》のある座敷に案内された。以前に来たときに入った香雪楼に比べ、そこは生活の匂いのする空間で、心配したほど寒くもない。炬燵は、萌絵にとっては非常に珍しい暖房具であった。もちろん、知らなかったわけではないが、実際に接するのは三度目くらいだった。

その炬燵で萌絵が待っていると、綾緒はお茶菓子を持ってきた。ピンク色の丸いお饅頭《まんじゆう》で、食べてみると中に杏《あんず》が入っているお餅だった。

「わぁ、美味しい！」萌絵は言う。お世辞ではなかった。和菓子はあまり好きではないが、それは美味しいと彼女は思う。

「マリモさんから西之園さんのこと、お聞きしたんです」綾緒は湯飲みを両手で持って言った。「大変でしょう？　今は、お一人なの？」

「いえ、うるさい年寄りが一人います」萌絵は答える。どうやら、萌絵の両親が亡くなっているという話が流れ、それで会話がしやすくなったようだ。こういった効果もあるのか、と彼女は冷静に受けとめた。

「犯人が早く見つかると良いですね」萌絵はお茶を飲もうとしたが、とんでもなく高温で、猫舌の彼女には問題外だった。

「ええ、そうね」綾緒は困った表情で言う。「今日みたいに主人がいないと、なんだか、恐くて……」

「警察は、もう来ないのですか？」

「昨日、ちょっとだけ、あの大きな方……、えっと、鵜飼さん？　あの方がいらっしゃったけれど……」

「壺と鍵箱は、警察から戻りましたか？」萌絵は尋ねた。

「ええ、つい、二、三日まえです」

襖《ふすま》が突然開いて、祐介が部屋に入ってきた。彼は、両手で大きなロボットのおもちゃを持っていて、萌絵の前にそれを突き出した。金色の兜《かぶと》をかぶったコケティッシュなロボットである。

「幻魔大将軍ね？」萌絵はそれを受け取る。

「まあ、よくご存じね」綾緒は、祐介が開けた襖を閉めながら、驚いた顔をした。「祐介、ちょっと大事なお話だから、向こうで遊んでいてね」

萌絵は、ロボットをひっくり返して、足の裏にあった電池ボックスのハッチを開けた。

「電池はあるの？」

「あるよ」祐介が言う。

単二電池が二本収まっていたが、よく見ると両方とも同じ向きだった。萌絵は、電池を取り外して、奥のマークを確かめる。

「ああ、わかった」彼女は祐介に微笑んで言う。「これはね、電池が反対なの」

「ハンタイ？」祐介が真似をする。

プラス・マイナスの表示どおり電池を入れ直して、背中にあったスイッチをスライドさせると、幻魔大将軍はギアの音を立て、息を吹き返した。祐介の表情が輝き、けけっと笑い声を上げる。

「直った！　直った！」

「ね、私に直せないものはないのよ」萌絵はおもちゃを畳の上に置いて、そのまま祐介の方に走らせた。

「祐介、ちゃんとお礼を言いなさい」綾緒が言った。

「ありがとう、おばちゃん」

萌絵は黙って祐介を睨みつけたが、彼は、萌絵の不満には気がつかない。幻魔大将軍を両手で持ち上げ、祐介は部屋から出ていった。綾緒がまた襖を閉め直す。

「可愛いですね」萌絵は言いたかったこととは正反対の形容を口にする。大人って、なんて嘘つきなんだろう、と彼女は一瞬思ったが、それこそ本当に、おばさんの始まりかもしれない、と考え及んで、機嫌が直った。

「結婚して、ずっと子供ができなかったので……」綾緒は微笑んだ。「もう、親馬鹿もいいところなの。子供なんて大嫌いだったんですけどね……、今は、あの子のためなら何でもできる」

萌絵は返す言葉が見つからなくて、湯飲みに手を伸ばす。そろそろ飲めるかもしれない。

「あの……、香山夫人は、どちらに?」萌絵は尋ねた。香山林水の夫人のことを、どう呼べば良いのか、少し考えた。

「お母様なら、奥のお部屋にいらっしゃいますよ」綾緒は答える。「どうしてです?」

「いえ……、お元気ですか?」

「ええ、気丈な方ですから、大丈夫です」

「昭和二十四年の、風采氏が亡くなったときには、林水氏はもう結婚されていたのですか?」

「いいえ、お父様が結婚されたのは、そのあとだと聞いています。お母様も、ですから、そのときは、まだここにはいらっしゃらなかったことになります。西之園さん、昔のことをよくご存じね？」

「はい、マリモさんから伺ったんです」萌絵は冷めたお茶を飲んだ。また、嘘をついてしまった、と自覚しながら。

「あら、お茶を替えましょうか？」綾緒は気がついて腰を浮かせる。「冷めてしまったでしょう？」

「あ、いいえ、いいんです。私、これくらいじゃないと飲めないんです」

「貴女、お食事されてないでしょう？　召し上がっていかれません？」綾緒は尋ねる。

萌絵は腕時計を見た。十二時半である。

「あ、いいえ、そんなわけにはいきません」萌絵は湯飲みを戻して言った。「私、一時に、駅まで犀川先生をお迎えにいかないといけませんし……、あの、そろそろ、失礼しなくちゃ……」

「まあ、大学の？　先生がこちらにおみえになるの？」

「ここじゃあ、ありません」萌絵は微笑む。「大正村に行かれるそうです」

「ああ……」綾緒は頷いた。「天気が良くなってきましたから」

「あの、一つ質問なんですけど……」

「はい？」

「あの日、祐介君が蔵から出てきたとき、ケリーが蔵の中で吠えていたのは確かですか?」

「ええ、そうだったと思います」

「どうして、吠えたのでしょう?」

「そう、そうね……。そういえば……」綾緒は首を傾げる。「どうしてかしら」

「あの、もう一つ、変な質問なのですけど、この家で、煙草を吸われる方はいますか?」

綾緒はきょとんとした表情で萌絵を見た。

「主人が吸いますけど……」

「林水さんは?」

「いいえ、お父様は吸われませんでした」

「ご主人は、煙草の銘柄は何ですか?」

「マイルドセブン」綾緒は答えてから、ちょっと心配そうにぎこちなく微笑んだ。「何ですの? 事件と何か関係があるんですか?」

「すみません。大したことではありません」萌絵は立ち上がりながら、にっこりと微笑み返す。「幻魔大将軍に免じて、理由はきかないで下さい」

5

台所の勝手口で萌絵は靴を履いた。彼女が裏口から出ようとしたとき、吉村老人が入れ替わりで入ってきた。彼は、萌絵をじろじろと見る。彼女が頭を下げると、二秒ほど遅れて首を竦《すく》めるように応じた。

空地の車に戻ったのは一時二十分まえで、萌絵は急いでエンジンをかけ、車を出した。途中で音羽橋を左手に見ながら、町の方へ向かう。木津根病院の前も再び通った。しかし、慌てる必要はなかった。その町の小さな駅には十分足らずで到着してしまった。

木造の駅舎は、パステルカラーのピンク色。ペンキが塗り替えられたばかりのようで、なかなか可愛らしい。周囲の町並とはまったくマッチしていないが、センスは悪くない、と彼女は思う。駅前の小さなロータリィで車を歩道に寄せて停めると、煙草を吸っている犀川が、ちょうど駅舎からぶらりと出てくるところだった。

「遅刻しなかっただろう?」犀川は助手席に乗り込んで言った。「どう? このピンクの駅? 信じられない美的感覚」

「先生、すぐ大正村に行きますか? それとも、お昼がさき?」萌絵はきいた。

「この駅には、子供の頃、蒸気機関車の写真をよく撮りにきたんだ、そのときは、もちろんピンクじゃなかったよ」犀川は駅舎を指さす。「懐かしいなぁ。僕はC11が一番好きだったよ。西之園君は機関車も詳しいの？」

「いいえ」萌絵は首をふる。彼女は鉄道にはまったく興味がない。

後ろからタクシーがクラクションを鳴らしたので、しかたがなく萌絵は車を出し、ロータリィでターンする。

「君、ディスカバー・ジャパンなんて知らないだろう？」

「何です？　それ……。マルコポーロ？」

「大正村でカツ丼を食べよう」犀川はそう言うと、ベルトをかけながらシートにもたれた。

愛知県には明治村という有名な観光施設がある。広大な敷地に明治時代の建築物を移築し、鉄道や人力車などを走らせている。テーマパークのはしりのような存在だ。一方、岐阜県の大正村は、その明治村とつい比較されがちではあるが、二番煎《せん》じでもなければ、テーマパークでもなかった。大正村は、公園ではなく、本物の町並みなのだ。敷地の境界もなく、入場料もない。街道沿いの古い家並みが、そのまま保存され、残っているのである。当地の人々は、そこで生活をしているので、勝手に家の中を覗くことはできないが、幾つかの建物は、博物館として一般にも開放されていた。萌絵も二度ほど、友達と一緒に訪れたことがある。建築学科の学生で、ここに来たことがないという人間は少ないだろう。

町営の大きな駐車場は空いていた。もう少し暖かくなって、桜の咲く季節になれば、団体客を乗せた観光バスで満車になるのかもしれない。萌絵は一眼レフのカメラを持ってきていたので、車を降りるときそれを肩に掛けた。

小川に架かる小さな石橋を渡ると、モノクロのシックな世界がその先に展開している。いや、展開しているというよりは、詰め込まれている、といった印象だった。道は一様に狭く、両手を左右に伸ばせば、一人でとおせんぼうができるほどである。派手な土産物《みやげ》売場などはなく、ラムネや駄菓子といった品々が並んでいる店が数えるほどあるだけで、押しつけがましい情景はまったく見当たらない。なによりも、冷たい冬の空気が、静かな町並みには相応《ふさわ》しかった。

人通りも少ない。おもちゃのようなモダンな学校が、丘の中腹に小さく見えたが、急な坂道を上って近づいてみると、本当に小さい。

「先生、よくいらっしゃるんですか？」萌絵はカメラを構えて歩きながら犀川にきいた。

「そうね……、一年に一度くらいかな」犀川はポケットに手を突っ込んでぶらぶらと歩いている。いつもより、ずっと歩き方がゆっくりだった。まるで、それが大正時代のペースだ、と言いたそうである。

「どこにカツ丼屋さんがあるの？」

「なんだ、西之園君、知らないの？」犀川は呆《あき》れたという顔で彼女を見る。「駄目だなぁ。ここ、初めてじゃないだろう？　何のためにここへ来ているわけ？」

「そんなに重要なのですか？　そのカツ丼が……」萌絵は犀川のオーバーな表現が可笑しかった。

「いや、それほどでもない」犀川はあっけない返事をして、口もとを斜めにする。「そうね。特に美味いわけでもないし……。まあ良い。口で説明したって無意味だ。すぐそこだから」

萌絵は自分の機嫌が最高に良いと思った。

犀川と彼女の関係は、傍《はた》から見れば、どうというほどのものではない。初対面からものの三十分でこのレベルまで到達できるカップルだって、きっといるだろう。しかし、彼女は、もう二年以上も時間をかけていた。しかも、彼女にしてみれば極めて珍しく、我慢強く、そして慎重に……。

結果はどうかといえば、少なくとも前進はしている、というのが萌絵の分析、自己評価であった。ときどき、自分でも気が遠くなる思いがした。ちょうど、アンドロメダまで原付で出かけるようなものだ。ちゃんとヘルメットをして……。

曲がりくねって、緩やかに傾斜した小径、それがどうやら本ものの中山道《なかせんどう》らしいが……、その道を上っていく。小川の水の音が少し遠くなった。遠山の金さん（萌絵は、その人物をよく知らないが、有名らしい）の邸宅跡地を行き過ぎたところに、古びた看板が出ている。それは、入りにくそうな陰気な店だった。

「ここだよ」犀川はドアに手をかけて言った。

一人だったら絶対に入らないだろう、と萌絵は思った。いかがわしい雰囲気で、場末のクラブのようだ。もっとも、場末のクラブのいかがわしさなど、彼女は見たことがないので、根拠のない憶測である。

店の中は意外に奥行きがあり、高い衝立《ついたて》に遮《さえぎ》られて、一つ一つのテーブルがボックス席のように区切られている。途中で直角に折れ曲がる煙突を延ばしている達磨《だるま》ストーブ。最近流行の中華雑貨を連想させる小物たち。古い色使いと紙の変色が目立つシンプルなデザインのポスタ。どれもこれも、陰気だった。湿っぽい空気は、大正時代からずっと入れ替わっていないのでは、と思いたくなる。

正直いって、萌絵はすぐにでもここから退散したかった。

「どう？」犀川はにこにこしている。

「ええ、素敵ですね」また嘘をついてしまう。これで、もう完璧なおばさんだ。王子様にキスをしてもらわない限り、この呪いは解けないのかもしれない。

萌絵はオーバを脱いで、妙な座り心地のシートに腰掛けた。脚の長さが不揃いなのか、シートはがたついている。

大正時代から働いているのでは、と思えるような女性の店員が出てきて、注文をきいた。メニューを見たが、食べるものはカツ丼しかないようだ。これでは、選択肢は伸《の》るか反《そ》るか、である。

「まあ、一年に一度は、食べにくる価値がある」犀川は煙草に火をつけながら言った。

「一生に一度の間違いじゃないですか？」萌絵は片目を細くして小声で言う。

「その誤植なら一度本当に見たことがあるよ」

「どうも、先生と一緒だと、お食事にはツキがないような感じ」

「そうかな……」犀川は煙を吐く。「西之園君、午前中は、香山邸に行っていたんだろう？」

「はい、病院の香山マリモさんと、それに、お屋敷では香山綾緒さんに会ってきました」

「漫画家と、画家の妻……、だね」

「そうです」

カツ丼が運ばれてくるまでに、萌絵は、さきほどまでの出来事を思い出せる限り犀川に話した。彼は煙草を吸いながら黙って聞いていた。

「お待ちどおさまです」店員がカツ丼を二つ持ってくる。

萌絵は、犀川を一瞥してから割り箸を取り、ちょっと異様な色のソースがかかったカツを一口食べる。

「どう？」犀川は彼女を見て期待の表情である。

「変な味」萌絵は正直に言った。「これが大正時代の味なの？」

「僕は美味《うま》いと思うけどね」犀川はそう言って、黙々と食べ始めた。

店内には、萌絵と犀川の他に、若いカップルが二組、それに中年の女性の四人組、あとは老人が三人いた。かなり賑《にぎ》わっている。店内の雰囲気を見渡しただけで、もう「大正」はお腹いっぱいだ、と萌絵は思った。

「先生、お話のどこが一番面白かったですか?」カツ丼を半分ほどで諦めて、彼女は犀川に尋ねた。

「香山マリモさんの禅問答と……、それから、祐介君の幻魔大将軍かな」

6

「裏の空地に落ちていた煙草の吸殻は、警察が見落としたのかしら?」萌絵は店を出ると話した。犀川に見せはしなかったが、彼女はそれをティッシュにくるんで、バッグの中に持っている。「先生はどう思います? 警察だって屋敷の近辺は隈《くま》なく捜索したはずですよね。でも、凶器を探そうとしていたわけですから、煙草は見落としたのかもしれません」

「あるいは、全然関係ないかだね」犀川は歩きだした。「事件のあと、捨てられたものかもしれないだろう?」

「ええ、それはそうです」萌絵は頷く。「あと……、犬が吠えたのは、蔵の二階に誰かいたからですね?」

「香山林水氏ではない人がね」犀川が答える。「梯子に血の痕が残っていなかったんだから」

「誰がいたの？　何をしていたの？」萌絵は自問しているように呟いた。

街道沿いに大きな民家を改造した茶屋があった。中を覗いてみると満席である。犀川は外に出ていたベンチに腰掛け、煙草に火をつけた。近くに灰皿が置いてあったのを見つけたからであろう。

萌絵は、犀川の指に挟まれた煙草をじっと見ていた。

「あ、君も吸いたい？」犀川は彼女の顔を見上げてきく。

「そうだ……。マリモさんも煙草を吸うんだ」萌絵は突然そのことを思い出した。「そう、確か、彼女、事故に遭ったとき、煙草に火をつけようとしていた、と言っていたはず……」

「メンソールだからって、女性とは限らないよ」犀川は煙を吐き出しながら言った。「しかし……」

「ええ、マリモさんのはずはないですね」萌絵はすぐ自分の意見を否定する。「事故は六時なんですから……」

「しかも、林水氏は、六時まえには姿を消している」犀川も言った。「あの蔵の二階に誰かいたのかもしれない、というのも、六時ちょっとまえのことだ」

「うーん」萌絵は腕を組んだ。「簡単そうで難しいですね。やっぱり、煙草いただきます」

犀川は煙草を一本彼女に渡し、ライタの火をつけた。萌絵は、髪を片手で押さえ、犀川の差し出した火に顔を近づける。それから、犀川の隣に腰掛け、深呼吸するようにゆっくりと煙を吹き出した。彼女はそのまま、少し下を向き、ロダンの考える人に似たポーズになった。

「このまま迷宮入りになってしまうのかしら……」

「日本の警察は優秀だと聞いているよ」犀川は遠くを見ながら言う。「そうそう簡単には諦めないさ……。君は、早く諦めた方が良いと思うけどね」

「嫌です」萌絵はそのままの姿勢ですぐに言った。

「そういうのをね……」犀川は煙草を灰皿で消しながら立ち上がる。「パーマンの妹っていうんだ」

「パーマン？　何です？　それ……」萌絵も立ち上がって煙草の灰を灰皿に落す。

「さてと……、帰ろうか？　西之園君」犀川は背伸びをした。

7

二月の中旬。

大学は試験期間に突入し、西之園萌絵は、しかたなく勉強をした。苦手な力学の前夜は、親友の牧野《まきの》洋子《ようこ》の下宿に泊まり込んで試験に備えた。二週間はあっという間に過ぎ、幸い、萌絵は問題なく単位を取得することができた。もっとも、今までの彼女の人生で、バーを落としたことは一度もなかった。たとえ、すれすれであっても。

一方、警察は、跳び箱がとべない小学生のように、頭を悩ませていた。香山林水殺害に関する捜査は、ほとんど進展していなかったのである。愛知県警の鵜飼刑事と片桐刑事は、岐阜の田舎町に足を運ぶ機会がしだいに少なくなっていたし、岐阜県警の深澤刑事とも、短い電話のやり取りをする程度だった。少し暖かくなったものの、鵜飼はまだジョギングを始めていない。片桐は、老刑事の嫌味から解放されて、多少、胃の調子が良くなった代わりに、今度は花粉で目をしょぼつかせていた。

犀川は、卒論・修論の審査で忙しかったが、これらの教務関係の仕事は二月の後半にはほとんど消化された。学・協会の年次講演会、それにシンポジウムの論文の締切が幾つか重なり、この時期は、研究室のスタッフは三月下旬まで忙しい。卒業式の当日に論文を書いている学生もいるくらいだ。研究助成を受けている文部省や関係団体への報告書も作らなくてはいけない。これらが終わると、今度は、投稿論文の査読の仕事が、犀川に回ってくる。各種の研究委員会も年度の区切りで慌ただしい。彼は、相変わらず、一週間に一日は東京へ日帰りで出張し、往復四時間の新幹線の窓際Eのシートで、楽しく熟睡していた。

N大学工学部の建築学科では、学部の三年生は、二月の終わりには来年度の配属先の研究室を決定することになっている。つまり、四年生になって、どこの研究室で卒業研究を行い、卒論を書くのか、どの先生を指導教官にするのか、を決めるのである。

西之園萌絵は当然、犀川研究室を希望した。希望者が一ヵ所に集中すると、希望者どうしで話し合いかじゃんけんになるのだが、運良く今年の場合は、そういった調整の必要は生じなかった。親友の牧野洋子も、萌絵と同じ犀川研に配属が決まった。もっとも、彼女たちのクラス（建築学科は一学年四十名である）では、ほとんど萌絵と洋子の二人がリーダーシップをとっていたので（男子学生たちは、彼女らのことをツインピークスと呼んでいたが）、全員がこの二人を敬遠した結果である、というのが冷静な牧野洋子の分析だった。洋子は確かにクラス委員でもある。萌絵は、しきっているのは洋子一人だけだと思っていたので、洋子のその意見は軽い冗談だと受け流し、異議は唱えなかった。

三月もあっという間に過ぎようとしている。萌絵は、建築計画学のレポートを早々に片づけ、牧野洋子と二人で沖縄まで二泊の旅行に出かけた。しかし、萌絵は体調が悪く、パーフェクトに楽しい旅行にはならなかった。

二十五日には卒業式があり、進学しない四年生と修士課程の二年生（M2）、それに博士課程の三年生（D3）がいなくなった。掲示板とメールで事前にアナウンスされたとおり、三月三十日には、犀川研の新歓コンパが行われた。歓迎される新四年生は、西之園萌絵と牧野洋子と金子《かねこ》勇二《ゆうじ》の三人で、歓迎する側は、大学院生が六人、研究生が一人、留学生が二人だった。ただし、萌絵は、ほとんどの大学院生より、既に犀川研とのつき合いが長かったため、ようやく正式なスタッフになったというだけで、今さら歓迎されるような立場ではない。研究室のメンバも、全員、彼女のことをよく知っていた。

残念なことに、この新歓コンパに、犀川助教授は急な用事で出席できなくなった。学生たちだけで居酒屋まで出かけたが、乾杯のすぐあと、国枝桃子助手が突然現れた。全員が一瞬静かになった。だが、国枝助手が「犀川先生の代理だよ」と言ったときには拍手喝采《かっさい》だった。助手は、教授と助教授、つまり一講座に一人の割合でいる。国枝は、犀川の講座に所属してはいるが、犀川の研究室に所属しているわけではない。彼女は、教授と助教授の両研究室の学生に対して平等に面倒をみなくてはならない立場だった。それに、国枝桃子は、こういった飲み会に顔を出すことはほとんどなく、特に、一年ほどまえに電撃結婚してからというもの、学生たちの方が遠慮して、彼女をコンパには誘わなくなっていた。

萌絵は、ずいぶんまえに国枝桃子から届いた短いメールを思い出した。「ごちそうさま」という不可解な文句のメールである。萌絵は、国枝にその意味をききたかったのだが、生憎《あいにく》、国枝の座った場所は彼女から遠かったし、居酒屋の座敷は狭く、身動きがとれない状態だった。

少し自分が酔ったことが自覚されたので、萌絵は壁にもたれて休憩した。

頭がぐるぐると回っていた。

彼女は、今日、犀川に会ったら、重要なことを報告するつもりだった。彼女が駐車場で見つけた例の煙草の吸殻を、県警の鑑識で調べてもらったのだ。付着していた唾液は、血液型がA。香山マリモと同一だった。萌絵は、マリモがマルボロ・ライト・メンソールを吸っていたことも既に鵜飼から聞いていた。この事実がどんな意味をもつだろう……。誰かが、マリモの車から煙草の吸殻だけ持ち出して、あの場所に置いておいたのだろうか……。そんな可能性は極めて低いが……。

「萌絵、大丈夫？」隣に座っていた牧野洋子がきいた。

「あ、うん」萌絵は返事をする。「ちょっと考えごと」

「犀川先生が来ないから、あんた、やけ酒でしょう？」

「それもある」萌絵は頷いた。

「ねえ、あそこの白いセータの人……」洋子は萌絵の耳もとに顔を近づけて、囁くように言う。

「浜中さん？」萌絵はそちらを見てきいた。

「D1の人？」

「そうよ」

「まあまあじゃない？」洋子はさらに小声になる。「あ、駄目、見ちゃ……」

「見てない、見てない」萌絵は目を瞑った。

「ねえ、あの人さ、彼女いそう？」

「いないよ」萌絵は首をふった。「いない確率九十三パーセント」

「サンキュー」洋子はそう囁いて彼女から離れた。

萌絵はそのまま目を閉じていた。

手の指先、足の先まで、鼓動にリズムを合わせて、じんじんと振動している。

顔が熱かった。

しかし、気持ちが良い。

牧野洋子には本命がいる。彼氏は就職して東京に行くらしい。来年卒業したら、すぐ結婚するんだって話していたくせに……。浜中先輩のことをきくなんて、ちょっと厚かましいのでは？（限りなく洋子らしいけれど……）

萌絵は少し腹が立ったが、自分には関係のないことなので、さっと思考を切り替える。

周囲の喧噪《けんそう》が耳から入ってくる。

ぼんやり聞いていると、ただのホワイトノイズ。

耳は暴洋を泳いでいる……。

神経を集中すれば、星の瞬く静かな草原の情景が見えてくるのだろうか……。

けれど、萌絵の頭の中は、事件のこと、そして、それについて犀川が語った一つ一つの言葉でいっぱいで、かき混ぜると溢れてこぼれ落ちそうだった。

バターの中のレーズンみたいに、無秩序に散らばっている。

整理しなくてはいけない、と彼女は感じる。

大学の試験期間中、自主的にせき止められていた彼女の自由思考は、許容水量ぎりぎりのダムみたいに、ポテンシャル・エネルギィの塊《かたまり》だった。

もういい加減にしなくては……。

そうだ、私はあの謎を考える。

誰が何と言おうと……。

先生が何と言おうと……。

「西之園さん寝てるの？」遠くで誰かが言っている。

萌絵は、面倒なので眠った振りをする。

「珍しいな……。酒乱のお嬢さん、今日はお疲れかな？」と別の声。あれは、山本《やまもと》先輩の声だ。まあ、良い……、言わせておこう……。

「彼女さあ、最近、犀川先生とどうなっとるの？」これは、M２の高柳さんだ。本人を前にして、なんて破廉恥《はれんち》な発言だろう。

「そうだな、あまり噂を聞かなくなったね……。牧野さん、何か知ってる？」

「あ、私、何も知りません」洋子がぶりっこの口調で答えている。しかし、さすがは親友。口は堅い。

「僕さ、クリスマス・イヴの晩にね、西之園さんちへ電話したんだよ」浜中さんの声だ。萌絵はもう少しで目を開きそうになる。

「そしたらさ、例の爺さんが出たんじゃん……。お嬢様は、お出かけでございます」浜中が諏訪野の口真似をする。

余計なことを……。萌絵は浜中を睨んでやりたかった。

「あの、浜中さん。どうして、西之園さんのところへ電話したんですか?」あれは、波木先輩だ。

「あ、いや……」浜中の狼狽《うろた》えた声。こういうの藪蛇《やぶへび》というのだ、と萌絵は思った。「その、ちょっとさ、聞きたいことがあっただけだよ……。まあ、それでさ……、僕ね、きいたんだ。西之園さん、いつ頃帰られますかって……」

「そいつは、なかなか良い質問だがね。高得点!」高柳が明るく叫ぶ声。

「そうしたら……、はい、申し訳ございません。ちょっと、わかりかねます」浜中はまた、諏訪野の真似をしてゆっくりとしゃべった。萌絵は吹き出しそうになったが、我慢して眠っている振りを続ける。

「へえ、けっこうフリーなんだ」

「西之園家ってさ、もっとめっちゃ門限とか厳しいって感じじゃん」

「こんなとこで酔いつぶれとるなんて、想像もしてえへんわな」

「そうそう」

言わせておこう……。

萌絵は本当に眠くなってきた。
躰中が熱くなって、気持ちが良かったし、手足は鉛か水銀みたいに重かった。
事件のことを考えなくては、と思う。
しかし、夢との境界エリアに意識はどんどん滑り込んでいく。
ああ、ひょっとして……、
これが無我かしら……。
意識がグライドする。
あの鍵箱の中に入っているのは、これなんだ。
これが……か。
このまま死んでも良い、と思えるくらい、
気持ちが良い。
これが……、星原に座する、
ってことかしら……。
暖かいなぁ。
このまま……。
萌絵の意識は、肩を揺すられて目を覚ました。
眩しいので目を細く開ける。

しかし、よく周りが見えない。

白っぽい明るさと、ぼんやりと動く影しか見えなかった。

「萌絵、起きて！」洋子の声だ。

萌絵は返事をしようとした。

だが、何故か声が出なかった。

手も持ち上がらない。

「萌絵！　大丈夫？」

大丈夫よ。

私は大丈夫。

とにかく、気持ち良いんだから……。

彼女は言おうとした。

「ちょっと、誰か来て！」

「西之園さん？」

「萌絵！　萌絵！」

8

その晩、犀川が学会の研究委員会から戻り、自宅に帰ったのは、十時半だった。シャワーを浴びるためバスルームに入ろうとしたとき、電話が鳴り、国枝桃子助手から短い話を聞いた。

彼は大慌てで脱いだばかりの服を着直し、コートも着ないで外に飛び出すと、ポンコツのシビックを走らせた。

N大学のすぐそばにあるH日赤病院の駐車場に車を乗り入れ、犀川は正面玄関からロビィに駆け込んだ。受付は既に閉まっていて、辺りは薄暗かったが、牧野洋子と国枝桃子が長椅子に座っていた。

「犀川先生」牧野が立ち上がった。

「彼女は?」犀川はすぐきいた。「どこ?」

「今は、面会できません」国枝が答える。「諏訪野さんと親戚の方が、さきほどいらっしゃって、今は治療室です。家族だけにしてほしい、ということですので」

「どうした? 何があったのさ? 彼女、お酒をそんなに飲んだの?」犀川は続けざまに質問した。「まさか、みんなが飲ませたんじゃないだろうね」

「いいえ、違います」国枝が首をふる。

「西之園さん、そんなに今夜は飲まなかったんです」牧野が言った。

「じゃあ、何？」

「わかりません……」彼女は泣きそうな表情だった。「でも、まえにも一度、倒れたことがあるんです」

「え？　いつ？」犀川は驚いた。

「半年くらいまえ……、製図室で徹夜してたときです」と牧野。「そのときは……、貧血だって言ってましたけど……」

「ああ、貧血……」犀川は溜息をついた。「今度も、貧血なのかな」

「確かに、試験期間中は徹夜してたみたいですし、先週の沖縄旅行のときも、なんだか元気がなかったから……」

「疲れていたのかな……」犀川は頷いた。「血圧は低いってよく言ってたね」

「ええ、ここに運ばれたときも、血圧が下がっていて、本当、真っ青だったんです。私、もう……」牧野洋子の目は赤かった。

「国枝君」犀川は国枝桃子の方を見る。「もう遅いから……」自分がいるから帰っても良い、と言うつもりの発言だった。

「ええ」国枝は返事だけしてソファに座った。「もう少しいます」

エレベータの音がした。犀川たちが振り返ると、ドアが開いて、西之園捷輔が一人で出てきた。

「ああ、犀川先生、すみませんね……。お騒がせしてしまって」

「彼女は？」

「ええ、もう、大丈夫のようです。私は、ちょっと大事な仕事が残っていましてね、すぐ戻らねばならんのです」

「西之園君は……」犀川は歩み寄った。「彼女、どんな具合なんですか？」

「安定していますよ」西之園捷輔は無表情で言った。「今は眠っています。すぐ家内を来させますので……」

「どこが悪いんです？　何が原因なんですか？」

「医者は疲労じゃないかって言ってます。もともと、躰の丈夫な方じゃないんですよ。小さいときから病気ばかりしてましたからね……。貧血の酷いやつでしょうな」

「本当ですね？」

「本当ですよ。どうしたんです？」

「いえ……」犀川は暗い天井を見た。「あの……、良かった……」

薄暗いロビィに靴音を響かせて、西之園捷輔は出ていった。

玄関の自動ドアが、ゴムを擦《こす》ったときのような耳障りな音を立てて閉まる。

いつだって、病院のドアほど、嫌な音のするドアは他にない。

9

萌絵が入院した次の日、犀川は大阪に出張だった。講習会の講師で、ずっと以前から依頼されていた仕事だったので、断るわけにはいかなかった。一級建築士を対象とした、震災関係の特別講習会で、二日間の日程であるが、犀川が担当する内容は、震災にはまったく関係がなかった。

昨夜はほとんど寝られなかった。それで、一日中頭痛が酷く、喉も痛かった。その日は、梅田の近くのビジネスホテルに泊まり、萌絵の病院へ電話をかけた。電話に出たのは、西之園捷輔の夫人で、丁寧に萌絵の様態を知らせてくれた。彼女はほとんど眠っているが、目を覚ましたときの意識はしっかりしている、ということだった。明日の夜には病院へ行けると伝え、犀川は電話を切った。

こんなに動揺している自分は、久しぶりだった。

どうして良いのか、わからないということが、わかった。

不思議な体験である。

今日の講習会ではさんざんだった。上の空で、何をしゃべっているのか自分でもわからない状態だった。高い受講料を払って聴きにきている人たちに申し訳ない……、と思う。いや、そんなことさえ、犀川はどうでも良かった。

明日はもっとしっかりしなくては……。

けれど、安っぽいホテルの狭い部屋で、犀川はその晩もなかなか寝つけなかった。コインボックスが取り付けられたテレビがあったが、彼にはもう何年もテレビを見る習慣はない。一度、缶コーヒーを買いに出て、その不味《まず》い飲みものを妥協して飲んだ。

何もかも、嫌な夜だ、と思う。

十二時を少し回った深夜、突然、部屋の電話が鳴った。

犀川の心臓が大きく一つ打つ。

「はい、犀川です」

「諏訪野でございます」老人の上品な声が聞こえてきた。西之園家の執事である。

「こんばんは」

「夜分に恐れ入ります」

「どうしました？　まさか、彼女に何かあったんですか？」

「いえ、そうではございません」諏訪野は、いつもの上品な口調でゆっくりとしゃべった。しかし、どことなく、その声には張りがない。

「こんなお時間に大変ご無礼をいたします。私も熟慮いたしまして、逡巡《しゅんじゅん》しておりますうちに、時間ばかりが過ぎてしまいました。しかし、やはり、犀川先生にはお伝えしなくてはならないと決心いたしたしだいでございます」

「はい」犀川は大きく息を吸って、待った。

「実は、お嬢様のことでございます」

それ以外にどんな話題があるものか……。

「お嬢様は……」諏訪野はそこで言葉を切った。「その……、血液の病でございます」

ああ、やっぱり……。犀川の口がそう動いた。

やっぱり？

いったい、何がやっぱりなんだ！

「諏訪野さん、覚悟はできていますから、結論をおっしゃって下さい。貴方がこんな時間に電話をかけてくることで……、もう、充分です。意味はわかります。僕は……」

犀川は、耳が痛くなるほど受話器を押しつけていた。

彼は待つ。

老人は黙って、何も言わない。

何がわかっているって？

誰がわかっているって？

「治らないのですね？」

老人は返事をしない。

「彼女は……」

どういうわけか、声が出なかった。

「彼女は、自分の病気のことを、知っているんですか？」

「お嬢様はご存じではありません」諏訪野は答えた。

犀川は唾《つば》を飲み込み、頷く。

「良かった……」

ずっと、長い沈黙の時間。

時間。

ホテルの部屋は暗い。

暗い。

電話を持ったまま、犀川は黙っていた。

「どれくらいなんですか？　あと、どれくらい生きられるんです？」

「あの、私には……」諏訪野の声。

「他に、知っているのは誰です？」

「はい、捷輔様だけでございます」諏訪野は答える。彼女の叔父、西之園捷輔のことだ。

「わかりました」犀川はゆっくりと言う。その声は、犀川の最も表層の人格がコントロールしていた。「諏訪野さん。教えていただいて感謝します。僕は、明日、そちらに帰ります。

彼女には、絶対、そのことを知らせないで下さい。絶対にですよ」

「承知いたしました」

受話器を置き、煙草に火をつける。

まだ長かったのに、すぐ消してしまう。

犀川はバスルームに入った。

いろいろな光景が、駆け巡る。

いろいろな言葉が、実際に口から出た。

犀川という名の男の口から。

鏡に映っている男の口から。

何かを失った？

誰かがきいた。

何を？

別の誰かがまたきく。

黙ってろ！

お前は誰だ？

何を失った？

本当に、失ったつもりか？

黙ってろ！

それから、熱いシャワーを、頭から浴びた。

浴びた。

犀川はずっと、そうしていた。

ずっと。

第7章　黙禱は懐疑のなかに

〈The Bull Transcended〉

1

木蓮《もくれん》は真っ白に膨張し、桜が蕾《つぼみ》を見せ始めている。このまま、無理に咲いて散っていかなくても良いのに、と犀川は思う。

二日目の講習会はキャンセルしようと決心して、午前五時頃に一度ベッドに入ったが、仕事をしている方が少しはましだ、と思い直した。それに、最も大切なことは、彼女に気づかせないことだ。仕事をキャンセルして、萌絵のところに駆けつければ、勘の良い彼女のことである。きっと、不審に思うだろう。

不思議なことに、犀川は数時間、自分に降りかかった障害を忘れることができた。彼は普通に講義をして、普通に微笑んで人と話した。

なるほど、人間の精神とは、こうも鈍重《どんじゅう》なものだったのか……。

新幹線で那古野に戻る間も、眠ることはできなかった。窓の外をずっと眺めていたが、景色にもガラスにも焦点は合っていなかった。少しでも彼女と一緒にいる時間を長くしたい、と思う。仕事を辞めようか、と考える。十年もあれば、一生分の時間を過ごすことができるだろう。犀川は、下らない時間の掛け算を繰り返した。

しかし、そんなことをしたら、萌絵は気がついてしまう。

それでは、まったく意味がない。

いや、本当に意味がないだろうか……。

おそらく、それは自分にとっても意味がないことだろう。

そもそも、意味のある生き方なんてあるのか。

那古野に近づくと、天候は崩れ、車窓に水滴が斜めに流れた。那古野駅からは初めてタクシーに乗った。H日赤病院に着くまでに、整理しなくてはならない感情が幾つも残っている。タクシーの運転手に断って、煙草を何本も吸い、まるでパンのみみを切り捨てるように、一番外側の焦げた感情を切り捨てる。忘却する。無視する。そんなことは容易《たやす》いことだ、と言い聞かせながら。

今、こうして心の整理をしている自分こそ、最初に切り捨てたい存在ではなかったか……。

嫌な音のする自動ドアが後ろで閉まる。光る床のロビィ。

忙しそうに歩く生命。

ゆっくりと歩く生命。

受付で部屋のナンバを尋ね、犀川はエレベータを避け、静かな階段を上った。まだ、切り捨てたい最後の感情があったからだ。

〈空には階段があるね〉

それは、誰の詩だったか。そんな言葉を急に思い出す。宮沢賢治か三好達治だろう。少なくとも、子供のときに読んだものだ。子供にわかるはずのない嘘だ。

犀川は、二度、小さく深呼吸をして、ドアをノックした。

「こんばんは」犀川は顔を入れて微笑んだ。

「先生！」ベッドの上の萌絵がこちらを向く。

もう一人、背の高い年輩の女性が椅子から立ち上がった。

「あ、犀川先生ですか？　はじめまして」その女性はベッドを回って、犀川の前まで来て挨拶した。「西之園の家内です。主人がお世話になっております」

西之園捷輔の夫人である。

「いいえ、とんでもない」犀川は鞄を床に置きながら言った。「お世話なんて、小学校の兎《うさぎ》当番以来したことがありませんよ」

　西之園夫人は不思議そうな顔をして微笑んだ。

「先生、お土産はぁ？」萌絵が甘えた声できく。

「ああ、ごめん、忘れてた」犀川は肩を竦《すく》める。お土産なんて、考えもしなかった、まったく。「元気そうだね、西之園君」

「ね、私が言ったとおりでしょう？」萌絵は、西之園夫人を見て言った。

「ちょっと、私、そこのコンビニまで買いものにいってきますね」西之園夫人はハンドバッグを持って言う。「犀川先生、ごゆっくりしていって下さい」

「叔母様、私、コーラが飲みたい！」萌絵がすぐに言った。

　夫人は犀川に軽く頭を下げ、妙に慌てて部屋から出ていった。

　小さな病室はあまり明るくない。ベッド以外には、長椅子と丸い椅子が一つずつ。サイドテーブルが一つ。それに、キャビネットにのった時代遅れの赤いテレビ。コインボックスは付いていなかった。

　萌絵はパジャマを着ている。大きな真っ白な枕を二つ重ねて、彼女はヴィクトリア女王みたいにもたれかかっている。顔は白く、もちろん化粧をしていなかった。

「元気そうだね」犀川はビニル製の長椅子に座った。

「それは、もう、さっきおっしゃいました」萌絵は微笑む。

「大したことがなくて良かった」

「ええ、みんなが大騒ぎしたんです」萌絵は髪を払う。「ちょっと、なんだか、体調が悪かっただけ……」

彼女は、犀川の表情をじっと見る。

「諏訪野さんは？」

「さっき、帰ったわ」

「そう……」

「先生、お疲れですね……」萌絵は少し心配そうな表情になる。

「ああ、ちょっとね」犀川は微笑んだ。

「どうしたんです？」

「いや、全然……」

「ねえ、先生」萌絵は、もたれていた枕から上半身を起こした。「あの、私が見つけた煙草の吸殻、あれは、やっぱり香山マリモさんのものだったんですよ」

「あそう」犀川は上の空で頷く。

「どういうことなのか、わかりますか？」

「いや……」

「マリモさんを犯人にしようとした人間がいるんです」萌絵は自信ありげに言った。「もし、あの日、マリモさんが事故に遭っていなかったら、彼女が殺人犯として疑われることになったの。マリモさんが車で被害者を運んだ、そう疑われたと思います。彼女はあの空地に車を駐めたでしょうし、音羽橋まで往復する時間なんて、車ならほんの十分ですもの……」

「ちょっと、よくわからないけど……。マリモさんを犯人に仕立て上げようとした、ということは、それを計画した人物は、マリモさんがあの日、あの時刻に帰ってくることを知っていたわけだね？」

「そうです」萌絵は大きく頷いた。「つまり、香山多可志さんか、綾緒さんですね……。マリモさんがもうすぐ到着することを知っていて、彼女を殺人犯にしようとした。マリモさんが以前に来たときに残していった煙草の吸殻もとっておいたのです。犯行は完全に計画的なものです。ところが予期しなかったトラブルがあった……。犯人にとって、不運にも、マリモさんは交通事故に遭ってしまった」

「それで？」

「マリモさんが予定の時刻になっても来ないので、計画を変更する必要が生じました。つまり、まだ、被害者が生きていることにしなくてはならなかった」

「西之園君……。君は、香山多可志さんが犯人だと言っているんだね？」

「ええ」萌絵は目を三日月型にしてにっこりと笑った。「香山多可志さんは、五時にあの蔵で父親の林水さんに会ったとき、彼を刺し殺したのです。それからすぐ、車で被害者を河原まで運んだ。もちろん、タクシーは使えませんから、車はレンタカーか何かで、多可志さん自身が運転しました。死体を河原に残して、またすぐに引き返してきて、彼は屋敷の二階の自分の書斎で仕事をしていた振りをした。最初の計画では、マリモさんがそこへ帰ってくるはずだったのです」

「レンタカーはどうしたわけ？」

「待って……」萌絵は片手を広げて犀川を制する。「質問はあとです、先生。それで……、そう。マリモさんがなかなか帰ってこないので、しびれをきらして、彼は予定を変更した。まず、七時まえに、こっそり玄関から回って、裏庭の蔵まで行きます。そして、あの扉に外から小さな楔《くさび》を打ったのです。扉と建具《たてぐ》の隙間に楔を打ち込んで、扉が開かないようにしました」

「ああ、なるほど」犀川は微笑む。

「そのあと、多可志さんは屋敷に戻って、わざと、吉村さんに林水さんを呼びにいかせた。もちろん、楔のせいで扉が開かないから、吉村さんはすぐ戻ってきます。それで、今度は自分も呼びにいく振りをします。結局そうやって、その時間には、林水さんがまだ生きていたように偽装したの。でも、犯人、多可志さんは、六時に自分の子供があの蔵に入ったことを知らなかったんです」

「僕の記憶では、多可志さんはそれを知っている、と思っていたけど……」

「いえ、六時に祐介君とケリーが蔵に入ったことを、多可志さんが聞いたのは、七時に蔵を見にいかせようとしたときです。つまり、扉に細工をしたあと……。もう手遅れだったんですよ。結局ですね、いろいろ偽装工作を凝らしたのに、すべてうまくいかなかった。この事件は、そんなトリックの残骸みたいなものばかりが残ってしまって、それがかえって、私たちを迷路に迷い込ませてしまったのです」

「君らしくない、なかなか文学的な表現じゃないか」

「予習ばっちりですから」

「うーん。それから、最終的には、多可志さんはどうしようとしたのかな？」

「予期しなかったマリモさんの事故が、偶然にも、死体を捨てた場所に近かったので、すぐにも死体が発見されるだろう、と慌てたと思います。それで、多可志さんは病院から一人で屋敷に戻って、車を隠したり、扉の楔を取り除いたり、といった後始末をしたあと、警察に自分から連絡しました。自分がマリモさんの病院へ行っている間に、犯行があったと思わせた方が有利ですからね。たぶん、四歳の子供の証言は信じてもらえない、と判断したのだと思います。だって、祐介君の証言さえなければ、被害者は八時過ぎまでずっとあの蔵の中にいて、八時以降に殺されて連れ出された、と推定されますから」

「ところが、祐介君が本ものの血を絵の具と間違えて触ってしまっていた、というわけだね？」

「そうです。多可志さんは、そのことを知らなかった。しかも、母親の綾緒さんは、それをよく覚えていました。犯人の思惑はすべて外れてしまったのですけど、この偽装工作の臨機応変の修正が、いろいろ複雑に絡《から》んで、事件をわかりにくくしたのです」

「うーん」犀川は腕組みをして目を閉じた。

「どうです？　パーフェクトに現象を説明していると思いませんか？　先生」

「その最初の計画だけど……、何故、煙草の吸殻だけで、マリモさんを犯人だと決めつけられるの？　偽装にしては、わかりにくくないかなぁ。そこが少し弱くない？」

「マリモさんは、車で帰省するのは初めてだったのです」萌絵はすぐに答える。明らかに犀川の質問を予期していたようだ。「たぶん、私があの屋敷に最初に行ったときと同じように、表門の玄関の前に車を駐めたと思います。だって、あの時間だと裏門は閉められていたかもしれませんし、インターフォンも表門にしかありません。それに、新車だったら、あの泥だらけの空地へは入れたくないわ。雪も降っていたのですからね……。多可志さんはそれを見越していました。彼女の車が屋敷の表側に駐められていたとして、その場合に、裏門の駐車場に彼女の吸った煙草が落ちていたら、これは重大な証拠になりませんか？　もし、マリモさんが六時過ぎに帰ってきていたら……、ですよ。たぶん、マリモさんは蔵にお父様を訪ねていったでしょうし、そのときは、誰もいない蔵を覗くことになったのです。床に血痕だけが残っている仕事部屋をです。そこで、連絡を受けた警察がやってきて、いずれ河原の死体も発見される。車を持っているのはマリモさんだけです。しかも、裏門の近くで、彼女の煙草が見つかる……。ね？　もともとは、こんな簡単な筋書きだったんですよ」

「なるほど、冴えているね」犀川は優しく言った。

その優しさは、犀川の最も深いところからわき上がってくるものだった。

2

「どこか矛盾点がありますか？　先生」萌絵は嬉しそうにきいた。

「うん、ないようだね」犀川は微笑んで小さく首をふる。

「やっほぅ……」萌絵は表情を輝かせる。顔色が良くなり、今にも病室から走り出ていく感じがした。本当に、そうなってくれたら、どんなに良いだろう、と犀川は思った。

彼は立ち上がって、ベッドに近づき、黙って彼女にキスをした。

「え……？」萌絵は目を大きく見開いて言う。「あの、どういうこと？　私の勝ちだから？　ご褒美《ほうび》かしら……」

「まあね」犀川は頷いて、再び萌絵の顔に近づいた。

「あ、先生。待って……。私、先生に言わなくちゃいけないことが……」

ドアが開いた。

「まあ！　あ、ご、ごめんなさい」西之園夫人が高い声を上げた。「あ、そう、コーラ買ってくるの忘れたわ……。もう一度、行ってこなくちゃ……」

「叔母様」萌絵が、出ていこうとした夫人を止める。「すみません……。コーラなら、袋に入っていますよ」

夫人の持っていた白いビニル袋に、コーラの缶が透けて見えた。

「あら、そうね」夫人はわざとらしく笑った。「そうそう、買いましたね……、ええ、買いました」

犀川は黙って、長椅子に腰掛けた。

「あの人、遅いわね……」西之園夫人は腕時計を見て言った。「もう、そろそろ来ると思いますけど……」

犀川も腕時計を見る。時刻は八時半だった。夫人は、部屋の隅でグラスにコーラを注ぎ、犀川と萌絵に手渡すと、自分は一番離れた椅子に緊張した表情で座った。

「あの、叔母様」萌絵はグラスに一度口をつけてから言う。

「はい？　なあに？」

「今、犀川先生とあの事件のことで、お話をしていたんですよ。ご存じでしょう？　香山林水画伯の……」

「まあ、そんなお話でしたのね？」夫人は固い表情で言う。「いえ、私、わからないわ……。

難しいお話なんでしょう？　ええ、どうぞお続けになられたら……。私は……、その、大丈夫ですから」

「申し訳ありません」犀川は微笑んで言った。「こんなところで話すような内容じゃありませんね」

「いいえ、どうぞ、おかまいなく」

「先生、さっきの仮説を証明するためには、何をしたら良いかしら？」萌絵は犀川を見て、再び真面目な表情に戻った。

「扉に楔を打った痕跡があるか……」犀川はすぐ答える。「レンタカーを借りた記録。あとは……、動機だね」

「動機は……」萌絵は言う。「財産だと思うわ。あのお屋敷は、多可志さんのものになったのですから……。お屋敷をそっくり売ってしまうつもりなの。妹のマリモさんが反対していれば、別ですけど……」

「それで、妹を犯人にしようとしたと？」

「そうです」

「そりゃ、酷い話だね」

「ええ」

「しかし……、林水さんの奥さんがいるだろう？」

「息子の意見に賛成なのだと思います。お屋敷を売るという……」

「それにしても危険な賭けをしたもんだ」犀川は呟いた。

「五十年まえの香山風采氏の自殺が、計画のヒントになっているのは確かですね。あの壺と鍵箱を持ち出したのも、きっとそうだと思います」

「しかし、それなら、自殺に偽装した方が良かったんじゃないかな？」

「それは、私もそう思いますけど……。マリモさんが帰ってくるという連絡を受けて、急遽計画を変更したのかもしれません。それとも、さっきお話しした理由で、どうしてもマリモさんが邪魔だった、彼女を犯人にしたかった、ということかしら」

「一応、筋は通るかな……」犀川は頷いた。

「私、本当に刑事になろうかなぁ」萌絵は弾《はず》んだ声で言う。

「刑事って……、警察の？」西之園夫人が割り込む。

「冗談ですよ」犀川が代わりに答えた。「彼女は工学部なんですからね。それに、今年は、大学院の入試があるだろう？」犀川は萌絵を見た。

「ええ、そうですね」萌絵は顎を引き、笑窪を作る。「勉強しなくちゃ……」

「大丈夫、西之園君なら合格します」犀川は夫人にそう言って頷いた。

「ええ、よろしくお願いします」夫人は犀川に頭を下げる。

お願いされても、できることは何一つない、と冗談めかして話そうとしたが、犀川は、別のことで頭がいっぱいになった。

（できることは何一つない）

ドアがノックされ、西之園捷輔が現れた。

「こんばんは」犀川は立ち上がって挨拶する。

「ああ、先生……。どうも」西之園捷輔は妻を一瞥《いちべつ》してから犀川を見た。

「叔父様、叔父様」萌絵が呼ぶ。持っていたコーラのグラスをサイドテーブルに置いて、彼女は子供のように躰を揺すった。

「何だね？」コートを脱いで、彼は姪に微笑んだ。コートは夫人が歌舞伎《かぶき》の黒子のように素早く持ち去る。

「あの事件の謎が解けたんですよ」萌絵はそう言って、口もとを上げる。「叔父様。私が考えたのよ。今、犀川先生にもお話しして、お墨付も出ました」

「僕のお墨付じゃあ、知れているよ」

萌絵は、香山多可志が行った犯行の手順を説明する。

犀川は、萌絵の生き生きとした表情を、ずっと見ていた。

それは、とても眩しい。

「うーん、私は、その事件の詳しいことは聞いていないが……、しかし、今の君の話は、具体的な証拠がまったく挙げられないのではないかね？」西之園捷輔本部長は言う。「とにかく、三浦君と、あの……鵜飼君には伝えておこう。君の言った、その扉を固定していた痕というのが、見つかればいいが……」

「絶対に見つかるわ」萌絵は頷く。「それに、レンタカー。こちらも有力です」

また、ドアがノックされた。部屋に入ってきたのは、白い毛皮の婦人で、県知事夫人、佐々木睦子だった。

「ああ、萌絵！ 貴女、大丈夫なのね？」佐々木睦子はベッドに駆け寄る。「もう、びっくりした。本当にびっくりしたのよ……。たった今、こちらに戻ったところなの……。本当に、どうしたの？ 大丈夫なのね？」

「ご心配をおかけしました」萌絵は叔母の手を取って答える。

「もう、お願いだから、無理をしないで……」佐々木睦子は高い声で言う。「ああ、良かった、もう大丈夫なのね？」

「ええ、軽い貧血なんです」萌絵はにっこりと笑った。

「軽いものですか……」佐々木夫人が溜息をつく。

「うちって、貧血の家系でしょう？」と萌絵。

「ええ、そう、それはそうね」佐々木夫人はやっと笑みを作り、振り返った。「ま、犀川先生！ こんばんは……」

「お邪魔しています」

「申し訳ありませんわね……、本当に。お忙しいのに……」

「いいえ、忙しさなら、この部屋の中では、きっと三番目でしょう」犀川は肩を竦《すく》めた。

「ふう、良かった……」佐々木睦子は大きくまた溜息をつく。「オーバーワークなのよ、きっと。それとも、ストレスかしら？」

「これから、気をつけます」萌絵が言った。

「この子を一人で住まわせているなんて……、絶対に問題なんです。もう、我慢できないわ。なんとかしなくちゃいけません」佐々木睦子は、西之園捷輔を見て言う。「萌絵は、私が引き取りますから……」

「よさないか」西之園捷輔が妹を睨んで苦々しく言う。「こんなところで話すことではない」

「どうしてです？」佐々木夫人は顎を上げて言った。「あら、妙子さん、こんばんは……。いらっしゃったのね？」

佐々木睦子は、西之園夫人に気がついて、わざとらしい挨拶をした。夫人がぎこちなく頭を下げる。

「あの、僕、廊下で煙草を吸ってきます」犀川はそう言って、ドアのノブに手をかける。

「こういうことはですね、はっきりさせておかないといけないの」佐々木睦子が高い声で言った。

「どうして、お前は……いつも……」西之園捷輔の声も大きくなる。

「あ、先生！」萌絵の声が後ろでしたが、犀川は外に出た。

ナース・ステーションに白衣の若い女性がいたので、犀川は、煙草を吸える場所がないか、と尋ねる。一階のロビィだけだ、という無愛想な返事。肩身の狭い思いをして礼を言い、犀川はエレベータで一階まで下りた。

喫煙コーナは、確かに迫害されている。置いてあるシートはぼろぼろだったし、蛍光灯が一本点滅していた。誰もいなかった。真っ暗にしてくれた方が、ずっとましである。とにかく火をつけて、煙を吐く。犀川は続けて二本の煙草を吸った。一本でやめてしまったら、このコーナがあまりに可哀相だ。

エレベータのドアが電子レンジのような音とともに開く。西之園捷輔と佐々木睦子が出てきた。二人はロビィを黙って歩いてくる。犀川は煙草を消して立ち上がった。

「もう、帰られるんですか？」犀川は二人に声をかけた。

「あ、先生……。こちらでしたか」西之園捷輔が頭を軽く下げる。

佐々木睦子の方は、つんとした表情で黙っている。

「どうか、されたんですか？」犀川はきいた。

「萌絵に叱られた」西之園捷輔が力なく言う。「枕をぶつけられて、二人とも追い出されましてね……」

「お兄様がいけないんです」佐々木睦子がすぐに言う。

「お前が……」と言いかけて、西之園捷輔は黙った。「いや……、お恥ずかしい。先生、とにかく今夜は、おさきに失礼しますよ」

「ああ、そうだった」佐々木睦子は、何かを思いついたらしく、急に微笑んだ。「私は、犀川先生と、ちょっと大事なお話がありますから……」

「何の話だね？」

「お兄様には全然まったくパーフェクトに関係のないことですの。さあさあ、早くお帰りになって」妹に背中を押されて、西之園捷輔は玄関から出ていった。

佐々木睦子は、にこにことしながら戻ってきて、喫煙コーナのソファに座ると、ハンドバッグから煙草を取り出して火をつけた。犀川も彼女の向かいの位置に座った。

「本当に、あの子が元気で、安心しましたわ」佐々木睦子は煙を吐き出してから言う。「ちょっと……、いえ、とっても、かしら……、私も気が立っていたのね。ええ、ごめんなさい。本当に変なところをお見せしてしまいましたね。ふっ、そう、あの子が怒るのも当然。私たちって、仲の悪い兄妹でしょう？　もう、上のお兄様が亡くなってからというもの、顔を合わせれば喧嘩ばかり……。びっくりなさった？」

「いいえ」犀川は首をふる。「僕は、ただ煙草が吸いたかっただけですから……」

佐々木睦子は、正月に会ったときとまったく雰囲気が違っていた。髪はウェーブして長く、細い銀のフレームのメガネは、理知的な眉によく似合っていた。スカートも短く、服装も若々しい。顔は萌絵にはそれほど似ていないが、脚を組んで両手を片膝にのせたポーズは、いつもの萌絵とまったく同じだった。

「あの、何の話でしょう?」夫人が黙っているので、犀川はきいた。

「お返事を待っているのよ」

「返事?」犀川はきき返した。頭がぼうっとしていて、何のことなのか、わからなかったのだ。「すみません。今日はちょっと、いえ、とっても、ですけど……、僕、調子が悪いんです。何のお話ですか?」

「萌絵と結婚していただけるのか、という質問です」佐々木睦子はゆっくりと言った。どんなときでも、核心をそのまま言葉にすることのできる女性なのだろう、と犀川は思った。

「ああ……」犀川は姿勢を正した。「します」

「いつです?」佐々木睦子は表情を変えず、灰皿の上で煙草を叩く。

「いつでも、けっこうです」犀川は答えた。「今すぐでも……」

佐々木睦子はゆっくりと笑みを浮かべ、一度大きく瞬いてから、優雅な動作で煙草を口に運んだ。まるで映画のワンシーンのようなその仕種は、多くの野心家の男性たちよりも、はるかに本ものの自信に満たされた女性の印象を刻むのに充分だった。

「許可します」佐々木睦子はそう言った。

犀川は、ただ見とれていた。

ゆっくりと煙を吹き出してから、彼女は続ける。「別に、私の許可なんて意味はないのです。そもそも誰の許可でも、意味はありません。結婚なんて、言葉にも、その概念にも、意味はないわ。けれどね、犀川先生……。貴方は、今、イエスと言ったのよ。それは、とても意味があることです」

「そうだと良いですね」犀川は頷く。

「気に入ったわ……。すぐ結婚なさい。犀川先生、あの子、まだ学生ですけど、そんなこと関係ありません。それとも、先生の方が不都合かしら？」

「そうですね」犀川は頷いた。そして、微笑もうとした。だが、気のきいたジョークも思い浮かばなかった。

「不都合、ということ？」

「いえ、関係ないということです」

「思ったとおり……」彼女は頷く。

佐々木睦子は、煙草を消すと、髪を軽く一度払ってから立ち上がった。

「萌絵を、よろしくお願いします。あの子のこと、私、妹みたいに思っていますの。歳も……、近いですし……」彼女はそこで言葉を切って微笑んだ。「ええ、それは、まあ、少し言い過ぎですね」

「佐々木さん、僕よりは、上ですよね？」

「まあ、お上手ね……」彼女は犀川の肩を軽く叩いて、顔を近づける。「政治家になれますわ」

「僕がですか？　貴女がですか？」

「どちらもです」

佐々木睦子は胸を張って歩いていった。彼女は、一度も振り返らなかった。それが、彼女のプライドなのだろう、と犀川は思う。

それが人間にしかない、一番大切なもの……。

一番大切な、幻想だ。

犀川は暗い階段を上がって、萌絵の病室に戻った。

部屋には、西之園夫人がまだ残っている。彼は自分の荷物を手に取った。

「あの、先生……」萌絵が意味ありげな表情で犀川を見る。

「今日はもう帰るよ」犀川は優しく言った。「明日また来る」

「先生、私に何か、お話があるでしょう？」

「どんな？」犀川は、椅子に座っている西之園夫人を見ながらきいた。

「何か隠していません？」萌絵は言う。

「何も……」犀川は微笑むことができた。

3

翌朝、犀川は、自宅のノートパソコンから国枝桃子助手に簡単なメールを書き、大学を休む、と伝えた。まだ入学式のまえで、授業は始まっていない。

彼は、区役所へ行って婚姻届の用紙をもらってきた。それをシビックの助手席に放り出し、そのまま、グリーンロードを東に向かった。猿投インタを出て県道に入る。道路は空いていて、一時間ほど走って遠くに音羽橋が見えてきたところで、右手にあった大きな看板のドライブインに、彼は車を停めた。

外に出ると、空気は澄み、気持ちが良かった。こうして見ると、知らない間に季節が変わっていることに気づく。山々の緑は深さを増して、鳥の声がすぐ近くで聞こえた。

店の中には愛想のないウエイトレスがいたが、犀川は気にならなかった。窓際のビニルシートに座り、煙草を吸いながら、鉄骨トラスの音羽橋を眺める。既に事件から三ヵ月以上が経っていた。

犀川は、秒針まで意味のある自分の腕時計を見る。十一時五分二十秒だった。彼はカレーライスを食べ、ホットコーヒーを飲む。県道をたまに大型車が走り過ぎていく。下り坂のためか、どの車もかなりのスピードだ。

レジでもらったおつりを、外にあった自販機に入れて煙草を買い、再びシビックに乗り込む。県道に出てすぐ左折し、音羽橋を渡った。

橋を渡り切ったところはT字路で、犀川は左折して、路肩に車を寄せて停める。

三ヵ月まえに香山マリモの車が滑り落ちた場所は、橋の反対側だったが、そちらもすぐに見つかった。しかし、新しい雑草の生長のため、痕跡は既に不鮮明になっている。もう数ヵ月もしたら、わからなくなるだろう。

河原へ下りていく小径は、かなりの急勾配で骨が折れた。

大きな砂利と岩だらけの河原で、落ちていた空缶を一つ拾い上げ、それを灰皿にして煙草を一本吸った。落ちているごみは多く、ガラスや各種金属、セラミック、ゴム、ビニル、プラスティック、スチロールと、あらゆる材料が揃っている。この場所で、材料工学の野外授業ができそうだった。

焦げ痕のついた大きな岩がある。そこが香山マリモの車が炎上した場所なのかもしれない。しかし、小さな焦げ痕なら、その他にもあちらこちらにあった。自然保護に反対する人間たちが、きっとバーベキューでもしたのだろう。

下りてきた斜面を見上げる。上の道路からは二十メートルくらいの高低差があった。

二本目の煙草に火をつけた。もう見るべきものはない、と思い、彼はその煙草を吸いながら来た道を戻った。

道路まで上がると、大きな金網の屑籠があったので、灰皿にしていた空缶を投げ入れる。犀川は車を出し、Uターンして T字路を右手に走らせる。香山家の屋敷、香雪楼へ向かうことにした。いや、見たいのは、歴史的建造物ではない。裏門の近くに建った蔵が目当てである。

犀川は、十年ほどまえに、その集落を見にきたことがあった。彼は、個々の建物よりも集落、町並に関心があり、香雪楼にも直接入ったことはなかった。その建物に関しては、学術雑誌に掲載された論文を三編ほどは読んでいたし、写真でも見ている。もちろん、隣の講座の日比野という大学院生が昨年提出した修士論文も知っていた。犀川は、その修論の副査（審査員の一人）だったのだ。

彼は、香山家の屋敷の表玄関の前に車を駐めた。石垣で挟まれた小川には澄んだ水が流れている。しばらく漆喰《しっくい》の塀に沿って歩き、立派な正門まで来ると、インターフォンを押した。

「はい……」しばらくして女性の声が聞こえる。

「N大学の犀川といいます。突然で申し訳ありません。ちょっとお伺いしたいことがあって参りました」

「ああ、犀川先生ですね。はいはい」

待っていると、和服の女性が出てきて、犀川を招き入れた。簡単な挨拶を交わす。玄関までの石畳は幅も広く、材質も加工も特上のものだった。作られて百年近くは経っているものと思われる。

「西之園さん、最近、こちらにいらっしゃいませんね」香山綾緒は玄関に入ると言った。

「マリモさんがようやく病院から戻ってきましたので、会いたがっていると、西之園さんにお伝え願えませんでしょうか」

「はい、言っておきます」犀川は靴を脱いだ。

案内された部屋は、母屋の南で、庭に面した新しい座敷だった。重そうな一枚板の立派なテーブルが中央に据え置かれ、座布団が六つ並んでいる。

「はじめまして、香山です」香山多可志が立ち上がって、握手を求めた。

「N大の犀川といいます」

「さあ、どうぞ、お座り下さい」

犀川は座布団に座り、名刺を出した。

明るい。そして、静かな部屋だ。

縁のガラス戸は閉まっていたが、鶯《うぐいす》の声が聞こえた。

「突然で申し訳ありません……」犀川はもう一度軽く頭を下げる。「僕は、西之園萌絵の指導教官です。彼女がいろいろとこちらにご迷惑をおかけしたようで恐縮しています」

「いいえ、西之園さんには、こちらこそ失礼をいたしましたわ」香山綾緒が膝をついて襖を閉めた。

「親父の事件で、ひと頃、マスコミが押しかけましてね」多可志が几帳面《きちょうめん》そうな口調で話した。「西之園さんがあの事件のあと、ここに来られたとき、追い返してしまったんです」

「マリモさんのお友達だとは、知らなかったものですから」綾緒が補足する。「それに、西之園さんのご両親のことも、あとから伺ったんですよ」

「彼女は気にしていませんよ」犀川は微笑んだ。「それより、西之園君は、こちらの事件を解決することで頭がいっぱいのようです。実は、彼女、それで躰をこわしまして、今、入院しています」

「まあ……」綾緒は口に手を当てた。多可志も驚いた顔をする。

「いえ、大したことはありませんので……」犀川は言った。「今日は、そんなわけで、僕が来ました。彼女の代理です」

「ああ、じゃあ、香雪楼のことではなくて……」多可志は煙草に火をつけながら言った。萌絵が話していたとおり、マイルドセブンである。彼は見たところ、犀川よりは歳上に見えた。

「ええ、そうです。壺と鍵箱、それに、裏庭の蔵を拝見したいのです」

「もちろん、ええ、いくらでもご覧になって下さい」多可志は真面目な表情で言う。「父の事件は、警察も、もう諦めているのではないかと疑っているくらいなんです。まったく進展していないようですので……」

多可志は、妻に目で合図する。綾緒は、軽く頭を下げ、部屋から出ていった。

「煙草を吸ってもよろしいですか？」犀川はきいた。

「ああ、すみません。気がつかなくて」多可志は、自分の前にあった灰皿をテーブルの中央に移した。「どうぞ」

「マリモさんが戻っていらっしゃったのですね？」犀川は煙草をポケットから取り出して火をつける。

「そう、二週間ほどまえですか……。おかげさまで退院できまして、今は、ここで仕事をしています。本人は早く東京へ戻りたいみたいですが、まだギプスがとれたばかりでして、リハビリにしばらく時間がかかりそうなんです」

「マリモさんは煙草を吸われますね？」

「え？」多可志は少し驚いた。「いや、吸わないと、思いますが……。それが何か？」

「いえ」犀川は微笑んだ。「僕の勘違いです。マリモさん、こちらにはよく帰っていらっしゃったのですか？　今回のまえは、いつ帰省されましたか？」

「そうですね……。正月以外には帰ってきませんね。昨年もそうだったと思いますよ。最近、あいつも忙しそうですからね」

「東京に会いにいかれたことはありますか？」

「いいえ」多可志は首をふった。「私は、東京へは一度も行ったことがないんですよ。お恥ずかしい話ですが……。この土地に縛られていましてね。妹を羨《うらや》ましく思っています」

　綾緒が吉村老人を連れて戻ってきた。彼女は、盆にお茶をのせている。吉村は、風呂敷で包まれた荷物を二つ両手に持っていた。綾緒が主人と犀川の前に湯飲みを置いている間、犀川は、ずっと、吉村が持ってきたものに注目していた。綾緒と吉村は頭を下げ、部屋を出ていった。

「天地の瓢と、無我の匣ですね？」犀川はお茶に手をつけるまえに尋ねた。

「そうです」多可志は湯飲みを持ちながら頷く。「まったく、厄介《やっかい》な古道具です。何か、祟《たた》られているのでしょうかね？」

「いつ頃から伝わっているものですか？」

「さあ、わかりません。少なくとも祖父の代にはあったのですが、そのまえのことは記録もありません。いずれも、工芸品として価値のあるものには思えない……。名のある者の作でもありません。おそらく、逸出《いっしゅつ》といえば、そう、いかにも無邪気な無骨さが、唯一のところですか……。まるで、子供が作ったような造形なんですよ」

　湯飲みを置くと、香山多可志は、二つの風呂敷を解き、桐箱から壺と鍵箱を取り出した。

　犀川は、手渡された天地の瓢を手に取った。中で動くものが感じられ、鍵が入っていることがわかった。ゆっくりと逆さにして明るい方へ向けると、金属製の鍵の一部が確認できる。中の鍵は大きく、あまり強く振り回すと、その鍵が壺を割ってしまいそうだった。

「いかがです？　犀川先生」多可志は面白そうにきいた。

「冷徹ですね」

「冷徹……？」

「少なくとも、無邪気ではない」犀川はそう言って顔を上げる。

多可志は、犀川の顔を見たまま眉を寄せた。

「その壺を割ってしまおうかと思っていますよ。私は、父にそれを割るなとは言われていませんのでね」

「割るときは、是非、僕を呼んで下さい」犀川は壺を両手で戻しながら言った。

無我の匣は、ただの重い小箱だった。

片手で持てる重量ではない。上面にある三つのボタンのような装飾も、写真で見たとおりだった。犀川は、その半球形の鉛色の金属を触ってみた。

「その三つのうちの一つは、とれますよ」多可志はテーブルに身を乗り出して犀川に示した。「その左下のです」

滑って摑みにくかったが、言われたとおりにすると、そのボタンは軽く外すことができた。半球の形に茸《きのこ》のように脚がついており、それが穴に刺さっていただけである。したがって、それを外した鍵箱の上面には、直径が一センチ足らずの穴が開いている。

「他の二つはとれないみたいですね」犀川は試してみてから言った。

「ええ、たまたま、その一つだけが緩んで、外れたのかもしれません」多可志は言った。「その穴は中まで通っていますが、内部はよく見えない。どうも、中は空っぽのようです。開けてみたところで、おそらく何もないでしょう」

「この穴から、ファイバ・スコープを入れれば、中が見られますよ」

「そんな小さな穴からですか？」

「ええ、胃カメラみたいなものです」

「なるほど、機会があったら、調べてもらいましょうか」

「レントゲンで、この壺の中の鍵の形がわかったんですよね？」

「ええ、そうです」

「それを頼りに、鍵のコピーを作れませんか？」

「それは試しました」多可志は首をふった。「ずいぶんまえに、父が試したんです。でも鍵箱は開きません。正確な鍵の形が作れないからだと思います」

犀川は、無我の匣の小さな金属をもとどおりに戻してから、お茶を飲んだ。

「しかし、犀川先生……。たぶん、これは、何かもっと哲学的な意味があるものだと、私は解釈しています」

「どういう意味ですか？　これは、もともと開けられない、という意味でしょうか？」

「そうです。壺の中の鍵は、確かに、この箱の鍵かもしれません。でも、中にそれを入れて壺を焼き上げたのです。人間の好奇心を戒《いまし》めているのだと思います。たとえ壺を割って鍵を取り出し、鍵箱を開けたところで、中身は空っぽなんですよ。しかし、割ってしまった壺はもとには戻りません。それを教えているのではないでしょうか」

「あの……、それは、割れと教えているのでしょうか？　それとも、割るなと教えているのでしょうか？」犀川はきいた。

「はは、先生は面白い……」多可志は笑った。「そこまでは考えませんでしたね。犀川先生なら、どちらですか？」

「教えるという言葉は嫌いですが……」犀川は肩を竦めた。「他人に忠告する価値があるとすれば、前者でしょうね。一般に、大多数の人間は、そういったリスクに尻込みするものです。ですから、アドバイスとして意味を持つなら、割る方です。僕は、その立場に自分が置かれたら、たぶん割りますね」

「壺が戻らないことがわかっていてもですか？　箱の中には何もないかもしれないのに？」

「そうです」犀川は頷いた。

「それで、何が得られますか？　壺が失われるだけではありませんか？」

「その代わり、割れた壺が得られます」

「なるほど……。損得はない、というわけですね？」多可志は納得したように数回頷いた。

「私は、ずっと、先生の言われた後者の教訓が一般的だと思っていました」

「一般的ですよ。ヘルマン・ヘッセの晩年みたいですけどね」

4

香山綾緒に案内されて、犀川は屋敷の長い廊下を歩いた。香山マリモは、病院へ出かけていて不在で、もうすぐにも戻るということだった。それまでの間、香雪楼を見学させてもらうことにしたのである。

「犀川先生は、このような古い建築が、ご専門なのですか？」和服の綾緒は、中庭を回る廊下できいた。

「いいえ」犀川は軽く首をふる。「嫌いではありませんが、全然詳しくないです。僕は、建築にはあまり興味がありません」

「でも、建築学科の先生なのでは？」

「ええ、僕の場合、興味があるのはですね……」犀川は思い浮かんだ幾つかの単語の中から、わかりやすいものを素早く選択する。「建築を造る人間や、その心とか社会のメカニズムです」

「メカニズム？」

「どうして、こんなものを作らなくてはならなかったのか、という動機と背景ですね」

「はあ……」綾緒は首を傾げた。「では、ここをご覧になっても、先生はそんなことをお考えになるのかしら?」

「ええ、考えますね」

既にその場所は香雪楼であった。茶室が中庭の反対側に佇んでいる。板張りの廊下は、現代の技術ではとうてい到達できない緻密さがあり、人が歩くときの軋《きし》みの音さえ計算されているかのようだった。綾緒は襖を開け、座敷を見せた。

犀川はしばらく黙って室内を見ていた。

「どう思われましたか?」綾緒は振り返って犀川を見る。

「貴女は、関東のご出身ですね」犀川は答えた。

「はい、ええ」彼女は微笑んだ。「でも、私のことではなくて、さきほどのメカニズム?この建物を造ったという……」

「歴史に残る建築物は、人が生きるための必然性から造られたものではありません。例外なく、無駄なものです」

「贅沢という意味ですか?」

「いいえ、贅沢は、人の生にもっと近い……」犀川は言った。「贅沢とは、ある意味で生きるために必要なものです。権力を誇示する贅沢、それに、自己の感性を確認するための贅沢。しかし、僕が言っているのは、それを差し引いても残るものです。これは、無駄です。人間の歴史は、無駄でできた地層みたいなものなんです。これらは、偶然ではなく、意図的に役に立たないように、わざと無駄に設計され、それゆえ、普遍性を得るのです」

「あの、褒めていらっしゃるのかしら？　それとも、けなしていらっしゃるのですか？」

「さあ、どちらでしょう……」犀川は微笑んだ。「無駄なものは、褒めることも、けなすこともできません。だから、いつまでも残るんですよ」

「私も、この屋敷に嫁にきたときには、こんなところは売り払って、都会のマンションに住みたいって思いました。もう、そんな夢ばかり見たんですよ。でも、今は……」

「ここを手放したくない、ですか？」犀川はきいた。

「ええ、できれば……」綾緒は微笑んだ。「主人には、わからないんだと思いますわ。見て下さい、この廊下を。私、毎日毎日、ここを雑巾掛けしているんですよ。もう、私の命の何分の一かが、ここに染み込んでしまっているんです……。いずれ、手放さなくてはならないのは、もちろん、しかたがありませんけど……。わかってはいるのですけど……」

「興味深いお話ですね」犀川は頷いた。

「何がですか？」

「雑巾掛けです」

「まあ……」綾緒はくすっと笑う。

「いえ、真面目な話です。それが、僕の言ったメカニズムなんです。結局、人間の命って、そういう無駄なものに、少しずつ溶け込んでいくようですね」

5

綾緒は昼食の支度があるからと言って、母屋に戻った。犀川は、玄関へ回って靴を履き、屋敷の西側を通って裏庭に出た。問題の蔵まで来てみたが、扉には真新しい南京錠がかかっていて開けられなかった。しかたがなく、煙草を吸うため、裏門から外に出て、萌絵が吸殻を発見したという駐車場の空地まで歩くことにする。

煙草に火をつけて、犀川は考える。

少なくとも、萌絵が病室で昨夜話した仮説の一部は、既に崩れつつある。香山多可志が妹を殺人犯に仕立て上げようとした、という部分である。もちろん、マリモは煙草を吸わない、と多可志が話したのは嘘かもしれない。いずれにしても、萌絵の仮説のその部分は、そもそもが脆弱《ぜいじゃく》だった。煙草の吸殻一つでそんな偽装をしたとはとても信じられない。なにしろ、警察が見逃したのだから……。偽装にしては、あまりに控え目過ぎる。

もう一つ、昨夜は、彼女の嬉しそうな顔を見て言えなかったことがあった。蔵の中で犬が吠えていたことを、彼女の仮説は説明していない。誰もいない、蔵の中で……、たとえ血が飛び散っていたとしても、犬が鳴くとは思えないからだ。

車が狭い路地を曲がって、こちらに近づいてきた。ナンバを見て、レンタカーだとわかった。運転手は女性である。その車は犀川のいる空地に乗り上げてくる。エンジンが止まると、犀川はゆっくりと歩いていった。

「香山マリモさんですね？」犀川は、ドアが開いた運転席の女性にきいた。

「ええ……」マリモは嫌そうな表情で犀川を見上げる。

「僕は、N大の犀川といいます。西之園君の指導教官です。今、貴女の家にお邪魔しているところなんです」

「あら……、じゃあ、儀同世津子さんの？」

「ええ、そうです」犀川は頷いた。

「まあ！　素敵！」マリモは叫んだ。「あ、犀川先生、ちょっとすみません。手を貸してもらえませんか？」そう言って彼女は片手を伸ばした。

犀川はマリモが車から出るのを手伝う。松葉杖が後ろの座席にあったので、それも出してやった。

「ごめんなさい。私、てっきりマスコミの人だと思ったの。週刊誌の記者だって……」立ち上がって松葉杖を受け取ると、マリモは弾んだ声で話した。「なんて、ラッキィなんでしょう……。もう、先生のお噂は、儀同さんからいっぱい聞いてるんですよ。ああ、感激です！

あとでサインしていただけないかしら……」

「僕のサインは楷書です」犀川は言う。「怪我はもう大丈夫ですか？」

「ええ、このとおり」マリモは車のドアを勢い良く閉めた。「もう本当は、杖はいらないんです。ちょっと片脚に体重がかけられないだけ。今は毎日、病院で電気マッサージをしてもらっているんですけど、これが、もう、もの凄く痛いんですよ」

「車を借りているのですね？」

「ええ、三ヵ月の免停になりましたけど、先週、講習会で取り返してきましたから……。この車、今日からなんですよ。昨日まではタクシーを呼んでいたんです……。ねえ、犀川先生。西之園さんは？　ご一緒ですか？」

「いえ、今日は僕だけです。彼女なら、またそのうち来ると思いますよ」犀川は煙草に火をつけ、その箱をマリモの前に差し出した。「吸われますか？」

「ええ、ありがとうございます」マリモは一本抜き取った。犀川は、彼女がくわえた煙草にライタを近づけ、火をつけた。

「実は、私、家ではこれを内緒にしているんです」マリモは煙草を少し上げて示す。「可笑《おか》しいでしょう？　子供みたいですよね。だから、もうずっと禁煙していたんです。でも、煙草吸わないと、私、漫画描けないから……」

「そりゃ良くない」犀川は言う。

「ええ、ですから、早く東京に戻らないと……」

「いえ、内緒にしているのが良くない」

「あ……、ああ、そう、そうですね」

「僕が代わりに、お兄さんに話してあげましょうか？」

　マリモはくすくすと笑う。「いいえ、自分で言います」

「西之園君の人間描写と少し違いました」犀川は率直に言った。

「え？　私のこと？」

「彼女は、貴女を、その……、もっと大人しい女性だと思っているようです。少なくとも、僕にはそう話しました」

「ええ、私、変わったんですよ」マリモは嬉しそうに言った。「あの事故で、なんだか自分が変わったと思うんです。それに、西之園さんの影響も大きいんですよ。彼女、とっても魅力的でしょう？　私、彼女みたいになりたい……と思ったの……。先生、ご結婚は？」

　犀川は無表情を保った。「まだ、ですけど……、その……」

「ああ、決まった方がいらっしゃるのね？　それは残念」マリモは明るく言う。

「中に入りましょうか……」犀川は歩き出した。マリモは、ゆっくりと彼の後についてきた。

「香山さん……」犀川は裏門を入ったところで言った。「あの日、もし事故に遭わなかったら、貴女は、車をお屋敷のどこに駐車するつもりだったのですか?」

「もちろん、今のところ」マリモは裏門の方角に指を向けて答える。「あそこしか、駐められませんもの」

「表の玄関の方では?」

「あ、あそこにあったの、犀川先生の車ですか? 白のシビック。あの道沿いは駐車禁止ですよ」

「覚えておきます」犀川は軽く肩を竦める。

マリモは、蔵の前まで来て松葉杖を壁に立て掛ける。彼女は石段を慎重に上がり、扉の南京錠に鍵を差し入れた。

「ここを見にいらっしゃったんでしょう? 先生」マリモは錠を外しながら言った。「殺人現場ですものね」

「ここを使っているのですか?」犀川はきく。

「ええ、今はここで、少しずつですけど、仕事を始めています。作品の下書きを、鉛筆ですることくらいしか……、今はできませんけど……。まだ、右手は全然駄目。力が入らないんです。当分、ペンは持てません」

マリモは、蔵の大きな扉を引っ張った。かなり重いらしく、犀川は慌てて石段を上って、彼女を手伝う。ずっしりと重い扉はようやく開いた。

「信じられませんね」

「え？」

「よく、この場所で仕事ができますね。しかも、お一人で……」

「あ、ええ。先生もそういうこと、気になる方ですか？」

「全然」彼は首をふる。

　犀川は屈み込み、扉の枠を注意深く観察した。この扉に楔を打った、という萌絵の仮説。その証拠となる痕がないか、彼は調べてみた。マリモは不思議そうに犀川の行動を見ている。しばらくして、彼は諦めて、立ち上がった。

「何をしていらっしゃるんですか？」マリモは靴を脱いで中に上がりながらきいた。

「ええ、専門的なことですよ。この蔵は、ずいぶん新しいですね……。僕は、もっと古いものかと思っていました」

　犀川も部屋に入り、中をざっと見回した。外から見た蔵の印象とは異なり、室内は非常に新しい。床も壁も天井も、すべて板張りであったが、明らかに最近の合成建材が用いられている。見かけは古そうに仕上げられていたが、それは意図的なデザインのようだ。

「驚いたなぁ……。これは……」犀川は呟いた。「内装を改造したのは、まだ……、五年、いや、もっと最近ですね？　贅沢な趣味だ」

「さすがに専門家ですね」マリモは言った。「一昨年ですか、父が大掛かりな改造をしたんですよ。外側だけはそのまま利用して、内側は完全な改装をしたみたいです。たぶん、二階の保存室のためだと思いますわ」

「湿気を嫌うのですね?」犀川は言った。彼は、部屋の内側から入口のところを観察する。「ああ、なるほど、扉の枠にもシリコン材が張ってありますね。なかなか手が込んでいるなあ」

「空調も電子制御です」マリモは説明した。「私がここを仕事場にしたのはそのためなんですよ。だって、ここが一番快適なんですもの。そうそう、この部屋は、花粉も大丈夫なの。換気口にはフィルタがあって、埃が外気の百分の一以下なんですって。たぶん、乾きの遅い絵の具を父が使っていたんですね。父は、床に広げて作品を描いていましたから……」

「でも、電気ストーブがありますね」犀川は指さした。それは、萌絵からも聞いていたものである。

「ええ、部屋の空調は絵のため、ストーブは人間のためです。それに、これ、お湯が沸かせますから、お茶が飲めますし」

電気ストーブは、赤外線タイプのものであったが、石油ストーブによくある円筒形の古風なデザインで、今もその上に、やはり時代がかった金色の薬缶がのっていた。

「ここは、仕事をするには本当に最高の環境なんです。あとは、音楽があると完璧ですけどね……。今度CDプレイヤを買ってこようと思ってますの」

マリモは、部屋の奥に置かれていた小さな机の椅子に座った。

「その机は？」犀川がきいた。

「あ、これは私が持ち込んだもの」マリモは答える。「子供のときに使っていたものです。ここに運んでもらったの。いくらなんでも、父のように床で絵は描けませんから」

「煙草は吸えないですね、ここは」犀川は天井を見ながら言う。

「ええ、父が吸いませんでしたからね。ここは駄目ですよ。上に保管されている作品に脂《やに》がついてしまいます。我慢して下さい」

「いいえ、吸いたいわけではありません」犀川は口もとを上げる。「なるほど……、ここに来て良かった。全然、想像と違っていましたからね。西之園君は、この部屋がこんなに新しいものだって、気がついていませんね……。まあ、良くできていますから、しかたないけど。ほら、見て下さい。この床なんか、わざとウェザリングしてあります」

「ウェザリング？」

「ええ、古く見せる技法です」犀川は言った。「素人が見たら、ここは、何十年もまえに作られたものだって思いますね」

「父が凝《こ》り性《しょう》だったのね……」マリモは頷いた。「私も、初めて見たときは気がつかなかったんですよ。でも、どうも以前と雰囲気が違うから、父にきいてみたんです」

「この部屋には、何度か入ったのですか？」

「いいえ、ここは女人禁制でした」マリモは可笑《おか》しそうに言った。「でも、私は入れてもらってましたよ、小さなときから。まあ、父もジョークで言っていたんだと思います。あの、このこと、綾緒さんには内緒にしておいて下さいね。彼女は知らないから、気を悪くするかもしれないわ」

犀川は跪《ひざまず》いて床を見た。

古そうな板張りの床は、樹脂でコーティングされている。血の痕が残らなかったのも頷ける。隙間が開いているように見えるが、目地《めじ》の奥は完全にシールされている。ここにもシリコンが使われていた。この蔵には、小さな虫も入り込めないだろう。古い美術品を保管するためには、当然の処置である。

「犀川先生は、あの壺をご覧になりましたか？」マリモはきいた。彼女は、椅子に座っているが、ジーンズの片方の脚を伸ばしていた。まだ、うまく折り曲げることができないのだろう。

「天地の瓢ですね」犀川は下を見たまま答える。「さきほど、多可志さんに見せてもらいました」

「先生なら、あの謎が解けますか？　だって、儀同さんがメールでおっしゃっていたんですよ。先生だったら解けるかもしれないって……」

「解けますよ」

「え!」マリモは小さく叫んだ。「解けたんですか?」

犀川はまだ下を見ている。彼は膝をつき、指先で床を擦っていたが、しばらくして顔を上げ、マリモを見て少し微笑んだ。

「いえ、今はわかりませんけど……。たぶん、解けます」

「まあ、すごーい。自信ですね……」マリモは手を一度叩く。

「自信というよりは、予測です」

「それ、同じですわ」

「犬はどこにいますか?」犀川はきいた。

6

マリモと一緒に、犀川は中庭に回った。香雪楼とは反対側になる小さな中庭で、竹で編まれた背の低い柵に囲まれている。

「ケリー!」とマリモが叫ぶと、縁側の下から小さな犬が走り出てきた。ケリーは犀川を見て太い声で吠えた。

「静かにしなさい」マリモが厳しい調子で言うと、犬は耳を下げて座り、短い尾を振る。

二人は柵の中に入った。犀川はさっそく屈んで犬の背中を撫でる。ケリーは犀川に交互に前足を出して、愛想の良いところをアピールした。

「よく吠えますか?」犀川はマリモを見上げてきく。

「そうですね。知らない人には、吠えるかしら……。でも、この種類にしては珍しく大人しいんですよ。フォックステリアはみんな攻撃的でしょう? 猟犬ですからね。この三色も、狐と間違えて撃たれないために作られたものだそうです」

「西之園君の飼っている犬も、これと同じ三色ですよ」

「テリア?」

「いえ……」犀川は犬の種類は知らなかった。「コリーの小さいやつです」

「シェルティでしょう……。あれは牧羊犬ですね。あの犬は吠えますよ。スピッツが混ざっているんじゃなかったかしら」

「気弱そうですけどね」犀川は言った。

縁側のガラス戸が開いて、年輩の女性が立っていた。白っぽい上品な和服を着ている。

「どなたです?」マリモを見て、その女性がきいた。

「あ、お母様、こちら、N大の犀川先生です」

香山林水の妻、フミである。冷たそうな感じの老婦人で、髪は真っ白だった。

「こんにちは。お邪魔しています」犀川は立ち上がって頭を下げた。「お屋敷を見学させていただこうと思いまして……」

「そうですか」表情を変えず、香山夫人は言った。「犬がお好きですのね?」

「あ、ええ、犬によりますけど」犀川は微笑む。「人間と同じです」

「ごゆっくり……」そう言うと、香山夫人はガラス戸を閉めた。犀川のジョークは空振りだった。

「ごめんなさい、先生」マリモは小声で囁く。「ああいう人なんです。私がこの家を出たわけが、わかりますでしょう?」

「いいえ、あれだけの時間では、ほとんどわかりませんね」犀川は肩を竦める。「もう少し長くつき合ってみないと……」

「綾緒さんも、本当によくやっていると思います、私」マリモは歩きながら言った。「この家に嫁にくるなんて……。もし私だったら、とても我慢できません」

「しますよ」犀川は無表情のまま答える。

マリモは犀川を見て、不思議そうに首を傾げた。

「いや」彼は慌てて少し微笑んだ。「我慢というのはですね、そもそも個人の能力ではありません。単なる現象なんです」

「よく、わかりませんけど……」マリモは苦笑する。

いつの間にか、ケリーは縁の下の自分の場所に戻っていた。そこには、地面に毛布が敷かれている。彼女のお気に入りの場所のようだ。犀川は腕時計を見る。既に一時を回っていた。

「僕、失礼しなくては……」

「お食事をしていかれては？」

「いえ、もう那古野に戻らないといけないんです」犀川は歩き出した。

もう一度玄関に戻り、犀川は、主人かその夫人に挨拶をしていこうと思った。マリモも一緒についてくる。

玄関から奥へ延びる長い廊下の途中で、小さな男の子が遊んでいた。おもちゃのロボットがギアの音を立てて前進し、彼は、頬を床にぴったりと押しつけて、その勇姿を見守っている。犀川たちに気がついて、男の子は、ロボットの向きを素早く変え、こちらに向けて走らせた。犀川は、ロボットがもう少しで土間に落ちるところで手を出した。男の子は駆け寄り、自慢げな表情で犀川からロボットを受け取る。

「幻魔大将軍だね？」犀川は彼に言った。

「ほんとは、もっと速いんだよ」祐介は言う。

「ああ、きっとそうだ」犀川は頷いた。「といっても……、僕はよく知らないけどね」

彼はマリモを見た。彼女も微笑んでいる。

「違うよ。電池がないんだよ」祐介はロボットを床に置いて、逆さまにして、ハッチを小さな指で示した。「電池はここ」

「ああ、なるほど。そういうことか」犀川は調子を合わせる。「うん、じゃあ、新しいのを入れたら、また速くなるね」

「もったいないから」祐介はすぐに言った。

「そうだ、もったいないね」

「まあまあ、恥ずかしいこと言わないで……」奥から綾緒が出てきた。「犀川先生、どうぞ、お食事をなさっていって下さい」

「いえ、あの、申し訳ありません。もう失礼します。本当にお邪魔いたしました」犀川は頭を下げる。

「そうですか……」

「マリモさんもありがとう。また、いつかゆっくりとお会いしましょう。祐介君、さようなら」

犀川は、扉を開ける。

「モエさんはどこ？」祐介が言った。

犀川は、子供のその言葉に驚いて、立ち止まった。

「へえ……。凄いなぁ、祐介君は……」彼は再び祐介に近づく。「どうして、僕が萌絵さんを知ってると思ったの？」

「モエさん、幻魔大将軍を知ってるよ」祐介は答える。

犀川は口笛を吹く真似をする。「いやあ、驚いた。こりゃあ凄い……。僕がそのロボットの名前を知っていたから、萌絵さんから聞いた、と考えたんだね？」

祐介は口を開けたまま犀川を見上げている。綾緒もマリモも黙っていた。

「うーん、感動したよ。名推理だね」

「メースイリ？」祐介は口真似をする。それから、ひっくり返っていた幻魔大将軍のハッチを小さな手で器用に開けると、「電池あるよ」と言い、犀川の顔をまじまじと見て、けけっと笑った。

7

帰りの道のりでは、一時的に忘却されていた憂鬱が、再び犀川を襲った。まるで、タングステンで作られたベストを着ているみたいに、肩が重くなる。

香山家を出たときには、あとはただ、真っ直ぐこの道筋を考えていくだけのことだ、と思っていたのに、それが一歩も進まなくなった。犀川の思考回路から、何枚か基板が引き抜かれているのか、それとも、どこかのソケットが外れているのか、まったく動こうとしなかった。

何のために、一日を潰しているのだろう？

こんな時間があったら、彼女と一緒にいてやるべきではないのか……。

あるいは、自分は逃避しているのだろうか。

何から逃げている？

どう評価して良いのか、まるでわからない。

目の前の問題を少しでも解決することが、より大きな問題に臨むための、あるいは大きな問題から遠ざかるための、近道だと感じたのか。単に、彼女を悩ませている問題を少しでもクリアなものにしてやろう、と考えたのか。

しかし、いずれにしても、引っ掻き傷がついてしまったブルースのレコード盤のような憂鬱だった。

彼女は、自分にとってどんな存在だったのか。

本当は気がついていたのに、気がつかない振りをしていた身近な原石。

ポケットにずっと仕舞っていた原石。

不正確で不明確で不合理で不可視な原石。

何の原石だったろう？

犀川は、助手席を見る。

シートにのっている、この一枚の紙切れ。

署名して捺印《なついん》して、それが、何の解決になるのか。

解決?

これも、逃避ではないか……、と彼は思った。

けれど、不可避だ。

では、逃避ではない行動とは何だろう、と思う。

そんなものがはたしてあるのか。

彼女にすべてを話すことだろうか……。大学も辞めて、彼女とどこかで暮らすことか。

それで、何が得られるだろう。

自分にとって?

あるいは、彼女にとって?

何かを得るために生きている、なんて考えたことは一度もなかったはずだ。

これは、バグ……か?

自分はハングアップしている。

どこで……間違った?

とにかく、時間の短さが、こんなに重要だとは思ってもみなかった。こうして、ただハンドルを握っている時間。煙草を吸っている時間。考えているだけの時間。過去を振り返っているだけの時間……。

未来のことを考えている間にも、未来は、自分の影のように逃げていく。影はしだいに長く、大きくなり、ついにすべてが闇になる。未来は着々と拡散していくのだ。

自分だって、たった今、事故に遭って死んでしまうかもしれない。このハンドルをちょっと回せば、右手にほんのちょっと力を入れさえすれば、その望みは一瞬にして叶《かな》う。

そうしないのは、どんな期待からだろうか？

そんな簡単なことを、誰もしない方がむしろ不思議だ、と犀川は思った。

気がつくと、那古野市内を走っている。

犀川は、真っ直ぐH日赤病院に向かった。煙草を吸い、意識をコントロールする。卑怯な生き方かもしれないが、これは乗り越えなくてはならない。もういい加減に、整理しなくてはならない……。

ゴム動力の飛行機のようだ。ゴムを巻いたら、いつかは手を離さなくてはならない。今はまだ、ゴムが巻き足りないだけ……。もう少し、勇気が足りないだけなのだ。

そう思いたかった。

8

「まさか……」萌絵は、犀川の差し出した婚姻届を見て、目を見開いた。たった今、病院のロビィで、書けるところは全部記入し、印鑑も押してきたものだった。

「叔母様に何か言われたのですか？」萌絵はひきつった表情できいた。彼女の声は上擦《うわず》って、震えている。

「そうじゃない」犀川は真面目な顔で答えた。彼も緊張していた。「嫌なら、すぐ破いてくれても良いよ」

「こんなこと……」萌絵は今にも泣き出しそうな顔だ。

「つまり……」犀川は頷いた。「あとは、西之園君しだいだよ。もし、君が良ければ、別にいつだってかまわないし、君の好きなとき……」

萌絵は両手を顔に当てて、泣き出した。

犀川は、しばらく黙って立っていた。どうして良いのか、わからなかった。

ドアがノックされ、看護婦が「検温です」と言って入ってきたとき、萌絵は、書類をテーブルに伏せて、シーツを頭から被ってしまった。犀川は看護婦に睨まれて、しかたなく病室から出た。

9

同じ頃、愛知県警の鵜飼刑事と片桐刑事は、香山家を訪れていた。彼らは、朝早くからレンタカー屋を幾つか回って、調査を依頼してきた。レンタカーについては、既に一度調査済みであり、近辺にある店のリストはできていたので、今回の再調査は簡単だった。結果もすぐに出るものと思われる。だが、期待したような情報がはたして得られるだろうか。正直いって、鵜飼は悲観的だった。

「え？　犀川先生がですか？」鵜飼は耳を疑った。

玄関先で香山綾緒と二、三言葉を交していると、午前中にN大の犀川助教授が訪れたことを、彼女が口にしたのである。

「ええ……」綾緒は頷いた。「そうですね、一時頃にはお帰りになりましたけど……」

鵜飼は相棒の片桐の顔を見る。彼も首を捻った。

「あの、犀川先生は、ここに、何をしにこられたんですか？」鵜飼は綾緒にきいた。

「はい……、あの壺と鍵箱を見にいらっしゃったんだと……思いますけども」綾緒も首を傾げる。「それから、うちの古いお座敷をご覧になって、マリモさんとも、ずいぶん長くお話をされていたようですわ。でも、さあ……、何のためにいらっしゃったのかは、私……」

「マリモさんは、どちらに？」鵜飼はすぐ尋ねた。

「ええ、裏の蔵だと思います」綾緒は答える。

「では、ちょっとだけ、お邪魔してきます」

鵜飼と片桐は、玄関を出て、庭を横断する小径に入った。屋敷の右手から回っていっても良いのだが、そちらにはいつも犬がいることを彼らは学習していた。二人は、生《お》い茂《しげ》る庭木の枝に顔をぶつけないように注意して、裏庭へ向かった。

「西之園さんが入院したから、犀川先生が代理で来たんでしょうか？」後ろから片桐が囁いた。「西之園さんに何か頼まれて来たんじゃないですか？」

「さあね……」鵜飼は前を見たまま言った。「そんなことをするような人じゃないけどなぁ。でも、何考えてるんだか、実際よくわからないから、犀川先生は……」

「先輩はどう思います？」片桐はきいた。

「何が？」

「西之園さんが考えたっていう仮説ですよ」

それは、西之園本部長から直々に彼らへ伝えられた。鵜飼と片桐は、今朝、八階にある本部長の部屋に呼ばれたのである。その部屋は、彼らが初めて見る場所だった。三浦主任を通さなかったのは何故なのか、二人には不思議だったが、おそらく、本部長は、自分の姪が事件の捜査に関わっていることを、できるかぎり内密にしたかったのだろう、というのが鵜飼と片桐にできた唯一の想像だった。

「どっちにしてもな……」鵜飼は先輩らしく威厳を保とうとして、言葉を探す。「ただの可能性じゃないかな……。俺たちの仕事は、馬鹿馬鹿しくても、一つずつ確実に消していくことだ」

「へえ……、かっこいいすね、その台詞」

「そうか?」鵜飼は少し気分が良かった。

屋敷の西側の雑木林を抜け、ようやく裏庭に出た。西日を浴びて、蔵の漆喰《しっくい》の壁はほんのりと黄色に染まっている。

蔵の入口に上がる石段に女ものの靴があった。鵜飼は扉を叩いた。ノックするにはあまりに頑丈過ぎる扉である。しばらく待ったが、やはり聞こえないのか、返事がない。

もう一度、鵜飼は扉を叩いた。

「インターフォンとか、付けといてほしいよな」鵜飼は片桐に言う。

応答がないので、彼は取手を握り、重量級の扉を引いた。

付着していたものが剝がれるような音を立てて、扉が開く。

照明がついた部屋の中が、彼らの視界に入った。

次の瞬間、二人の刑事は、呼吸を止め、中に飛び込んでいく。

部屋の一番奥に、女がうつ伏せに倒れていた。

机のすぐ横だった。

椅子が倒れている。

床には、真っ赤な血。

いつか見た紅葉のように、不自然で、綺麗な色だ。

鵜飼は、机の上にのっている壺と鍵箱を見た。

10

病院のロビィの喫煙コーナで三本たて続けに吸ったあと、犀川は頭を抱え、自分の靴を見ていた。

それは、紺色の運動靴で、確かスーパーで九百八十円で買ったものだ。もうそろそろ引退という代物《しろもの》で、彼同様にくたびれている。

今まで何足の靴を履いただろう……。それは、犀川には珍しく、カウントされていない対象だった。

その運動靴の将来ではなく、自分の将来のことをずっと考えていた。しかもそれは、何十年もさきのことではなくて、一年か、あるいは数ヵ月という限られた時間のことだった。

こんな精神状態で、ものが考えられること自体も実に不思議である。いつもは動いていない予備の脳細胞が気を利かせて働いているのではないか、と思えた。

肩を叩かれたので、驚いて顔を上げると、西之園萌絵が立っている。

「先生……」口がそう動いただけで、音は聞こえない。

「駄目じゃないか……」犀川がそう言いかけると、彼女は、人差指を立てて、自分の口に当てた。

萌絵は犀川の横に腰掛ける。

彼女は服を着替えていて、白い手編みのセータにブルーのジーンズだった。彼女にしては、いたって地味な服装といえる。

「先生、お話があります」萌絵は犀川の耳もとで囁いた。

「何？」

「どこかへ、連れていって」

すぐ向かいのシートで煙草を吸っていた初老の男が、犀川の顔を睨んでいる。犀川は躰を起こし、辺りを見回した。

看護婦が小走りに廊下を通り過ぎていく。大勢の患者と見舞いの客でロビィはいっぱいである。雑然とした雰囲気に、彼は今さらながら気がついた。これまで周囲のものがまったく見えていなかったようだ。

犀川は萌絵の手を取り、立ち上がった。

自動ドアの、気の遠くなるような反応《レスポンス》の遅さ。

外は、メインストリートの、馬鹿みたいに朗らかな騒音《ノイズ》。

彼女の冷たい手を引いて、駐車場の自分の車まで歩く。助手席のドアを開け、彼女を乗せる。すぐ運転席に回って乗り込む。キーを差し入れる。黙って、エンジンをかける。

時間は流れている。

車は、駐車場の守衛を無視して、道路に飛び出した。

夕方の道は混雑していた。ほぼ真横からの日射で、風景は鮮明となり、立体感が強調されている。

「西之園君、シートベルトをして」信号で停まったとき、犀川は初めて口をきいた。

萌絵は黙って、それに従う。

彼女の表情を盗み見ると、放心したように無表情だった。

眠っているように、彼女は動かない。

「検温は済んだの?」犀川はきいた。再びちらりと横を見たとき、萌絵は頷く。「大丈夫かな……。見つからないかな?」

「見つかっても、良いの」萌絵は小声で答えた。

彼女が口をきいたので、犀川は少し安心した。

車はまた走り出す。

自分は何を恐れているのか、と犀川は自問する。

自分の心境を彼女に悟られることを、恐れているのだろうか……。

それとも、既に、彼女は知っているのか?

「えっと……、どこへ行けば良い?」意識して明るく、犀川は尋ねた。

「南」萌絵は言う。

「南？」犀川は微笑む。「今、南を向いているよ」

「ええ」

「グアムでも行きたいわけ？」彼女は小声で言う。

「ええ、行きたい」

生きたい、と聞こえて、心臓が一度打つ。

また信号で停まった。

空気が悪いので、犀川は萌絵が心配だった。

「躰は大丈夫？」

「もう平気です」

それから、犀川の車は南へ向かった。二人とも黙って、ずいぶん長い時間、走った。

港を見ながら橋を渡り、工業地帯にさしかかった頃には、道は嘘のように空《す》き始める。右手には、黒い海面のスクリーンに、焼けて膨張したオレンジ色の太陽が映っている。対岸には、巨大なコンビナートがずっと続いていて、逆光で色彩は失われ、モノクロ写真の遊園地みたいに懐かしい。小さな赤いランプだけがあちこちで点滅し、細い煙突からは、聖火のような火炎が慎《つつ》ましく吹き出ている。

アスファルトの道路は彼方まで吸い込まれるように真っ直ぐで、地球に巻きつけられた巨大なガムテープのようだ。そのまま宇宙へ飛び出していけそうな重装備の大型車が、犀川たちの車とすれ違うとき、大気は一瞬の圧縮に悲鳴を上げた。そびえ立つ巨大な構造は距離感を狂わせ、この付近だけメートルの基準が違っているのでは、と疑いたくなる。月桂樹を冠した巨人が地平線を走っているのが、今にも見えそうだ。このまま地球の自転に合わせて、道は傾き、すべてが宇宙に滑り落ちるのかもしれない。

空だけが、沈んだ太陽を、まだ見ている。

発電所の高い煙突が見えてきた。彼女は、車を停めてほしいと言った。

犀川の車は左のウインカを出して、路肩に停車する。

「さて、それで……?」

「ここで、いいわ」

「ここで、どうする?」エンジンを止めて、犀川はきいた。

「外に出て、煙草を吸う」萌絵は緊張した表情で言う。

二人は車の外に出た。

犀川は自分のコートを脱いで萌絵の肩にかけた。それから、少し歩いて、ガードレールに並んで腰掛ける。犀川は自分の煙草に火をつけた。彼女が煙草の箱を差し出すと、彼女は首をふってそれを断った。

「なんだ、吸わないの?」

「先生が吸うんです」

「ありがとう」

「煙草を吸うと、落ち着くでしょう?」

「なんか、わけのわからないことを言っているね、君」犀川は笑おうと思ったが、できなかった。「まあ、良いだろう……」

「どうして、婚姻届を持ってきたのですか?」萌絵は遠くを見たまま突然きいた。

犀川は煙を吐く。

その動作を二度繰り返してから答えた。

「何か他に考えられる理由があるかな?」

「いいえ」

「つまり、言葉でちゃんと言えっていう意味?」

「同情ですか?」萌絵はすぐにきいた。

犀川は答えられなかった。

彼はまた、煙草の煙を吐く。

そのとき、自分の演技は無駄だった、と犀川は確信した。

いや、そもそも何もしていない。

演技?

彼女は知っているのだ。

「動機が不純じゃあ、いけないかな？　あまり、不純じゃない動機ってやつに、僕はお目にかかったことがないからね」

　そうでもなかった。不純じゃない動機も、確かにある。

「私がずっと、死ななかったら？」萌絵は犀川を睨みつける。

「君は死んだりしないよ」

「先生……」萌絵は深呼吸をするように肩を一度上げる。

「何？」

「一生のお願いがあります」萌絵はぎこちなく微笑んだ。

「今日は特別だ。なんでもきこう」犀川は頷く。

「私をぶって下さい……」そう言って萌絵は顔を傾けた。

「何故？」犀川はきく。

「お願いします」

「どうして、君をぶたなくちゃいけないのさ」

「全部、嘘なんです」

「何が？」

「病気のこと」

「病気のこと？」

「諏訪野に電話させたの、私……」

「電話って……」

「エイプリル・フールだったでしょう?」

「エイプリル・フール?」

頭の中が真っ白になった。

エイプリル・フール?

エイプリル・フール……、エイプリル・フールって……。

犀川の中で、半鐘《はんしょう》のようにその言葉が繰り返される。

「ごめんなさい、先生、本当にごめんなさい……」

萌絵は犀川の目の前に近づき、頭を下げた。

「私……、先生に仕返ししようとして……」

「仕返し?」

「ごめんなさい!」

「仕返しって?」

「だって、クリスマスのとき……」

「クリスマス?」

「先生、酷《ひど》かったんですもの……」

彼女は笑顔を作っていたが、頬には涙が流れていた。

「えっと……、全部って?」

「私、ただの貧血です」

「それは……、本当のこと?」犀川はきいた。

「本当です」

「西之園君、本当なの?」

「ごめんなさい!」萌絵はまた頭を下げた。

「どうして……、そんな……」

「本当のことをいうと、ちょっと、先生の反応を試してみたかったんです」

「え? 僕を騙したの?」

「はい」

「嘘じゃないだろうね……。いや、信じられない。無理をしなくて良いんだよ」

「本当なんです。信じて……。ごめんなさい……。本当にごめんなさい!」

「でも……、諏訪野さんが……」

「夜中に諏訪野が電話をしたら、絶対、先生はひっかかると思ったのです。諏訪野には責任はないの。私が命令したんですから。でも、諏訪野、嘘は言っていません。貧血だって血の病気でしょう?」

「本当に、嘘なの？　西之園君……」犀川は口を開いたままだった。吸っていたはずの煙草は、いつの間にかなかった。

　萌絵は、涙を拭《ぬぐ》って、微笑む。

「明日には退院できます」

　犀川は上を向いて、頭を抱えた。

「許してもらえますよね？」萌絵が犀川の腕を握ろうとする。

「なんてことを……」犀川は呟いた。

「ごめんなさい！　先生……」

「なんて……」

「ごめんなさい！」

「なんだって⁉」犀川は大声で叫んだ。

「あのう……、ごめんなさい、って……」

「ごめんなさい？」

「ええ……」

「ああ……」彼は上を見て叫ぶ。

「先生？」

「なんて、子供なんだ！　君は……。ああ！」

「先生……、ごめん……なさい」

「よくもよくも……」犀川は真上を向いたまま言う。それから、ゆっくりと彼は萌絵の顔を見た。「貧血が血の病気だって？　嘘は言ってない？　ああ、まったく、なんて……」

「ごめんなさい、こんなことになるなんて……」萌絵は上目遣いの心配そうな顔で犀川を窺《うかが》った。

「信じられない！」犀川は大声で言う。「尋常じゃない！　なんだって？　エイプリル・フール？　馬鹿馬鹿しい。そんなもの、今どきやってるやつなんて……。ああ、まったく、たちが悪い。最低だ。見損《みそこ》なったよ」

「本当に、ぶって、先生」萌絵が泣きながら言う。

「そうやって、格好つけてれば良いんだ、君は」

「ねえ、お願い。何でもしますから、お願いです。許して……」萌絵は手を擦り合わせる。

「まったく……」彼は深呼吸をする。ポケットから煙草を出して、火をつけようとしたが、手が震えてライタを落としてしまった。屈《かが》んでそれを拾おうとしたが、萌絵の手がさきにライタに伸びた。

彼女は拾い上げたライタで犀川の煙草に火をつける。

「この十年間で一番、頭にきたね」犀川は煙を吐き出した。「どれくらい、僕が怒っているか、君に想像できるかな……。僕がこの二日間……、どんな気持ちでいたのか……。いったい、君、人の時間を何だと思っているんだい？」

「昨日、言おうと思っていたの。私のために大阪からすぐにでも帰ってきてくれると思ったのに、先生、なかなか来てくれなかったんだもの。夜まで、私、待っていて……」

「仕事だったんだ」

「恋人が急病なのに？　仕事ですか？」

「君、謝ってるの？」犀川は萌絵を睨みつける。

「いえ……。あの……」

「恋人？　また、どさくさに紛《まぎ》れて、そういうことを言う」

「何か、もっと、優しいことを言ってくれると思ったの。いえ……、キスは嬉しかったわ。でも、それでかえって、言いそびれてしまったんです。その、もう少し……って、思ったから……」

「もういい！」

「ごめんなさい。確かに、悪ふざけが……」

「ちょっと、黙っててくれないか」犀川は歩きだした。萌絵が慌てて後を追う。

「でも、本当に、嬉しかった」萌絵は叫んだ。「本当です！　もう、しません。もう、しませんから」

「当たり前だろ」犀川は立ち止まって言う。「こんなこと、何回もしたら犯罪だ」

「ごめんなさい！」萌絵はまたぺこんと頭を下げた。

犀川は大きな溜息をつく。

「本当に……、君はまだ子供だ」

「こんなことになるなんて……」

「だから、どうなると思ったのさ？」

「もっと……、先生が驚くと思ったの」

「驚いたさ……。もう、びっくりだ」

「大阪から飛んで帰ってきてくれるって……」

「そうしたら、大笑いしようと思っていたんだろう？」

「はい」萌絵は微笑む。

「反省の色が全然見られない」むっとして犀川が言う。

「ううん」萌絵はオーバーに首をふった。「もう、力一杯反省してます」

「日本語になってない」犀川はすぐに言った。

「もう、怒ってない？」

「この怒りはね」犀川は少し微笑む。「記念碑にしたいくらいだ。毎年四月はアニバーサリィだよ。許せないね。絶対、忘れないから……」

「約束に遅刻しても文句は言いませんカード……、それに、たちまち機嫌を直しますカードを、それぞれ十枚つづりでどうですか？」萌絵は上目遣いで犀川を見つめ、少しずつ微笑んだ。

「考えとこう……」犀川もくすくすと笑い出す。

「他に、何かもっと要求はありませんか？　先生」

「要求？」犀川は車に向かって歩いた。

「ええ、何でも……」

「帰りは君が運転だ、西之園君」

犀川は車のキーを投げた。萌絵は片手でそれを受けとめる。

「でも、なかなかのトリックだったでしょう？」

「馬鹿馬鹿しい」犀川は鼻を鳴らす。「君、本当に後悔してるの？」

「もう断然後悔、熱烈反省」

「一度、滝に打たれた方が良いな」

「どこへ行きますか？　先生」長く伸びた髪を払い、萌絵は白い歯を少しだけ見せて唇を嚙む。

犀川は助手席のドアを開け、少し考えてから答えた。

「北だ」

「北極にでも行きたいのですか？」

「君は滝に行きなさい」

第８章　懐疑は虚空《こくう》のなかに

〈Both Bull and Self Transcended〉

1

鵜飼大介は、木津根病院のロビィの椅子に座って貧乏揺すりをしていた。彼の体重から考えれば、それは椅子にとって過酷な振動荷重だった。

蔵の中で倒れていた香山マリモは、手首からかなり大量の血を流していたが、まだ生きていた。鵜飼は、すぐに彼女の腕を止血し、車を回すよう片桐刑事をさきに走らせてから、彼女を抱きかかえて運び出した。救急車を呼ぶよりも早いと判断したのである。サイレンを鳴らし、この病院まで数分だった。

香山マリモが治療室に運び込まれて、既に二時間近くが経過している。マリモはまだ意識を取り戻していない。一応は小康状態を保っている、とついさきほど治療室から出てきた医師が鵜飼に説明した。治療室のすぐ外の廊下には、香山多可志と綾緒の夫婦がやってきていたが、当《あ》たり障《さわ》りのない質問を二、三しただけで、鵜飼はその場を退散してきた。

マリモが倒れていたそばに、カッタナイフが落ちていた。明らかに自殺である。しかし、場所が場所だけに、疑いたくもなった。とにかく、少しでも早く、香山マリモ本人の口から事情が聞きたかった。

電話をかけにいっていた片桐が戻ってくる。

「犀川先生はつかまりませんね」片桐は首をふった。「今日は、大学はお休みなんだそうです。それで、西之園さんが入院してる病院へも、かけてみたんですが……。よくわかりませんけど、なんか、変なんですよ」

「何が？」鵜飼はぶっきらぼうにきく。

「西之園さんがいないって、言うんです」

「あそこはでかい病院だからな」鵜飼は言った。「しかたがないなぁ……。犀川先生にだけは、ちょっと話をきいておかないと、まずいんだけどな」

「先生が香山マリモに会ったから、ですか？」

「うん……、まあな」

香山綾緒の話によれば、昼食のため裏庭の蔵までマリモを呼びにいったとき、彼女は、食事はいらないと答えたという。そのときのマリモの様子は確かに少し変だった、と綾緒は話した。午前中に香山家にやってきて、香山マリモと二人だけで話をしている犀川助教授には、是非とも状況をきいておかなければならない、と鵜飼は考えたのである。

岐阜県警の深澤には、連絡がついていた。彼はもうすぐこちらへやってくる。香山マリモの自殺が、香山林水殺害事件にどう関係するのか、鵜飼にはまったくわからない。深澤が到着したら、当然その議論になるはずだ。それまでに自分の考えをまとめておこう、と鵜飼は思った。

「西之園さんの仮説を、深澤さんに話すべきかな?」鵜飼は独り言のように呟く。事実、片桐に相談しているつもりはない。

「でも、ちょっと信じ難いすよね」片桐は言う。「まるで証拠はありませんし……。ただ、いろんな状況をそれなりにうまく説明してはいますけど」

「レンタカー関係の調査で何か出てくる可能性はある」鵜飼は言った。「深澤さんに話すのは、その結果が出てきてからでも遅くないか……」

「自殺の原因は何でしょう?」

「さあ、まったくわからん」鵜飼は首をふった。

「どうして、今頃になって、自殺なんかしようと思ったんでしょうね……。事件には関係ないんじゃないですか?」

「お前、しゃべってるだけで、考えてないだろう?」

鵜飼の言葉に、片桐は苦笑いして黙ってしまった。

「鵜飼様……」看護婦がロビィの端で呼んだ。鵜飼は片手を挙げて、彼女に近づいた。「愛知県警の鵜飼様ですか？　あの、お電話が……」

事務所の中に案内され、鵜飼は受話器を取る。

「はい、鵜飼です」

「西之園だ」西之園警視監の低い声が聞こえた。「君、携帯はどうした？」

「は、はい！　申し訳ありません。あの、携帯電話は車であります」

「香山の家に電話をして、そちらだと聞いたんでね。娘さんが怪我をしたらしいな」

「あ、はい……。自殺未遂であります」鵜飼は報告する。「偶然、自分が発見いたしまして……」

「ああ、そんなことは、私はいいんだ。事件のことは任せる」本部長は、言葉を切った。「そちらに、その……、萌絵が行っておらんかね？」

「は？」鵜飼はきき返す。「あの、お嬢様は、病院では？」

「いや、それが、病院におらんのだ。今、探しているところだが……、それで、ひょっとしたら、そちらへ行っているのでは、と思ったんでね」

「病院を、その……、抜け出されたんでありますか？」鵜飼は尋ねる。抜け出す、の尊敬語が思いつかなかった。

「まあ、そういうことだ」本部長の声はますます低くなる。「そちらで彼女を見かけたら、すぐ私に連絡してくれ」

「は、了解しました」

「頼む」

電話が切れた。鵜飼は首を捻りながら、受話器をゆっくりと戻した。

2

西之園萌絵は、犀川に寄り添って、ぼんやりとしていた。

彼女は、一度は車を出したが、一キロも走らないうちに、犀川が車を停めるように言ったのである。発電所の煙突の近くまで来たときだった。犀川は再び車から出て、雑草が伸びた路肩《ろかた》をどんどん歩いていった。萌絵も少し遅れて彼を追った。

犀川は空地の真ん中で立ち止まる。彼女は、恐る恐る、犀川の腕を摑んだが、彼は反応しなかった。

しばらく、そうしていた。彼は何も言わない。

日は沈み、空はパリッシュ・ブルーに染まっている。ちょっとやそっとでは信じられないほど不自然な色だった。毎日、わざとこんな色になっているのだろうか、と彼女は不思議に思った。誰に見てもらうためなのだろう、と。

毎日見落としているものが、まだ沢山あるのかもしれない。

犀川に仕掛けた悪戯を、萌絵はまったく後悔していなかった。確かに、予測できなかった結果だ。でも、悪くない。自分は最高についている、とさえ思った。だから、反省など全然していなかったのである。

それどころか、だんだん、自分は賭に勝ったのだ、とさえ思えてくる。悲しくて泣いたのか、嬉しくて泣いてしまったのか、その分析も境界が不明瞭で、たぶん、今でも、完全にシミュレートできているわけではない。ただ、気分は決して悪くなかった。

犀川が、こんなに単純な思考をするということが、萌絵には意外だったのだ。彼のことを、もっと複雑な人格として彼女は認識していたし、自分も、より複雑でありたいと望んでいた。しかし、泡立てたらどんどん固くなるホイップ・クリームのように、自分自身も極めて単純な存在であることが、もっと意外な発見だった。それだけは、まったく予想外の副産物といえる。

おそらく、それは、フルーツパフェの、背の高いグラスの一番底に溜まっているシロップみたいに、とんでもなく甘い単純さで、そして、きっと、萌絵と犀川の人格の根底にあるものだろう。ウエハースみたいな飾りもののプライド、缶詰めのフルーツのような見せかけの態度、絞り出した生クリームの駆け引き、そういったものをすべて排除したときに残る本質が、一番深いところに、透き通るような綺麗な原色で、存在している。それが、犀川と自分の共通点だ、と萌絵は思った。

「小さなとき、あの煙突を見たことがある」

犀川が突然口をきいたので、萌絵はびっくりした。

発電所の高い煙突のことのようだ。それは、白と赤で縞模様に塗り分けられ、打ち上げまえのロケットのようにそびえ立っている。犀川は、それに引きつけられるように、再び歩きだし、近づこうとした。だが、すぐ先に鉄柵があって、もうそれ以上は無理だった。

「そう、今、突然思い出した。幼稚園か、それとも、もっと小さかったかな……。たぶん、この近くまで海水浴にでも来たのだろうね。この辺りを、電車か車で通ったのかな……」

「別のところの煙突ではないのですか？」

「うーん、そうかな……」

「煙突だけ、覚えているの？」萌絵は微笑む。

「そう、僕はね、そのとき、こう思ったんだ」犀川は可笑《おか》しそうに言った。「ああ、この煙突で雲を作っていたんだなぁってね……。ここが空の雲を作る工場だったんだ、って思った。それで、覚えてるのさ」

「それ……、先生が今までおっしゃった台詞の中で、一番ロマンチックだわ」萌絵はくすくすと笑いながら言う。「もう、ずば抜けていますよ。最高に……」彼女のその言葉はお世辞ではなかった。

「何が受けるか、わからないもんだね」犀川は振り返って萌絵を見る。「いや、ずっと、その発想が頭に残っていてね……。子供の頃の発想というのは。自分で言うのもなんだけど、天才的だね。とても自由で……、飛躍している。たぶん、その一日だけ、僕は天才だった」

犀川がもう怒っていないことがわかって、萌絵は嬉しくなった。

「子供の頃の犀川先生って、どんなふうだったのですか?」

「僕は無口な思考派だったね」犀川は口もとを斜めにする。

「じゃあ、あまり変わっていませんね」

「どうして大人は、僕のことを、『ぼく』って呼ぶのだろうかって考えていたよ」

「あ、そうそう、それ……、それは私も思ったわ」

「珍しく意見が一致した」犀川は頷く。しかし、すぐ、気がついたように笑うのをやめて言った。「君はまだ子供だ。西之園君」

「私は……」萌絵は犀川の嫌味を無視して話す。「西之園さん、とか、富士山の『さん』を、幼稚園のときに、アラビア数字の『3』で書いていましたよ。その方が書くのが楽でしょう?」

「表音文字だと思ったわけだ」

「ええ、どうも小さいときから、国語とは相性が悪かったようです。ひらがなの『ほ』という文字も、右の部分が、どうして『ま』と違う形なのか。それとか、発達の『達』の字なんかも、しんにょうにのってる部分を、どうして、幸せの『幸』と同じパーツにしないのかなって……、その不合理さに、もう腹が立って、腹が立って」

「小さい頃から気が短かったようだね」

「あ、そうそう。テレビのニュースで、『誰々が鉄塔から落ちて亡くなりました』って、言っていたんです。それを聞いて、私、人間が無くなった、つまり消えてしまった、と思ったの……。どうして、よく探さないのかなぁって……」

犀川はくすくすと笑った。「ああ、面白いね。うん、子供のときって……、確かにそうだ。僕はね、グリコのキャラメルで、おしゃべり九官鳥をもらったんだけどね……」

「おしゃべり九官鳥?」萌絵は吹き出した。「何です? それぇ!」

「あれ? 知らないかな……」犀川は首を傾げる。「おつかいブル公とかさ、それから、セッカチ君とオトボケ君とか……、いただろう?」

萌絵は大笑いした。「会ってみたい!」

「いや……、何の話だっけ……」犀川は続ける。「そう、そのね、おしゃべり九官鳥っていう、おもちゃなんだけどね。それ、頭の後ろの紐を引っ張ると、いろいろおしゃべりするんだ。ものを言うわけ。当時としてはけっこう画期的なおもちゃだったんだよ。ICとかじゃないんだから。頭の中にね、小さなレコード盤が入っているんだ」

「どうして、仕組まで知っているの?」

「そりゃ、もちろん壊したからさ」

「壊しちゃったんですか……」

「家にそれが送られてきたときは、嬉しかったね。いくつくらいだったかなぁ……、幼稚園に行っていたかな……。ずっとそれで遊んでいたんだ、おしゃべり九官鳥でね。そうしたらさ、その九官鳥が、だんだん、ゆっくりしゃべるようになってしまってね。オトボケ君みたいになってしまって……、元気がなくなった。それで……、帰ってきた親父に見てもらったんだ。九官鳥が元気がないって……」

「電池がなくなったのですね?」

「そうそう。親父がそう言った。そりゃ、お前、電池がなくなったんだ、ってね」犀川は指をさすジェスチャをした。「それを聞いて、僕は本当にびっくりしたよ。それを覚えている。電池がなくなる? あんなしっかりしたものが? それで、すぐ中を開けて、見てみたんだ。そうしたらさ……、電池はやっぱりちゃんとあるんだ、これが……」

萌絵は笑った。「ああ、なるほど……」

「親父が嘘を言ったと思ったなぁ、そのときはね。だから、ちゃんと電池はあるって抗議したら、いや、ないんだ……、そういうのを、電池がない、と言うんだって、親父は言い張るからね。大人は不合理だなあって思ったよ。もっとも、不合理なんて概念がまだないかな。いや、言葉を知らないだけで、子供にもその概念はあるな」

「私なんか、『概念』という言葉の概念がわかったの、つい最近です」

「そう、『意味』という言葉も、難しいね。意味がちょっと説明できない」

萌絵は急に笑うのをやめた。突然、閃《ひらめ》いたのだ。

背筋が寒くなる。

ゆっくり、犀川の顔を見上げると、彼は微笑んだ。

「気がついたね。西之園君」

萌絵の頭で、幾つかの計算が走った。彼女は瞬きも呼吸も止めていた。

萌絵は、約四秒後に叫んだ。

「わかった！　先生、わかった！　わかりました！」

「そう、それだ」

3

「本当に、申し訳ございません」諏訪野は頭を下げた。

「貴方に謝ってもらったって、しかたがないのよ」佐々木睦子はすぐに言った。「もう……、まったく、なってないわ！」

「おそらく、犀川先生と一緒だ。心配することはないだろう」西之園捷輔は言う。

「どうして、そんな楽観的なことばかり考えられるのかしら。そういう方じゃないと、日本の警察って切り回していけないんでしょうか？」

「お前と言い争ってる余裕は、私にはないね」

萌絵が使っていたベッドに軽く腰を掛け、睦子は携帯電話を耳に当てていたが、やがて首をふった。

「やっぱり、自宅は駄目……」

彼女はもう一度、サイドテーブルの上の紙切れを取り上げる。婚姻届には、犀川の署名と捺印があった。

「まさか、駆け落ちじゃないでしょうね」睦子は微笑んで言う。しかし、彼女の持ち味というべき上品な口調にも、どことなくヒステリックな響きが今はある。

「馬鹿馬鹿しい……」西之園捷輔は鼻を鳴らした。

「あの、差し出がましいとは存じますが……」諏訪野が捷輔の方を見て言う。

「貴方はいいの。黙ってらっしゃい」睦子が諏訪野を片手で制し、捷輔を睨みつけた。「お兄様がいけないんですよ。おわかりになってます？　あの子が何を考えて、どうしたいのか。いつも、私とは電話で話してますのよ。あの子は……」

「どうして？　私がいったい何をした？」西之園捷輔はいかにも心外だという表情で、声が大きくなった。

「お兄様が厳し過ぎるんです。若い人の気持ちが全然わかっていないのよ。あのくらいの歳頃になれば、少々のことは認めてあげなくては」

「おいおい、お前に言われるとはな……」捷輔は大げさに笑う。「別に、私は、萌絵には何も言っておらんぞ。犀川先生とのことなど初耳だ」

「初耳ですって？　ぼんくらなんだから」

「ぼんくら？　ぼんくらとは……」

「あなた」西之園妙子が止める。タイミングは絶妙だった。

西之園捷輔は妻を一瞥し、咳払いをする。「とにかく、私は何も聞いておらんのだ。どこか、二人で旨《うま》いもんでも食べに出かけただけだろう。心配ない」

「ならいいんですけど……」佐々木睦子は言う。「諏訪野……。貴方、一度、家に戻ってみてくれない？　萌絵が帰っていて、電話に出ないのかもしれないわ」

「かしこまりました」諏訪野は頷く。「あの……、睦子様……」

「帰ったら、すぐ私に電話してちょうだい」睦子は溜息をついた。

「あの、これは、お嬢様には内密にしていただきたいのでございますが……」諏訪野はゆっくりと言った。

「あら」睦子が、ようやく諏訪野を見る。「何なの？　早く言いなさいな」

「はい、申し訳ございません」

「何よ」

「実は、お嬢様は、犀川先生に対するエイプリル・フールの悪戯を思いつかれまして、その折りに……、この、私めも、お嬢様の並々ならぬ強いお言いつけとは申せ、少々ではございますが、いえ、決して、少々などとは申せませんが、この諏訪野、不覚にも……」

「あのね、諏訪野。貴方のそういうところが、私、ずっーと気になっているのよ。じれったいわね。どうして、もっとずばっとものが言えないの？　貴方……」

「悪戯って、何のことだ？」西之園捷輔がきいた。

諏訪野は、萌絵の言いつけで、夜中に犀川助教授の出張先のホテルに電話をかけたことを説明した。彼の話のペースは少しも速くならなかったが、内容を聞いているうちに、西之園捷輔も佐々木睦子も押し黙ってしまった。

「誠に申し訳ございません」諏訪野が深々と頭を下げる。

「わかったわ。ええ、貴方……、よくそれを話してくれました」しばらくして、睦子がやっと口をきいた。「ええ、もう良いわ。家に帰りなさい」

「承知いたしました」諏訪野はまた頭を下げ、静かに病室から出ていった。

「あの、じゃあ、それで、犀川先生が？」西之園妙子が目を丸くして、口に手を当てたまま、夫を見て小声できいた。

「まったく……」捷輔はそう呟いて舌を打った。

彼は腕時計を見ながら、長椅子にどっかりと腰を下ろす。時刻は八時を過ぎていた。萌絵は午後三時の検温のときには、この部屋にいたそうだ。いないことがわかったのは五時頃のことである。西之園捷輔も佐々木睦子も、既に一時間ほどまえから、ここにいる。

「なんという悪い冗談だ……」捷輔が沈黙を破る。「目的のためには手段を選ばん、というやつだな。どうだ？　お前にそっくりじゃないか？」

睦子は鼻を鳴らしたが、意外にも反論しなかった。

「そうね……、それはそう……。私もそう思ったわ」

4

鵜飼と片桐は、木津根病院から帰るところである。

香山マリモは目を覚まさなかった。事情がきけるのは明日以降だと判断された。深澤も病院にやってきて、久しぶりに事件について意見交換が行われたが、特に新しい情報も進展もない。香山多可志と綾緒に話をきいていたのは、深澤と一緒にやってきた岐阜県警の別の刑事で、鵜飼たちが知らない男だった。

鵜飼はすっかり忘れていたのだが、深澤は、今月から、もう刑事ではなかった。彼は退職していたのだ。なかなか連絡がとれなかったはずである。

鵜飼と片桐が帰るとき、深澤も一緒に病院を出た。彼は、相変わらずの無邪気な表情で、「じゃあ、また」とだけ言って、片手を挙げて駅の方へ歩いていった。理由はわからなかったが、鵜飼は、このとき初めて、この男が好きになった。

帰るまえにもう一度、本部へ電話をかけてみたが、本部長は不在で、女性秘書に伝言を依頼した。

「警視監の姪御さんは、こちらへはいらっしゃっておりません。我々は、今から本部に戻ります」

音羽橋を渡り、暗い県道に出ると、助手席の片桐が眠っているのを承知で、鵜飼は話しかけた。

「この事件の焦点は、二つある。何だか、わかるか？」

「は？」片桐は目を開けて、ぼんやりとした顔を鵜飼に向ける。

「いいか、あの日の六時、坊やと犬が蔵に入った時刻に、あそこの二階に誰かがいた。それで犬が吠えたんだ」鵜飼は、犀川や萌絵から聞いていた話を思い出しながら言う。「第一点は、それだ。誰が、あそこにいたのか」

「もう一点は、あれですね……」片桐は目が覚めたらしい。「七時から八時に、蔵の中に閉じ籠もっていたのは誰か……。そして、その目的は何か」

「そうだ」鵜飼は頷いた。「誰が中にいたんだろう？」

「名乗り出てこない以上、そいつが犯人《ホシ》ですよね」

「たぶん、そうだ」鵜飼はハンドルを握り締める。「実に不思議だなぁ……。いったい何をしていたんだろう？」

「やっぱり、あの蔵の二階に、何か目的のものがあったんじゃないですかね。その何かを探していた、という最初の考えが一番妥当だと思いますけど」

「うん……。香山多可志が、何もなくなっていないと証言しただけだからな。そう、それも、もう一度、確認した方がいいか。本当はなくなっているものがあるかもしれんね」

「でも、先輩。外部の物取りなら、被害者をあんな遠いところまで運ぶってのが変ですよね」

「香山マリモは、何か知っているな」鵜飼は突然思いついて言った。「彼女は、何かに気がついたのか、それとも……」

「え？　それで自殺しようとしたんですか？」

　暗い峠を越え、車は、飛び飛びに点灯するオレンジ色の光に導かれて、長い下り坂を静かに走っている。もう何度も、二人はこの道を通っていた。

「犀川先生は、今日、例の壺と鍵箱を見にきたんだ」鵜飼が話す。「わざわざ大学を休んでだ。しかも、それから、香山マリモと会っている。どうしてだろう？」

「先生に直接きいたらいいじゃないすか……。そんな無理に推理しなくたって」片桐は笑っている。

「まあ、そりゃそうだけど」鵜飼は口を尖らせて頷く。「事件から三ヵ月以上経ってんだぜ。どうして今頃になって、犀川先生は来たんだろうな?」

「西之園さんが入院したからでしょう?」片桐は簡単に答えた。

「香山マリモだって、今頃何故、自殺なんかしたのかな……」

「先輩、あんまり考えると胃が悪くなりますよ」

5

ヒルトンホテルの地下駐車場に、萌絵は犀川の車を駐めた。犀川は助手席で時計を見る。時刻は八時二十七分だった。那古野市街に戻ってくる道が途中で渋滞し、萌絵は運転で少々疲れたようである。犀川はそのことで多少責任を感じていた。どこかで運転を交代して、彼女を家に送っていこう、と彼は考えていたが、彼女自身が、どうしてもここで食事をすると主張した。しかたがなく、萌絵の言うとおりにしたのである。

「先生、お金持ってます?」

「四、五万なら」犀川はズボンのポケットを触って確認する。

「ごめんなさい。私、何も持ってこなかったから……」

「カードがあるから大丈夫だよ」犀川はエレベータに乗りながら言った。「何階?」

「じゃあ、三階」萌絵は答える。「本当は最上階が景色が良いのだけど、あそこは予約が必要だから」

「景色? そんなものいらないよ」

「そうですね」萌絵は頷いた。「ああ、お腹が空いた」

萌絵の後ろについて犀川は歩いた。彼女は、和食の店の前で足を止め、入口に立っていた和服姿の店員に「二人」と言う。犀川は、店の前に出ていたメニューを一瞥したが、単なる天麩羅《てんぷら》のコースが一万三千円で、しかも、それよりも安い料理はなさそうだった。

案内されたテーブルは、六人は食事ができそうなサイズだったが、椅子は二つしかない。すぐ横はガラス張りで、ホテルのロビィの、馬鹿でかい吹き抜け空間を一望できた。

隣のテーブルとの間には和風の衝立が置かれ、織物が無造作に掛けられている。テーブルの端には、背の高いグラスが立ち、その中でずんぐりとした形の蠟燭《ろうそく》が燃えていた。その炎で周囲が明るくなるほど、店の照明は抑えられている。

椅子に座って脚を組んだとき、安物の運動靴に気がついたが、それは一瞬のことで、犀川は気にしなかった。今日は、萌絵も地味な服装だ。案外、釣り合っているのではないか、と勝手に思った。

和服の品の良い女性が注文を取りにくる。犀川は煙草に火をつけて黙っていた。萌絵が同じものを二つ注文する。

「一万三千円だよ」犀川は店員が遠ざかってから小声で言った。「一人じゃ食べ切れないほど出るんじゃないだろうね」

萌絵は肩を竦めた。「美味しいんですよ」

「だいたい、料理ってのはさ、二千円を越えると、コストパフォーマンスが低下するからね」

「お金はあとで私が払います」萌絵はむっとして言った。

「いや、ごめん」犀川は素直に謝る。「そういう意味で言ったんじゃないんだ……。たちまち機嫌を直しますカードの一枚目だ」

萌絵は、にっこりした。「あと九枚よ」

オードブルは、餅とも羊羹《ようかん》とも、蒟蒻《こんにゃく》とも豆腐とも思える、つまり、得体《えたい》の知れない緑のプリンみたいな代物《しろもの》だった。山葵《わさび》がちょんとのせられている。きいてもしかたがないので、犀川は黙って食べてみたが、もちろん食べてしまっても、正体はわからなかった。理不尽な食事である。

「先生……」萌絵は左手で箸を持ちながらきいた。「七時と八時に、蔵に鍵がかかっていたのは、どう説明します？　あれは事件とは関係がない、ということになりませんか？」

「そうだね。関係ない」犀川は、不気味なオードブルを全部食べてしまって、煙草を吸っていた。「説明は簡単だ。あの蔵を実際に見てわかった」

「え?」萌絵はきょとんとした顔になる。「もう、そんなところまで、わかっているの?」

「全部、わかったよ」犀川は少しだけ微笑んだ。「僕としては、さっき、煙突を見て気がついたことが、最後のハードルだったんだ」

「最後って……。え、ちょっと、待って……」萌絵は上目遣いで天井を見ている。「おかしいわ……。先生と私と……、どうも、考えていることが違うようですね」

「同じだとは思っていないよ」

和服の店員が音もなく現れ、竹を組んで作られた小さなバスケットをテーブルの上に置いた。一口天麩羅かと思えるほど小さなものが、ほんの少しずつ入っている。塩が紅白の二種類。レモン汁。それに大根おろし。小さな三つの皿も並べられた。

犀川は最初の一つを食べてみて、確かに美味いと思った。しかし、揚げたてでかなり熱い。きっと、猫舌の萌絵には無理だろう。

「これ、西之園君には食べられないよ」犀川は忠告した。

「ええ」萌絵は微笑む。そんなことは百も承知している、という顔だった。

「可哀想だね……。どうして、天麩羅なんかにしたのさ」

「香山マリモさんが犯人ではないの?」萌絵は突然きいた。

「違う」犀川は次を食べながら首をふる。

「え、どうして？」萌絵は少し前に身を乗り出した。「おかしいわ……。え、何故？　どうして、先生と同じ解答にならないのかなぁ……」

「それは、君が謎を一つ見逃しているからだよ」犀川は熱い天麩羅を頬張りながら言った。

「もう一つ、方程式があるだろう？」

「蔵の扉のことですか？」

「それは関係ない」

「じゃあ、何かなぁ……。凶器のこと？」

「違う」犀川は首をふった。「しかし、遠からずかな」

萌絵は天麩羅に手をつけず、右手で頬杖をついたまま考えていたが、しばらくして、急にびくんと震えた。

「え？　もしかして……、あの壺のことですか？」

「正解」

「先生、あの謎が解けたの？」萌絵は、真っ直ぐ犀川の顔を見た。

「熱いうちに食べられないというのは、損だね」犀川は微笑んで言う。「冷めたら、なんか、もったいないなあ……」

「先生！」

「あ、うん」犀川は天麩羅を食べながら答えた。「あの壺のことだろう？　確かめたわけじゃないけどね」

「壺を割らずに、鍵を出せるんですか？」

「出せるよ」

「それで、鍵箱が開けられるの？」萌絵は驚愕の表情だった。

「うん、たぶんね」

「また、壺に鍵が戻せますか？」

「戻せる」犀川は微笑んだ。

「うそー！」萌絵は声を上げる。「信じられない！　先生、それ本当ですか？」

「たぶんね」

「私をかついでいるんじゃないですか？　仕返しでしょう？」

「あのね……」犀川は萌絵を睨む。「そうやって、人を疑ってばかりいるとね、今に角が生えてくるから……」

「あの壺が、事件と関係があるのですね？」

「そうだよ。だから、君と僕の推論に微妙な違いが出たわけだ」

また店員が現れ、新しいバスケットを置いていった。

萌絵は椅子にもたれ、犀川の顔を見つめたまま、マネキン人形のように動かなくなってしまった。

「西之園君、息をしなくちゃ駄目だよ。それに、せっかくなんだから、食べたら？」

6

萌絵は、冷めた天麩羅を少し食べた。ついさきほどまであった空腹感は嘘のように消え、犀川が口にした謎めいた言葉で、彼女は満腹になっていた。犀川は説明しようとしたが、彼女はそれを断った。一晩、ゆっくりと考え直してみたかったのだ。

テーブルにデザートが並んだ頃、萌絵は思い立って、電話をかけるために席を離れた。店のレジで携帯電話を借りる。病院の諏訪野にかけるのは嫌だった。叔父の職場にかけようかと思ったが、それも躊躇《ちゅうちょ》する。結局、三番目にかけたくない睦子叔母の携帯電話のナンバをコールした。

「もしもし……。叔母様？」

「まあ、萌絵？　貴女！」睦子の高い声が聞こえて、萌絵は電話を少し耳から離した。「萌絵、どこにいるの？　大丈夫なの？」

「ええ、今、ヒルトンホテルにいます。犀川先生と一緒よ。叔母様、どうなさったの？　血圧が上がりますよ」

「ホテルですって！」ヒステリックな発音。「まあ、ああ、なんて子でしょう！」

「叔母様……。お食事をしているだけです」

「ちょっと、貴女！　度が過ぎるんじゃありません？　みんな、心配しているのよ。どうして今まで連絡できなかったの？」

「はい、もう、そろそろ帰りますから」

「病院へ？」

「いいえ、家に戻ります」萌絵は答える。「病院は、もう嫌だわ。どうせ、明日には退院なのですから……」

「わかったわ。わかりました。電話してくれたことは、お礼を言わなくてはね……。それじゃあ、私も今から、貴女のところに行きますから」

「え、どうしてですか？」

「お兄様なんか、もうかんかんですからね」

「叔父様がですか？」萌絵はそれをきいて憂鬱になる。

「ですから、私がいた方が良いでしょう？」睦子は急に優しい口調になった。

「両方、いらっしゃらない方が良いわ」

「駄目よ……」睦子のその声は萌絵を威圧する。「私たち、貴女の保護者なんですからね」

「私、もう子供じゃありません」

「子供です」睦子の声が萌絵の耳もとで響いた。

萌絵は黙って電話を切った。

いつもの彼女なら明らかに腹を立てているところだったが、どういうわけか、すっと、その感情は消えてしまった。犀川の持っている残り九枚のカードのせいだろうか、と思って、彼女は独りで苦笑した。

7

萌絵は、再び犀川の車を運転して、ホテルの駐車場を出た。もう十時を過ぎている。市街地の道路はタクシーばかりで、車は一様に飛ばしていた。

「先生、この車、クラッチがもう駄目ですね」萌絵はハンドルを握りながら言った。「少し滑っているみたい」

「滑らなきゃ、クラッチじゃない」

「新しい車、買われたらいかがです？」

「まだ、走るからね」

萌絵のマンションは東区の徳川美術館の隣である。彼女は、入口でガードマンに手を振り、車を地下二階の来客用スペースに駐めた。カードを持っていなかったので、エレベータのドアを開けることができない。しかたがなく、ガードマンのところまで戻って、一階から入った。

二十一階の玄関を開けてくれたのは諏訪野だった。

「お帰りなさいませ、お嬢様」諏訪野は嬉しそうな表情で萌絵に頭を下げた。「皆様、上でお待ちでございます」

「諏訪野さん」犀川は萌絵の後から入ると言った。「よくも騙してくれましたね」

諏訪野は無言で深々と頭を下げる。

「僕が自殺したらどうするつもりだったんです？」犀川はおどけてきいた。

「いえ、それは……」諏訪野は困った顔をする。

「そんな可能性はありませんもの」萌絵が笑って言った。

螺旋《らせん》階段を二人が上がっていくと、二十二階の広いリビングには、西之園捷輔と佐々木睦子の他に、三人の男たちが待っていた。愛知県警本部、捜査一課の三浦主任、それに、鵜飼と片桐である。彼らは、テーブルの回りに集まり、コーヒーを飲んでいた。

「まあ、皆様、お揃いですね」萌絵は明るく言った。

「本当に、心配したわ」睦子が歩み寄って、彼女に抱きついた。

「萌絵、そこに座りなさい」西之園捷輔は座ったままで言う。明らかに機嫌の悪いときの叔父の口調だ、と萌絵は思う。犀川はもうソファに座っていた。

「プライベートな話は、ちょっと今はあと回しだ」西之園捷輔は彼女を睨みつけながら始めた。「たった今、詳しく、鵜飼君から聞いたところだ。もちろん、岐阜の香山林水殺害事件の話だよ。君たち、何か我々に隠していることがあるだろう？　それを聞きたいと思っている」

「君たちって？　私と犀川先生のことですか？」萌絵は微笑んで質問する。

「萌絵、ふざけている場合ではない」

「今日の午後、香山マリモが自殺しました」鵜飼が言った。

「え！」犀川が声を上げた。

萌絵も驚いて息を止める。

「いえ、死んではいません」鵜飼は続ける。「たぶん、大丈夫だろうと思います。発見が早かったんですよ。彼女は、あの例の蔵の中で倒れていまして、偶然ですが、自分と片桐が見つけました」

「今日の……、いつです？」犀川は質問した。

「犀川先生が帰られて……、すぐだと思いますよ。二時間も経っていないでしょう」鵜飼は真剣な表情で答える。「まだ、意識は戻っていませんので、自殺の理由はまったくわかりません」

「フラッシュバックか……」犀川は独り言のように囁いた。

萌絵は、口に手を当てたままだった。

香山マリモが自殺するなんて、まったく信じられない。どう考えても、納得ができなかった。

（でも、ひょっとして……、マリモさんが……）

萌絵は、その考えに取りつかれる。

（フラッシュバック？）

確かに、犀川はそう言った。

諏訪野が、萌絵と犀川にコーヒーを運んできた。

「私、こんなお話、面白くありませんから、下へ行ってますわ」睦子が立ち上がった。「犀川先生、あとでお話がありますからね」

そう言うと、佐々木睦子は諏訪野とともに、部屋を出ていった。

萌絵の隣で、犀川は煙草に火をつける。彼はまったく無表情だった。

「何をしに、今日、香山家に行かれたんですか？」鵜飼は犀川に質問した。

「何をしにって……、いろいろ話をきこうと思いましてね」犀川は説明する。「それに、古道具や建物とかも、一度見てみたかったから……」

「事件の調査のためですか？」今まで黙っていた三浦刑事が鋭い目つきで尋ねた。「先生らしくないじゃないですか」

「そうなんです。つい数時間ほどまえまでなんですけど、まったく、僕らしくなかったんですよ」

「真面目に答えていただけませんか」三浦はにこりともせず言った。

「西之園君にまんまと騙されましてね」犀川は面倒くさそうな表情である。「ちょっと、彼女の代わりに、ええ、そのとおり、事件について調べてみようと思ったんです」

「香山マリモはどんな様子でしたか？　先生が何か彼女におっしゃったんじゃないですか？」鵜飼は追及する。

「いいえ」犀川は首をふった。「僕が話したときは、マリモさんは、とんでもなく明るかったですね。完全な躁状態っていうのでしょうか。異常にはしゃいでいました」

「どういう意味です？」鵜飼が訝《いぶか》しげにきいた。

「さあ、僕の専門じゃありませんから……」犀川は口もとを斜めにする。「だけど、彼女は、今日からレンタカーを借りて、一人で病院へ行ったんですよ。事件のあと初めて、あの道を車で運転したのです」そこで彼は軽く肩を竦めた。「それで、たぶん、フラッシュバックがあったんですね」

「フラッシュバック？」鵜飼が高い声を出す。

「いずれ、彼女本人から話が聞けるようになるでしょう」犀川はそう言って、コーヒーを飲んだ。

「今さっき聞いた話では……、事件の全貌はまるで見えていない、というのが現状のようだ」西之園本部長は言う。「もっと簡単なヤマだと私は思っていたが、なんとも、不可解なことが多い……。岐阜はどうするつもりなんだね?」

「あちらは、途中で担当が代わりましたからね」三浦が発言した。「いずれにしても、本腰が入っていたとは、私には思えませんが」

「ほとんど、捜査は進展していません」鵜飼が力なく言った。

「もうすぐ解決します」萌絵が片手を挙げて言う。

「もうすぐ?」西之園捷輔が彼女を見た。

「ええ、たぶん、明日くらいかしら」萌絵は微笑んで答える。それから、犀川の方を見た。

「ね? 先生、そうでしょう?」

「明日は……、午前中はゼミで、午後は教室会議があるからね……」犀川は腕組みをしている。「明後日は、東京で学会の委員会だし……。もうちょっと、さきではいけませんか? 来週の後半なら、なんとか時間がとれると思います。それとも、日曜日なら……」

「何の話をしとるんだね?」西之園本部長は少々トーンを上げて、萌絵を睨んだ。

「犀川先生は、もう事件を解決されているのです」萌絵は説明する。

「これは、殺人事件なんですよ、犀川先生。ぐずぐずはしておれん」西之園本部長が、今度は犀川を睨んだ。

「大丈夫です」犀川はようやくにっこりとした。「これ以上、何もトラブルは起きませんから」

「そう確信される理由を、ご説明願えませんか？」三浦は、インテリっぽい冷静な表情で、銀縁のメガネを上げながら言った。

「それじゃあ……」犀川は溜息をつく。「しかたがありませんね。明日の会議はサボるかな……。二日続けて欠勤だ……」

「先生。犯人は誰なんですか？」鵜飼はきいた。片桐が横でうんうんと頷いている。

「えっと、じゃあ、明日……、明日の午後、あの蔵で実験をすることにしましょう」犀川は鵜飼の質問を無視して言った。「万が一ってこともありますから、まだ、ここでは断定的な説明はできません。しても、信じてもらえない。すべてを確認してからお話ししましょう」

「何を確認するんですか？」片桐が我慢できないという表情できいた。

「世の中のタイミングの悪さ……ってやつですか」犀川は片目だけ細くして答える。「まあ、そんなものです。ほら、ハッカの飴《あめ》をなめたあとで、牛乳を飲むみたいな……」

萌絵だけが手を叩いて大笑いした。

8

三浦、鵜飼、片桐の三人の刑事たちは、しぶしぶ帰っていった。西之園捷輔は、部屋の隅にあるカウンタに行き、グラスに氷とスコッチを入れて戻ってきた。犀川は煙草を吸っていたし、萌絵は窓際に立って、冷めたコーヒーをようやく飲み始めた。

佐々木睦子が颯爽《さつそう》と部屋に戻ってきて、捷輔のグラスを目に留め、「私のもお願い」と軽く言った。捷輔は立ち上がって、またカウンタへ歩いていく。睦子はソファに腰を下ろして脚を組むと、テーブルに紙切れを広げた。

「あ、それ……」萌絵は、持っていたカップを近くのキャビネットの上に置き、慌ててテーブルに駆け寄る。彼女は、その書類、婚姻届の用紙を手に取ろうとしたが、睦子が片手を挙げて彼女を制した。

「貴女、これに名前を書いていらっしゃい」睦子は言った。

「え？」萌絵は驚いた顔をする。

「待ちなさい」捷輔がグラスを持ってカウンタから戻ってくる。「私は何も聞いておらん。ちゃんと説明してもらわなければな」

「馬鹿ね、お兄様」睦子がグラスを受け取ってから言った。「何の説明が必要ですの？　見たままじゃありませんか？」

「君たち本当に結婚する気なのか？　何を急いでそんな……」捷輔は二人の顔を交互に見た。

「あの、これはですね……」犀川が説明しようとする。

「急いでいるのは、お兄様よ」睦子が捷輔を睨んだ。「ちょっと、ここにお座りになってて。もう、黙ってらしてよ」それから犀川を見る。「先生も、ちょっとお待ちになっていて」

西之園捷輔は妹の勢いに押されて、ソファに腰を下ろした。

「萌絵、ここに名前を書きなさい」睦子は、書類を彼女に突き出して、そう言った。

萌絵は、叔母から書類を受け取ると、走るようにして部屋を出ていった。

睦子は、黙っている犀川を見て、にっこりする。

「犀川先生、貴方、本当に私の思ったとおりの方だわ……」目を三日月型にする微笑み方は、萌絵とほとんど同じだった。「私が、もう十年若ければねぇ……」

「二十年だろう?」横で捷輔が鼻を鳴らす。

「とにかく、男は決断力ですからね」睦子は犀川に言った。それから、ゆっくりと横にいる捷輔の方を向く。「お兄様、まだいらっしゃったの? そろそろお帰りになったらいかがです?」

「あの、僕は……」犀川は話そうとした。自分の決断が、本当のものなのか自信がなかったからだ。

萌絵が戻ってきた。彼女は、小学生が先生に宿題のノートを提出するときのように棒立ちで、腕を真っ直ぐに伸ばして、書類を睦子に手渡した。

「はい、けっこう、けっこう……」睦子はそう言ってから、グラスを一気に傾けた。「ふうーっと。それじゃあ、私、これで帰ります。諏訪野！」

「あ、あの、叔母様……。それ、どうなさるんです？」萌絵は顔を真っ赤にして尋ねた。

「それ、まさか、あの、区役所に？」

佐々木睦子は立ち上がって、萌絵の前に立つ。

「貴女……、私と区役所と、どっちが偉いと思っていて？」

諏訪野が部屋に入ってくる。

「ああ、諏訪野。タクシー呼んで下さいな」睦子は執事に命じた。

佐々木睦子は、優雅にドアまで歩いたが、部屋を出るまえに振り向き、にっこりと微笑む。

「良いですね？　これは私が確かに受け取りましたわ。萌絵、何か質問がありますか？」

萌絵は首をふった。

「先生はいかが？　何か、ご質問がありますか？」

「いえ、特にありません」犀川は緊張して答えた。「でも……」

「でも、何です？」

「確認しておきたいことが一つだけ……」

「どうぞ」

「もしも、ですよ。それを破棄したくなったときは、やっぱり……」

「当たり前です。届けたところの許可が必要ですわね。もしも、そんなふうになったら、まあ、その場合は、私のところへ、覚悟していらっしゃると良いわ。この佐々木睦子が、すべて、めちゃめちゃにして差し上げますからね……。他にご質問は？　ございません？　それでは、ごめんあそばせ……」

第９章　虚空は真実のなかに〈Reaching the Source〉

1

四月三日の午後四時、鵜飼と片桐は木津根病院に到着した。深澤の担当を引き継いだ、岐阜県警の鈴木《すずき》という髪の薄い刑事がロビィで待っていて、鵜飼たちを愛想良く出迎えた。がっちりとした体格の大人しそうな男である。三人が簡単な打ち合わせをし、医師から香山マリモの様態を聞いていたとき、深澤元刑事も現れた。彼は、丸い顔をにんまりと輝かせ、鵜飼たちに片目で挨拶した。

四人の男たちは、二階のマリモの個室に入った。看護婦が点滴のスタンドを部屋の隅に片づけてから出ていく。付き添っていた香山綾緒も、刑事たちの顔色を窺うように見てから、頭を下げ、廊下に出ていった。ベッドの横の長椅子に鵜飼と深澤が腰掛け、あとの二人は窓際に立つ。

香山マリモは、蒼白な顔をしていたが、男たちの顔をしっかりと見据え、刑事たちの挨拶や自己紹介に対しては、まったく感情のない表情で、しばらく一言もしゃべらなかった。左手首に巻かれている包帯は新しく、白い。

「何故、自殺しようと思われたのか、話していただけますか?」鵜飼が優しく、口火を切った。

「よく……、わかりません」か細い声でマリモは答え、ゆっくりとした周期で首をふる。

「鵜飼さんと片桐さんが、貴女を見つけたんです。貴女はそれで助かったんですよ」深澤が言った。

「ありがとうございます」マリモは表情を変えずに答える。

「何か、原因があると思いますが……」鵜飼はもう一度きいた。

「ええ……」マリモは短く一度だけ目を閉じる。しかし、焦点の合わない目つきで、部屋の中を視線が小刻みにさまよっている。「私……」

刑事たちは黙って、しばらく待った。

マリモは、やがて唇を嚙みしめ、肩で呼吸をし始める。何かに怯えているのか、それとも興奮している様子である。

「私……、車に乗りました」マリモはようやくしゃべった。

「いつでしょうか?」鵜飼は柔らかく尋ねる。

「昨日です……。久しぶりに……、自分で、車を運転しました」

「はい、聞いていますよ。レンタカーを借りられたんですね？」

「ええ、朝、車を届けてもらって。それで……」

「それで、どうしました？」

「家から、この病院まで来ました。運転して、きました」

マリモはそこまで言うと、急に息遣いが荒くなり、目を見開いて鵜飼と深澤の顔を交互に見つめた。

「ええ、この病院まで来られた……」深澤は彼女の言葉を繰り返した。「それで？」

「何か……、とても嫌な……、感じが……、したんです」マリモは瞬きもせずに答える。

「躰中が、急に痛くなって……。病院に着いたときには、気持ちが悪くて……、吐きそうでした」

マリモは目を瞑り、黙る。

「でも、病院から戻られたときは、気分が良かったのでは？」鵜飼は犀川の言葉を思い出して言った。

「はい」マリモは目を閉じたまま頷く。「帰るときには、もう大丈夫だったんです……。でも……」

「どうしたんです？」

「私……」

マリモの躰は震えだし、呼吸は周期的に途切れる。姿のない外部の存在が、吹子《ふいご》を使って、彼女の躰に息を吹き込んでいるかのように見えた。

「私、あの道を通ったことを……、思い出したんです」

マリモは目を開いた。

「どの道ですか？」

「うちの裏から、こちらへ来る道……」

「その道の何を、思い出したのです？」

「あの道は、昨日、車で初めて、運転した……。でも……」マリモは鵜飼を見つめる。「初めてでは、ありませんでした」

「どういうことです？」

「私……、あの日……、家まで一度帰りました」

「は？」鵜飼はきき返す。

「事故のあった日、昨年の十二月二十四日のことだね？」深澤が確認した。

「音羽橋から、私、家まで行きました」

「え？　ちょっと……」鵜飼が言いかけたが、深澤がそれを止める。

「確かに……。私、そのことを……、その、忘れていた……んです。あの信じて下さい！

本当に……、忘れていたんです。本当なんです！」

「しかし……、じゃあ……」鵜飼は唾《つば》を飲み込む。「音羽橋でタンクローリィを避けて、転落したのではないんですか？」

「違います！」マリモは震えながら激しく首をふった。「私、家まで行ったの。家の……、裏のところまで……」

「じゃあ、どうして、また、橋まで引き返してきたんですか？」

「ああ……」マリモは両手を顔に当てて唸った。

「香山さん、落ち着いて……。大丈夫」深澤が優しく言う。「落ち着いて、ゆっくりでけっこうです」

「ええ……」マリモは泣きながら頷く。

「一度、お宅まで行って、また引き返したのですね？」深澤がきいた。

「お父様を、乗せて……」

「林水氏を乗せた？」鵜飼は声を上げる。

「病院へ……行こうと思ったの……。お父様を乗せて……」

「貴女の車で運んだんですか？　病院へ？　どうして？　何故そんなことを？」

「まあまあ、鵜飼君」深澤が片手を出して窘《たしな》めた。

「お父様が、怪我をしていたので……、私、びっくりして……。すぐに、お父様を車に乗せて、病院へ行こうと思った……」

「林水氏はどこにいたんです?」深澤がゆっくりと尋ねる。

「道路です」マリモは答えた。「裏門から、出てすぐのところ」

「他に誰かいましたか?」鵜飼はきいた。

マリモは首をふる。

「どんな怪我をしていたんですか? 林水氏は」

「わからない……。胸から血を……。胸を押さえていて……。酷《ひど》い怪我で……」

「彼は、貴女に何と言いましたか? 誰にやられたと言いましたか?」深澤は尋ねる。

「いいえ……」マリモはゆっくりと首をふる。急に、気の抜けたように声は穏やかになった。「お父様は何も。ただ、開けてはならん。開けてはならん……と、それだけを……」

「開けてはならん? 何のことです?」

「鍵箱……」

「鍵箱って?」

「お父様の髪は……、真っ赤でした。血で……真っ赤になって……」

「ナイフは?」鵜飼が質問する。「胸に刺さっていたんですか?」

「わかりません……」

マリモの頰は濡れて光っていた。彼女は、放心したように刑事たちを見つめている。

「それで、貴女は、林水氏を自分の車に乗せて、病院へ行くために道を引き返した。確かにそうですね？」鵜飼は続ける。

「はい」

「では、そのあと、音羽橋で何があったんです？」

「よく、わかりませんが……」マリモは首をふった。「車が、スリップしたんだと思います。カーブを曲がり切れなくて……」

「林水氏は、どこに乗っていたんですか？」鵜飼が尋ねた。

「後ろ……。後ろの座席です」

「では、車と一緒に、あそこを滑り落ちたと？」

「そうです」マリモは短く息を飲み、頷いた。「私が……、父を殺したんです」

2

「本当に、彼女が殺《や》ったんじゃないのかな？」岐阜県警の新しい刑事、鈴木《すずき》が言った。彼は、鵜飼よりは歳上だった。

病院を出た三人の刑事と、一人の元刑事は、駐車場で鵜飼の車に乗り込んだ。日差しは雲で遮《さえぎ》られ、風が強い。肌寒い天候だった。助手席に座っている片桐刑事は、花粉避《よ》けの大きなマスクをしていて、見るからに情けない。

「香山マリモが音羽橋を渡ったのは、ちょうど六時頃です」鵜飼がハンドルを片手に握り、後ろを振り向いて言った。「これは、すれ違った相手、タンクローリィの運転手の証言とも一致しています。ところが、ちょうどこの時刻か、それよりも僅《わず》かにまえになると思いますが、香山の家の蔵には、男の子と犬が入っています。子供は、蔵の中には誰もいなかったと言っている。しかも、手に血を付けていたし、それに、犬は、蔵の中で吠えた……。つまりですね、香山林水はその時刻には、既に何者かに刺されていますし、蔵にはいなかった。たぶん、香山マリモが話したように、裏門から外に出ていったのでしょう。石畳の血痕がそのとき付いたわけです」

「しかし、マリモが、あそこへ行くまで、ずっと外で待っていたわけかね?」深澤がきいた。「かなり長い時間、待っていなくてはいけないことになる。それにしては、裏門の外に血痕がない」

「十分くらいですか……」鵜飼は頷いた。「でも、犬は、蔵の二階にいた人物に吠えていたんですよ。その人物が、つまり、林水を刺したんです」

「なるほど……」深澤は頷いた。「君、なかなか頭が回るようになったね、鵜飼君」

「ですから、香山マリモが殺人犯ということはありえません」鵜飼は続けた。「ちょっとの差ですが、時間的に無理があります。彼女が言ったことは本当でしょう。駐車場で見つかった煙草の吸殻のこともありますしね。一旦、あそこまで車で行ったのは確かですよ。最初のタンクローリィとも、危ないところだったわけですから、二度、ほぼ同じ場所で事故に遭ったようなものでしょう？　きっと、二度目の転落事故で、その記憶がごっちゃになってしまったんじゃないですか？　事故のショックで、その間の記憶を失っていたんですね」

鵜飼は、昨夜、犀川が言った「フラッシュバック」という言葉を思い出していた。

「鵜飼さん、凄いっすね……」マスクをした片桐が籠もった声で言う。

「だが、その場合……、被害者が、加害者を庇《かば》っていたのは確かだね」深澤が指摘する。「刺した奴は、蔵の二階に残っていたんだろう？　何故、逃げ出してきた香山林水は、そいつのことを娘に話さなかったんだろうね？」

「身内なんですな」鈴木刑事が横で言った。どうも摑みどころのない男で、寡黙だったが、話は聞いているようだ。

「たぶん……」鵜飼は答える。

「そいつ、どうして、あの蔵に立て籠もったりしたんだろうな？」深澤が呟く。「八時まで二時間も鍵をかけて、中でいったい何をしていたんだ？　そこが、どうもわからん」

「でも、とにかく、進展しましたね」片桐が言う。「格段の前進じゃないすか」

鵜飼はエンジンをかけた。

「で、香山の家に戻って、これからどうするんだね？」車が動き始めると、深澤がきいた。

「あ、僕もいいのかな?」深澤は、自分が既に民間人であることを言っているのである。

「ええ、あの……」鵜飼はハンドルを切りながら少し口籠もった。「実は、西之園さんが来てるんですよ」

「ああ、例の女の子?」深澤は微笑んだ。「そりゃ、珍しいね」

「誰ですか?」鈴木が尋ねる。

「愛知県警の西之園警視監のお嬢さんだ」深澤が嬉しそうに答えた。

「いえ、姪御さんです」鵜飼が訂正する。

「ああ、そうそう……。僕はね、もう一度、彼女に会いたかったんだよ。なかなかの美人さんでね」

「ちょっと、実験をすることになってまして……」鵜飼は説明した。「もう一人、N大学の犀川先生という方も来ています。その、なんというか、今までにも、うちの課がお世話になってましてね」

「法医学か何かの先生?」深澤がきく。

「ええ、まあ、そんなもんですね」鵜飼はごまかした。「その先生の実験がうまくいけば、今度の事件は全部解決するっておっしゃってますので……」

「実験?」そう言ってから、深澤は短く口笛を吹いた。「へぇ、それはそれは……。頼もしいこった」

3

愛知県警の三浦刑事と西之園萌絵は、香山家の裏庭に立っていた。犀川助教授は、「ちょっと、待ってて下さい」と言い残したまま、一人で蔵の中に閉じ籠もり、もう十分ほど出てこない。

「何をしてるんでしょう？　犀川先生は」三浦はしびれを切らして言った。

「さあ……」萌絵は考え事をしていたので、上の空だった。

しばらくして、犀川は、蔵の扉を開けて出てきた。彼は時計を見ながら、二人の方へ歩いてくる。

「もう、そろそろ鵜飼さんたちが来ますね」と犀川。

「雨が降りそうですよ」萌絵が空を見ながら言う。

「犀川先生、何の実験ですか？」三浦は犀川を睨んでいる。「もう、そろそろ教えていただけませんかね」

「ええ、二つあります」犀川はすぐ答えた。「一つは、事件の日の六時に、この蔵の中に誰がいたのか、という命題です。もう一つは、七時から八時に、やはり、ここに誰がいたのか、という命題です。この二つですよ」

「それが、今日の実験で明らかになるんですか？」三浦がきいた。「本当でしょうね？」

「はい、うまくいけば、ですけどね……」犀川は口もとを少し上げる。「まあ、確率は、どうでしょう、五分五分ってとこですね」

「そんなに低いんですか？」

「だから実験するんですよ」犀川は澄まして答える。

鵜飼たちが庭の端に現れた。四人の男たちが一列になって、細い小径を歩いてくる。この庭にも木蓮《もくれん》が嫌というほど沢山の花をつけていた。

「愛知県警の三浦です」三浦主任が、深澤と鈴木の二人に挨拶した。「こちら、N大学の犀川先生と西之園さん。二人は、うちの課の特殊犯罪捜査研究委員会のメンバでして……」

萌絵は、三浦のその言葉にびっくりしたが、咄嗟《とっさ》に表情を隠した。それから、犀川の顔を見る。彼は下を向いて笑いを堪《こら》えている様子だった。

「元、岐阜県警の深澤です。こちらは、後輩の鈴木君」深澤は三浦と握手をして、続いて犀川に一礼した。「西之園さんは、県警の人ではなかったんですか？」

「はい……」萌絵は微笑んで頷いた。「私、そう言いましたでしょうか？」

深澤は子供のように、にやりと笑った。「私もね、今はただのおやじです」

「犀川先生、それじゃあ、実験を始めてもらえませんか」三浦は犀川に言った。

「えーっと、片桐さん、お願いがあります。香山家の皆さんを呼んできてもらえませんか。

特に……、ケリーと祐介君をお願いします」

「綾緒さんは病院ですよ」鵜飼が言う。

マスクの片桐は、母屋の方へ走っていった。

「何が始まるのかな……」深澤が愉快そうな顔で独り言を呟く。

「えっとですね」犀川は刑事たちを見回す。「それじゃあ、鵜飼さんが良いかな……。ちょっと、鵜飼さん、僕と一緒に来てくれませんか。他の皆さんは、しばらくここで待っていて下さい」

犀川と鵜飼は、石段を上がって、蔵の中に姿を消した。

しばらくして、香山多可志と吉村老人、それに祐介が勝手口から出てきた。少し遅れて、片桐刑事がケリーに追われるように駆け出してくる。もう、マスクはしていなかった。ケリーは、最初全員の足もとを忙しく歩き回り、鼻をくんくんと鳴らして興奮していたが、主人である多可志に名前を呼ばれ、彼の足もとに座った。

「あの、これ、いったい何をしようとしているんでしょうか？」多可志が不安そうな表情できいた。

「さあ、私たちも、わからんのです」深澤は微笑んだ。「さっきの先生のお考えだそうでして……」

「犀川先生のですか？」多可志は言う。「あの、マリモは？」

「妹さんなら、もう大丈夫ですよ」深澤は答えた。「さきほど、病院で、お話もできました」

「何か、言っていましたでしょうか？」多可志はきく。

「いえ、それは……、またあとで……」そう言って、深澤はにっこりと笑った。

萌絵は、腰を屈めて、ケリーを呼んだ。ケリーは尾を振って彼女に近づき、お座りをして前足を出す。

「お利口ね」萌絵はケリーを撫でた。

蔵の扉が開き、犀川が一人で出てきた。

犀川は、珍しく真面目な顔つきだった。彼は、みんなのいるところまで戻ってくると、祐介の前で屈み込んだ。

「あのさ、祐介君ね」犀川は言う。「ちょっと、あそこの蔵の中を見てきてくれないかな」

「うん」祐介は頷いて、すぐ駆け出そうとした。

「あっ、待って待って、ケリーも一緒だよ」犀川は言った。

祐介は犀川の顔をじっと見て、少し考えてから、「ケリー」と犬の名を呼び、駆け出した。

大人たちは黙って見ている。ケリーは、萌絵の前から急に走り出し、少年の後を追っていった。

祐介は蔵の入口の石段を上がり、扉を引っ張った。

「扉は、今ちゃんと閉まっていません」犀川が説明した。「あの子が一人で開けられた、ということは、扉がきっちりと閉まっていなかったことを意味しています。あの扉を開けるのには、大人でもかなりの力が必要ですからね」

「そんなことは、わかっていたよ」深澤が面白そうに言う。

「ええ……」犀川は答える。「もちろん、そうですよね」

祐介は躰を斜めにして扉を開け、蔵の中に入っていった。ケリーも彼に続いて、中に姿を消す。

その数秒後、蔵の中から犬の吠える声が聞こえてきた。ケリーが、わんわんと続けて鳴いている。

犀川が萌絵の方を振り向く。彼女には、既に事情が理解できていたので、にっこりと微笑み返した。

やがて、扉が開き、祐介が出てくる。ケリーも飛び出してきた。犬はもう鳴いていない。

祐介は靴を履くのに手間取ったが、にこにこしてこちらに戻ってきた。

「祐介君」萌絵が手招きした。

「なあに、おばちゃん」祐介が上を向く。「じゃなかった、モエさん」

「そう」萌絵は微笑む「まあ、いいわ……。ねえ、中に鵜飼さんがいたでしょう？」

祐介はきょとんとした顔をする。「おっきな男の人？」

「そうそう、その人よ」萌絵は頷きながらきく。「中にいた？」

祐介は顎を引いて、恥ずかしそうに微笑み、周りの大人たちの顔を順番に見る。それから、最後に萌絵の方を見上げて答えた。「いないよ」

「あら、いなかった？」

「うん、いないよ」

「でも、さっき、あそこに入っていったんだけどなぁ」萌絵が、教育テレビのナレーションか、幼稚園の先生のような口調で、大げさに言った。

「もう、いないよ」祐介はそう言って、けけっと笑う。

「OK、じゃあ……」犀川は煙草に火をつけながら片手を挙げた。「祐介君とケリーは、もう良いよ、もう終わりだからね。ありがとう。おうちで遊んでおいで」

祐介は、裏庭の奥に走り去る。犬も彼を追いかけていった。

残った大人たちは、黙って突っ立っていたが、やがて、蔵の方に近づいた。

「それじゃあ、中を見てもらいましょうか……」犀川は先頭に立って石段を上がり、大きな扉を開いた。

「ありゃ？　何やってんだ？」深澤が大声を出す。

次々に、男たちは蔵の中に入った。

4

蔵の中の部屋。香山林水、それに香山マリモが使っていた仕事場である。その部屋の中央に、今、鵜飼刑事が倒れていた。彼は上着を脱ぎ、シャツの胸のところを真っ赤に染めて、片手でその部分を押さえたまま、仰向けになっている。

「うわぁ、本格的！」最後に部屋に入ってきた西之園萌絵が嬉しそうに言った。「ここまで、します？」

倒れていた鵜飼は、片目を開ける。「もう、いいですか？　先生。クリーニング代、出して下さいよ」

「それは、三浦さんに請求して下さい」犀川は真面目に答える。

「何してるんです？　先輩」片桐が鵜飼を見下ろしてきいた。

「あの、つまりですね」犀川は全員に説明する。「鵜飼さんには、ずっとこうやって、ここで死んだ振りをしてもらっていたんですよ」

「え？　じゃあ、あの子が嘘をついたってことか？」深澤が珍しく真面目な表情になった。

「それを証明したかったわけ？」

「嘘じゃないのです」犀川は首をふった。「鵜飼さん、ありがとう。もう良いですよ」

鵜飼はシャツの真っ赤な血を気にしながら起き上がった。

「ああ、暑い、暑い、汗かいちゃいましたよ。死んでるのにね」

しかし、他の刑事たちは犀川を注目している。

「祐介君は、鵜飼さんの状態を判断したのです」犀川は、説明を続ける。「きっと名演技だったんでしょう。あの子は、鵜飼さんが死んでいると思った。だから、『いない』と言ったのです。死んでいる人間は、いない、と言うべきだ。そう彼なりに考えたわけです。大人だって、死ぬことを『亡くなる』と言いますからね。つまり、容量のなくなった電池と同じですよ」

「電池?」深澤は口を開けている。子供のようだった。

「ええ、使えなくなった乾電池を『電池がなくなった』って言うじゃないですか……。抜け殻なんですから、人間だってそれと同じです」

「抜け殻か」深澤が繰り返した。

「祐介君は、とても頭の良い子です」犀川は淡々と続ける。「彼は、テレビで悪者たちが正義の味方にやられて死んでいくのを見て、人間が死んでしまうことを知っています。彼は、ここに倒れていた人間が死んでいることをちゃんと判断したのです。ところで、テレビのヒーローは、悪者を倒したあと、何と言いますか?『やつらはもう、死んだ』と言いますか? いや、そうじゃない。きっとこう言うんですよ。『もう、悪いやつらは、いない』って。祐介君は、精一杯、状況を正確に表現しようとしたのです。今だって、僕たち大人に、それを試されているってことを、意識していましたよね。とても、恥ずかしそうだったじゃないですか……。彼にしてみれば、死んでいる人間を『いない』と表現することが、大人っぽい、ちょっと照れ臭い、気の利いた言い方だったのでしょう」

萌絵は、鵜飼の血塗れのシャツをティッシュで拭きながら、祐介の幻魔大将軍を思い出していた。

「すいません。西之園さん」鵜飼は、顔を赤らめている。「あの、先生。つまり、あのときも？　ここに、香山林水が倒れていたんですね？」

「そうです」犀川は頷いた。「だって、六時には、マリモさんはまだ音羽橋を渡ったところでしょう？」

「えっと……、今、犬はどうして鳴いたんです？」片桐がきく。

「鵜飼さんが倒れていたから鳴いたのですよ」犀川は答えた。「あの日も、林水氏が血塗れで倒れていたから、ケリーは吠えたのです。それも実験したかったことの一つでした」

「二階に誰かがいたんじゃあないんですか？」と片桐。

「そうです。誰もいない。最初……、祐介君の証言を鵜呑《うの》みにして、この部屋には誰もいなかった、と僕たちは思った。それなのにケリーが吠えたのは変だと考えた。これは、非常に合理的な推論でしたけどね……。まさに逆でした。ケリーの方が祐介君より正しかった。血を流して怪我人が倒れていたら、利口な犬なら吠えるでしょう。それも、怪我をしているのが犬の飼い主だったら、なおさらです。たった今だって、鵜飼さんの迫真の演技で、ケリーは騙されて鳴いたのです」

「鵜飼を知らないから吠えたんじゃないんですか？」三浦が低い声できいた。

「鵜飼さんのことなら、ケリーはもう知っています」犀川は答える。「それに、三浦さん、初対面でしたけど、吠えられましたか？」

「なんか、あいつ、興奮してたみたいでしたね」鵜飼は言った。「顔を踏まれるんじゃないかと思って、ひやひやしましたよ」

「考えてみれば、極めて単純な状況だったわけです」犀川は肩を竦める。

「単純かあ……」深澤が繰り返す。

「この部屋、ちょっと暑いですね」鵜飼が汗を拭きながら言う。

「では、皆さん、外に出ましょう」犀川は、電気ストーブのところへ歩いていってスイッチを消した。それから時計を見る。「じゃあ、あとの話は外で」

犀川は全員を追い出すようにせき立てた。

「あ、そうか！」萌絵が叫んだ。「先生、先生」

「さあさあ、いいから、早く出て下さい」犀川は言う。

蔵の外に全員が出ると、犀川は扉を閉めた。それから、その扉を軽く手のひらで二度叩くと、靴を履いて、石段を下りてきた。

「ファイア・ウォーク・ウィズ・ミー」犀川は小声で囁く。

「ね、先生」萌絵が嬉しそうに声を弾ませて言う。「わかったわ、私」

「優《ゆう》……」犀川は彼女にそう言って、口もとを少し上げる。

「え？」片桐が小声できいた。「どういう意味です？」

「可《か》」犀川は片桐に言う。

他の男たちは犀川の顔を見て、何かを訴えるような表情だった。

「さてと、ちょっと雲行きが怪しいですね……」犀川は空を見ながら無表情で言う。「以上で、実験は一つ終わりました。もう一つの実験は、もっと暗くなってからです。あと一時間くらいかな。どうしましょうか？」

「どうして、一時間も待たなきゃならないんだね？」深澤がきいた。

「実験というのは、実条件と可能なかぎり似た状況で行わないといけませんからね」犀川は言う。「もう少し、暗くなってからにしましょう。これくらい辛抱していただかないと……」

「あの、じゃあ、よろしかったら、コーヒーでも」香山多可志が端の方から言った。「どうも、私にはまだ、今のが、どういう意味をもつのかよくわかりません。もしよろしければ、中で説明していただけませんか」

5

刑事が四人、元刑事が一人、それに犀川と萌絵、合計七人がぞろぞろと一列になって玄関まで回り、母屋の応接間に入った。

「なるほどなあ……」深澤が嬉しそうに言う。「あの時刻に、まだ被害者があそこで倒れていた、ということは……、確かに今までとは、まったく逆の条件になるね。ずっと我々は、子供の言葉に振り回されていたというわけだ」

「とにかく、今回の事件は、タイミングが悪いのか、良いのか、なんというんでしょう、いろいろ偶発的な事象が重なっているんですよ」犀川は肩を竦めて話す。「本当は単純なことだった。それが、誰かが意図したわけでもないのに、まるで事件の捜査を攪乱《かくらん》させるような効果をもたらしたのです。表面的に観察された事象を、単一の意志による行為として認識しようとすると、必然的に無理が生じます。どうしても捻《ねじ》れてしまう。結果だけが、意味のない複雑さをもつことになった」

「偶然のミスリーディングですね」萌絵が横から言う。

犀川は彼女の顔を見た。「それって、カーレースのときに、大きな矢印のプラカード持ってる女の子のことじゃないだろうね?」

「違います」萌絵はすぐに言った。そして、犀川に顔を寄せて小声でつけ加える。「先生、今のジョークは、ちょっとここでは使えませんよ」

犀川は、電池が切れそうなオトボケ君みたいな刑事たちの表情を順番に見てから、小さく咳払いをした。

香山多可志と吉村が、コーヒーを持って部屋に入ってきた。大きなテーブルにカップが並べられ、多可志は、上座の中央に腰を下ろす。吉村は、仕事が終わると、誰とも視線を合わさずに部屋から出ていった。

「すみません、家内がまだ戻らないものですから」多可志が言う。

刑事たちがコーヒーを一斉に飲み始める。手を出さなかったのは、犀川と萌絵の二人だけだった。警察関係者というのは、こういう場合も本能的に統制がとれているものだ、と犀川は感心する。

深澤はこそこそと隣の鈴木刑事と何かを相談し、やがて、病院で香山マリモが話した内容を簡単に多可志や犀川たちに伝えた。彼女は、事件の当日、音羽橋のT字路で大型車を避けて転落したのではなく、そのまま、一度は、この香山家の裏門まで運転してきた。そして、重傷を負っている父親を車に乗せて、病院へ向かう途中、再び音羽橋でスリップ事故に遭った。深澤のその説明を聞いていた香山多可志は、表情を強《こわ》ばらせ、一つ一つの言葉に頷き、妹の災難を思い浮かべている様子であった。

「想像していたとおりですね？」萌絵はまた犀川の耳もとで囁く。彼は黙って頷いた。

「マリモさんの新しい証言と、犀川先生のさきほどの実験は、大変よく一致している、といえますな」深澤は煙草を吸いながら言った。「六時五分か十分頃ですか、マリモさんは車で屋敷の裏までやってきた。一方、蔵の中で何者かに刺されて倒れていた林水氏は、犬と祐介君が出ていったあと、意識が戻って、立ち上がり、自力であの石畳を歩いて、裏門まで出ていった。時間的にもぴったりです。実は、裏の駐車場から、マリモさんが吸ったと思われる煙草の吸殻が発見されています。これも説明がつく。音羽橋から、こちらに来るまでに彼女が吸った煙草だったんでしょう。ちょうど、車を降りるときに捨てたんですね。車内の灰皿を使わなかったのは、怪我をしている林水氏を見て、慌てていたのかもしれない」

「ええ、煙草は踏まれていませんでした」萌絵が補足する。「それに、道路に血痕がなかったのは、マリモさんが、駐車場から、すぐ車を出して、裏門の近くで林水さんを乗せたからですね」

「妹が煙草を吸うなんて、私は知りませんでした」多可志は、困った顔で言った。「では、親父は……、殺人犯に連れていかれたわけではなかったんですね？　マリモが乗せていって、車と一緒に崖から滑り落ちた……、というわけですか？　しかし、車は炎上したのでは？」

「マリモさんは車から投げ出された。林水氏の方は、おそらく、下まで車が落ちてから、自力で脱出したのでしょう」深澤が説明した。「そして、少し離れたところまで歩いていって、そこで力尽《つ》きて、亡くなった」

「そうです。私……」萌絵が言った。「マリモさんが、シートベルトをしていたとおっしゃったのが、ずっと、ひっかかっていたのです。ベルトをしていたのに、車から投げ出された、というのは変ですから……。彼女、煙草を吸おうとして、前方から目を離して、そのとき、最初のタンクローリィとのニアミスがあったのです。それで、マリモさんはきっと、ショック状態だったのだと思います。そのうえ、こちらまで来て、ベルトを外し車を降りようとしたとき、怪我をしたお父様が裏門から出てくるのが見えた。彼女は、もちろんベルトもせず、大慌てで雪の中を引き返して病院へ向かったのです。ずっと、夢を見ているような状態だったのではないでしょうか？」

「それで、その、最初のニアミスのときの、小さなショック以降の時間を、すっかり忘れてしまった……、というわけですか」多可志が頷いた。

「ええ、きっと……」萌絵が答える。

「昨日、同じ道を運転して、急に思い出したってわけです。パニックになったでしょうな」深澤がコーヒーを飲みながら言った。

「いえ、すぐに思い出したわけじゃありませんよ」犀川も煙草を吸っている。「病院へ向かうとき、同じ道を通った。そのときは、まだ彼女の表層は気がついていません。思い出したのは、彼女の深層の意識だけだったでしょう。気分が悪くなったけど、原因はわからなかった。病院から帰ってきて、僕に会ったときにも、まだ思い出してはいない。あのときは、むしろ気分が良さそうでした。あれは、たぶんアドレナリンのようなものですね。彼女の失われていた時間が本当に呼び戻されたのは、もっとあとです。あの蔵の中で、一人のとき。きっと、絵を描いていたときだったでしょう。人間の記憶の方式は、単純ではありません。事件のあと初めて車を運転した。そのことが記憶を取り戻すきっかけになったことは間違いないみたいですけど、彼女の記憶を封印していたキーは、たぶん、あの蔵……、それとも、あの壺か鍵箱だったのでしょう。マリモさんは、ひょっとして、例の壺を、見たんじゃありませんか？」

「そのとおりです、先生」鵜飼が答える。「彼女の机の上に、両方とものっていました」

「あ、そんな話、鵜飼さん、してくれなかったじゃないですか」萌絵が口を尖らせる。

「忘れてました」鵜飼が頭を下げる。「すいません。どたばたしてましたからね」

「昨日の西之園君なんか、もっとどたばたしてましたよ」犀川が言う。

「あの、妹は、確かに、壺と鍵箱を取りにきました」多可志が俯《うつむ》きぎみに言った。「昨日、犀川先生にお見せしたあと、あれはこの部屋にあったんですが、午後になって、妹が、見たいと言いまして、蔵に持っていきました。やはり、あれは……、呪われているんです」

「いいえ」犀川が煙を吐きながら同じペースで言う。「それは、ありませんね。彼女、あの壺の話を僕としたので、急に見たくなったのでしょう。マリモさんは、ただ、あれを見て、夢を思い出しただけのことです」

「しかし……」多可志は顔を上げる。

「呪われているのは、物質ではない」犀川は表情を変えずに言った。「人間の認識、歪《ゆが》められた認識です」

　香山多可志は無言で頷き、また下を向いた。

「ところで、こうなると……」鵜飼が言う。彼の胸は、既に乾いてはいるものの、真っ赤な絵の具で汚れたままだ。「あとは、誰が林水氏を刺したのか、ということですね。犯行時刻は、五時から六時少しまえ、ということに完全に限定されました」

「待て、待て」三浦が横から言った。彼は、岐阜の刑事に遠慮をしているのだろう、いつもより口数が少ない。「蔵の二階にも、そのとき誰もいなかった、ということになると、そのあと扉の鍵をかけたのは、誰になる？」

「それそれ、私、もうわかりました」萌絵が声を弾ませて嬉しそうに言う。「ねえ、犀川先生。今日はちょっと無理なんじゃないですか？」

「うん、いや、計算ではいけると思う」犀川は答える。

「何の計算ですか？」鵜飼がきいた。

「こういうのは、まず、計算がないとね……」犀川はとぼけた。「最初は計算、次は実証、これを繰り返し、仮想のモデルを組み立てる。しかし、不可欠なのは、飛躍です。ちょっとした飛躍。そして、ついに源泉に到達する。そうなれば、最後は一般への展開です」

「あの、先生」三浦が困った顔をする。「大丈夫ですか?」

「何がです?」

「もう一つの実験ですよ」

「ああ、そう……。まあ、大丈夫でしょう。僕の実証に不可能の文字はない」

刑事たちは、犀川のジョークに、にこりともしなかった。

「先生……」萌絵は犀川の耳もとに近づき、ますます小声で囁いた。「もう、おやめになった方が良いわ。どんどん、印象が悪くなってますから……」

6

キリンの首と同じくらい、一時間は長かった。本質的には無口な男たちだったのである。

二十分もしないうちに、デパートのエレベータの中みたいに不自然な沈黙がのしかかった。

深澤元刑事が続けざまに煙草を吸い始めたので、三浦刑事は彼が製造する煙を嫌って立ち上がり、縁からガラス越しに、もう暗くなった庭園を眺めている。犀川助教授はといえば、途中から腕組みをして、木像みたいに目を瞑《つむ》って動かなくなってしまった。彼の隣にいた萌絵は、その場の雰囲気に気を遣って、これまでに考えた数々の仮説を思い出しながら、刑事たちに話し始めた。

いろいろな仮説があった。

タッパで血液を持ち帰るとか、被害者を運ぶ車がマリモの車と接触したとか、果ては、煙草の吸殻を偽装のために残した、などなど。ただし、香山多可志がいる手前、最後の仮説は、表現をぼかして話す必要があった。

刑事たちは、萌絵の話に聞き耳を立て、ときどき質問をする。彼女は的確にそれに答えた。

「いやあ、面白いですな」深澤が感心した。「理路整然としている。西之園さんは凄い。完璧だ。三浦さん、貴方、恵まれてますなぁ」

「はあ、そうですね」堅物《かたぶつ》の三浦が苦笑する。

彼女の総括で、今回の事件について、いかに数々の可能性が検討されてきたのかが確認されたが、肝心の結論については、まだであった。目を瞑っている犀川にしかわかっていないことが一点だけある。それを萌絵は認識していた。彼女にもわからない部分が一箇所だけあったのだ。

それは、凶器が発見されていないこと……。その理由であった。彼女はまだ、それを説明できない。

犀川が計画している第二の実験に関しては、ついさきほど、彼女は解答に到達していた。それでも、結局、あの壺と鍵箱の謎に関しては真っ暗な状態だったので、一番初めに彼女の前に現れた謎が、こうして最後の最後に、彼女の目前に立ち塞がっていることが、しだいに鮮明に認識されるだけだった。

それはまるで、アイスホッケーの小さなゴールの前で、小錦関がキーパをしているような状況だ。シュートは絶望に思えた。萌絵の最初の予感のとおり、あの壺の中の鍵の問題が、やはり、この謎のコアだったのである。

犀川は、鍵が出せる、と言った。

箱が開けられる、と言った。

再び、壺の中に鍵を戻せる、とも言った。

壺を割らずに？

そんなことが、ありうるだろうか？

どうやって……？

「もう、そろそろ一時間ですね、先生」鵜飼が時計を見て言った。

「先生？」萌絵は犀川の腕に軽く触れた。

「ああ……」犀川は眠そうに目を開ける。本当に眠っていたのかもしれない。「えっと、そう……、雨降ってますか？」

「降りそうですね」外を見ていた三浦が答える。

「もう少し待ちましょうか……」犀川は呟く。「いや、まあ良いか……。完璧じゃなくっても……」

犀川は一人だけ立ち上がった。

「西之園君、完璧って漢字書けないだろう?」

「書けますよ。完全のカンに、カベでしょう?」萌絵は左手で宙に字を書きながら言う。「建築学科なんですよ。壁という字くらい知ってます」

「じゃあ、双璧は?」

「マタマタと書いて、ツインのカベ」

「ほら……」犀川は刑事たちの方を見て肩を竦める。「彼女も完璧じゃないでしょう?」

「どうしてです?」萌絵にはわからなかった。

「それじゃあ、実験を始めましょうか。いや、実のところ、もう実験は終わってるのですけどね……」犀川は独り言のようにそう言いながら、部屋を出ていく。刑事たちは、さっと同時に立ち上がった。

全員が玄関から出て、もう一度雑木林の小径を一列になって歩いた。裏庭まで来ると、彼らは、蔵の前で犀川を待った。犀川が列の一番後ろだったし、彼だけが、のんびりと遅れて歩いてきたからである。

時刻は六時半を過ぎている。風は止んでいたが、夜には確実に雨になりそうで、湿った空気は冷たかった。蕾《つぼみ》を膨らませようとしている桜も、尻込みしたに違いない。

犀川は、蔵の周囲をゆっくりと一周して戻ってきた。それから、入口の前の四段の石段を上がり、大きな扉に顔を近づけた。全員が彼に注目している。犀川はじっと動かないで、扉と壁の境に耳を当てている。

萌絵は石段を二段だけ上がり、彼に近づいた。

「どうですか？　先生」萌絵は様子をきいてみた。

「さあね……。もしも失敗したら、また今度だ」犀川は飄々《ひょうひょう》と答える。

彼は石段を下り、煙草に火をつけた。

「今度は何をするんです？」鵜飼が歩み寄って尋ねる。「たぶん、また私でしょう？」

「鵜飼さん、じゃあ、ひとまず、一人で蔵の中に入って下さい」犀川は煙草を指でくるくると回しながら言った。

「やっぱり、私ですか？」鵜飼はにやりとする。

鵜飼は石段を上り、扉を開けようとした。萌絵は慌てて、石段を下りた。

扉は開かなかった。

「あれ、変だな……」鵜飼が、二、三度取手を引っ張ってから、振り向いて言った。「先生、開かないですよ。誰か中にいるんじゃないでしょうね？」

「さあ、いないと思いますけど……」犀川は煙を吐きながら答える。

「これが、実験なのかね？」深澤が呟いた。

「ええ、もう実験は終わりました」犀川は少し口もとを上げる。

鵜飼は、もう一度チャレンジしてから石段を下りてきた。「中に吉村さんがいるんでしょう？」鵜飼は犀川に言った。「閂《かんぬき》をかけたんですね？」

「違いますよ」犀川は首をふる。彼は香山多可志を見た。「吉村さんは？」

「吉村は、母屋にいると思いますが……」多可志が答える。

刑事たちは順番に石段を上がり、扉に手をかけて、それを確かめた。彼らは、扉の周囲に顔を近づけ、そのラインに沿って、顔を動かした。目を皿にして観察している。扉には不審な点は何もない。

「中に誰もいないんですか？」鵜飼がもう一度きく。

「ええ、いません」と犀川。

「いない？」深澤も石段を下りて、煙草に火をつける。彼は携帯用の灰皿をポケットから出していて、犀川はそこに自分の吸殻を捨てさせてもらった。

「どうやったんです？　先生」深澤は悪戯っぽい目つきできいた。「犯人もこの手を使った、ということですか？」

「うーん、この手、というような代物《しろもの》でもないんですよ」犀川は、深澤の子供じみた表情が可笑しかったのか、少し微笑んだ。

「もう降参です」鵜飼が犀川に言う。「先生、早く教えて下さいよ。どうやって開けるんですか？　何か、秘密の鍵があるんでしょう？」

「そんなものありませんよ」犀川は答える。

「とにかく、全然、わかりません。もう、開けて下さいよ」

「僕だって、その扉は開けられません」

「え？　じゃあ、どうするんです？」今度は片桐がきいた。

「どうもできません」

「このまま閉まったままですか？」と片桐。

「まさか、接着剤ですか？」鵜飼がきく。

「いいえ、違います。そのうち開くようになります」犀川は答える。

「そのうちって……」

「これはですね」犀川は言った。「僕が仕掛けたことは、確かなのですけど、決定的に何かをしたってわけでもないのですよ」

「その、謎かけみたいなのは、やめてもらえませんか」三浦が難しい表情で言う。

「まあ、ズバリ言えば」犀川が片手を広げて上に向ける。「単なる自然現象です」

「自然現象？」鵜飼が繰り返す。明らかに何も考えていない場合の復唱反応である。

「ようするに空気の収縮です」犀川はさきに結論を言う。「蔵の中の空気が収縮して、大気圧より圧力が低下しただけのことです」

「まさか……」三浦が鼻を鳴らした。「真空ポンプでも中にあるっていうんですか?」

「いいえ、ありませんよ」犀川は淡々と答える。「あの、ごくごく簡単にご説明しましょうか?」

「ええ、簡単に」三浦が頷く。

「空気は、温度が高くなると膨張しますよね。いえ、どんな物質でもたいていそうですね。気体でも液体でも固体でも……。でも、気体は特に膨張率が大きい。百度くらいの温度変化で、体積はだいたい四割弱ってとこ……かな、それくらい変化するのです。もっと大きい膨張率、逆に小さい膨張率の気体もありますし、温度や圧力なんかの、いろいろな条件で、この割合も違ってきますけどね……。でも、まあ、だいたい温度変化に比例しています。さて、ちょっと、計算してみましょうか……。何事も、最初に、計算があります。僕は、西之園君のような計算能力を持ち合わせていませんから、概算ですよ。えっと、百度で四割としましょうか……。つまり、百度で四十パーセントの膨張です。だから、一度の温度差で、〇・四パーセントの体積変化になりますね。暖かくなれば膨張しますし、冷たくなれば、この割合で逆に収縮します。しかし、もし、体積が一定の容器に空気が閉じ込められている場合には、膨張や収縮によって体積を変えることができない。気体はいつも容器にまんべんなく満ちていますからね。このように、体積が変わらない状況では、その代わりに、圧力が変化します。ここまでは……、よろしいですか？　中学校の理科の授業で習ったとは思いますけど……」

刑事たちは、お互いの顔を見合った。

「ところで、我々の地球は、地表では、空気の圧力が、ほぼ一気圧です。地球を覆っている、空気の自重で、地表面付近では、この圧力になります。一気圧というのは……、一平方センチメートルあたり、だいたい一キログラムの重さがかかっているのと同じ応力です。一平方センチって……、これくらいですね」犀川は片手で示す。「一センチかける一センチです。これだけの面積に、一キロですよ。けっこう大きな力でしょう？」

刑事たちは、またお互いの顔を見合った。

「さて、気体の場合、体積と圧力はほぼ反比例していますから、〇・四パーセントの膨張は、体積一定の場合では、〇・四パーセントの圧力上昇になります。そうすると、つまり温度一度の変化で〇・四パーセントですから、一キロの〇・四パーセント、えっと、四グラムの圧力変化になりますね」

「よくわかりませんけど、たったの四グラムでしょう？」鵜飼が途中で言った。

「ですから、一平方センチメートルあたり四グラムなのです」犀川は言う。「あの扉、どれくらいの面積がありますか？」

刑事たちは蔵の扉を振り返った。

「幅一メートル、高さ二メートルとしましょうか」犀川は同じペースで続ける。「つまり、面積は、二平方メートル。これは、センチメートルの単位に換算すると、二万平方センチメートルですね。すると、四グラムの二万倍は、八万グラムだから、またまた単位換算して、八十キログラムになります。あの扉の中心にほぼ八十キロの力がかかるわけですよ、それも、たった一度の温度変化でです。もし、温度が十度変化したなら、力は十倍の八百キロ。そうですね、だいたい小型乗用車一台の重さくらいですか。それだけの力が、あの扉を外側から押しているのです。どうです？　開けられますか？」

「今、あそこ、そうなっているんですか？」深澤が目を丸くしてきいた。「でも……、先生。そんなことをいったら、それこそ、いつだって、しょっちゅう扉が開かなくなるんじゃあ？」

「そうです……」犀川は微笑んだ。「もし、完璧な密封状態ならそうなりますね。でも、実際には、どうしても空気が漏れるんですよ。あの部屋は最近の改装でかなり新しい空調設備が取り付けられています。二階にある美術品を保護するためと、一階で絵を描くときのためですが、電子部品を取り扱う無塵室のように、埃《ほこり》を部屋の中に入れない工夫がされています。床も壁も古いもののように見えますが、新しい建材です。隙間はシリコンでシールされている。完全密封にかなり近い状態です。空調が止まっているときは、当然、換気口に

ねね。しかし、もちろん完全ではありません。少しずつ外部と内部で空気の出入りがありま

シャッタが下りますから、さらに気密性が高くなります。まあ、密封状態といって良いですね。しかし、もちろん完全ではありません。少しずつ外部と内部で空気の出入りがあります。ですから、温度の変化が比較的緩やかなら、その隙間の空気の出入りで、外部と内部の気圧が同じになるでしょう。エアコンを動かしているときは、換気も同時に行われますから、気圧の変動にも早く追従します。ところが、そうでない場合……、つまり、温度変化が非常に速いときには、それが間に合わないのですよ。たとえば、エアコンを切った状態で、電気ストーブで急速に室内の空気だけが暖められ、そこで、ストーブが切られる。外では、雪が降り始めるくらい気温が下がっている。壁の室内側もまだ充分に暖まっていない。そんな状態です。ストーブで暖められた空気は膨張しようとします。それは内部の圧力を増加させる。たぶん、その圧力が、この扉を開けたのだと思います」

「開けた？　扉が開いたんですか？」鵜飼がきき返す。

「そう、あの日、祐介君とケリーが来たとき、扉は少し開いていた。ちゃんと閉まっていなかった。祐介君が重い扉を開けることができたのはそのためです。暖かい室内の空気の膨張圧に押されて、勝手に扉が開いたのです。それで、中の空気は、開いた扉の隙間から外に流れ出し、室内は外と同じ気圧になりました。祐介君が出ていって、そのあと、倒れていた林水氏が起きあがり、部屋を出ていく。ストーブは既に消えていた。その状態で、林水氏によって、再びこの扉は閉められたのです」

刑事たちは、もう一度蔵の方を振り返る。

「さて、それから……」犀川は続ける。「中の空気は、今度は冷える一方です。もともと室内の空気だけが暖まっていて、分厚い壁は冷えたままでした。熱容量が大きい壁が、外部の低温度もあって、室内の空気を急激に冷やした。一時間足らずで、十度近く低下したと思います。さきほど説明したとおり、気圧でいうと、四パーセントの低下に当たります。この圧力変化の半分が、隙間から流入する外気で緩和されたと仮定しても、残りはまだ二パーセント。圧力にすると、二十グラムエフ・パー・スクエアセンチメートルです。最近は、この単位も古いのですけどね……。パスカルとかで言っても、皆さんにわからないでしょう?」

刑事たちは黙っていた。たぶん、パスカルでも、パスカルじゃなくても、既に理解を超えているようである。

「えっと、結局、この扉を開けるのに抵抗する合力は、四百キロくらいにはなりますね。扉の中心点に対して四百キロが作用するのですから、取手を引いて扉を開けようとする人間に、直接抵抗するモーメントに換算すると、まあ、二百キロくらいかな……。あの、取手を二百キロの渾身《こんしん》の力で押さえつけている、姿の見えない巨漢のプロレスラを想像してみて下さい」

「先生、数字の計算はよくわかりませんでしたけど……」三浦が頷いた。「理屈はわかりました。それでは、もう少し待っていれば、自然に、また開くようになるわけですね?」

「そのとおりです。ようは温度変化の速度が問題なのです。変化が落ち着いてくれれば、隙間を出入りする空気によって、内外気圧の調整が間に合うようになります」犀川は答えた。「たぶん、今日の場合なら、もう三十分もすれば、開くと思いますよ。あの日みたいに、外の気温が低くないですからね」

「あの日も、これと同じだったんだね？」深澤がきく。

「じゃあ、中には、誰もいなかったわけですか？」鵜飼は確認した。

「ええ、鍵なんてかかっていなかった」犀川は頷いた。「当然、誰も中にいなかった。どうですか？　この考え方が一番ナチュラルで、シンプルでしょう？」

「ええ、まあ……」鵜飼は半信半疑の表情である。なにか肩透かしを食った、という様子だった。

「うーん。凄いなぁ……」深澤は唸った。「どうして、この先生を最初から連れてこなかったの？　鵜飼君も、片桐君もさ……。何でしたっけ？　三浦さん。特殊犯罪研究委員会？」

「はあ、そうです」三浦は慌てて頷いた。自分の口から出たものだったが、たぶんもう正確な名称は二度と言えないだろう。

「その研究委員会、今度、僕も呼んで下さいよ。民間人でも参加できるんでしょう？」深澤は真面目な顔で言った。

7

香山家の応接間の大きなテーブルに、再び大勢の人間が集まった。岐阜の鈴木と深澤、愛知の三浦、鵜飼、片桐、それに犀川と萌絵、香山多可志、さらに、病院から帰ってきた綾緒も加わった。九人の人間が座布団に座り、お茶を飲んでいる。鵜飼と片桐は、深澤と三浦の後ろに座っていたが、お茶菓子が出たときには、そっと手を伸ばした。

犀川は、食べられないもののベストスリーに、あんこと黄粉《きなこ》を掲げており（いうまでもなく、もう一つは西瓜《すいか》であるが）、小さな皿にのって出てきた上品な和菓子に、手がつけられなかった。

「先生、それ、いただいて良いかしら？」ずいぶん時間が経ってから、隣に座っていた萌絵が犀川の耳もとで囁いた。

「え？　何？」

「そのお菓子です」萌絵は澄まして言う。

「ああ、良いよ、もちろん」犀川は和菓子の小皿を彼女の方に移動させる。「珍しいね……。お腹空いてるの？」

「犀川先生」深澤が呼んだ。

「はい？」犀川は深澤の方を向く。

「いえ、一言、お礼を申し上げなくちゃなりません。今日の実験で実に興味深いことがわかりました」深澤は丁寧な口調でジェントルに言う。しかし、小学生の学級委員がホームルームで発言しているようでもあった。「被害者、香山林水氏は、六時まえに刺され、自分で裏門から出たところを、マリモさんに発見されて、あの河原まで運ばれていった。蔵の二階には誰もいなかったし、七時から八時の間も、蔵の扉は自然現象で偶然開かなかったのであって、やっぱり、中には誰もいなかった。これだけのことが明らかになったわけです。そうですね？」

「ええ……」犀川はお茶を飲みながら頷いた。「繰り返すほど複雑とは思えませんが、ええ、おっしゃるとおりですよ」

「つまり、事件はまったくフリダシに戻った、ということになりますな」深澤は愉快そうに話した。「不思議なことは何もなくなった。だけど、誰が林水氏を殺害したのか、という問題は残る。何も解決していない。違いますか？」

「手に入っている状況証拠からは、ある意味では、そうでしょうね」犀川は答える。

「おかしな言い方をされますね」深澤は目を丸くして無邪気な表情をする。「先生のお考えが、何かあるんですか？」

「ありますよ。言いましょうか？」

「お願いします」

「僕は、香山林水さんは自殺したのだと思います」

「先生、それはないわ」萌絵が横ですぐ反応した。

「それは、ありえませんね」深澤も微笑みながら頷く。

「ええ……」犀川はまたお茶を飲んだ。「どう思うか、ときかれたので、考えを申し上げただけです」

「だって、凶器が……」萌絵が言いかけた。

「そうです。凶器がない」深澤が続ける。「自殺したのに、凶器がないのはおかしい。我々は、この屋敷の近辺も、音羽橋までの道筋も、それに、林水氏が発見された河原の周辺も、すべて隈《くま》なく捜索しています。たとえ、林水氏が、マリモさんの車に乗っている間に窓から投げ捨てたとしても、見つかるはずです」

「室内での出血や石畳の血痕から判断して、凶器は、既に蔵の中で被害者の胸から抜かれていますね」鵜飼が意見を言う。

「そう……。君、なかなかいいことを言うね」深澤が大きく頷いた。

「それじゃあ、刑事さんは、誰かが林水さんを刺して、凶器を持って逃げた、とおっしゃるのですね？」犀川は無表情できいた。

「当然です」深澤は頷く。

「どうして、凶器を持って逃げたのですか？」犀川は質問する。

「そりゃあ……、証拠になると思ったからでしょう」深澤は慎重に答えた。

「指紋も残していませんね？」と犀川。

「当然、手袋をしていたんです」

「わかりました」犀川は軽く頷いた。「犯人は、手袋をしていた。そして、林水氏の胸を刺したナイフを引き抜いて、それを持って逃げた。想像して下さい。それは、ずいぶん冷静で、しっかりとした行動じゃないでしょうか？」

「まあ、そうともいえますな」深澤は少し不安な顔になる。

「人を刺して、急に恐くなって逃げるような人間なら、ナイフは抜きませんものね」

「そのとおりです」

「何故、ちゃんと殺さなかったのですか？」犀川は煙草に火をつけながら言った。それから、香山多可志と綾緒の方を一瞥する。「こんな話、嫌でしたら、やめますけど……」

「あ、いいえ」多可志は少し赤面して首をふり、妻の顔を見た。

綾緒は口を一文字に結び、犀川を見つめている。

「何故、ちゃんと殺さなかったか？」深澤は、犀川の言葉を繰り返した。刑事たちは、姿勢を正す。「なるほど……な」

「おかしいですよね」犀川は説明した。「そんな用意周到な落ち着いた人物が、被害者が死んだのかどうかを、ちゃんと確認しなかったのですか？　指紋も残さない、凶器も残さない、なのに、証言する可能性がある、息のある被害者を残したのですよ。林水氏は正面から胸を刺されている。犯人の顔を見ていないはずがない」

「林水氏が死んだと早合点《はやがてん》したのでは？」片桐が恐る恐る発言した。

「そう、なかなか鋭い。良いところをついてくるなぁ」犀川は唸った。「そう言われると、僕も答えようがありませんよ。片桐さん。降参です」

　片桐は、ひきつって笑ったが、どうも意味がわからない様子である。

「僕はですね……」犀川は煙草を左手に持ってくるくると回した。受験生がテスト中にシャープペンを無意識に回すのと同様の癖だった。「自殺か他殺かを、ここで議論するつもりはありません。それは、既に現象論では到達できない命題だと感じています。ただ……ですね、僕は、凶器があの部屋に残っていた、と思っているのですよ。あの部屋に凶器が残っていた、と考えてみて下さい。深澤さん。どうです？」

「ないものは、考えられませんね」深澤は落ち着いていた。

「もしも、あったとしたら……、です」犀川が微笑んだ。

「まあ、あったとしたら……」深澤は大きな溜息をついた。「自殺ですね」

「でしょう？　つまり僕と同じだ」犀川はそう言って煙草をくわえ、しばらくして、ゆっくりと煙を吐き出した。「良かった、良かった」

「どこに、凶器があったんですか?」鵜飼が尋ねた。

「あの鍵箱の中です」犀川は答える。

「まさか……」深澤が呟いた。

部屋の中が急に静かになる。別の部屋で、祐介とケリーが遊んでいる声が聞こえた。全員が犀川を見つめ、彼は煙草を吸っている。

「でも、レントゲン写真には何も写っていなかったですよ」鵜飼がやっと言った。「まさか、レントゲンには写らないナイフですか?」

「今は空っぽです」犀川は言う。「あの、もう、ディスカッションはやめませんか? お菓子もお茶もなくなりました」

「そうだ……。香山さん」犀川の横にいた萌絵が突然言った。「あの壺と鍵箱をここへ持ってきていただけませんか?」

「西之園君」犀川は彼女を睨んだ。「余計なことだよ」

「壺と鍵箱に何か仕掛けがあるんですか?」深澤がきいた。

「犀川先生は、あの壺の中から鍵が取り出せるっておっしゃったんです」萌絵は説明した。

「それはつまり、あの鍵箱が開けられる、ということです」

「ご冗談でしょう?」深澤が笑う。「いくらなんでも……、そいつは……」

「ええ、僕は、皆さんの前で、あれの謎解きをしたくはありませんね。あれは、人命のかかったなぞなぞなんです。軽はずみに答を公表することはできません」犀川はそこまで言って、煙草を灰皿に押しつける。「それに、凶器が出てきたところで、やっぱり、事件を決定的に解決するわけでもありませんしね。どちらにしても、同じことです」

「あの、先生は、本当にあれを？」香山多可志が腰を浮かせて言った。「あの壺の謎を、解かれたのですか？」

「ええ」犀川は頷く。彼は萌絵を一瞥し、肩を一度上げた。「うーん。しかたがありませんね。これは西之園君のフライングなんですよ。僕は……、香山さん、貴方にだけは内緒にしておくべきだと考えていました。あの謎は、貴方が、つまり香山家の当主が、代々背負うことになるものだったのですからね」

「背負う？」

「香山林水氏は、そうしていたと思いますよ」犀川は淡々と話した。まるで、先物取引の勧誘マンを電話で相手にしているときのように、感情が押し殺されていた。「五十年の間、林水氏は、あの壺の謎を背負ってきた。そして、おそらくあの日、いや、もう少しまえだったでしょうか……、答に到達したのです。気がついたんですよ。それは、五十年まえの香山風采氏と同じだった。あの壺と鍵箱は、そういうメカニズムのものです。それがメッセージなのです」

「私は、自殺なんてまっぴらです。呪われた壺と鍵箱の謎なんかに、興味はまったくありません」多可志は、顔を真っ赤にして言った。「たとえ、それが、祖父や父の遺志であってもです……。私は、嫌です。あんなもののために……、命をかけるなんて」

「それが、正解でしょう」犀川は頷いた。「うん、そうですね。断ち切るべきかな」

「犀川先生が、もし、今ここで、あれを開けて下さるのなら……」多可志は下を向き、畳を見ながら言った。「謎がここで解けるのなら……、壺も鍵箱も壊して、捨ててしまいましょう」

「捨てるのなら、僕がもらいます」犀川は口もとを上げる。「なにも、捨てることはありません」

「え、ええ、差し上げます」多可志は顔を上げ、犀川を見つめた。それから、視線をゆっくりと妻へ向ける。

「お願いいたします、犀川先生」綾緒は、夫のただならぬ表情を見てから、頭を下げた。

「私は許しません」

襖が突然開かれ、和服の老婦人がそこに立っていた。

「お母様……」綾緒が振り返って言う。

白髪の老婦人は凛《りん》とした表情で、犀川を真っ直ぐに睨んでいた。

犀川は、腰を浮かせ、彼女に微笑んだ。

「僕に、お話があるようですね」

8

「奥の私の部屋へ」香山フミはそれだけ言って、座敷には入らないまま、襖を閉じた。

誰も動かなかった。犀川だけが、テーブルの上の湯飲みを手に取って、残っていた冷たいお茶を全部飲んだ。

「深澤さん、三浦さん」犀川は彼らの方を見て言う。「もう、今日は遅いですから、これくらいにしましょう」

「それ、帰れという意味ですか？　犀川先生」深澤はにやりと笑った。

「お願いします」犀川は軽く頭を下げた。「事件は、もう解決しています。そうですね、また、明日にでも、ゆっくりご説明しましょう。大学に電話をして下さい」

「解決しているようには、全然思えませんが……」三浦が鋭い目つきで犀川を睨んだ。「しかし……、まあ、よろしいでしょう。犀川先生を信用しましょうか」

三浦は立ち上がった。

「おや、君、帰るのかね？」深澤はびっくりした様子で三浦を見上げる。

「ええ」三浦は柄にもなく微笑んだ。「しかたがありませんね。この先生は、こういう人なんですよ。我々に選択の余地はない」

深澤は、犀川の顔を見ながら考えていた。

「約束していただけますね？」彼はそう念を押し、犀川が肩を竦めるのを見てから立ち上がった。

刑事たち五人がぞろぞろと部屋から退散したのは、犀川の時計で七時四十分であった。

「じゃあ、ちょっと、西之園君、ここで待っていてくれる？」犀川は立ち上がった。

「私も行きます」萌絵も腰を上げる。

「いや、僕だけの方が良い」犀川はすぐに言った。

「いいえ、私も」

「素直にはいと言いますカードだ」

「そんなカード、渡していません」萌絵は恨めしそうな顔で言ったが、上目遣いで犀川を睨んだまま、大人しく座り直した。

その部屋に、多可志、綾緒、萌絵の三人を残して、犀川は廊下に出る。

「その突き当たりを左に折れて、一番奥の右の部屋です」多可志が教えてくれた。

薄暗い廊下を犀川は歩いた。

廊下は磨き上げられ、犀川の靴下に微妙に付着するような感触が残る。角を曲がり、さらに奥へ進んで、室内の照明が欄間《らんま》から漏れている襖の前で、彼は立ち止まった。

もの音一つ、聞こえない。

彼はゆっくり一呼吸してから、小声で言う。

「失礼します」

「どうぞ」少し遅れて、返事がある。

老婦人の部屋は八畳の座敷で、床の間に仏画が掛けられていた。藤色の和服姿の香山フミは、部屋の上座に正座し、犀川を睨んでいた。

彼は、部屋の様子を見渡してから、畳の上に足を踏み入れ、一つだけ用意されていた鶯《うぐいす》色の座布団に座った。

「良いお座敷ですね」

「脚をお崩しになってもけっこうです」老婦人は言う。

「助かります」犀川は座り直し、猫背の姿勢で言う。「さきほどの話を、お聞きになっていたのですね？」

「はい」香山夫人は上品に頷いた。「失礼いたしました」

「壺と鍵箱の答を、もう、ご存じなのですね？」

「存じております……、しかし、全部ではありません」

香山フミはほとんど動かない。姿勢良く真っ直ぐに座り、まるで、見えない何本ものサポータで周囲から支えられているように、安定している。彼女の視線は、犀川から瞬時も逸れることがなかった。

「私がそれを知っていることを、どうしてお気づきになりました？」

「いえ、今のは、鎌をかけてみただけです。あの壺の鍵を、皆さんの前で取り出してみせる、と僕が言ったので、貴女はそれを止めました。まあ、それで、ひょっとして、貴女もご存じなんじゃないかな、と思っただけです」

「何故、私が止めたのかも、ご存じなんでしょうね？」

「ええ、それはたぶん……、貴女が犯人だからです」犀川は答えた。

香山夫人は、ゆっくりと顎を上げ、ますます厳しい表情で犀川を睨んだ。両眼は細く開かれていたが、やがて、彼女は一度目を閉じ、しばらくして、口もとを少し緩ませた。

「主人は、自殺ではないのでしょうか？」穏やかな声で香山夫人は尋ねた。

「その可能性が最も高いことは確かです」犀川は答える。「僕もついさきほどまでは、そう思っていました」

「今は……、違うのですか？」

「もし、林水氏の死が自殺でないとすると、この家のどなたかが殺人犯という可能性が高くなる。多可志さん、綾緒さん、吉村さん、それに貴女。この四人のうちの一人です。根拠となる証拠は何もありません。しかし、裏門は鍵がかかっていて、盗まれているものもない」

「たったそれだけの理由でしょうか？」

「いえ、僕は犯人を限定しようとしているのではありません。そんなことは不可能だと思っていますね。ただ……、ご家族のどなたかが、もし殺人犯なら、その場合、その人物は手袋などしていなかったと思います。いくら冬だからといって、自分の家の中で手袋なんて不自然ですからね。だから、凶器には、指紋が残ったでしょう。もちろん、その凶器は今はありません。でも……、指紋がまだ……」

夫人は軽く頷く。「わかりました。すべて、お話ししましょう」

「お願いします」犀川は、座禅をしているような姿勢で両手を組んだ。

「サイ……カワ先生とおっしゃいましたか？」

「はい……。動物の犀に、三本の川です」

「先生は、何故、このようなことに首を突っ込まれたのでしょうか？」

「最高に素敵な質問ですね」犀川は微笑んだ。「恥ずかしくて、とても答えられません。勘弁していただけますか？」

「たぶん、犀川先生、貴方のようにお若い方には理解できないことと存じますが……」夫人は表情を変えず、犀川を見つめたまま話を始めた。「主人は、以前よりずっと、死を望んでおりました。切望しておりました。それが何故なのか、正直に申し上げて、理由は私にはわかりません。本当にずっと若い頃から、あの方はそうだったのです」

香山夫人が自分の夫のことを、「あの方」と言ったとき、

犀川には、すべてが理解できた。

「おそらくは、あの方のお父様の最期に関係があること、とは想像ができます。香山林水は、父・風采の死を、この上なく美化しておりました……。そのように、実際に口にしたことは一度もございませんでしたが、あの方が望んでいる死は、望んでいた死は、父と同じ道であったのです。それは、どこにも、少しも悲愴なところのない、一点の曇りもないものだったと、私は今になって思うのです。実際、今申し上げていることは、すべて、あの方が亡くなったからこそ、わかったこと。あの方が死をもって、私に残した理《ことわり》なのでございます。ですからこそ、あの方が望んでいた、とそう申し上げることができるのです」

犀川は、何かに吸い込まれていく自分を感じた。

それは、たぶん、一点の曇りもない闇。壺の中だった。

「あの方は、ただただ、ひたすらに、仏様のお姿、仏様の宇宙を模写することに命を削っておられました。亡くなるまえの、仕事をしているときのあの方のお顔は、妻の私が見ましても、既に生きている人間とは、とうてい見ることができませんでした。いえ、それは……、本ものの仏様のようでございましたね……。永く、私はあの方の生き様《いざま》を、心から理解しようとは思いませんでしたし、なにか、馴染めない……、違和感がございましたが、ようやく、そうですね……、この歳になって、今になって、その尊さが、少しばかりはわかったような気にもなりました。あのような、己《おのれ》を殺した生き方が本当にできるものか、と思いもいたしました。けれども、それこそが、父親からあの方が受け継いだもの、唯一のものであった……。己を滅するために生きる。己を生かすために滅する。私には、未だに、言葉だけのこと……。どんなに理解しようといたしましても、ただ言葉だけの理屈しか、わからないのでございます」

夫人は言葉を切った。黙れば、言葉はその瞬間に滅する。言葉には、それだけの機能しかない。

彼女の白い顔は、上品に少し微笑んだように見えた。否、それは犀川の錯覚か、あるいは、軟弱で希望的な幻影であっただろう。

「何故、ご主人は、死を望んでおられたのですか？」犀川は質問した。

「そのひと欠けが、必要だったのでございます」夫人は答える。「私には、その本当のところの意味を、申し上げることができませんが、あの方は確かに、そのように……」

「ひと欠け？　ですか？」犀川はきき返す。「欠けって、茶碗が欠ける、あの欠けですか？」

「はい、そうです」夫人は頷いた。

「何に対して、それが必要なのですか？」

「それを表現する言葉を、私は存じません」

「美とか、芸術とか、そういった類《たぐい》のもの……、でしょうか？」

「おそらく、そうだろうと……」夫人は頷いた。「それがなくてはいけないものが、人のこの世には、きっとあるのでございましょうね」

「わかりませんね、僕には……」犀川は軽く苦笑する。

「私は、あの日……」香山夫人は目を瞑った。「あの方の仕事場に参りました。そう、夕方の五時過ぎでしたでしょうか。細かい雪がちらつき始め、それは綺麗でございました。香山の家に私が嫁《とつ》いだ日にも、ちょうどあのように綺麗な雪が、一面に……、真っ白で……、このお屋敷を飾っておりました」

「ええ、雪の似合うお屋敷ですね」犀川は頷く。

「あの方は、天地の瓢の鍵を取り出し、無我の匣を開ける道理を見つけられました。それが、あの日の、三日ほどまえのことでございましたでしょうか。私に、あの方はそれをおっしゃいました。ついに、来た、と私はこのとき思いました。永年、覚悟はしてまいりましたが、その三日間ほど、辛《つら》い時間はございませんでした」

「辛い?」犀川はきく。

「いえ……、私は、本当に苦労のない、人様よりも恵まれた人生をおくってまいりましたので、それほどのことで、そんなことを申しましたら罰が当たるというものですね。でも、本当に……、辛かったのですよ」

彼女の中にようやく覗くことのできる性《さが》を、犀川は発見する。

「私は、このように、若いときから愛想のない女でございましたから、なんといいますのか、あの方に……、甘えたこともございません。ただただ、自分の心を殺し、表に己を出さないよう、そればかりのことで、おくってまいりました一生です。それが、あの三日間の辛さ……、いえ、幸せ、というのでしょうか……、ええ、私は……、あの三日間のために、生きてきたと申し上げても良いくらい……。それが、つまり、あの方のおっしゃっていた、最後のひと欠け、だったのでございましょうね」

「ご主人は、三日後に自殺なさると、そうおっしゃったのですね？」

「はい、そうです」香山夫人は微笑みながら頷いた。「いえ、そのように、直接おっしゃったわけではありません」

自分の夫を、あの方、と呼び、敬語で話す不自然さに、犀川はようやく慣れた。それは、おそらく香山夫人自身も、慣れないことであったのだろう。

何が、彼女にそうさせているのか……。

「でも、無我の匣が開いたところを、あの方は、私にお見せになりました。その中を見て、私には、あの方がどうするおつもりなのか、すべてわかったのです。ああ、この人は死ぬつもりなのだ、と……ぼんやりと、私は思いました。それというのも、あの方のお父様のことがございましたので……」

「鍵箱の中には、ナイフが入っていたのですね？」

「はい、短刀と申しますのか、それは綺麗な形をした、鏃《やじり》のようなものでございました。私は、それをこの手に取り、ああ、これで夫が死ぬのだ、と思いましたの。小さなその刀は、とても温かいのです。生きているように……温かくて、もう、それを手にしているだけで、そのとき……、私は、涙が止まりませんでした。あれほど……、そのときほど……、夫を愛した、あの方を美しく感じたことは……、生涯、ございません」

彼女は、優しい表情で犀川を真っ直ぐに見つめる。彼は、その視線に堪えることができなかった。

「何故、三日間待ったのですか?」犀川は視線を床の間の掛け軸に向けてきいた。

「おそらくは、私のためであったかと思います」彼女は、表情さえ崩さなかったが、このとき、白い頬に涙が伝った。「それが、あの方の最後の僅《わず》かな執着であったのでは、と存じます」

「ご主人は、絵を描かれたのですね?」

「はい」夫人はゆっくりと頷いた。「その三日間で、あの方は私の絵を描かれました」

「その絵を拝見できませんか?」犀川は身を乗り出した。「是非、僕に見せて下さい。お願いします」

「あの方が亡くなってすぐ、私は、その絵を焼きました。今はもう、ございません」

「焼いた?」犀川は背筋が寒くなった。「絵を焼いたのですか?」

「そうです」

「何故？」

「そうすることで、完成するからです」

「はあ……、それは、残念ですね……」犀川は無理に微笑んだが、躰が震えていた。「それも、ひと欠け……、なのですか……」

彼女は微笑んだ。

ぞっとするほど美しい、勝利の微笑だった。

それは、もう完成している美、なのだろうか？

「三日後の、雪の日の夕方に、あの方は、その美しい短刀で胸を突いたのです」

香山夫人はそこで少し上を向いて、ゆっくりと大きな息をする。

「犀川先生。これで、よろしいでしょうか？　ご満足いただけましたか？」

「ご主人が自殺されるところを、貴女は、見ていた……、ということですね？」

「そのとおりです。夢を見ているようで、私は、立っていることさえできないほどでございました。なにか、躰が斜めになった、いえ、地面が斜めになってしまったようで……。綺麗な赤い血が、とくとくと流れておりました」

「何故、それを警察におっしゃらなかったのですか？」

「私は、もう抜け殻のようなものですの」彼女は視線を下に向け、少し微笑む。「早く、あすべて、消してしまいたかった……」
うな表情だった。「誰にも、渡したくなかった。あの方が最後に描いて下さった絵のように、
「私だけのものに、したかったのです」彼女は答えた。それはすべてに満足しているかのよ
んが殺人の容疑者になってしまったのですよ。何故、隠していらっしゃったのですか？」
「貴女が、その証言をしなかったために、多可志さん、綾緒さん、それにマリモさん、皆さ
の方のところへ行きたいと願うばかりです」

「何をですか？」

「あの方の生です」

「セイ？　生と死の生ですか？」

「そう……」

「それが理由ですか？　ご主人の生を独り占めにしたい、というのが？」

「そうです。子供のようでございましょう？」香山夫人は微笑む。

しばらく、犀川の中で幾つかの反乱があった。

その混乱を鎮圧するのに、彼は黙って、両手を握り締めていた。

大阪から戻ったあの日、病院の階段を上ったときと、同じ……。

同じだ。

「わかりました」犀川は静かに頷いた。「お話ししていただいて、とても感謝しています。

僕は、ええ、これですっきりしました」

「でも、それは言葉だけのこと……」

「そのとおり」犀川は彼女の目を見る。「でも、今の僕にはそれで充分です」

犀川は立ち上がった。

「では……、これで」

「ありがとうございました、犀川先生」香山夫人は座ったまま言った。

「失礼します」犀川は夫人を見つめる。「たぶん、もう、お会いすることはないでしょうね？」

「ええ、二度と……」彼女は微笑んだ。「あの壺と鍵箱は、どうか、お持ちになって下さい。もう、この屋敷には、不要のものでございます」

「あの、それは……」

「ご理解いただけるでしょうか？」

「はい、意味は……わかります」犀川は頷く。

香山フミは、目を閉じて、ゆっくりと頭を下げた。

「くれぐれも、お気をつけて」

9

犀川が応接間に戻ると、香山多可志と西之園萌絵の二人が待っていた。綾緒の姿はなかった。

萌絵は、何かを言いたそうな顔を彼に向ける。

「西之園君、帰ろうか」犀川は立ったままで言う。

「え？　先生」萌絵は腰を上げた。

「犀川先生……」多可志も驚いた表情で言う。「あの、教えていただけないのですか？　あの壺のことを……」

「先生。どんなお話だったのですか？」萌絵も尋ねる。

「香山夫人は、壺も鍵箱も、僕にくれると言いました」犀川は多可志に言う。「もしよろしければ、今日にでも持って帰りたいのですけど」

「先生が解かれた謎を、私には……」多可志が途中まで言って、口籠もった。「私には、教えていただけないのですか？」

「残念ながら、教えるもなにも……、ないのですよ。あれは、僕の、まったくの勘違いでした。完全な早合点で……」犀川は座布団に跪《ひざまず》き、多可志を見つめて肩を竦めた。「いやあ、お恥ずかしいんですけど、たった今、香山夫人とお話しして、それがわかりました」

「どういうことですか？」多可志は首を捻《ひね》る。

「あれは、事件には全然、無関係でした」犀川はそっけなく言う。「林水氏は自殺されたのです。明日にでも警察に、香山夫人がそれを証言されますよ。あの壺と鍵箱があそこに置かれていたのは、風采氏の自殺の再現だったのだと思います」

「先生、でも、凶器は？」萌絵が横から言う。

「河原で、最後の力をふり絞って、遠くへ投げたのかな」犀川は答えた。「誰かが拾って持っていっちゃったのかもしれない。まあ、でも、いずれ見つかるかもね」

「まさか、そんなことって……」萌絵が言いかけたが、犀川の顔を見て途中で言葉を切った。犀川の目だけが真剣だったのを、彼女は見抜いたようだ。

「お袋は、先生にどんな話をしたんですか？」多可志が心配そうな表情で尋ねた。「どうして、急に、あれを先生にお渡しすると言い出したのです？　ついさっきは、許さないなんて言っていたのに」

「ええ、僕と話しているうちに気がすんだ、ということでしょうか。ご主人のお話をずいぶん詳しくされました。やはり、あの壺と鍵箱の因果で、ご主人が自殺した、とお考えのようですね。僕に話しているうちに、きっと、そんな不吉なものを、この家に置いておくのが恐ろしくなったのでしょう」

「あの、犀川先生は、あれをどうなさるおつもりですか?」多可志はきいた。

「けっこう、古いものは好きな方ですから」犀川は口を斜めにした。「もし、いただけるのなら、大切にしますよ。それとも、正式に大学の史料館にでも寄贈されますか?」

しばらく、沈黙があった。多可志は犀川をじっと見つめていたが、犀川は黙っていた。

「わかりました」多可志は大きく頷いた。「ご用意しますので、ちょっとお待ち下さい」

10

萌絵のスポーツカーは、ヘッドライトをハイビームにして音羽橋を渡った。そして、県道の上り坂を、快いエンジン音を響かせて走る。夜道は静かで、僅かに霧がかかっていた。

天地の瓢と無我の匣は、シートの後ろのスペースにぎりぎり収まり、むしろ固定の必要がなくて簡単だった。

犀川と萌絵の二人を玄関先で見送るとき、香山多可志と綾緒の夫婦は、肩の荷を降ろしたような、安堵の溜息をついていた。犀川は、自分の言ったでまかせに決して満足していたわけではない。しかし、多可志は少なくとも、犀川の意志を感じ取ったようだった。言葉以外でも心が通じることがある、という危険な楽観を、今日ばかりは例外だ、と自分に言い聞かせて、犀川は黙認した。

「本当に自殺ですか?」ステアリングを握りながら萌絵が沈黙を破る。犀川の車の場合はハンドルだったが、彼女の車のそれは、確かにステアリングである。

「本当……、本当……」犀川はゆっくりと繰り返す。「本当って、何だろう?」

「それに、この壺のことだって、嘘ですよね?」

「両方ともイエス」犀川は答える。「本当かどうかは、別としてもね」

「凶器があの部屋にあったのなら、私だって納得できます」萌絵は言った。「それは、深澤さんもおっしゃったように、警察もそうでしょう? ねえ、先生……、いったい、どう説明されるおつもりなのですか?」

「説明しない……つもり」

「私に? 警察に?」

「うーん」犀川は唸った。「警察には説明しないよ。君には、どうしようかな……」

「何故、本当のことを警察に説明しないんです?」

「それは、君には説明しろ、という意味だね?」犀川は鼻を鳴らした。「西之園君、ちょっとだけ、待ってくれないかな。まだ気持ちの整理がつかないんだ。僕、ダライ・ラマじゃないんだからね」

「わかりました」萌絵は頷く。「じゃあ、十秒待ちます」

「お腹が空いたね、西之園君」犀川はすぐに言った。

「六、五、四……」

「わかった、わかった、話すからさ……、プレッシャかけないでくれないか。何か嫌な夢を見そうだよ」

「何が良いです？」

「何がって、夢のこと？」

「お食事ですよ」萌絵は微笑む。「でも、しばらくお店なんてありませんから、三十分くらいは我慢して下さい」

「そうだね、こういう記念すべき夜は……」犀川は頭の上で腕を組んだ。「ドーナッツとコーヒーが良いね……。ツインピークスは見た？」

「え？　先生、ツインピークスをご存じなの？」萌絵は声を弾ませる。

「僕だって、新しいことをけっこう知っているだろう？　君に話を合わせようと、それなりに努力していることを認めてもらいたいね」

「全然新しくないわ。あれ、私、まだ子供の頃だもの」

「今でも子供だ」

「でも、先生のところ、テレビないじゃないですか。どこでご覧になったんです？」

「喜多のところでね」犀川は答える。「ビデオで見たんだよ。あいつが見ろ見ろってうるさいから、土曜日に徹夜して」

喜多というのは、犀川の親友で、萌絵もよく知っている人物である。犀川には、他に親友と呼べる人間はいないし、その必要も感じなかった。

「で、どうでした？」萌絵は横を向いて犀川の顔をちらりと見た。

「喜多のマンションは酷かったね。ぐちゃぐちゃだ。あんなに無秩序な空間で人が生きているのは驚異だ。昔さ、驚異の世界っていう番組がなかったっけ？」

「違います。ツインピークスです」

「ああ、ドーナッツが美味しそうだなって……」犀川は答える。

「ふうん……」萌絵は面白くなさそうな表情になる。「記念すべき日って何です？　今そうおっしゃいましたけど……」

「記念すべき夜」犀川ははっきりと発音した。

「何の記念？」

「新しいことを知った夜さ」

「新しいこと？」

「いや、古いことかな……。まさに、温故知新《おんこちしん》だね」

「あの……、先生。私に理解できるような表現をしていただけませんか？」

「東洋人というか、日本人というのか、とにかく、この辺りに住んでいるのは、奥ゆかしい民族だね」犀川は説明した。「自分を表に出さない。自分を消そうとする。それが、自分を高めることだと信じている。己《おのれ》を殺すこと、腹を切ることが綺麗なことなんだよね。美しいと、ビューティフルは、全然違う意味じゃないかな。きっと、綺麗な夕日を見て、ああ死にたいって思ってしまうんだ。しかも、それが全然悲愴じゃない。どうして、こんな綺麗な感情ができたんだろうね？　なんかさ……、異物を押し込まれたところに嫌々《いやいや》できる、真珠みたいだと思わない？」

「全然、わからないわ。何をおっしゃっているのですか？」

「まあ……そうだね。新手のジョークだと思ってもらえたら、本望だけど……。結局ね、すべての記念日は、真珠と同じだってこと」

第10章　真実は鍵のなかに

〈Wandering in the World〉

1

途中でドーナッツを買い込んで、犀川と萌絵がN大学に戻ったのは、十時近くになった頃だった。

工学部建築学科の研究棟の裏庭には大きな桜の木があり、照明灯でライトアップされている。日本人は、何故か昼間よりも夜に似合う花が好きなのだ、と萌絵は思った。

香山家からもらってきた荷物を両手に、犀川は階段を四階まで上がる。彼女はドーナッツの長細い箱を持って彼についていった。

犀川が鍵を開けて、自分の部屋の照明をつける。隣の国枝桃子助手の部屋は、既に照明が消えて暗かった。萌絵は、部屋に入るとすぐにコーヒー・メーカをセットし、犀川は、自分のデスクの上の書類を手早く片づけると、そこで二つの箱を開けた。

奇跡の壺と鍵箱が、今、目の前にあることが、実に不思議な感じだった。彼女は、とんでもなく緊張していた。

でも、本当だろうか……？

本当に、鍵が取り出せるのだろうか？

「ドーナッツがさき？　それとも、これがさき？」犀川がきいた。

「同時」と萌絵。

犀川は微笑んだ。「我《わ》が儘《まま》だね」

犀川は立ち上がると、部屋を出ていく。廊下の反対側の部屋の鍵を開けている音がした。

萌絵はドアを開けて犀川を見にいく。

「先生、何してるの？」

「まあまあ……」犀川はそう言うと、口笛を吹き始めた。曲はムーンリバーだった。まったく古い。

彼は、萌絵たち卒論生が使っているその部屋に入り、ガスコンロの上にあった薬缶を手に取って、水を入れ始める。萌絵は目を丸くして犀川の行動に注目していた。

「お湯を沸かすの？　お湯が必要なのですか？」

犀川は口笛を吹いて上機嫌である。彼は、水を入れた薬缶をコンロに戻して火をつけた。

「さて……。水に易く、火に難し」犀川は呟く。

「わぁ……、どきどきしちゃう」萌絵は声を弾ませる。

「ドーナッツがさきでは、駄目なの？」

「駄目」萌絵が首をふる。

犀川は肩を竦めて、煙草を胸のポケットから出した。

「まあ、簡単なことなんだ」犀川はライタで煙草に火をつけながら言う。「見てみれば、なあんだって思うだけ。がっかりするよ、きっと」

「お湯をどうするのかなぁ」萌絵は嬉しそうに言う。「あ！　形状記憶合金？」

「違いますね」犀川は煙を吐きながら、おどけて首をふる。「でも、君は知らないかもしれない。たとえ知らなかった場合も、怒っちゃ駄目だよ」

「どうして、私が怒るんです？」萌絵は首を傾げる。

「さあね……、それは永遠の謎だ」犀川が笑った。「西之園萌絵を怒らせずに、鍵が取り出せるかな？」

こんなに機嫌の良い犀川は久しぶりである。萌絵も最高に楽しかった。

犀川の煙草が二本目になった頃、薬缶が音を立て始めた。

「流しがあるから、実験はこっちの部屋でやろう」犀川は提案した。「ドーナッツとコーヒーは、君が運んできて」

向かいの犀川の部屋から、二人は、壺と鍵箱、それにドーナッツのセットを運び込む。その頃には、薬缶の蓋《ふた》が湯気でかたかたと鳴っていた。

「じゃあ、怒らないって約束してくれるね?」犀川は指を一本立てて言う。

「もう、怒りますよ、先生」萌絵は微笑んだ。

犀川は近くのテーブルの上を片づけ、そこに壺を置く。それから、布巾《ふきん》を手にして、薬缶の取手を摑んだ。彼はまた口笛を吹き始める。今度の曲は、ベートーベンのシンフォニィ七番の第一楽章だった。

薬缶の中で沸騰したお湯は、大量の湯気を上げている。犀川は慎重に、壺の小さな口に薬缶を傾け、お湯を流し入れた。

萌絵は、両手を胸の前で組んで、祈るようなポーズで息を止めて注目する。もう、彼女の頭脳は何も考えていなかった。

薬缶の中のお湯がほとんど壺の中に入った。犀川は薬缶を置き、今度は布巾で壺の方を摑み、持ち上げた。

「さて、うまくいきますか……」彼は手品師のようにポーズをとる。「これは、天地の瓢《こひょう》だからね」

犀川は、手を伸ばし、流しの上の壁に掛かっていたタオルを一枚取った。それを壺の胴に巻き付け、その上から壺を摑む。もう片方の手は、布巾で蓋をするように壺の口を押さえた。

犀川は、ゆっくりと壺を傾ける。

「あちち……」彼は声を上げた。「西之園君、その無我の匣《はこ》の上にある三つのボタン、その左下のやつ、それを外してくれないか」

「え？　これですか？」萌絵は慌てた。「これ、外れるの？」

「あち、あちち……。早く取って！」

彼女は、鍵箱の上面の半球形の金属を摘んで引き上げた。それは簡単に外れ、箱の上に小さな穴が一つ現れる。

犀川は、壺をほぼ逆さまに傾けている。口を布巾で押さえているので、中のお湯はこぼれていない。彼は、箱の上面の穴に壺の口を近づけた。そして、両者の位置を慎重に確認してから、布巾を少しずつ、ずらし始める。湯気が上がり、お湯が穴の中に注ぎ込まれた。しばらくして、お湯は溢れだし、テーブルの上に流れ落ちる。

「ふう……」その作業を終了すると、犀川は萌絵を見た。「わかった？」

萌絵は目を見開いたまま、黙って小刻みに首をふった。彼女はこのシチュエーションが嬉しくて、すっかり油断していたのだ。全然、考えていなかった。何もわからなかった。でも、とにかく楽しい。

「ね、ね、それで、それで？」萌絵は躰を揺する。

犀川は、壺を少し振って中身を確かめ、まだ残っていたお湯を流しに捨てる。彼は、テーブルに壺を戻した。

「ここで、ちょっと一服だ」そう言って、犀川はまた煙草に火をつける。

「ああ、全然わからない、私……」萌絵は、両手を口の前で合わせて言った。もちろん、欠伸《あくび》をしたかったわけではない。

「鍵箱を開けてごらん。西之園君」犀川は煙を吐き出しながら言った。「火傷《やけど》しないように、気をつけてね。布巾を使って……」

「どうやって？」萌絵は驚いて犀川を見る。

「たぶん、開くと思うよ」犀川は簡単に言った。

萌絵は、飛びつくように、テーブルに寄り、布巾を取る。そして、無我の匣の上部を、両手で慎重に摑んだ。

箱の蓋はあっけなく開いた。

「わ、わあ！」萌絵は一瞬飛び退いてから叫んだ。「えぇー！」

蓋の開いた箱からは、玉手箱のように湯気が立ち上った。少しこぼれたが、箱の中はお湯で満たされている。

「凄い！　どうして？」萌絵は手を一度叩いた。「どうなってるの？」

「驚くのはこれからだ」

「もう、私……」

「中を見てごらん」

萌絵はもう一度、鍵箱に近づき、覗き込んだ。

黒い箱の底。

いっぱいに溜まったお湯の中に、銀色の短刀が沈んでいるのが見えた。

2

「ね、あったろう?」犀川は煙草を吸いながら言った。自分の煙をけむたそうにして、片目を細めている。

「これが、凶器?」萌絵は犀川を見て、もう一度、箱の底を覗き込んだ。

「そうだよ……。香山風采、香山林水……。二人の画人がそれで死んだんだ」犀川も近くに来て、覗き込んだ。「おや、なかなか、面白い形をしているね」

お湯の中に沈んでいる短刀は、装飾がまったくなく、荒削りで、短刀というよりも、鉄器時代の鏃《やじり》のような、無骨な造形だった。長さは、十数センチ。ほぼ真っ直ぐで、鈍い光沢の銀色の金属でできている。柄《つか》も握りもない。片手に持てば、半分が隠れるほどだった。

「どうして、レントゲンに写らなかったの?」萌絵は犀川を見た。「この、底のところにきっちりと、はまっているからですか?」

「ううん、そうじゃない」犀川は答える。

「ぴったり固定されていますね。だから、箱を振っても動かなかったのかなぁ」

「そろそろ、お湯が冷めたかな……」

犀川は箱の中のお湯に人差し指を突っ込んだ。「まだ、少し熱いね」

「ねえ、どうして、箱が開いたのですか？」萌絵は質問する。

「まあ、そんなに急《せ》かさないで……」犀川はそう言うと、薬缶にまた水を入れにいった。彼は、コンロに薬缶をかけ、再び火をつけた。

「また、お湯がいるのですか？」

「うん、まあね……」

犀川はテーブルに戻り、箱を両手で持ち上げて、流しまで運んでいく。そして、それを傾けて中のお湯を捨て、ついに箱の中から短刀を取り出した。

「なるほどね……、生きているみたいに温かい……か」犀川は呟いた。

「え？」

「香山夫人が、そう言ったんだ」

「この短刀に、彼女は触ったことがあるのですか？」

犀川は答えなかった。

短刀の先端はそれほど鋭くはない。いや、刃は何も切れそうにないほど荒削りである。突き刺して使う以外、凶器としての使用方法はありえないように思われた。

「この短刀は、なんという名前かな？」犀川はまた呟いた。

萌絵には意味がわからない。

犀川は顔を近づけて、箱の内側に指を入れ、何かを調べている。

「西之園君、ちょっと見てごらん」彼は言った。「箱の底は、緩やかだけど、擂《す》り鉢《ばち》状になっているだろう？　それに短刀がすっぽりと収まるような凹みが作ってある。それから、箱が開かなかったのはね、ほら、この金属のせいだよ」彼は、箱の内側の手前にある薄い板状のものを指で示した。それは真っ直ぐではなく、反っている。

「あ、これ、ひょっとして、サーモスタットと同じ？」萌絵も手を出して、それを触った。

「二枚の違う金属が張り合わせてありますね。お湯の温度で、これが曲がったんだぁ。それで、ああ、ここのロックが外れる仕掛けなのですね？」

「怒った？」と犀川。

「怒ってません！」萌絵は頬を膨らませた。「でも、これじゃあ、鍵を使って開けたわけじゃないでしょう？　うーん。やっぱり、ルール違反だわ。怒りたくもなりますよ」

「いや、使ったよ」犀川は微笑む。

「いつ？」

「壺を見てごらん」

萌絵は、横にあった壺をすぐ手に取る。

「えぇ！」彼女は壺を振って叫んだ。そして、壺を逆さまにする。「どうして？　鍵がない！　なくなってる……」

「鍵は壺から出た」犀川は言った。

「ああ、もう貧血になりそう、私……」萌絵は眉を寄せる。「どうなってるの？　お願いです。先生、教えて……。いつ鍵を出したんですか？」

「さっきだよ」

「さっきって？」

「お湯と一緒に、壺から出たんだよ」

「お湯と一緒に？　え？　それじゃあ、溶けたのですか？」萌絵は一瞬眩暈《めまい》がした。「うそぉー！　どうして！　熱くたって、せいぜい百度でしょう？　たったの百度で溶けるなんて……」

「だから、君は知らないかもしれないって言ったんだ……。いやだなあ、絶対、君は怒るよ、西之園君」

「そんな金属があるんですか？」萌絵はきいた。

「あるよ。六十度くらいで融解する金属がある」犀川は答えた。「昔からあるんだよ。もちろん、合金だけどね……。理科年表にだって、ちゃんと載っているから調べてごらん。易融《いゆう》合金っていうんだけど、ビスマス、鉛、錫、カドミウム、それから、イリジウムなんかの合金だね。かなり重い金属で、比重は十くらいある。それに、常温で固まっているときは、ハンダみたいに軟らかくない。けっこう硬いんだ。凶器としても充分」

「知らなかったぁ……」萌絵は目を見開いた。「銀でできていると思っていたのに……、じゃあ、あの鍵はその合金でできていたのですね？　あれ？　でも、鍵は……、溶けて、どこへ行っちゃったの？」

　犀川は微笑んで、短刀を持っていた片手を挙げた。

「これ」

「あ！」萌絵は息を飲んだ。「それ？　それが、あの鍵ですか……、あ、凄い！　それじゃあ、これ、今、たった今、この箱の中で？」

「うん」

「その短刀の形になったの？」

「そうだよ」犀川は頷いた。「だから、箱の底が凹《くぼ》んでいるんだよ。つまり、これが型《かた》なんだ……、ここで、鋳物《いもの》みたいに、キャストされるわけ」

「それじゃあ、ひょっとして……」萌絵は二、三度瞬いた。久しぶりに彼女の頭が回転した。「それが、また、壺の中で鍵になるの？」

「それが、論理の帰結だね」犀川は彼女に顔を近づける。「うん、秀逸」

「シューイツ？　シュー・イッツ？」

「君の一瞬の思考が、見事だと言ったのさ。それが、最後の段階だね。つまり、得られた理論モデルの一般展開。継承という高度な論理展開に相当するものだ」

萌絵はただ首を捻《ひね》る。

薬缶が湯気を吹き始めた。犀川は、布巾を手に取り、薬缶を摑んだ。そして、テーブルの上の壺に再びお湯を注いだ。

「はい、どうぞ」犀川はその作業が終わると彼女を見る。

萌絵は、テーブルの短刀を手に取り、お湯が入って湯気を上げている壺の口に、ゆっくりとそれを差し入れる。短刀は、壺の口をぎりぎり通過した。彼女は指を放す。短刀は壺の中に落下し、底に当たって、鈍い音がした。

「この鍵箱は、今閉めるとロックする。ほら、もう、板が真っ直ぐになっている。これがバネになるわけだ。閉めたら、もう一度、お湯を注がないかぎり、蓋は開かない」

「先生。壺の底に、鍵の形をした型があるんですね？」萌絵は言った。「溶けた短刀が、壺の底で、その型に収まって、また鍵の形に戻るのね」

「中を見たいくらいだよ」

「凄い……。どうやって、これ、作ったのかしら？」

「そう……、まず底の部分だけをさきに作ってから、壺の周囲を造形したんだね」犀川が説明した。「職人芸だ。よくできているだろう?」

「ええ、本当……」萌絵は頷いた。

「僕はね、最初、無我の匣、この鍵箱自体が易融合金で作られていると考えたんだよ。壺にお湯を入れて中の鍵を溶かす。それを鍵箱に注げば、蓋が溶ける。つまり、これで、鍵を出したのと同じ道理で、鍵箱を開けたことになる……。最初のアイデアはこれだった。でも、このシステムじゃあ、リサイクルができない。一度しかできない仕掛けなんだ。香山風采氏が鍵箱を作り直して、息子の林水氏に託したのなら、これでも成立するんだけどね……。だけど、それにしては、この箱は古そうだし、意味ありげに、三つのボタンのうち、一つだけが外れる。これも、つまり左右非対称。完成形をわざと崩しているね。もし、何度もこの鍵箱が開けられるんだ、と考えると、メカニズムは多少複雑にならざるをえない。それに、今回の事件……。凶器のナイフの所在の謎もあった。まあ、こんなところかな、推論の道筋を言葉にすれば」

「天地の瓢の、天地というのは、逆さにするという意味で……、無我の匣の、無我は、有っても無い短刀……、このナイフの形の凹みを意味していたのですね?」萌絵が考えながら言う。

「さあ、それはどうかな……」犀川は愉快そうな表情で首を大きく傾ける。「無我というのはさ、これで死になさいって意味かもしれないしね……。僕は、そういった印象だけの思考は、苦手だなぁ。そういうこじつけはね、ノストラダムスの予言みたいで好きじゃない」

「でも、先生、さっき……、水に易く、火に難いって、おっしゃっていたでしょう？　あれも、つまり、お湯のことだったわけですよね？」

「あれ、そんなこと、言ったかな？」

「おっしゃいました」

「それは、僕だった？」

萌絵は、片方の口もとを上げ、しばらく黙った。頭の中で整理したいことがあったのだ。

「短刀で胸を突く……」しばらくして、彼女は話した。「それから、お湯を入れておいた天地の瓢の中に、その短刀を落とし込む。それから？」

「それで終わりだ」犀川は言う。「そのままにしておけば、発見される頃には、水になってる」

「壺にだけ、血が付いていたのは、短刀をこの中に入れたとき、触ったからですか？」

「いや、お湯が冷めるのを待って、それを捨てたのだろう。薬缶に戻したんじゃないかな」

「胸を刺してから、お湯が冷めるまで待っていたのですか？　うわぁ……、いやだ……。よく我慢できますね」

「執念かな」犀川は溜息をついた。

「執念かぁ……」

「ところで、西之園君。君、忘れているね」

「え？　何をです？」

「ドーナッツだよ。同時だって言ってたくせに」

「あ……」

3

犀川は冷めたコーヒーを電子レンジで温め直していたが、萌絵にはちょうど飲み頃の温度だった。

テーブルの上をもう一度少し片づけて、二人は向かい合って座っていた。普段、この部屋は、犀川研の卒論生、つまり萌絵や牧野洋子たち四年生が使っているが、三階の院生室に入り切らないもの、何が目的なのかまったくわからない雑多なもので、ずいぶん散らかっている。実は、頃合いを見計らって大掃除をする計画を、洋子と一緒に立てているところでもあった。

そのテーブル以外のデスクには、すべてマッキントッシュがのっていたが、今はどれも消えている。天井の蛍光灯は四本のうち一本が暗くなっていた。

壺の中のお湯は捨てられ、逆さまにして覗いてみると、中で小さな音がして、鍵が動いた。口から大きな鍵の一端が見える。天地の瓢は、こうして元の状態に戻ったのである。無我の匣の蓋はまだ開けられたままで、千両箱のミニチュアのようだった。歴史とか時代とかの、風化した質量を感じさせる独特の雰囲気を醸《かも》し出している。閉めてしまうのがもったいない感じがした。

犀川はあっという間にドーナッツを三つ食べた。

「先生、ひょっとして、最初からわかっていたのですか?」萌絵はドーナッツを一つ食べ終わると、椅子の背にもたれ、コーヒーカップを両手に持ったまま、脚を組んだ。

「鍵を溶かして出すという発想は、誰でもすぐ気がつくことだろう?」

「ええ、それは、そう……」萌絵は頷く。「でも、鍵箱を開けなくちゃいけないわけだから、そこで、思考が止まってしまいます」

「鍵を溶かすというメカニズム。そのメカニズム自体が、鍵箱を開ける鍵なんだよ」犀川は煙草に火をつけながら言った。「だから、さっきも言ったように、鍵箱の蓋も溶ける、と僕は考えた。でも、初めは……、凶器と鍵を結びつけることはできなかったね。そこまでは、全然考えなかった」

「だけど、最初から、先生は自殺だっておっしゃっていました」

「そうだよ。風采氏は、自殺だと思った」

「どうして?」

「昭和二十四年の、一月だと思うけど、法隆寺の金堂が燃えたんだ。外陣の壁画が焼失した。風采氏が自殺した時期と一致するだろう？　仏画の模写を天職と考えていた人物だよ。法隆寺の火事は、自殺するのに充分な事故だったと、僕は思うね」

「あ、それ……、先生、あのとき、冗談でおっしゃったんじゃなかったのですね？」萌絵は目を細めた。「なんだ、私、てっきり……」

「人を疑うのはやめること……。西之園君」

「はい……」萌絵は素直に頷く。

「法隆寺の壁画の焼失が、東洋美術史上、どれくらい大きな損失だったのか、多くの日本人は気がついていないかもしれない」犀川は煙を吐き出した。「イスタンブールのハギア・ソフィアとか、ローマのヴァチカン、システィーナが爆破されたくらいかな。いや、もっとか……」

「法隆寺の金堂は、放火だったのですか？」萌絵はきく。

「さあ……」犀川は首を傾げた。「壁画の模写をしていた人たちが、寒くてヒータを使っていたからだ、という説もある。あるいは、香山風采氏自身が、その模写のチームに加わっていたのかもしれない。この辺りになると、君の得意な、大胆な推理になるけどね」

「凶器があの鍵箱から出てきた以上、香山風采の自殺説は決定的だわ」萌絵は言った。「五十年まえの密室事件は、たった今、ここで解決したわけです。今回の林水氏の事件も、まったく同じだったのですね？　同じことが繰り返された……」

「でも、林水氏の場合は、あの部屋では死にきれなかった。彼は、扉の鍵もかけなかったし、意識が戻って、自分で外へさまよい出たんだ。何故、そうなったのかは、想像することしかできないけど、意識が朦朧《もうろう》としていたのか……、それとも、風采氏の場合に比べて、林水氏の方が歳をとっていたから、かもしれないね」

「どういう意味ですか？」

「人間って、若いときほど、あっさりしているだろう？　若いときほど潔《いさぎよ》いものだ」

「犀川先生のお言葉にしては、それは……、とても定性的ですね」

「西之園萌絵にしては、比較的、素直だ」

萌絵は腕組みをして溜息をついた。「うーん、なんとなく、わかるような……、気はするのですけど」

「風采氏のときは、そんな潔さが、完全な封印の力となったんだよ。いやあ、確かに非科学的な論理だなぁ……。非合理性は極めて顕著だ。どうも、この壺と鍵箱の毒気に当てられたようだね」

「いいえ、面白いわ」萌絵は微笑んだ。

「それじゃあ、もう少し続けようか？」

「はい」

「風采氏の死が、林水氏の人生に、ずっとのしかかっていたんだね。でも、林水氏は優しい人だったのだと僕は思う。彼は死ぬまえに、奥さんの絵を描いたそうだ。優しいというのは、矛盾を許容できる、という意味だよ。でも、最後には、やっぱり、自分の生き方をリプレゼントした。たぶん、林水氏は、自殺に逡巡《しゅんじゅん》していたと思うけど、彼のその迷いこそが、実は大切なものだったし、それに、なにか、いろいろな偶然を引き起こした源泉のようにも思えるね。いや、自分で言っていて、信じられない。実に不合理だ。しかし、祐介君とケリーのこと、マリモさんの事故、それに、新しい仕事部屋の密封度……。まるでさ、単純な生き方をしようと望んでいるのに、どんどん人生が複雑になっていくことを象徴しているようじゃないか。自分の人生は一本道なのに、それが他人の糸と絡み合って、織物みたいに歴史が作られる。それが人間社会のメカニズムだ。それと同じだね」

「今日は、先生、熱があるんじゃないですか?」萌絵はそう言って微笑んだ。「そんな非論理的なお話をなさるなんて……」

「もう、やめよう」

「いいえ、とても素敵です」

「僕も歳をとったかな?」犀川は肩を竦めた。

萌絵は天井を見る。

「君の髪が伸びるのと同じ」

「あ、長い方がお好きですか？」

「ノーコメント」

「あのう、先生。警察には何ておっしゃるの？」

「何が？」

「この壺と鍵箱の秘密は、どうなさるおつもりですか？」

「言わない」犀川は答えた。

「何故？」

「香山さんの家には、知らせたくないからね」

「どうして？」

「多可志氏は、こんな変な、得体の知れないものに縛《しば》られたくなかった、きっと、逃げたかったのだと思う。最初、僕は、彼にこの秘密を教えることが、彼を自由にすることだと考えた。でも、香山夫人と話しているうちに、そうじゃない、と感じたんだ。これは、知らないまま遠ざかる方が良いって……」

「何故？　どういうことです？」

「知らないままの方が、綺麗だ」

「わかりません」

「それで良い」

「香山夫人は知っているのですか？　この壺の秘密を」

「たぶん知らないと思う。知っていたのは、風采氏と林水氏だけだろうね。二人とも謎を解いて、自殺した」

「あの……、先生は、大丈夫ですよね？」萌絵が急に心配そうな表情で囁いた。

「ほら、君も、今日はおかしい」犀川は軽く微笑む。「大丈夫さ、素養がないからね、僕には……」

「警察が納得するかしら？」萌絵はきく。「自殺だということが断定されるには、凶器がなくてはいけないでしょう？」

「このまま放っておけば、良いのじゃないかな」

「捜査は続きますよ」萌絵は髪を払う。「沢山の人に無駄なことをさせて、迷惑をかけることになります」

「仕事とは本来、そういうものだ」

「でも……、先生……」

犀川は黙って、ゆっくりと首を横にふった。

萌絵は、彼の顔を見て、じっと考えていたが、やがて溜息をつくと言った。「うん、いいわ」

「とにかく、これで一応、すべての謎は解けた」犀川はまた煙草に火をつける。「西之園君、満足した？」

「どうも、まだ、ごまかされているみたい」萌絵はオーバーな表情で肩を上げる。「でも、そう……、素直にならなくちゃあいけませんものね。ええ、だけど、一つだけ……、質問があります」

「へぇ、まだあるの？」

「壺と鍵箱の秘密を教えるって、先生がおっしゃったときに、香山夫人は、どうして、許さないって言ったのですか？ あのとき、急に戸を開けられました。先生が壺と鍵箱を譲り受ける、という話になったからですか？ いえ、だって、結局は、先生に差し上げることにしたのですよね。おかしいわ……、奥の部屋で、いったい何のお話をなさったのですか？ お二人だけで……」

「鋭いなぁ」犀川は笑みを見せた。「さすがは、西之園萌絵」

「あのお話のあと、急に、先生、多可志さんに嘘をおっしゃったでしょう？ 事件と壺は関係がないんだって……」

犀川はにやにやと笑いながら、煙草を黙って吸っている。萌絵はしばらく彼の返答を待った。

「話したくないなぁ」犀川は囁いた。

「駄目」萌絵が首をふる。

「君は怒る」

「もう怒ってます」

犀川はまたしばらく黙って煙草を吸った。

「しかたがない……」彼は真面目な顔になり、話した。「これは、ただの仮説。僕の想像だよ。良いね？」

「はい」萌絵は姿勢を正して頷く。

「あのとき、無我の匣の中の短刀に、香山夫人は触っているんだ。もちろん、短刀は溶けて、壺の中で鍵に戻ったわけだから、彼女の指紋はもう残っていない……。でも、鍵箱から短刀を取り出すとき、たぶん、彼女は、この無我の匣の内側を触ってしまったんだね」

「指紋？」萌絵は身を乗り出してきいた。「香山夫人の指紋が残っているのですね？」

「おそらく」犀川は答えた。

テーブルの上に蓋を開けたまま置かれていた無我の匣を、二人は見る。

「五十年間、ずっと開いたことのない鍵箱の内側に、香山夫人の指紋が残っていたとしたら、どうなるかな？　彼女が香山家に嫁入りして以来、一度もこの鍵箱は開いていないんだ」

萌絵は、ぱっと目を見開いた。

「先生！　ああ、だから、警察に内緒にするっておっしゃったのですか？」

「そうだ」犀川は頷いた。

「でも、それって……」萌絵は上目遣いで犀川を見る。「もしかしたら、香山夫人が殺人犯で、それを先生が庇《かば》っている、ということに、なるんじゃありませんか?」

「うん」煙を吐き出しながら犀川は脚を組み直す。

「それで、本当に良いのですか?」

「うーん……」犀川は煙草を指先でくるくると回した。

「先生!」

「香山氏が自殺したという状況と、奥さんがご主人を殺したという状況と、両者の間に、どれくらいの差異があるかな?」

「全然違うわ!」

「しかし、僕にはね、その違いがわからない」犀川は小声で答える。

「そんなの……、論理的じゃありません! 先生」萌絵は少し大きな声になった。「そんなの、絶対に、おかしい」

「たぶん、西之園君……、君が正しい」犀川は立ち上がり、背伸びをした。「だけどね……、正しいことに潔《いさぎよ》くなれないときってのがあるんだね……。正しいって、何かな? 僕は、今晩それを見たんだ。だから言っただろう? 今夜は、記念すべき夜だって……」

「記念すべき?」

「やっぱり、君は怒ったね」

4

こうして、香山林水事件は、いつ終わったのかも不明確なままに、実に曖昧な形でフェードアウトした。

警察は、幾度も犀川助教授や西之園萌絵にアプローチしたが、二人は何も話さなかった。その後も、細々と捜査が続いているのか、あるいは、自殺の可能性が高いと結論する報告書がでっち上げられたのか、犀川には、それさえわからない。彼にとって、それは重要なことではなかった。

入学式がキャンパスのどこかで行われたらしい。大学院の授業も始まり、前期にM1の講義と演習を担当している犀川は、一週間に一度、拷問のような早起きをしなくてはならなくなった。しかし、一週間に一度くらい隷属を経験することは、ハンバーガのピクルス程度の幸せといえるだろう。

西之園萌絵は学部の四年生になり、正式に犀川研のスタッフになった。このため、ほとんど毎日、彼女は研究室に顔を出すようになり、浜中深志を初めとする大学院の先輩連中は、ほんの僅かにではあったが、自分たちのデスクを整頓した。工学部では、順調に単位を取得していれば、四年生は講義をほとんど受ける必要がないので、萌絵は、ほぼ一日中、犀川の向かいの部屋にいるようになり、出張の多い犀川よりも、彼女の方が研究室にいる時間が長くなった。

その部屋では、萌絵と牧野洋子が持ち前のリーダーシップを発揮して、大幅な模様替えが敢行され、沢山のがらくたがついに捨てられることになった。四階からそれらを運び出したのは、大学院生の男子たちで、後輩の二人の女子の命令に苦笑しながら従っていた。

犀川は、エイプリル・フールの一件を心の奥深くに仕舞い込んだ。萌絵の高貴な叔母が持ち去った一枚の紙切れに関しては、現状における意味も、将来における位置づけも、いずれも正確に認識することが実に困難だった。萌絵と顔を合わせたときにも、二人はその話題を避けた。いや、少なくとも犀川にはそう思えた。

朝、ベッドで目覚めるとき、自分は生まれ変わっているのではないか、と、ときどき犀川は思う。昨日、一昨日の自分と、今日の自分は、どう関連しているのであろうか。パソコンがOSを読み込んで立ち上がるように、毎朝、自分の犀川という名前を思い出し、同じ役柄を演じようとしている別のハードではないのか……。明日、明後日の自分は、今どこで出番を待っているのだろう。

人間の意識とは、本来それほど不連続なものだ。

大切なことが、幾つも忘れられていく。

おそらく、ずっと切れ目なく繋《つな》がっていたら、崩壊してしまう弱い精神力……、ずっと考え続けていれば、気が狂ってしまう脆《もろ》い思考力……、そんな不完全な人類の能力を保護するために、あらゆる意識を忘却し、形骸化し、印象化し、そして、微粒子となるまで粉砕し、選ばれた小さな結晶だけを、点々と順番に並べながら押し込めていく。そんな精巧な装置が、人間の躰のどこかで働いているのに違いない。

残りの微粒子は、どこへ行くのか？

風で飛ばされてしまうような、軽い小さな結晶は……。

そんな結晶が、今でも世界中を浮遊しているのだろうか。

その不連続性に抵抗しよう、というわけでもなかったが、犀川は、普段持ち歩いているノートパソコンに、四月から日記をつけ始めた。小学生以来のことで、自分でも赤面したくなるほど、意外な行動だった。それはもう、二週間ほど続いている。少なくとも三日坊主の汚名は免《まぬが》れた、と犀川は独り苦笑する。ただ継続することに価値を見出すなんて、自分も軟弱になったものだ、と感じながら……。

犀川の日記は、たとえばこんな具合だった。

四月十三日。八時半起床。晴。九時十分出勤。手紙の整理。事務に非常勤の書類提出。K氏来室。文保委の打ち合わせ。十時半、会議室。教務関連。T大のH先生より学会新委員会のメール。委員の依頼に承諾。トルコの縦穴の話。昼は生協、B定食。MFを立ち読み。十二時三十分、大学を出る。新幹線で「吉良家再生」を読む。田町に三時着。シンポジウム途中から。五時半に抜け出す。学会図書館でY協会事務長と会う。新幹線。那古野八時十四分着。夕食は車内でチキンランチ。研究室で国枝と雑談。県警より香山フミ死去の電話。黙禱。十一時帰宅。パブリックアートを読む。まあまあか。メールのリプライを五通。疲れたので二時まえに寝る予定。

約二万日の人生の記述なんて、CD一枚をいっぱいにすることさえできない。それに、記述しても、記述しなくても、何も変わりはない。

5

儀同世津子はその朝、体調が悪かったので、電話をして会社を休んだ。ところが、夫が出ていってから、もう一度寝直し、昼過ぎに目が覚めたときには、すっかり気分が良くなっていた。ああ、やっぱり自分は慢性睡眠不足なのだ、と結論し、軽く体操をしてから、テレビゲームに二時間ほど熱中した。それに飽きて、ついさきほど、マンションの隣に二ヵ月まえに引っ越してきた瀬戸《せと》夫人を電話で呼び出したところである。世津子は今、急いで紅茶の準備をしている。

「こんにちは……」玄関で声。「儀同さん？」

「上がって！」世津子はキッチンから叫ぶ。

瀬戸千衣《ちい》がダイニングに現れた。「儀同さん、会社は？　お休みなの？」

瀬戸千衣は儀同世津子と同年代である。はっきりと、歳をきいたわけではないが、少なくとも、千衣の夫と、世津子の夫は同じ歳だ、ということが先日判明した。千衣の夫は漫画家だというが、毎日、どこかへ出勤していく。仕事場は別にあるようだ。儀同と同様、瀬戸夫妻にもまだ子供がない。

「そう、病気なのよぉ」世津子はにこにこしながらキッチンを出る。「不思議よねぇ。会社休むと決めたとたん、ぱっと直っちゃったりして」

テーブルに紅茶を並べ、フルーツケーキを出す。昨夜、甘党の夫が買ってきたものだった。

「テレビが四台もあるじゃない」千衣がキャビネットを見て不思議そうな顔をする。

「そう、なんか、捨てられないのよねぇ」世津子は笑った。「と、いうのは嘘ぉ……。それはね、テレビ用と、ビデオ用と、ゲーム用と、それに、その白いのはパソコン」

確かに大小四つのブラウン管が並んでいた。夫がサッカーを見ている間、世津子はレンタル・ビデオで映画を見る。二人とも並んで、ヘッドフォンをして別々の画面を見る習慣だった。ゲーム用のテレビは小さなもので、特に必要というわけではないが、友達からもらったものだったので、捨てられなかった。

「ふうん……。コンピュータか。何をするの？」紅茶を飲みながら千衣がきく。「家計簿とか、つけたりするわけ？」

「うちは家計簿はね、旦那の仕事なんだよぉ」世津子が微笑む。「彼、めいっぱい几帳面《きちようめん》だから……。私はね、パソコン通信に使ってるの」

「ふうん」千衣がケーキを口に入れる。「何を通信するの？」

「私、香山マリモとパソコン通信仲間なんだから」

「へえ？」千衣は首を傾げる。

「知らないの？」

「うん」

「漫画家よ。有名だよぉ」世津子は煙草に火をつけながら言う。「旦那さんに、きいてみてぇ……。絶対知ってるから」

「その人と、これで話ができるの？　電話じゃ、いけないわけ？」

「絵だって送れるもの」

「ファックスみたいに？」

「うーん」世津子は立ち上がり、テーブルを回って、キャビネットの灰皿を取りにいく。

「まあ、そう……、いろいろ都合があってね。ちょっと、見せてあげようか？」

「何を？」千衣は紅茶のカップを持ったまま、横向きに座り直す。

「まあ、見ててごらんなさいって」世津子はパソコンのスイッチをつける。

電子音が鳴り、ハードディスクが音を立て始めた。

「これ、今、何をしてるとこ？」千衣が立ち上がって、近くにやってくる。

「立ち上がろうとしてるところ」

「立ち上がろうと？」千衣は眉を寄せる。「立ち上がるの？」

「立ち上がるわけないでしょう！」世津子が笑う。

「儀同さん、今そう言ったじゃない！」千衣が困った顔をする。

「ごめんごめん。悪かったわ……」世津子は床に座り込んで片手を振った。「あのね、立ち上がりはしないけど……、まあ、なんというか、スタートするというか、走り出す……というか。うーん、えっと……」

ようやく画面に絵が現れた。世津子はマウスパッドを床に置いて、ディスプレイの上でコードに絡《から》まっていたマウスを引っ張ってくる。瀬戸千衣は世津子の隣に座って、黙って画面を見ていた。世津子は、プルダウン・メニューに登録してあるニフティ・サーブをマウスで選択する。

「ほら、今、電話をかけているところだよ」世津子は説明した。

「誰が？」千衣が辺りをきょろきょろする。

「このパソコンが電話してるのよ」

「なんだ、やっぱり電話するのね？」

「うーん」世津子は困る。「パソコンが電話をして、メールを読んだり、送ったりしてくれるの」

「どうして？　儀同さんが電話すればいいじゃない」千衣がまた言った。

「電話って、面倒でしょう？」

「そうかなあ……。こっちの方がよっぽど面倒みたいだけど」

「まあ、見てなさいって」

オートパイロットで、ニフティにログインする。メールが届いている、というメッセージが画面に現れた。

「ほらほらぁ、メールが届いていますって、言ってきたでしょう？」

「誰が言った？」

「言ってないけどぉ、ここに書いてあるじゃない！　もう……。画面に書いてあることを、専門用語で、言っている、って言うのよ」

「ふうん……」

世津子はメールを呼び出した。

西之園萌絵@N大・犀川研です。

儀同さん、お元気ですか？
ごめんなさい。ちょっと忙しくて
（講座の先輩の論文のお手伝いですけど）
リプライがなかなかできませんでした。
私、四月から犀川先生の部屋の
すぐ向かいの部屋に毎日いるんですよ。
先生は、あまり大学にいませんけど。

儀同さんがお尋ねの、壺と鍵箱ですけど、
香山マリモさんから聞かれたのですね？
黙っていて、本当にごめんなさい。
実は、あれは今、犀川先生がお持ちです。
儀同さんには内緒にしておくようにって、
先生がおっしゃったのです。

でも、ご期待のようなこと、
全然ありません。
天地の瓢も無我の匣も、
謎は謎のまま。
鍵は取り出せないし、鍵箱も開きません。
パズルは解けていません。

現物は、先生の部屋の棚にありますから、
今度いらっしゃったら、
ご覧になって下さい。
私も、あれは解けないパズルだと
思います。

それから、送って下さった月餅、
どうもありがとうございます。
私も諏訪野も（それにトーマも少し）

美味しくいただきました。

また、遊びにきて下さいね。

かしこ

「これ、手紙じゃないの？」画面を覗き込みながら瀬戸千衣が言った。いつの間にか、彼女は、テーブルから自分のカップとケーキを持ってきて、床に座り込んでいた。

「うーん」世津子はまた困る。「手紙は手紙なんだけどぉ、メールっていってね……、つまり……、どこが違うかっていうとぉ……」

6

以前より見違えるほど片づいている犀川研の卒論生の部屋で、西之園萌絵は、牧野洋子と二人だけでケーキを食べていた。四階の北側のこの部屋からは、中庭を見下ろすことができる。桜はもう散っていた。

ケーキは牧野洋子が買ってきたものだったが、生憎《あいにく》、四年生は二人だけであったし、三階の研究室にいる大学院生の人数分の個数はなかったので、そこへ持っていくわけにもいかなかった。向かいの部屋の犀川助教授も今日は出張でいない。

「萌絵、浜中さん呼んできて」洋子はカップに紅茶を入れながら言った。

「自分で呼んできたら」萌絵は澄まして言う。彼女は既に、ミルフィーユを半分ほど食べていた。ケーキの数は全部で四つである。洋子がどういうつもりで、四つ買ってきたのかはわからないが、萌絵にしてみたら、当然、二人で二つずつ食べるものだと計算していたので、浜中を呼びにいくという洋子の提案は意外だった。

「本当、あんたみたいに薄情な人はいないよ。そのケーキ返してくれる?」洋子が言う。

「わかった。呼んでくればいいんでしょう」萌絵はぶすっとして立ち上がる。「浜中さん、牧野洋子さんが、どうしても一人だけで来てほしいって、目をうるうるさせているんですけど……って言えば良いのね?」

「わかってるじゃない」洋子が低い声で睨みつける。

萌絵は廊下に出て階段を下りた。院生室はちょうど真下である。戦艦ヤマトの歴史もののポスタが貼られているドアを開け、室内を覗いてみると、四、五人の院生がいた。浜中深志はマックのディスプレイに向かって、スプレッドシートを広げている。萌絵は彼の近くまで行った。

「浜中さん、国枝先生がお呼びですよ」

「え? 僕を?」

浜中と萌絵は院生室を出た。階段を上がるとき、萌絵は浜中の背中から言った。「国枝先生というのは、嘘なんです」

「え？」

「ケーキがあるの。個数が少ないから……」萌絵が微笑む。

「へえ……」浜中はにっこりする。

萌絵が浜中を連れて部屋に戻ってくると、牧野洋子は緊張した顔で浜中をちらりと見た。彼女は三つ目の紅茶のカップを用意していた。

「僕だけ？」浜中がにんまりする。「いやあ……。それはそれは」彼はテーブルの椅子に座った。

「浜中さん、その、それはそれはっていうの、やめた方が良いわ」萌絵は微笑んで言う。

「あれ？　そう？」

「年寄りくさいもの」

突然、ドアが開き、国枝桃子助手が入ってきた。

「西之園さん……」国枝は事務的に言う。「これ、来週のゼミまでに訳してきて」

英語の文献が、立ち上がった萌絵に手渡される。

「あ、はい、わかりました」萌絵は論文のタイトルを読みながら答えた。

「あ、ケーキ？」国枝桃子はテーブルの上を見て言う。

「国枝先生、どうぞ」洋子が立ち上がって言った。「もう一つあるんです」

「いただく……」国枝は無表情でそう言うと、テーブルまで歩いていって、ケーキの箱の中に手を入れる。彼女は、ショートケーキを片手で取り出し、立ったまま、それを四口ほどで食べた。

「先生、お茶を……」洋子が慌てて言う。

「いらないよ」国枝は答える。それから、浜中を睨んだ。「浜中君、貴方、こんなとこで何してるの？　計算は終わったの？」

「あ、いえ、あの……、今やってるところです」浜中が慌てて答える。

「やってないじゃない」国枝桃子がすぐに言った。

「はい、ちょっと今は……。その、あとで持っていきますから」浜中は真っ赤になっている。

「頼むよ」国枝はドアのノブに手をかけ、一瞬、萌絵を見てから出ていった。

「ついてないよなあ」浜中が高い声を上げる。「こりゃ、高いケーキ代だったね」

国枝桃子のケーキの食べ方が、萌絵にはとても新鮮だった。

彼女はテーブルに残っていた自分のミルフィーユを片手で摑むと、それを口に放り込んでみた。もちろん、国枝と同様、立ったままで、である。なるほど、こうして食べれば、フォークもお皿も必要ないわけか……。国枝桃子は合理的だ。

萌絵は、紅茶も立ったままで飲もうとして、カップを持ち上げたが、熱かったのでこぼしそうになる。

そのとき、彼女はふと思い出した。

「萌絵、座ったら？」洋子が不思議そうに彼女に言った。

「私、ちょっと思いついたことがあるの」萌絵はドアへ歩く。「すぐ戻るわ」

「あ、萌絵！」洋子が顔を赤くして呼んだ。

萌絵は廊下に飛び出す。洋子だって、浜中と二人だけの方が嬉しいだろう、と一瞬考える。

彼女は国枝助手の部屋へ向かった。廊下の斜め向かいである。すぐドアをノックした。

「失礼します」彼女は部屋の中に入る。

「何？」既に机に向かっていた国枝桃子が振り返る。

「国枝先生、ちょっと、おききしたいことがあるのですけど、今、よろしいですか？」そうきいてから、萌絵はドアを閉めた。

「うん、いいよ、座って」国枝は無表情である。「何の話？」

「あの……」萌絵は座りながら話した。「ずっとまえのことなのですけど……。先生が私にメールを下さいました」

「私が？」国枝は表情を変えない。銀縁のメガネを彼女は少し上げた。「何のメール？」

「私に、ごちそうさま……って……」萌絵は言った。

「ああ……」国枝は珍しく、少し笑った、ように見えた。「そう……、うん、出した」

「あれは、どういう意味だったのでしょうか？」

「貴女、わからなかったの？」国枝が少し口を開けた。

「はい」萌絵は素直に頷く。

「じゃあ、いいよ」国枝はすぐ言った。「忘れて」

なんとも軽い口調である。

「あの……」萌絵は困った。「教えて下さい」

「別に深い意味はないんだ」国枝は言う。「それに、あれは、私もどうかしてたのね……。恥ずかしいから、忘れてよ」

「は？」萌絵は首を傾げる。国枝らしくない言葉だったので、萌絵は少し戸惑《とまど》った。

「忘れてって言われましても……」

「去年のクリスマス……のイヴ」その言葉と同時に、国枝は本当に微笑んだ。それがどれくらい珍しいことか、国枝桃子を知らない人間には想像もつかないだろう。「西之園さん。貴女、犀川先生のお宅にいたでしょう？」国枝は小声で言った。

「え？　どうして……、あの、どうして、それをご存じなのですか？」萌絵は少し下を向いて国枝を見る。

「私さ、あのとき、電話したから……。貴女が出たんだよ」

「電話？　私が出た？」萌絵はきき返した。「あ！」

「私、科学研究費の報告書のことで、あの晩、犀川先生に電話した。貴女、私に何て言ったか覚えてる？　今夜はもう電話をかけるな、だったっけ？　私の声だってわからなかった？」

「ああ、いいえ……」萌絵は思い出して顔が熱くなった。すっかり忘れていたのだ。「あの、申し訳ありませんでした。私、ちょっと、酔っ払っていたんです。あ……、いえ、そんなの、全然、言い訳になりませんけど……」

「別に干渉するつもりはない」国枝は無表情で言う。「でも、西之園さん。貴女、あの晩、犀川先生のところに泊まったんだ……」

「はい……」萌絵はますます下向きになる。

「良かったじゃない？」国枝はそう言って、メガネを触った。

「いいえ、全然」萌絵は顔を上げて、大きく首をふった。

「どうして？」

「あの、私……、朝、目を覚ましたら、ベッドにいたんです」萌絵は呼吸を整えてから言葉を選ぶ。顔が本当に熱くなっていた。「犀川先生のベッドでした」

国枝桃子はメガネを外して、腕を組んだ。

「そう……」国枝は、一度頷くと、くすくすと笑い出す。「貴女のさ、そういう率直なところが、私、好きだな……。でも、何がいけないわけ？」

萌絵は大きな溜息をついて、国枝桃子を上目遣いで見た。

「はい……、犀川先生は……、ソファで……」

冒頭の引用文は「禅と日本文化」（鈴木大拙著北川桃雄訳岩波新書赤版）によりました。

奈落《なら》のからくり

池波志乃

作家に対する褒め言葉に「引き出しが多い」というのがある。

森博嗣の場合はどうだろう。

最先端のコンピューター機器が、きっちりと収まった完璧な平面を持つ無機質な箱。もちろん開閉は鍵ではなくカードだ。頭の中の引き出しを引っ掻き回さなくても、灰色の脳に設置されたデータベースから、瞬時に情報を取り出せる――。

それも森博嗣の一面であることは間違いない。が、それだけだろうか。

私にとっての森博嗣、それは……。

名工と呼ばれる職人によって精巧に造られた美しい箪笥《たんす》。漆《うるし》が幾重にも塗られて、それは「まどろみ」の夢の彩《あや》。内側は柾目《まさめ》の桐で繊細な細工が施されている。引き出しは、良い箪笥特有の軽さでスーッと開く。そして、その奥にはもう一つ扉が――。その中には、鍵の掛かった秘密の箱。幾つの引き出しが隠されているのか。箪笥を「スライス」してみたら、超モダンな幾何学模様——。

『すべてがFになる』でデビューした直後から、

——理系の登場人物を鮮やかに描いた——

——理工学系の論理に基づいた推理——

——理工学部系のロジックや世界観——

　等と好評で、「森ミステリィ」イコール「理系」は今や常識となっている。その中でも、瀬名秀明氏の『すべてがFになる』文庫版解説は、もう一歩踏み込んで森ならではの「理系」を指摘していて最も的確で解り易い、と思われたので一部引用させていただく。

「では森博嗣の本質はどこにあるのか。何が森博嗣の小説を「理系」たらしめているのか。それは認識やリアリティに対するアプローチの仕方なのである。」

「読者のリアルを自覚的に問うその行為こそが理系なのである。」

　又、笠井潔氏は『物語の世紀末』（集英社刊）「理系と文系——森博嗣『笑わない数学者』」の中で——森博嗣が「理系」という言葉に込めている意味——を指摘し、更に深く広く鋭く笠井氏独自の哲学で分析している。

　しかし、それはそれとして、森作品の書評は何故、堅苦しくなってしまうのだろう。

「理工系」↓「論理、数式、定義」↓「難解な評論」↓ワッ！　苦手‼　となりかねない。

こんな事を書くと「マニアックな読者に対し、ミーハー読者ばかりが増えて嘆かわしい」ってなコトを言われてしまいそうだが、マニアック読者って何？　ミーハー読者って何だろう。キャラクター好きのミーハー読者も、こんなことを書いて解った気になっている半《はん》可通《かつう》読者も、小説を読む楽しみは知っている。マニアック故に見えないものが見えているかも知れない。マニアック読者予備軍かも知れない。殊更難解な文章で「理系」ばかりを強調し、先入観を持たせることは、感性豊かな多くの人から森作品の別の素晴らしさを知るチャンスを奪っているのではないか。

「先入観というものは恐ろしい。思考は、最初の印象によって無意識に限定される。その不自由さが問題を複雑にし、解決を遠ざけてしまうことが多い。」（『メフィスト』二〇〇〇年一月増刊号『双頭の鷲の旗の下に』）

そう、その不自由さが読書を難解にし、優れた（面白い）本を遠ざけてしまうことが多い。のではないか。

「「理系」とは、理学部や工学部の人間が自分たちと思いこんでいるものと言えるかも知れない。」（森毅『笑わない数学者』文庫版解説）を読んだ。凝った造りのプールを出たら、目の前に、でっかい海があった、ような気がした。

と、言うことで、森博嗣「理系」についての「前説《まえせつ》」は、おしまい。

「犀川創平と西之園萌絵のシリーズ」が完結し、改めて再読した時、このシリーズを「二幕十場」の舞台芝居（狂言）に見立ててみた。未読の方の為に作品の御浚《おさら》いがてら記してみる。

第一幕一場『すべてがFになる』
　二場『冷たい密室と博士たち』
　三場『笑わない数学者』
　四場『詩的私的ジャック』
　五場『封印再度』（本作）
ショータイム短編集『まどろみ消去』
——哀しい愛、劇しい愛そして静かな愛——
第二幕一場『幻惑の死と使途』
　二場『夏のレプリカ』
　三場『今はもうない』
　四場『数奇にして模型』
　五場『有限と微小のパン』
フィナーレ短編集『地球儀のスライス』
——密やかに、鮮やかにそして静かに——

これだけの作品を、約三ヵ月に一度というペースで刊行し然《しか》も、それが完結した時、一作一作が独立しているにも拘《かかわ》らず「通し狂言」として成り立っていたことに驚愕する。

その中で一貫して描かれている登場人物達は、感じ、思考し、苦悩し、歓喜し、互いの関係を深め成長していく。その様は作者の視線として語られるのではない。登場人物自身によって、極自然にその人物なりの言葉で語られる。その台詞の絶妙なこと！　声に出して読んでみれば良く分かる筈だ。「　」をつけて語尾だけ口語調にすれば良い、というものではない。説明台詞は作品そのもののリアリティの欠如に繋がる。

よく「かみ合わない台詞」と言われるが（褒め言葉として使われる場合も含め）私達の日常の会話は実際、かみ合っていないことの方が多い。それを巧く台詞に生かすだけでも難しい。

余談だが、演じる時も同じである。理路整然と難解な語句を並べた台詞の方が、よほど楽である。練習と記憶力の勝負だけだから。

森博嗣はそれだけでは飽き足らず、そこにシャイでオシャレな（死語か？）エッセンスを加え、理系のトッピングを施す。それはハリウッド系娯楽映画ではなく、ヨーロッパ系のちょっとマイナーで捻《ひね》った映画の一場面を想い起こさせる。

又、余談だが、少女の頃「あんな会話の出来る女になりたいナ……」と憧れていたが、フト気付いたら「タダのオバサン」になっていた……。

その、シャレた会話の出来る萌絵を「狂言回し」（主人公の一人でもあるが）に使ったところも流石《さすが》である。今時珍しい純粋培養の御嬢様で下世話な事に関しては全くダメ。しかし両親の突然の事故死で心の傷を持っている。探究心旺盛で感受性が強く、才色兼備。質問役には打って付けである。そして彼女も又「理系」で、計算の速さが抜群という設定なので、推理に必要なややこしい計算が出て来ても、物語のテンポが崩れない。他の登場人物達に関しても同様で「Q&A」がとても巧く使われている。細かいところだが、このようなしっかりした人物設定があってこそ「台詞のアクロバット」や「言葉のマジック」が可能なのだ。トリックや論理は立派でも、テーマがどうの、と言っても読者に伝わらなければ何にもならない。小説である以上、この当り前のことが御座《おざ》なりでは、嘘っぽくて白けるばかりだ。

何故、森博嗣の描く人物達はリアルなのか——。

定義する事が日常、という世界に身を居いているからこそ、定義出来ない（しきれない）「一人の人間」にこだわるのではないか。「皆」という定数はない。「一人の人間が沢山」である。「この一人の人間」にとっての〝当然のこと、真実〟は、「あの一人の人間」にとっては〝理解できないこと、偽り〟かも知れない。十人居れば、十の性《さが》があり、十の業《ごう》が生まれ、そこには十の理《ことわり》があり、十の謎が生まれる。それは単純なストーリーでは描けない。森博嗣はミステリィの手法を駆使して二幕十場の人間ドラマを書いた——。

一幕一場『すべてがFになる』

「事件→推理→解決→目出たし、目出たし」を予想して、幕の内弁当など広げてのんびり浮かれていた観客は、幕が開いた途端、持っていたリアリティと共に弁当を落とし、サイバーな衝撃に背筋を伸ばされ、コンピューター用語に翻弄され、すべてがFになるまで息を殺し……結末の瞠目結舌《どうもくけつぜつ》の驚きに魂飛魄散《こんぴはくさん》して——

暗転（舞台中央にピンライト残して）

二場、三場、四場

観客は森博嗣に振り回される。低温実験室へ、地下室へ、キャンパス内の密室へ——

氷点下二十度の寒さに凍えながら、シネマのようなシャレた会話が交される。

オーダーした舌を焼くほど熱いコーヒーがすっかり冷えて、見上げる夜空は満点の星。

嗚呼《ああ》、今夜はクリスマス・イヴ。

混沌として曖昧なのは、紫煙《しえん》の所為か？

孤独な人の青い吐息か？　或いは——

挿入歌は、耳鳴りがするほどの喧《やかま》しいロック。攻撃の音。破壊の音。パトカーのサイレンの音。

ちょっとハズした意味なしジョーク。

何一つ見落としてはいけない。無駄なものは無いのだから。

思考は飛んで、放り出される——。

暗転（灰色の暗幕。静寂。無響。）

一幕五場『封印再度』

幕開けから仕掛けは始まっている。

場面は中国、北宋代。「十牛図」だ。尋牛《じんぎゅう》、見跡《けんせき》、見牛《けんぎゅう》、得牛《とくぎゅう》、牧牛《ぼくぎゅう》、騎牛帰家《きぎゅうきか》、忘牛《ぼうぎゅう》存人《そんじん》、人牛倶忘《じんぎゅうぐぼう》、返本還源《へんぽんげんげん》、入鄽垂手《にゅってんすいしゅ》。

次に現われるのは鈴木大拙『禅と日本文化』——「禅」……。

鍵の入った「天地の瓢」、鍵のかかった「無我の匣」それに纏《まつ》わる、血の彩、血の縁《えにし》、血の情……。

鍵と密室の「からくり」は、目から鱗《うろこ》の手捌《てさば》きだけれど、それだけに気を取られてはいけない。森博嗣は舞台上で自分自身と禅問答をしている。それを唯ボーッと見ていれば、それだけのこと。

森博嗣は訓《おし》えない、諭《さと》さない、押付けない、訴えない、諂《へつら》わない。

そこから何を感じ取るかは観客に委ねられている。

一人一人がそれぞれの想いを胸に秘め、鍵をかけたところで——。

暗転（静かにフェイドアウト）

第二幕

思考は続き、驚嘆の仕掛けが用意されている。「一場」と「二場」は、どうか続けて――。

森博嗣が「理系」「文系」「哲系」「感系」と、どれだけの力量を持っているかを知っていただきたい。「からくり箪笥」の引き出しの中を。

そして、序幕から大詰まで読了した時――。

舞台に残されたのは、あなた一人。

装飾過多な舞台面で、自分自身を化粧で隠し、別の人格を演じていたのはあなたかも知れない。コンピューター制御されたライトは消された。衣裳を脱ぎ、化粧を落とし、あらゆる装飾を取り去ってもまだ、本当の自分自身が見えてこない。自分自身？　あの人と違う……常識……理解不能……もしかして私……存在理由……恐い……自己拘禁……怖い……情が……愛しい……。

――自分の中の何かが変わるだろう。

「――博士のご意見は、私が生きていくためのシュミレーションをする上で、エレメントモデルを作るためのサンプルデータになります。」（『すべてがFになる』）

森作品は私にとって、心を映す鏡である。
目を逸さず確《しか》と見詰め、楽屋を後にする。
暗い奈落の回り舞台や、せり出しの「からくり」に気を付けながら揚幕《あげまく》に向かう。
その先には……。
コンピューター制御の眩《まばゆ》いライトに彩られた「私の花道」がある、と信じて——。

〈女優　文筆家〉

この作品は、一九九七年四月に小社ノベルスとして刊行されたものです。

|著者|森 博嗣　1957年愛知県生まれ。工学博士。某国立大学の工学部助教授の傍ら1996年、『すべてがFになる』（講談社文庫）で第1回メフィスト賞を受賞し、衝撃デビュー。以後、犀川助教授・西之園萌絵のS&Mシリーズや瀬在丸紅子たちのVシリーズ、『φ《ファイ》は壊れたね』から始まるGシリーズ、『イナイ×イナイ』からのXシリーズがある。ほかに『女王の百年密室』（幻冬舎文庫・新潮文庫）、映画化されて話題になった『スカイ・クロラ』（中公文庫）などの小説のほか、『森博嗣のミステリィ工作室』『悠悠おもちゃライフ』（ともに講談社文庫）、『森博嗣の半熟セミナ　博士、質問があります！』（講談社）、『工作少年の日々』（集英社文庫）などのエッセィ、ささきすばる氏との絵本『悪戯王子と猫の物語』（講談社文庫）、庭園鉄道敷設レポート『ミニチュア庭園鉄道』1～3（中公新書ラクレ）などがある。

封印再度《ふういんさいど》 WHO INSIDE

森《もり》 博嗣《ひろし》

2000年3月15日第1刷発行
2009年4月1日第29刷発行

発行者——鈴木 哲
発行所——株式会社 講談社
東京都文京区音羽2-12-21　〒112-8001
電話 出版部 (03) 5395-3510
販売部 (03) 5395-5817
業務部 (03) 5395-3615

Printed in Japan

講談社文庫
定価はカバーに表示してあります

デザイン—菊地信義
製版——株式会社廣済堂
印刷——豊国印刷株式会社
製本——有限会社中澤製本所

ISBN4-06-264799-0

講談社文庫刊行の辞

二十一世紀の到来を目睫に望みながら、われわれはいま、人類史上かつて例を見ない巨大な転換期をむかえようとしている。

世界も、日本も、激動の予兆に対する期待とおののきを内に蔵して、未知の時代に歩み入ろうとしている。このときにあたり、創業の人野間清治の「ナショナル・エデュケイター」への志を現代に甦らせようと意図して、われわれはここに古今の文芸作品はいうまでもなく、ひろく人文・社会・自然の諸科学から東西の名著を網羅する、新しい綜合文庫の発刊を決意した。

激動の転換期はまた断絶の時代である。われわれは戦後二十五年間の出版文化のありかたへの深い反省をこめて、この断絶の時代にあえて人間的な持続を求めようとする。いたずらに浮薄な商業主義のあだ花を追い求めることなく、長期にわたって良書に生命をあたえようとつとめるところにしか、今後の出版文化の真の繁栄はあり得ないと信じるからである。

同時にわれわれはこの綜合文庫の刊行を通じて、人文・社会・自然の諸科学が、結局人間の学にほかならないことを立証しようと願っている。かつて知識とは、「汝自身を知る」ことにつきていた。現代社会の瑣末な情報の氾濫のなかから、力強い知識の源泉を掘り起し、技術文明のただなかに、生きた人間の姿を復活させること。それこそわれわれの切なる希求である。

われわれは権威に盲従せず、俗流に媚びることなく、渾然一体となって日本の「草の根」をかたちづくる若く新しい世代の人々に、心をこめてこの新しい綜合文庫をおくり届けたい。それは知識の泉であるとともに感受性のふるさとであり、もっとも有機的に組織され、社会に開かれた万人のための大学をめざしている。大方の支援と協力を衷心より切望してやまない。

一九七一年七月

野間省一